एकाग्र मन की शक्ति

AF819384

एकाग्र मन की शक्ति

दंडपाणि

अनुवाद : रचना भोला 'यामिनी'

MANJUL

मंजुल पब्लिशिंग हाउस

MANJUL

मंजुल पब्लिशिंग हाउस

कॉरपोरेट एवं संपादकीय कार्यालय

•द्वितीय तल, उषा प्रीत कॉम्प्लेक्स, 42 मालवीय नगर, भोपाल-462 003

विक्रय एवं विपणन कार्यालय

•सी-16, सेक्टर 3, नोएडा, उत्तर प्रदेश, 201301

वेबसाइट : www.manjulindia.com

वितरण केन्द्र

अहमदाबाद, बेंगलुरू, भोपाल, कोलकाता, चेन्नई,
हैदराबाद, मुम्बई, नई दिल्ली, पुणे

दंडपाणि द्वारा लिखित मूल अंग्रेजी पुस्तक
द पावर ऑफ़ अनवेवरिंग फ़ोकस का हिन्दी अनुवाद

The Power of Unwavering Focus by Dandapani – Hindi Edition

यह संस्करण पोर्टफ़ोलियो (पेंगुइन रैन्डम पब्लिशिंग ग्रुप, पेंगुइन रैन्डम हाउस एलएलसी का प्रभाग) के सहयोग से प्रकाशित

यह हिन्दी संस्करण 2024 में पहली बार प्रकाशित

ISBN 978-93-5543-978-9

अनुवाद : रचना भोला 'यामिनी'

मुद्रण व जिल्दसाज़ी : रेप्रो इंडिया लिमिटेड

यह पुस्तक मेरे गुरु

सतगुरु शिवाय सुब्रमण्यस्वामी को समर्पित है

जिन्हें सब स्नेह से गुरुदेव बुलाते हैं

मेरे लिए उनके बेशर्त प्रेम तथा निजी वचनबद्धता ने ही मुझे यह पुस्तक लिखने की प्रेरणा प्रदान की। उन्होंने मुझे सबसे बड़ा उपहार दिया है। ऐसी तकनीकें और साधन, जो मुझे स्वयं को और अपने भीतर छिपी दिव्यता को पहचानने के लिए आवश्यक थे। उन्होंने मुझे जो भी सिखाया, उसकी आधारशिला इस पुस्तक के पृष्ठों पर संजोई गई है।

विषय सूची

भाग – 3 : मन के पंख

भाग – 4 : मन के लिए रामबाण

परिचय

मैंने अपने गुरु के साथ एक दीक्षित हिंदू संन्यासी के रूप में एकांत आश्रम में जो समय बिताया, वह मेरे जीवन के लिए महानतम आशीर्वाद था। मैंने जितना सीखा, उतना ही अनुभव हुआ कि अभी और कितना कुछ सीखना शेष था। उन्होंने मेरे प्रकटीकरण की नींव डाली, वे जानते थे कि यह मेरे लिए आजीवन चलने वाला कार्य होगा और वे सदा मुझे निजी रूप से मार्गदर्शन देने के लिए प्रस्तुत नहीं होंगे। बड़े ही दुःख से कहना पड़ता है, वह सच से कहीं ज़्यादा था, जब मैंने आश्रम में प्रवेश किया, वे उसके तीन वर्ष बाद चल बसे।

उनके देहांत के सात वर्ष बाद, उनके आश्रम में दस वर्ष तक एक संन्यासी के रूप में जीवन बिताने के बाद, मैंने अपनी शपथ दोबारा नहीं लेने का निर्णय किया। मैं संसार में वापस लौटा, न्यू यॉर्क शहर को अपना घर बनाया और एक हिंदू पंडित की तरह जीवन बिताने का निर्णय लिया। हिंदू धर्म में, पंडित गृहस्थ होते हैं – वे विवाह करते हैं, काम करते हैं और एक गृहस्थ पंडित की तरह अपनी आजीविका चलाते हैं।

मैंने 2008 के उत्तरार्ध में आश्रम छोड़ा। वैश्विक मंदी के उस दौर में, मेरे पास दो जोड़ी चोगे, एक हज़ार डॉलर नक़द और मैकबुक प्रो के सिवा कुछ नहीं था। डॉलर और लैपटॉप भी आश्रम की ओर से सस्नेह भेंट मिले थे ताकि मैं संसार में नए सिरे से प्रवेश कर सकूँ। हालाँकि मेरे पास भौतिक संपत्ति नाममात्र को थी, परंतु गुरु ने आश्रम में मुझे अपनी शिक्षाओं और साधनों से इतना सशक्त बना दिया था कि वे मेरी आध्यात्मिक प्रगति में बहुत सहायक हुए।

मैं जानता था कि जीवन का अगला चरण जीने के लिए मुझे उन शिक्षाओं की ही आवश्यकता थी। मैंने उन शिक्षाओं को आश्रम में लागू होते देखा था और जानता था कि संसार में भी उनका प्रभाव वैसा ही होगा। समय की कसौटी पर खरी वे प्राचीन शिक्षाएँ सार्वभौमिक सत्य थे। वास्तव में इससे कोई अंतर नहीं पड़ता था कि मैं क्या था और मैं क्या कर रहा था। वे मुझ पर और हर उस इंसान पर लागू होती थीं, जो उन्हें समझ कर ग्रहण करना चाहता हो।

एक संन्यासी के तौर पर मैं आश्रम में आने वाले लोगों से अक्सर सुनता था, ''जब आप हवाई के एक शांत मठ में जी रहे हों तो वाक़ई उद्देश्य और आनंद से भरपूर जीवन जीना कोई मुश्किल काम नहीं है।'' मैं इस बात पर बहस नहीं कर सकता। संन्यस्त जीवन में भी अनेक चुनौतियाँ होती हैं, परंतु निश्चित तौर पर उस परिवेश में उन शिक्षाओं को लागू करना आसान था, जो उन्हें सहारा देने के लिए ही बना था। परंतु जीवन में उन शिक्षाओं को लागू करने के बाद जो अनुभव और नतीजे सामने आए, उन्हें देखने के बाद मुझे इस बात में कोई संदेह नहीं था कि वे आश्रम के बाहर की दुनिया में भी क़ारगर होने वाली थीं।

मैंने एक उद्यमी का जीवन अपनाया, उद्यमियों, खिलाड़ियों और जीवन के प्रत्येक क्षेत्र से आए व्यक्तियों के लिए सलाहकार की भूमिका में रहा, उन्हें उनके मन को जानने और समझने में सहायता करता रहा ताकि वे उद्देश्य और आनंद से भरपूर जीवन जी सकें। परंतु एक सलाहकार बनने के साथ ही मुझे यह भी देखना था कि क्या अब मैं इन शिक्षाओं को अपने जीवन में लागू कर सकता था। मेरे परिवेश और जीवनशैली में भारी बदलाव आ गया था। मुझे जीवन में इन तकनीकों को लागू करने के नए तरीक़ों के साथ सामने आना था ताकि एक पति, पिता, उद्यमी और उसके अलावा अन्य भूमिकाओं में भी बेहतर हो सकूँ – इसके अलावा अपने ग्राहकों के लिए उन शिक्षाओं को निरंतर विकसित करना था ताकि वे उनकी ज़रूरतों के अनुसार हो सकें।

हालाँकि मुझे अब आश्रम छोड़े दस वर्ष से अधिक हो गए हैं, मैं आपको पूरे आत्मविश्वास से कह सकता हूँ कि जी हाँ, ये शिक्षाएँ आश्रम के बाहर भी काम आती हैं, जैसा कि आश्रम की चारदीवारी के भीतर क़ारगर थीं। मैंने सात साल के बच्चे को इन्हें अपनाते देखा है, उसने किस तरह इन्हें जीवन में लागू करके अपनी बेचैनी की आदत से छुटकारा पाया। मैंने सफल उद्यमियों और खिलाड़ियों को इन्हें अपनाते देखा है, जिससे उनके प्रदर्शन में सुधार हुआ और जीवन पहले से बेहतर हुए। दुनिया भर के लोगों के असंख्य साक्ष्य बताते हैं कि कैसे इन शिक्षाओं ने उनके जीवन रूपांतरित किए, जिन्हें मैंने उन्हें सौंपा था। ये शिक्षाएँ उसी तरह काम आती रहीं जैसे हमेशा आती थीं।

यह किताब आपके साथ वह बुनियादी प्रशिक्षण बाँटती है, जिसे मैंने अपने गुरुदेव से पाया – वे शिक्षाएँ, अंतर्दृष्टि और साधन जो मैंने उनसे सीखे और इनमें से कुछ मैंने स्वयं विकसित किए और सांसारिक जीवन में एक दशक के दौरान व्यावहारिक रूप से लागू करते हुए परिष्कृत किए। उन्हें दुनिया भर में कंपनियों और हज़ारों लोगों को प्रशिक्षित करने के लिए प्रयोग किया।

यदि मेरा अंतिम समय होता और मुझे आपके साथ केवल एक चीज़ बाँटनी होती तो निश्चित तौर पर मैं इस पुस्तक की विषय सूची ही बाँटता। यह मेरा आपके

लिए महानतम उपहार है। मैं इस बात पर बल देना चाहूँगा कि ये शिक्षाएँ और साधन आपके जीवन के लिए कितने रूपांतरकारी हो सकते हैं। एक व्यक्ति के भीतर उन्हें अपने जीवन में उतारने की ज्वलंत इच्छा होनी चाहिए ताकि उसे उचित परिणाम मिल सकें।

इस पुस्तक को चार हिस्सों में विभाजित किया गया है। हर हिस्से में कई अध्याय व भाग हैं।

पहला भाग, इस प्रश्न के लिए समर्पित है कि आपको एक केंद्रित जीवन क्यों जीना चाहिए। यह बहुत महत्त्वपूर्ण है। एक केंद्रित जीवन जीने के उद्देश्य को जाने बिना, इन शिक्षाओं और साधनों को जीवन में उतारने का प्रोत्साहन नहीं मिलेगा (एकाग्रता और केंद्र पर्यायवाची हैं और मैंने पुस्तक में इन दोनों का ही प्रयोग किया है)। भाग-2 में हम अपने मन के बारे में जानना सीखेंगे, जो हमारे पास सबसे महत्त्वपूर्ण साधन या तकनीक है - यही हमारा यथार्थ रचता है और फिर भी यही एकमात्र ऐसी चीज़ है, जिसके लिए कोई निर्देश पुस्तिका नहीं आती। मन की समझ ही केंद्रित जीवन की आधारशिला का निर्माण है। तीसरे भाग में दिखाया गया है कि हम एकाग्रता शक्ति को सीख कर अपनी संकल्प शक्ति कैसे विकसित कर सकते हैं। हमारे अपने ही मन की बागडोर थामने के लिए इन दोनों का होना अनिवार्य है। चौथे भाग में दिखाया गया है कि आप इन शिक्षाओं को व्यावहारिक रूप से लागू करते हुए जीवन में आम चुनौतियों का सामना कर सकते हैं - जैसे भय, चिंता, बेचैनी और तनाव - इस तरह आप अपनी उत्पादकता में रूपांतरण लाते हुए, कला, कार्य और खेलों की दुनिया में प्रदर्शन दे सकते हैं। मैंने यह भी बताया है कि इन शिक्षाओं को लागू करते हुए आप किस तरह अपनी मानसिक सेहत सुधारेंगे और ये आपको वर्तमान में आने में सहायक होंगे ताकि आप सही मायनों में जीवन का अनुभव पा सकें।

इस पुस्तक में मेरा लक्ष्य यह नहीं कि आपको कई सारे साधन उपलब्ध करवा दूँ। मैं इस बात का समर्थक हूँ कि हमें जीवन में बहुत अधिक साधनों की आवश्यकता नहीं होती। कुछ साधन ही आपसी तालमेल के साथ पर्याप्त होंगे और जीवन का उद्‌देश्य पूरा कर देंगे। इन साधनों को अच्छी तरह समझने के बाद ही लगातार लागू किया जाना चाहिए।

आपको इस पुस्तक में कोई जादू, शॉर्ट-कट या उपाय नहीं मिलेंगे - बस पूरी तरह से स्पष्ट और परिभाषित चरण-दर-चरण लक्ष्य आधारित पहल ही केंद्रित जीवन जीने के लिए बहुत होगी। यही वजह है कि मैं सदा केंद्रित जीवन जीता हूँ।

एकाग्र होने की योग्यता ने मेरे लिए अनकही संभावनाओं के द्वार खोले और ऐसा जीवन दिया जिसकी मैं अपने लिए कल्पना तक नहीं कर सकता था। मैंने इस

पुस्तक के पृष्ठों पर आपके लिए एक केंद्रित जीवन से मिलने वाले पुरस्कारों की झलक दी है।

इन शिक्षाओं को सावधानी से पढ़ें। इन्हें ग्रहण करें। और इन्हें अपने जीवन में उतारने के लिए प्रयत्न भी करें। ये जीवन का रूपांतरण कर सकती हैं पर आपको इन्हें अभ्यास में लाना होगा – और वह भी तब, जब आपके अंदर रूपांतरण के लिए तीव्र इच्छा हो। आपकी ओर से रूपांतरण की हार्दिक इच्छा के अभाव में, इस पुस्तक की सामग्री आपके बहुत काम नहीं आएगी।

अगर आप कभी इन शिक्षाओं के लिए आभार प्रकट करना चाहें तो आपकी ओर से मेरे लिए यही धन्यवाद होगा कि आप सही मायनों में पुस्तक की सामग्री को समझते हुए, मन की सजगता को साधें। मेरी इच्छा है कि जब आप इस पुस्तक का अध्ययन करें, तो आपके अंदर ऐसा रवैया आ जाए, जो किसी मार्ग पर चलना आरंभ करते समय होता है – आप उत्साह, उमंग, सीखने के प्रति आग्रह और अपनी ओर से शून्य धारणाएँ लेकर आगे बढ़ें।

भाग – 1

उद्देश्य और आनंद से भरपूर जीवन

अध्याय 1

एक केंद्रित मन के लिए आधारशिलाएँ

1.1

एक उद्देश्य-केंद्रित जीवन जीना

यह जानने से अधिक महत्त्वपूर्ण कुछ और नहीं हो सकता कि आप
कौन हैं, किस मार्ग पर हैं और उसका अंतिम छोर क्या है।

–गुरुदेव

वह म्यूनिख की ठंडी और सर्द हवाओं से भरी शाम थी, हम तेज़ी से अपने रेस्तराँ की ओर बढ़े जा रहे थे। मुझे जर्मनी के उस प्रिय पुराने बवैरियन शहर की सैर करना जितना पसंद था, ठंड से बचाव के लिए भी उतना ही आतुर हो रहा था। हम जल्द ही अपनी मंज़िल पर जा पहुँचे, उस शांत रेस्तराँ के बढ़िया हार्डवुड फ़्लोर्स ने बहुत अपनेपन से स्वागत किया। हम कोने में रखी अपनी मेज़ की ओर बढ़े, कुर्सियों के पिछले हिस्से को अपने सर्दियों के कपड़ों से ढँका, थोड़ी वाइन ऑर्डर की और वही बातचीत फिर से शुरू कर दी, जिसे अपनी सैर के दौरान करते आ रहे थे।

मैं उस शाम अपने प्रिय मित्रों में से एक, मोर्टिज़ के साथ था, वे एक जर्मन उद्यमी हैं, जिन्हें पिछले कुछ वर्षों से जानता हूँ। उसने अपना गिलास उठा कर वाइन का घूँट भरा, उसे वापस मेज़ पर रख दिया और मुझसे पूछा, ''यदि तुम कहते हो कि जीवन में उद्देश्य को जानना बहुत महत्त्व रखता है तो तुम हमेशा मन और उसे केंद्रित करने के बारे में बात क्यों करते रहते हो? तुम लोगों को यह सिखाने से शुरुआत क्यों नहीं करते कि एक व्यक्ति अपने जीवन का उद्देश्य कैसे खोज सकता है?''

मैं उत्तर देने के लिए आगे की ओर खिसका तो लकड़ी की कुर्सी चरमराई, ''हम अपने मन से ही जीवन में अपने उद्देश्य की खोज करते हैं। ऐसा करने के लिए

हमारे पास हमारे मन की पर्याप्त समझ और कौशल होना चाहिए, इसके अलावा इस पर केंद्रित होने की योग्यता भी चाहिए। केवल तभी हम समय के साथ आत्म-मनन की अवस्था पा सकते हैं, ताकि अपने जीवन के उद्देश्य का एक स्पष्ट और सुनिश्चित निष्कर्ष पा सकें। हालाँकि ऐसा लग सकता है कि हमें जीवन के उद्देश्य के साथ ही आरंभ करना चाहिए, जबकि असल में ऐसा नहीं है।''

मैंने आगे कहा, ''जब मैं लोगों से पूछता हूँ कि वे जीवन में क्या चाहते हैं, तो अधिकतर लोग वही 'प्रसन्न होने' के संस्करण का प्रत्युत्तर देते हैं। तुमने प्राय: माता-पिता को भी बच्चों से कहते सुना होगा, 'हम बस इतना चाहते हैं कि तुम ख़ुश रहो!' प्रसन्नता कहीं खोजी नहीं जा सकती। हमें ऐसी जीवनशैली बनानी चाहिए, जिसमें प्रसन्नता उस जीवनशैली का उपोत्पाद हो। मिसाल के लिए, मैं जर्मनी में अपने मनपसंद शहर में, अपने एक पसंदीदा दोस्त के साथ वाइन का गिलास लिए बैठा हूँ और ख़ुश हूँ।''

''तो अच्छा, जर्मनी में अच्छे दोस्तों के साथ अच्छी वाइन पीना ही प्रसन्नता की कुंजी है।''

मोर्टिज़ ने हँसते हुए कहा, ''बेशक़, इस बात पर तो मैं भी टोस्ट करना चाहूँगा!''

''चीयर्स!'' मैं मुस्कराया और हमने वाइन के गिलास टकराए।

रेस्तराँ में गरमाहट थी पर खिड़की के पास बैठे होने की वजह से काँच की दरारों से आती ठंड की सिरहन महसूस हो रही थी। मैंने कहा, ''यह एक सिलसिलेवार चलने वाली प्रक्रिया है। मन की आंतरिक कार्यवाही अच्छी समझ और इसे केंद्रित करने की योग्यता ही वह आधार है, जिसके बल पर जीवन के उद्देश्य को खोजा जा सकता है। हमारा उद्देश्य ही हमारी प्राथमिकताओं को परिभाषित करता है और हमारी प्राथमिकताएँ उस जीवनशैली को परिभाषित करती हैं, जिसे हमें जीना चाहिए। हमारे उद्देश्य से परिभाषित जीवन जीने का उपोत्पाद ही प्रसन्नता है।''

मेरे मित्र ने कहा, ''तुमने बात को इस तरह रखा कि अब समझ आ रहा है कि मन और इसे केंद्रित करने की योग्यता को सीखने की शुरुआत इतने मायने क्यों रखती है।''

''जब हम एक उद्देश्य पर आधारित जीवन जी सकते हैं तो हमारा जीवन उल्लेखनीय हो सकता है।''

यह किताब आपको ऐसी बुनियादी शिक्षाओं और साधनों को देगी, जो आपको मन की शक्ति और अटल केंद्र की शक्ति को जानने में सहायक होंगी। इन दो बातों की समझ – आपका मन और इसे कैसे केंद्रित करना है – यही आपको

आपके जीवन की उद्देश्य की खोज करने में सहायक होंगे और नतीजतन, आप अपनी प्राथमिकताओं को परिभाषित करते हुए उन पर केंद्रित हो सकेंगे। इस तरह आपका जीवन उददेश्य और आनंद से भरपूर होगा। आगामी अध्यायों में, हम अन्य बातों के अतिरिक्त यह भी सीखेंगे कि आप इन शिक्षाओं के बल पर, वर्तमान में जीते हुए, अपनी अनेक मानसिक व्याधियों का उपचार कैसे कर सकते हैं, जैसे चिंता, भय, व्याकुलता और तनाव।

मैं आपको चरण-दर-चरण प्रक्रिया में समझाऊँगा कि मन कैसे काम करता है ताकि आप इसे नियंत्रित और संचालित करना सीख सकें। आप यह भी सीखेंगे कि केंद्रित कैसे करना चाहिए। इसके अतिरिक्त, मैं आपके साथ बहुत से सरल और व्यावहारिक साधन भी बाटूँगा, जो आपको मन को नियंत्रित और केंद्रित करने में सहायक होंगे। आप यह सीखेंगे कि इन साधनों को अपने दैनिक जीवन में कैसे उतार सकते हैं ताकि मनचाहे लक्ष्यों की ओर प्रगति जारी रखी जा सके। इस पुस्तक के अंत तक, किसी भी साधन पर कौशल सिद्ध होने की अपेक्षा नहीं रखें। आपको यह समझ आ सकता है कि ये साधन कैसे काम करते हैं या इन्हें आगामी सप्ताह या महीनों के दौरान जीवन के हर पहलू में किस तरह उतारा जा सकता है, ऐसा लगातार करने से ही आपको वास्तव में लाभ होगा। अगर आपने निरंतर यही पहल अपनाए रखी तो आप देखें कि आपके मानसिक ढाँचे, आदतों के ढाँचे बदलने लगे हैं और आप अपने लिए एक विभिन्न जीवनशैली रच सकेंगे।

केंद्रित होने की योग्यता ही मानवता की महानतम संपत्तियों में से है। यही मानवीय सफलता और प्रयासों का मूल है, क्योंकि एकाग्र होने की योग्यता ही मनुष्य को जीवन में अपने लक्ष्य साकार करने में सहायक होती है। अधिकतर लोग प्रसन्नता, संतोष, प्रबोध या अन्य उन्नत भावों के अनुभव का कोई संस्करण पाना चाहते हैं, परंतु वे नहीं जानते कि इन अवस्थाओं को कैसे प्राप्त कर सकते हैं, क्योंकि उन्हें कभी नहीं सिखाया गया कि वे जो जीवन पाना चाहते हैं, वह एकाग्रता ही है। इसके अतिरिक्त, अधिकतर लोगों को कभी यह नहीं सिखाया जाता कि वे लक्ष्यों को साकार करने की दिशा में एकाग्रता की शक्तियों को कैसे संवार या निखार सकते हैं।

अब यह प्रश्न पूछा जाएगा, ''क्या मुझे एक केंद्रित जीवन जीने की आवश्यकता है?''

मेरा उत्तर है, ''नहीं!'' आपको एक केंद्रित जीवन जीने की आवश्यकता नहीं है। एक केंद्रित जीवन जीना एक चुनाव है और हम सबके पास एक चुनाव होता है कि हम ऐसा करना चाहते हैं या नहीं। यह आपका जीवन है और आपको तय करना है कि आप इसे कैसे जीना चाहते हैं। कहते हैं कि एक केंद्रित जीवन जीने से, आपको एक और उल्लेखनीय जीवन मिल सकता है।

यही वजह है कि आप यह पुस्तक पढ़ रहे हैं और मैं उम्मीद करता हूँ कि ऐसा इसलिए है कि आपके अंदर कोई है, जो आपको कह रहा है कि एक केंद्रित या उद्देश्य पर आधारित जीवन जीने से आपके जीवन की गुणवत्ता में सुधार होगा और इसे बृहत्तर अर्थ मिलेगा।

एक केंद्रित और उद्देश्य पर आधारित जीवन जीने में क्या अंतर है? एक केंद्रित जीवन वह होता है, जिसमें आपके पास जो और जैसा है, आप उसे अपना पूरा अविभाजित ध्यान देते हैं। आप अपने अनुभवों में पूरी तरह से उपस्थित होते हैं और इस तरह अपने अनुभवों से एक सही मायनों में उल्लेखनीय जीवन जीते हुए, किसी महान उद्देश्य से प्रेरित नहीं होते। वहीं दूसरी ओर, एक उद्देश्य पर आधारित जीवन में जीवन का उद्देश्य ही आपकी प्राथमिकताओं को परिभाषित करता है और आपकी प्राथमिकताएँ ही तय करती हैं कि आप किस चीज़ पर केंद्रित होते हैं। आप अपनी मंशा के साथ जीवन जीते हैं। आप प्रतिदिन अपने जीवन के उद्देश्य के आधार पर सोच-समझ कर निर्णय लेते हैं; आप किनके साथ समय व्यतीत करेंगे, आप किन चीज़ों पर समय व्यतीत करेंगे, आप क्या भोजन करेंगे आदि। आप जो भी हैं या आपके पास जो भी है, आप उसे अपना अविभाजित ध्यान देते हैं, परंतु वह कौन और क्या भी आपका ही चुना हुआ होता है।

अंतत, इस पुस्तक का लक्ष्य यही है कि आपको एक केंद्रित या उद्देश्य पर आधरित जीवन जीने में मदद मिल सके ताकि आप इसके असंख्य लाभ पा सकें।

1.2

उत्तरदायित्व लेना

हमारे पास यह चुनाव होता है कि हम जीवन में किस पर केंद्रित होना चाहते हैं। यह चुनाव हमेशा आसान नहीं होता। कई बार, चाहे अक्सर ना हो, यह बहुत ही कठिन होता है पर हमारे पास चुनाव होता है।

जब मैं एक साधु के रूप में अपने गुरु के आश्रम में रह रहा था तो मॉरीशस के द्वीपीय देश से आए एक व्यक्ति से मिला, जो हमेशा मुस्कराता रहता था। वह कुछ महीनों के लिए आश्रम में सेवा करने आया था और उस दौरान उसे जानने का मौक़ा मिला। एक दिन मैंने उससे पूछा, ''तुम हमेशा मुस्कराते क्यों रहते हो?''

उसने मेरी ओर देख कर कहा, ''जब मैं बहुत छोटा था तो पिता चल बसे। मेरी विधवा माँ को मुझे और मेरे भाई-बहनों को अकेले ही पालना पड़ा और हम लोग बहुत ग़रीब थे। हर सुबह माँ हम सबको उठाती और एक पंक्ति में खड़ा कर, पाँच मिनट तक हँसने को कहतीं। इस तरह हमारे दिन की शुरुआत होती।''

मैं बता नहीं सकता कि इस कहानी ने मेरे जीवन पर कितना गहरा असर डाला। वह महिला, अपने पति को खोने के बाद, अकेले ही अपने बच्चों को पालने के लिए विवश थी और उसने यह चुनाव किया कि उसके दिन की शुरुआत कैसे होगी। उसने चुना कि उसके बच्चे किस चीज़ पर केंद्रित होंगे। उसने चुना कि सुबह होते ही उसके बच्चों के लचीले अवचेतन पर पहली छाप कौन सी पड़ेगी। उसे कहाँ पता था कि उसके इस काम का असर आधी दुनिया पार कर, हवाई में उसके बेटे की जीती-जागती मिसाल बन कर पहुँचेगा और फिर एक दिन किताब में उसके बारे में बात होगी।

नेल्सन मंडेला ने जेल में सत्ताइस वर्ष बिताए और उसके बाद उन्हें रिहाई मिली, उन्होंने दक्षिण अफ़्रीका की रंग-भेद नीति को मिटाया और प्रेज़ीडेंट बने। यह

एक ऐसे व्यक्ति का महान सबक़ है, जिसने जेल में रहते हुए चुना कि वह अपने मन को किस पर केंद्रित करेगा।

ये दो मिसालें उन इंसानों की हैं, जिन्होंने अपने मन का दायित्व लिया और सजग चुनाव किया कि वे अपने जीवन में किस बात पर केंद्रित होंगे। हम अपने परिवेश पर यह काम नहीं छोड़ सकते कि वह तय करे कि हम किन बातों पर केंद्रित होंगे। ऐसा करने से बहुत ही भयंकर नतीजे सामने आ सकते हैं। हम अपने जीवन में जिस चीज़ पर केंद्रित होना चाहें, हमें उसका दायित्व लेना ही चाहिए। हम इसे अपने मन पर भी नहीं छोड़ सकते, क्योंकि मन के पास इस बात में अंतर करने की योग्यता नहीं होती कि आपके लिए क्या सही और क्या सही नहीं है।

यदि मेरा मन यह जानता कि मेरे लिए क्या अच्छा था तो मैं अपने-आप में संपूर्ण होता। जब भी मैं फ्रेंच फ्राइज़ का कटोरा उठाता, तो मेरा मन कहता, ''तीन फ्राइज़ खा लो और इसके बाद सलाद से भरा कटोरा खाना, वह सेहत के लिए अच्छा है।'' पर मेरा मन ऐसा नहीं कहता। मेरा मन कहता है, ''हाँ, खाओ ना। फ्रेंच फ्राइज़ से भरा कटोरा ले लो और उस पर थोड़ा कैचअप और डालो, ये अच्छा है, बहुत अच्छा है।'' और फिर, 'अरे ये थोड़े प्याज़ के छल्ले भी लो ना!'

इस मन को तब तक बिलकुल पता नहीं होता कि आपके लिए क्या सही और ग़लत है, जब तक आप इसे इन दोनों के बीच फ़र्क़ करना नहीं सिखाते। जब आप इसे एक बार प्रशिक्षित करने के बाद प्रोग्राम्ड कर देते हैं कि यह समझदारी से तय कर सके कि ऐसा क्या है, जो आपको शारीरिक, मानसिक, भावात्मक और आध्यात्मिक रूप से उन्नत बना सकता है, तब यह आपको जीवन में बेहतर चुनाव करने में सहायक हो सकता है।

वह भी समय था, जब लोगों ने इस अवधारणा को बेचा कि धूम्रपान आपके लिए अच्छा था। उन्होंने इस बात पर यक़ीन किया, उन्होंने अपने मन से कहा कि धूम्रपान करना सेहत के लिए अच्छा था और वे मरने की हद तक धूम्रपान करते रहे। अब अगर मन जानता कि सिगरेट पीना उनके लिए सही नहीं था, तो उसने कहा होता, ''मूर्ख कहीं के! सिगरेट पीना जानलेवा हो सकता है। ऐसा करना बंद कर। तू हम दोनों को मार देगा।'' पर इसने ऐसा नहीं कहा, क्योंकि जब तक आप मन को सही सूचना नहीं देते, इसके पास आपको सही दिशा में मार्गदर्शन देने की योग्यता नहीं होती।

कहते हैं कि मन का एक ऐसा हिस्सा होता है, जो जानता है कि आपके लिए क्या अच्छा है। इसे अतिचेतन मन कहते हैं।

मन की तीन अवस्थाएँ

मन की बेहतर समझ के लिए आप इसे तीन अवस्थाओं में देख सकते हैं। यह किताब मन की विविध अवस्थाओं को जानने के लिए गहराई में नहीं जाएगी, पर मैं आपको इनके बारे में संक्षिप्त और सरल सी जानकारी देना चाहूँगा, जो इस किताब में आगे आने वाले कई बिंदुओं को समझने में सहायता करेगी।

आप मन की इन तीनों अवस्थाओं को चेतन, अवचेतन और अतिचेतन रूप में देख सकते हैं। इसे बेहतर तरीक़े से समझने के लिए मन की कल्पना ऐसी इमारत की तरह करें जिसमें तीन मंज़िलें हैं, इसमें अतिचेतन मन सबसे ऊपर वाली मंज़िल पर है, अवचेतन मन मध्य में और चेतन मन सबसे नीचे भू-तल पर स्थित है। आइए, इन मन की इन तीनों अवस्थाओं के लक्षणों के बारे में जानें।

चेतन मन बाहरी मन है, जो हमारे आसपास की दुनिया पर केंद्रित है और हमारी पाँच इंद्रियों से बँधा है। यह हमारा स्वाभाविक हिस्सा है, और मैं इसे कई बार स्वाभाविक मन भी कहता हूँ। यह संचालन करता है, जैसे हमारी भूख और प्यास, बोध और गति, प्रजनन, आवेगयुक्त विचार प्रक्रिया आदि।

अवचेतन मन हमारा बौद्धिक मन है। यही विवेक और तार्किक चिंतन का स्थान है। आप यह भी कह सकते हैं कि अवचेतन मन हमारी 'हार्ड ड्राइव' की तरह है। यह चेतन मन के सारे अनुभवों को दर्ज करता है, चाहे वे अनुभव याद हों अथवा नहीं। इसके अलावा, यह छाप और आदतों के ढाँचे भी संग्रह करता है और यह अनैच्छिक मनोवैज्ञानिक प्रक्रियाओं का संचालन भी करता है।

जैसा कि गुरुदेव ने कहा है, अतिचेतन मन, 'यह प्रकाशयुक्त मन है, आत्मा की सर्वज्ञानी बुद्धिमत्ता!' इसके गहनतम स्तर पर, अतिचेतन मन आध्यात्मिक चेतना या अद्वैत चेतना कह सकते हैं। अतिचेतन रचनात्मकता, अंतर्ज्ञान, गहन आध्यात्मिक अनुभव आदि का स्रोत है।

मन की इन तीनों अवस्थाओं को इमारत के तीन तलों के रूप में देखने के बाद, हम निम्नलिखित निष्कर्ष निकाल सकते हैं। अवचेतन मन पर कोई छाप छोड़ने के लिए, हमें चेतन मन को जानना होगा (पहले तल पर जाने के बाद ही दूसरे तल पर जाया जा सकता है)। अंतर्ज्ञान या सहज बोध, जो अतिचेतन मन से आता है, उसे अवचेतन मन से हो कर गुज़रना होगा ताकि चेतन मन इसे हमारे लिए प्रकट कर सके। कोलाहल से भरा अवचेतन मन आसानी से सहज बोध को पार नहीं जाने देगा।

मन की इन तीनों अवस्थाओं में से, केवल अतिचेतन मन ही जानता है कि आपके लिए क्या उचित है। यह आत्मा की सर्वज्ञानी बुद्धिमत्ता है। यही समस्या है

कि लोग अक्सर अपने चेतन और अवचेतन मन के साथ ही काम करते हैं और उन्हें अतिचेतन मन से आने वाले सहज विवेक की झलक ही कभी–कभार मिलती है।

अवचेतन मन बुनियादी तौर पर तब तक नहीं जानता कि आपके लिए क्या अच्छा है, जब तक आप इसे जानने का प्रशिक्षण नहीं देते। इसे प्रशिक्षित करने के लिए, पहले आपको मन की बेहतर समझ और इस पर नियंत्रण करना आना चाहिए। फिर आपको उचित सूचना संग्रह करने के बाद, इसे पचा कर स्पष्ट निष्कर्ष निकालने होंगे और फिर इन निष्कर्षों को अवचेतन में व्यवस्थित रूप में संजोना होगा ताकि अवचेतन मन इन निष्कर्षों का प्रयोग करते हुए आपका मार्गदर्शन कर सके। तभी आपका अवचेतन मन आपके लिए एक अद्‌भुत संपत्ति बन पाता है। एक स्पष्ट अवचेतन अतिचेतन मन के साथ पूरी तरह से सामंजस्य में काम करे तो यह ऐसी अकल्पनीय शक्ति बनता है, जिसे पाने के आप वास्तव में अधिकारी हैं।

आज की दुनिया में, दैनिक रूप से सूचना की सुनामी आई रहती है, जो हमारे अवचेतन मन के लैंडस्केप को ही अस्त–व्यस्त कर देती है। सूचना के अपच से अवचेतन धीमी मौत करने लगता है, हम निर्णय लेने के योग्य नहीं रहते (यहाँ तक कि छोटे–मोटे निर्णय भी)। हम भ्रम, आवश्यकता से अधिक चिंतन, बेचैनी और तनाव के शिकार होने लगते हैं। जिस तरह कोई भूखा भोजन पर टूट पड़ता है, उसी तरह हम भी सूचना पर टूट पड़ते हैं, परंतु उस सूचना के संसाधन के लिए समय नहीं देते और स्पष्ट निष्कर्ष पाने की महत्त्वपूर्ण अवस्था तक नहीं आ पाते।

ऐसा करने से अवचेतन टूटने लगता है। इस समय ज़्यादा से ज़्यादा लोग निर्णय नहीं ले पाते या यह तक नहीं जानते कि वे जीवन में क्या चाहते हैं।

पूरे दिन के दौरान, किसी भी समय, आपकी सजगता मन की इन तीनों अवस्थाओं में से किसी के एक के साथ काम कर रही होती है (हम तीसरे अध्याय में सजगता के बारे में जानेंगे)। आप जीवन के अनुभवों के लिए किस तरह प्रतिक्रिया देते हुए कार्रवाई करेंगे, यह इसी बात पर निर्भर करेगा कि आप मन की किस अवस्था में हैं। अंततः, आपका इस चीज़ पर नियंत्रण होना चाहिए कि आपकी सजगता मन की कौन सी अवस्था में रहेगी।

अपने जीवन का उत्तरदायित्व लेते हुए, आपको अपने जीवन का परिणाम इस परिवेश या फिर 'यूनिवर्स' पर नहीं छोड़ना चाहिए। जो भी लोग कहते हैं, "यह ब्रह्माण्ड मुझे मार्गदर्शन देगा"। मैं उन्हें यक़ीन से कह सकता हूँ कि ज्यूपीटर, प्लूटो और यूरेनस बैठ कर यह तय नहीं करते कि आपके जीवन की परेशानियों को कैसे हल करना है। आपका मन एक साधन है। आप ही इसके स्वामी हैं। समझें कि यह कैसे काम करता है और फिर इसे मनचाहे जीवन को पाने के लिए केंद्रित करें।

आप अपने जीवन में इन तकनीकों को जितनी जल्दी सीखेंगे, आपके पास इन्हें जीवन में लागू करने के लिए उतना ही अधिक समय होगा और इनके लाभ आपके सामने होंगे। भले ही आपके पास जीने के लिए एक दशक ही क्यों ना बचा हो, आप फिर भी इन तकनीकों के बल पर अपने जीवन का सबसे अद्‌भुत दशक जी सकते हैं। यह आपकी ओर से आपके लिए सबसे महानतम उपहार होगा। यह एक ऐसा उपहार भी होगा, जो आप दूसरों को दे सकते हैं। जब आप स्वयं उन्नत होंगे और अपने बेहतर संस्करण के रूप में सामने होंगे तो आप उन सभी को उन्नत कर सकेंगे, जो आपसे जुड़े होंगे।

मुझे याद है, आश्रम का हिस्सा बनने के कुछ महीनों बाद तक, मैं बहुत उदास रहता था। मैंने लंबे समय से अपने परिवार से बात नहीं की थी। उनकी बहुत याद आती थी। उस आश्रम में दीक्षित हिंदू साधु के रूप में रहने का अर्थ था कि हम पूर्व परिचित लोगों के संपर्क में नहीं रहते थे। एक दिन मैं गुरुदेव के पास उनके कार्यालय में गया और उनसे अपने मन की बात कही।

मैंने उनसे कहा, ''गुरुदेव, मैं बहुत उदास हूँ। परिवार की बहुत याद आती है। अपने मित्रों और संबंधियों को याद करता हूँ। और कई बार तो ऐसा भी लगता है कि मठ में रहना मेरा स्वार्थ है, इस तरह मैं उन लोगों की कोई मदद नहीं कर पा रहा।''

उन्होंने पूरे मनायोग से मेरी बात सुनी, जैसा कि वे हमेशा करते थे, और फिर उन्होंने जो किया, वह काफ़ी हद तक रोचक था। वे एक बॉक्स के पास गए और एक टिश्यू निकाला। उन्होंने उसे मेज़ पर फैलाते हुए कहा, ''तुम इस जगह बीच में हो। तुम्हारे पिता इस कोने में हैं, तुम्हारी माँ इस कोने में हैं, तुम्हारा भाई इस कोने में है और तुम्हारा भाई इस कोने में है।''

फिर उन्होंने टिश्यू को बीच से उठाया और उसे छत की ओर उठाते हुए बोले, ''तुम बीच में हो और जब तुम ख़ुद को उठाते हो तो देखो कि तुम दूसरों के लिए क्या कर रहे हो : तुम अपने साथ-साथ उन्हें भी उठा रहे हो।'' जब वे टिश्यू को ऊपर उठा रहे थे तो कोने भी साथ-साथ उठ रहे थे।

फिर वे आगे बोले, ''तुम अपने जीवन में आने वाले सभी लोगों से ऊर्जा के रूप में जुड़े हो। जब तुम ख़ुद को उठाते हो, वे भी तुम्हारे साथ उन्नत होते हैं, तो स्वयं को विकसित करने में लगा समय, तुम्हारा स्वार्थ नहीं है।''

यह मेरे लिए एक सरल और गहरा सबक़ था। इसने मेरे मन पर ऐसी अमिट छाप छोड़ी कि उसके बाद से मैं अपना बेहतर संस्करण बनने की कोशिश करने लगा, जो केवल मेरे जीवन पर ही नहीं, बल्कि दूसरों के जीवन को प्रभावित करने के लिए भी था।

आपके पास एक जीवन है, केवल इसी वजह से आपको इसका दायित्व लेते हुए, अपनी ओर से इसे बेहतर तरीक़े से जीने की कोशिश करनी चाहिए। इस पुस्तक में अंतर्ज्ञान, साधन और अभ्यास बुनियादी शिक्षाओं के रूप में दिए गए हैं, आपको इनके अनुसार चल कर अपना लक्ष्य मिल सकता है।

1.3

इच्छाएँ, जीवन का सर्वश्रेष्ठ बल

एक सदा ज्वलंत रहने वाली इच्छा के अभाव में कुछ नहीं पाया जा सकता। बीसवीं सदी के रहस्यवादी, नेपोलियन हिल ने अपनी किताब *थिंक ऐंड ग्रो रिच* में कहा है, ''नई और बेहतर चीज़ों की माँग के पीछे, केवल एक ऐसी योग्यता है, जो आपके अंदर होनी चाहिए, और वह है, *उद्‌देश्य की निश्चितता,* एक व्यक्ति क्या चाहता है, इस बात की जानकारी और उसे पाने की ज्वलंत इच्छा।''

आप क्या चाहते हैं, यह जानना और फिर उसे पाने की ज्वलंत इच्छा रखना। यदि आपको यह बात स्पष्ट है कि आप एक केंद्रित जीवन जीना चाहते हैं, तो इसके बाद अगला प्रश्न आता है : आप उसे पाने की कितनी गहरी इच्छा रखते हैं? अधिकतर लोगों की इच्छा बहुत गहरी नहीं होती और इच्छा के गहरी नहीं होने की वजह से ही वे एक केंद्रित जीवन नहीं जी पाते। यही हमारे हर काम पर लागू होता है।

राइट बंधु उड़ना चाहते थे। एडिसन अपने साधनों से रात के अंधेरे को रोशन करना चाहते थे। हिलेरी और नॉर्गे एवरेस्ट पर जीत हासिल करना चाहते थे। रोज़ा पार्क्स समान अधिकार चाहती थीं। गाँधी अहिंसा के माध्यम से आज़ादी चाहते थे। यह सूची उन स्त्री और पुरुषों के इतिहास से भी परे है, जिन्होंने इच्छा की शक्ति के बल पर वह प्रकट किया, जिसे वे पाना चाहते थे। कभी ना ख़त्म होने वाली इच्छा की शक्ति से सारी बाधाओं, विरोधों और विपक्षों का सामना किया जा सकता है। यह वह पर्दा है, जो बाधाओं को दृष्टि से ओझल कर देता है। यही सफलता के पीछे का सर्वश्रेष्ठ बल है।

मेरी अपने गुरु से पहली भेंट तब हुई, जब मैं नौ साल का था। जब मैं उनसे दूसरी बार मिला तो मैं इक्कीस साल का हो गया था। मैंने अपनी दूसरी भेंट में उनसे

सबसे पहले जो बात कही, वह यही थी कि मैं अपने जीवन का उद्देश्य, आत्म-बोध पाना चाहता था। यह कहने के बाद मैंने तुरंत पूछा कि क्या वे मुझे इसे पाने में प्रशिक्षित करते हुए सहायता करेंगे।

उन्होंने मेरी आँखों में देख कर पूछा, ''तुम इसके लिए क्या करने को तैयार हो?''

मैंने बिना किसी झिझक के पूरे संकल्प से अपनी बात दोहराई, जो बरसों से मेरे अंदर बसी थी, ''मैं इसके लिए अपना जीवन देने को तैयार हूँ।''

जब उन्होंने मेरे शब्द सुने तो मुझे उनके चेहरे पर कोई संदेह नहीं दिखा और ना ही मुझे इस बात से कोई अंतर पड़ता था कि उन्हें मेरी बात सुन कर कैसा लगा। मेरी इच्छा और मैं उसके लिए क्या करना चाहता था; बस मेरे लिए यही बहुत था। मैं जो चाहता था, उसे पाने का संकल्प ले चुका था। मुझे एक मार्गदर्शक चाहिए था। कोई ऐसा जो कई बार उस लक्ष्य का अनुभव कर चुका हो और उस तक जाने का निश्चित मार्ग जानता हो। अब यह उनका चुनाव था कि वे मुझे शिष्य के रूप में स्वीकार करेंगे या नहीं।

आने वाले बरसों में उन्होंने मेरी इच्छा और दृढ़ निश्चय की परीक्षा ली। एक के बाद एक चुनौती, एक के बाद एक परीक्षा, मैंने भी अपना संकल्प नहीं त्यागा कि मैं उनके आश्रम का हिस्सा बनना चाहता था और उनके प्रशिक्षण और अपने उद्देश्य की पूर्ति के लिए अपने प्राण तक देने को तैयार था। तीन साल बाद, मैंने आत्म-बोध की खोज में, अपने परिवार का त्याग किया और उस संसार को भी छोड़ दिया, जिसे मैं अपने जन्म के समय से पहचानता था। मैं अपने गुरु के आश्रम में एक साधु की तरह संन्यस्त जीवन जीने के लिए संकल्पबद्ध हुआ।

संन्यास की दीक्षा लेने के बाद मैं अपने माता-पिता, संबंधी, मित्रों, लोगों और पूर्व परिचितों से संप्रेषण नहीं कर सकता था। संगीत, शो, भोजन, ड्रिंक्स, कपड़े, प्राथमिकताएँ... मेरा पिछला जीवन अब नहीं रहा। वे मेरे लिए कोई मायने नहीं रखते थे। मेरे जीवन के उद्देश्य ने बाक़ी सारी इच्छाओं को ग्रहण लगा दिया था। मेरा जीवन अब बाक़ी इच्छाओं को केवल एक परम इच्छा- आत्म-बोध को पाने की इच्छा की ओर प्रवृत्त कर रहा था, जो कि हिंदू दर्शन के अनुसार परम आध्यात्मिक उपलब्धि माना जाता है।

यह सब इस पर निर्भर करता है कि आप जो चाहते हैं, उसके लिए आपके मन में कितनी गहरी इच्छा है। आप उस इच्छा को पूरी करने के लिए क्या करने को तैयार हैं और आप उसे पाने के लिए क्या छोड़ने को तैयार हैं। मेरे मामले में, मैं अपने जीवन की परम इच्छा को पूरा करने के लिए अपने प्राण देने को भी तैयार था।

मैं यह भी निःसंकोच कहना चाहूँगा कि जीवन में बाक़ी सभी इच्छाओं को त्याग कर ऐसी इच्छा रखने का अर्थ यही नहीं लगाया जाना चाहिए कि मुझे कभी अपने रास्ते के लिए शंका पैदा नहीं हुई। मैं किसी सुपरहीरो या फिर जीवन के दुखों और कष्टों से परे जीने वाले स्थिरमना साधु का चित्र नहीं खींचना चाहता। हम अक्सर अपने सम्मानित लोगों को संपूर्णता और मसीहाई गुणों से भरपूर देखना पसंद करते हैं। मैं आपको यक़ीन दिला सकता हूँ कि हम सभी इंसान ही हैं, हममें से प्रत्येक। मैं टूटा, मैं रोया, मैं असफल हुआ, मैं लड़खड़ाया, मैं निराश हुआ, उलझन में पड़ा, अपने पर सवाल उठाए और भी बहुत कुछ हुआ। पर मैंने कभी जीवन के उद्‌देश्य का साथ नहीं छोड़ा। वह इच्छा हमेशा बनी रही और वही यह सुनिश्चित करती है कि मैं जीवन में क्या करता हूँ और मेरी ऊर्जा का केंद्र क्या होगा।

जो भी कोई आपसे कहता है कि उसने कभी पीछे हटने के बारे में नहीं सोचा, वह आपको आर्कटिक में एक ट्रॉपिकल आइलैंड बेच रहा है।

जो डि सेना, स्पार्टन रेस के संस्थापक (मानसिक और शारीरिक शक्ति को बढ़ाने के लिए सैन्य शैली की बाधा दौड़ें आयोजित करने वाले) से बातों के दौरान मैंने पूछा कि क्या उन्होंने अपने द्वारा की गई लंबी दौड़ें के बीच कभी हार मानी या क़दम पीछे हटाने के बारे में सोचा? मेरा वाक्य पूरा भी नहीं हुआ था कि वे बोले, ''हर बार, मैं अपनी हर दौड़ को छोड़ना चाहता था।'' मैं उस समय यह सोचे बिना नहीं रह सका कि वह कितना ईमानदारी से भरा उत्तर था।

मैं आपको आश्वस्त कर सकता हूँ कि अनिश्चितता से रहित, केवल संपूर्णता का दावा करने वाला जीवन आशा की प्रेरणा नहीं देता, बल्कि सफलता की ओर जाने वाले मार्ग के कष्टरहित होने की झूठी तसवीर पेश करता है – ऐसी तसवीर जो निराश लोगों को कभी आगे नहीं जाने देगी। सफलता के गगनचुंबी शिखर प्रायः लोगों को आकर्षित करते हैं कि वे उन पर केंद्रित हों, परंतु वे लोग उन खाइयों की गहराइयों और चौड़ाइयों पर आंशिक रूप से भी केंद्रित नहीं हो पाते, जिनमें से वे रेंग-रेंग कर निकलते हैं। यह किताब एक आम इंसान की कहानी कहती है, जो एक बहुत ही भटके हुए मन वाले बालक से ऐसे वयस्क में बदला जो अपने जीवन के हर काम पर पूर्ण रूप से केंद्रित होने में सक्षम है। इसमें कोई चमत्कार या पानी पर चलने या समुद्र को चीरने जैसा क़रिश्मा शामिल नहीं हैं बस आपके अंदर इस यात्रा के दौरान निश्चित रूप से स्पष्ट उद्‌देश्य के लिए इच्छा होनी चाहिए, जो केंद्रित जीवन के मार्ग से अधिक उतार-चढ़ाव रखती है।

चाहे जो भी हो, व्यक्ति को अपनी इच्छा पूर्ति में सदा विश्वास रखना चाहिए। अपनी इच्छा का विश्वास ही संदेह को दूर रखेगा और उसके लिए अन्य इच्छाओं की पूर्ति का दरवाज़ा खुल जाएगा।

अंततः आपके अंदर उसे पाने की तड़प हो। आप जो भी चाहें, उसे पाने की इच्छा और यह विश्वास हो कि आप उसे अवश्य पा लेंगे। इस इच्छा के साथ आपके अंदर धीरज और स्वीकृति होने चाहिए कि आपकी इच्छा को पूरी होने में कई दशक भी लग सकते हैं।

हिल के शब्दों में, ''कुछ भी सही या ग़लत नहीं, जिसे विश्वास और ज्वलंत इच्छा के बल पर यथार्थ नहीं किया जा सके। ये योग्यताएँ सबके लिए निःशुल्क हैं।''

1.4

मुद्दे की बात

बीते वर्षों के दौरान मेरी भेंट असंख्य लोगों से हुई, जो एक केंद्रित जीवन जीना चाहते थे। वे पूरी हार्दिकता से मेरे आगे अपनी इच्छा प्रकट कर चुके थे, परंतु इनमें से अधिकतर लोग कभी चाह कर भी केंद्रित जीवन नहीं जी सके। मैं जानता था कि वे सफल क्यों नहीं हो सके, क्योंकि उनके अंदर एक केंद्रित जीवन जीने की इच्छा बहुत प्रबल नहीं थी। शायद जब उन्होंने मेरे आगे अपनी इच्छा रखी थी तो वे जीवन में चुनौतीपूर्ण समय से गुज़र रहे थे और उसी पीड़ा के बीच वे अपने लिए जीने का कोई और विकल्प चाह रहे थे। पर अक्सर, जब पीड़ा या कष्ट कम हो जाते हैं तो उसी कष्ट के साथ अलग तरह से जीने की इच्छा भी नहीं रहती और लोग फिर से अपने उसी पुराने ढर्रे में वापस आ जाते हैं।

मैं अक्सर सोचता हूँ कि इच्छा की कमी के अलावा, ऐसी और क्या वजह रही होगी कि वे चाह कर भी अपने अभियान में सफल नहीं हो पाते। हालाँकि सिओल, दक्षिण कोरिया की एक कड़कड़ाती सर्दी से भरी शाम को मुझे वह खोई हुई कड़ी मिली, जो उनकी सफलता की राह में बाधा बनती होगी। अक्टूबर, 2017 और मुझे 18 वर्ल्ड नॉलेज फ़ोरम में एक वक्ता के तौर पर निमंत्रित किया गया था। उस तीन दिन चलने वाले सत्र में तीन हज़ार लोग शामिल थे और प्रभावशाली वक्ताओं की सूची में कई देशों के भूतपूर्व प्रधानमंत्री और राष्ट्रपति, नोबेल पुरस्कार विजेता और वैश्विक कॉर्पोरेशंस के कई सीईओज़ तक शामिल थे।

ऐसी ही एक शाम, मुझे एक निजी भोज में शामिल होने का न्यौता आया, जिसमें सत्तर-अस्सी हस्तियाँ भाग ले रही थीं। वे लोग गणमान्य अतिथि थे। यह इवेंट एक पारंपरिक कोरियाई घर जैसी जगह में हो रहा था, जिसे हनोक कहते हैं। टाइलों वाली छतों पर लकड़ी से काम किया गया था। उस सादे, आलीशान और बहुत ही भव्य घर के बीच खड़े हो कर ऐसा ही लगा मानो मैं अठारहवीं सदी के

कोरियाई घर में पहुँच गया। जब मैं वहीं खड़ा कुछ लोगों से बात कर रहा था तो एक सज्जन पास आ कर बोले, ''हाय, आप कौन हैं और किस बारे में बात कर रहे हैं?'' मैंने अपना परिचय दिया और अपनी बातचीत का हवाला दिया। फिर उन्होंने अपना परिचय देते हुए कहा कि वे एक भूतपूर्व व्हाइट हाउस स्टाफ़ चीफ़ थे।

हमारी बातचीत के दौरान उन्होंने संकेत दिया कि लोग अपनी बात सही तरह से नहीं कह पाते, इसकी एक ख़ास वजह यह होती है कि वे अपना मुद्दा साबित नहीं करते।

मैंने उन्हें कहा कि वे इस बारे में विस्तार से बात करें तो उन्होंने यू.एन. की भूतपूर्व सेक्रेटरी जनरल बान की-मून के भाषण का ज़िक्र किया, जो उन्होंने एक दिन पहले दुनिया के पर्यावरणीय मसलों पर दिया था। उन्होंने कहा कि बान की-मून चाहते थे तो अपनी बात को स्पष्ट करने के लिए साबित कर सकते थे। उन्होंने आगे कहा, ''मिसाल के तौर पर, हम पेंसिलवानिया में रहने वाली तीन बच्चों की सिंगल माँ से पर्यावरण की देख-रेख की उम्मीद कैसे कर सकते हैं, जो पहले से दो कामों में व्यस्त है। वह अपने बच्चों की देख-रेख और उनका पेट भरने के सिवा कुछ और सोच भी कैसे सकती है? जब आप अपनी बात कहें तो वह लोगों को समझ आनी चाहिए। आपको उनके लिए सभी बिंदुओं का मिलान करना होगा। जब आप उस जगह रहने वाली तीन बच्चों की सिंगल माँ के लिए अपनी बात साबित कर सकेंगे तो वह अपनी ओर से पर्यावरण की रक्षा के लिए काम करेगी। पर पहले आपको अपनी बात साबित करनी होगी।''

मेरे लिए यह एक बड़ी बात थी और शायद उस साल की सबसे बड़ी सीखों में से एक भी। मैंने पूरी दुनिया में यात्राओं के दौरान लोगों को केंद्रित होने की शिक्षा दी है, परंतु उनके साथ हुई इस बातचीत में, मुझे अहसास हुआ कि मैं अपनी बात साबित नहीं सका था कि हमें केंद्रित होने की आवश्यकता क्यों होती है। इसके साथ ही मुझे यह अहसास भी हुआ कि अधिकतर लोग स्वयं को भी साबित नहीं कर पाते कि उन्हें केंद्रित जीवन क्यों जीना चाहिए। दूसरे शब्दों में, उन्होंने स्वयं को यह नहीं समझाया होता इसलिए वे इसे अच्छी तरह जान नहीं पाते। इसी वजह से वे एक केंद्रित जीवन जीने की प्रमुख सामग्री से वंचित रह जाते हैं।

जब तक हम स्वयं के लिए यह साबित नहीं करते कि हमें केंद्रित जीवन क्यों जीना चाहिए, तब तक हम केंद्रित नहीं होना चाहेंगे। इसी तरह, दूसरों को केंद्रित रहने की शिक्षा या प्रोत्साहन देने से पहले हमें उन्हें यह बात साबित करनी होगी। सिओल में हुए इस वार्तालाप के बाद, मैं हमेशा केंद्र के बारे में बात करते हुए अपनी बात को साबित करने लगा और मैंने देखा कि मेरा संदेश तत्काल लोगों पर अपना असर दिखाने लगा था।

अत: जब आप केंद्रित होना सीखें और अपने बच्चों, मित्रों, परिवार, सहकर्मियों और कर्मचारियों को केंद्रित होने की कला सिखाने के लिए प्रोत्साहित हों तो बच्चों को केवल इसलिए केंद्रित होने को नहीं कहें क्योंकि आप स्वयं ऐसा करते हैं। यह उन कामों में से एक होगा, जो आप उन्हें बिना कोई कारण दिए, करने के लिए कह रहे हैं। आपको उन्हें अपनी बात साबित करनी होगी और जब तक आप ऐसा नहीं करते, तब तक वे इस पर केंद्रित नहीं होंगे। आपको उन्हें समझाना होगा कि उनके लिए केंद्रित होना कितना महत्त्वपूर्ण हो सकता है।

आगामी अध्याय में हम चर्चा करेंगे कि केंद्रित जीवन जीने के लिए अपने मुद्दे को साबित करना कितना मायने रखता है। यह बहुत ज़रूरी है, क्योंकि जब आप स्वयं को इस बात के लिए मना सकेंगे तो इस किताब में दिए गए साधन और उपाय आपके जीवन का अंग बन सकेंगे। हम कुछ ऐसे रवैयों की चर्चा भी करेंगे, जो एक केंद्रित जीवन जीने को सहयोग देने के लिए अनिवार्य होते हैं।

अध्याय 2

सफलता के लिए तैयारी

2.1

जीवन प्रसन्नतापूर्वक जीने के लिए है

(एक केंद्रित जीवन जीने के लिए पहली प्रेरणा)

मान लेते हैं कि आप एक केंद्रित जीवन जीना चाहते हैं, क्या आपको पता है कि आप ऐसा क्यों करना चाहते हैं? मैंने अपने लिए इसके तर्क और कारण चुन लिए हैं, इसीलिए मैं पिछले चार दशकों से एक उद्‌देश्य से भरपूर जीवन जीने की कोशिश कर रहा हूँ। इस उद्‌देश्य के लिए अपने तर्क बनाते हुए ही मैंने जाना कि ऐसी तीन प्रेरणाएँ हो सकती हैं, जिनके लिए किसी को केंद्रित जीवन जीना चाहिए : प्रसन्नता, लक्ष्यों को साकार करना और मृत्यु। आइए, सबसे पहले प्रसन्नता की बात करें।

मेरे गुरु ने एक बार कहा था, ''जीवन प्रसन्नतापूर्वक जीने के लिए बना है।'' इस बात ने मुझ पर गहराई तक असर डाला। जब मैंने इसे सुना तो मैंने स्वयं से पूछा, ''हाँ, जीवन को प्रसन्नतापूर्वक क्यों नहीं जीना चाहिए?'' मैं बचपन से ही आध्यात्मिक झुकाव रखता था और मेरा सामना अक्सर ऐसे दृष्टिकोणों से हुआ, जो यह मानते थे कि आध्यात्मिक जीवन में संयम, त्याग, गंभीरता, नियम, नैतिक आचरण, वर्जनाएँ आदि बहुत कुछ शामिल होता है। अक्सर इनमें आनंद और प्रसन्नता को शामिल नहीं किया जाता था। मेरे गुरु ने मुझे सबसे पहले स्पष्ट किया कि आध्यात्मिक जीवन एक प्रसन्नतापूर्ण जीवन होना चाहिए और ऐसा हो सकता है – क्योंकि जीवन सही मायनों में प्रसन्नतापूर्वक जीने के लिए ही बना है। सच कहूँ तो ऐसा कौन होगा, जो कष्टों से भरा जीवन चाहेगा? अधिकतर लोग अपने ही बनाए दुखों की क़ैद में जीते हैं, परंतु मेरा यह भी मानना है कि अगर उन्हें चुनने का अवसर दिया जाए तो उनमें से अधिकतर लोग प्रसन्नतापूर्ण जीवन जीना चाहेंगे, यदि वे ऐसा कर सकें या वे जानते हों कि ऐसा कैसे कर सकते हैं।

जब कोई व्यक्ति पूरी स्पष्टता से जीवन के उद्देश्य को जान लेता है, तो इस स्पष्टता से सामने आने वाली प्राथमिकताएँ और इन प्राथमिकताओं पर केंद्रित रहने की योग्यता, इस प्रभाव का नतीजा एक आनंददायक जीवन है। अगर मेरे पास प्रसन्न या दुखी जीवन जीने का चुनाव होता, तो मैं अपने लिए प्रसन्नतादायक जीवन को चुनता। अगर आप भी मेरी ओर हैं तो आगे पढ़ें।

जब मेरे गुरु मरणासन्न थे और जानते थे कि इस नश्वर संसार में उनके कुछ ही दिन शेष थे तो उन्होंने अपने आसपास खड़े कुछ साधुओं से कहा, ''यह कितना अद्भुत जीवन रहा। मैं संसार की किसी भी वस्तु के बदले इसे नहीं बदलता।'' एक मरणासन्न के मुख से निकले कितने गहरे वचन। यह भी किसी उपहार से कम नहीं। आप अपनी मृत्यु के निकट आने के बाद जीवन का मूल्यांकन करें और इसे अद्भुत पाएँ।

कितने लोग सही मायनों में ऐसा कह सकते हैं? अधिकतर लोग नहीं कह सकते। अधिकतर लोग ऐसा इसलिए नहीं कह सकते, क्योंकि वे उद्देश्य से भरा जीवन नहीं जीते। उन्हें नहीं पता था कि जीवन में उनका मक़सद क्या था और नतीजन उन्हें अपनी प्राथमिकताओं के बारे में भी नहीं पता था (क्या और कौन महत्त्वपूर्ण है) और इस तरह वे नहीं जानते थे कि उन्हें किस पर केंद्रित होना है। प्रसन्नता और आनंद पाने का स्रोत यह होता है कि आप उन लोगों और चीज़ों पर पूरा ध्यान दें, जो आपके जीवन में बहुत मायने रखते हैं, इनमें जीवन के वे अनुभव भी शामिल हैं, जिन्हें आपने स्वयं अपने लिए चुना। जब आप उन लोगों और चीज़ों पर केंद्रित होते हैं, जो आपके लिए अहम नहीं होते, तो नतीजा कभी वैसा नहीं होता, जो अहम लोगों पर ध्यान देने से मिलता है। आपको उन लोगों पर ध्यान देने से कभी प्रसन्नता और आनंद का वैसा स्तर नहीं मिल सकता।

अगर आप साल दर साल, अपने जीवन को इस तरह जीते हैं, जैसे आपको अच्छी तरह पता होता है कि आपको किन चीज़ों पर ध्यान देना है तो आपको जीवन में संपन्न और उच्चतम गुणवत्ता के अनुभव होंगे। इन अनुभवों का उपोत्पाद प्रसन्नता ही है। आप इसे क्यों नहीं पाना चाहेंगे?

जीवन में किस और कौन सी बात पर केंद्रित होना है, इसे जानने के महानतम वरदानों में से एक यह जानना भी है कि हमें किस और कौन सी बात पर केंद्रित नहीं होना।

जब आप उन लोगों के साथ समय बिताते हैं, जिन्हें आप प्यार करते हैं और जब आप उनके साथ रहते हुए उन पर केंद्रित हो सकते हैं, तो इससे आपको उपोत्पाद के तौर पर प्रसन्नता का अहसास मिलता है। जब आप कुछ ऐसा करने में समय लगाते हैं, जो आपको करना पसंद है और आप उस पर केंद्रित रह सकते

हैं, तो इससे आपको उपोत्पाद के तौर पर प्रसन्नता का अहसास मिलता है। अपने उद्देश्य और प्राथमिकताओं के आधार पर ऐसी जीवनशैली तैयार करें, जिसका उपोत्पाद प्रसन्नता हो। कहते हैं कि ऐसी जीवनशैली जीना कठिन है, जिसमें केवल प्रसन्नता का ही नतीजा मिले, क्योंकि अक्सर आवश्यकता होने पर हमें ऐसे काम भी करने होते हैं, जिनमें प्रसन्नता नहीं मिलती और ऐसा करने में कोई बुराई नहीं है। यह जीवन की वास्तविकता है, परंतु हम निश्चित रूप से एक ऐसा जीवन जीने की दिशा में जा सकते हैं, जिसका कुल नतीजा प्रसन्नता के रूप में ही सामने आता हो।

जिन कामों को करने से प्रसन्नता मिलती हो, उन्हें आप सही मायनों में कैसे कर सकते हैं? इसका उत्तर यही होगा कि आपको अपने जुड़ावों में पूरी तरह से मौजूद होना चाहिए ताकि आप उनका पूरा अनुभव पा सकें। आप पूरी तरह से मौजूद कैसे हो सकते हैं? आपको अडिग केंद्र विकसित करना होगा। बहुत से लोग वर्तमान में और क्षण में जीने की बात करते हैं, परंतु यह कोई नहीं सिखाता कि इसे कैसे करना चाहिए। जब मेरे गुरु ने मुझे मन की सजगता के बारे में सिखाया था और यह बताया था कि मैं जिन चीज़ों और व्यक्तियों के साथ हूँ, उनके प्रति सजगता को कैसे बनाए रखना है, तब मैंने वास्तव में वर्तमान में होना सीखा। अपने अनुभवों में पूरी तरह से मौजूद होते हुए, मुझे अहसास हुआ कि मैं उन्हें पूरी तरह से महसूस कर रहा था, जिससे मुझे प्रसन्नता का अहसास हुआ।

मुझे प्रसन्न होना पसंद है और मैं जानता हूँ कि मैं जितना अधिक केंद्रित रहूँगा, उतना ही अधिक मैं उन अनुभवों में मौजूद रह सकूँगा और उनसे उतनी ही अधिक प्रसन्नता प्राप्त होगी। नतीजन मुझे प्रसन्नता का अहसास होगा। उच्चतम रूप से केंद्रित जीवन जीने के लिए यही प्रेरणा मेरे लिए बहुत मायने रखती है।

आइए, अब केंद्रित जीवन जीने के लिए दूसरी प्रेरणा पर ध्यान दें।

2.2

मनचाहे जीवन को प्रकट करना

(एक केंद्रित जीवन जीने के लिए दूसरी प्रेरणा)

हम सभी जीवन में लक्ष्य और सपनों के साथ जीते हैं और हमारे सामने उन्हें प्रकट करने की चुनौती बनी रहती है। किसी विज़न को साकार करने के लिए बहुत सारे कारक शामिल होते हैं, परंतु कुछ बुनियादी लक्षण ऐसे हैं, जिन्हें निश्चित रूप से करना होता है। केंद्रित होने की योग्यता भी उनमें से एक है।

एक केंद्रित जीवन जीने के लिए दूसरी प्रेरणा, अडिग केंद्र है, जो आपके लक्ष्यों को साकार करने की योग्यता देता है। और इसी वजह से, आपको यह सीखना और भी ज़रूरी हो जाता है कि आपको यह कोशिश क्यों करनी चाहिए।

आप अपनी ऊर्जा जिस ओर निवेश करते हैं,
आपका जीवन वहीं प्रकट होता है।

–दंडपाणि

इस वाक्य को समझने के लिए आपको ऊर्जा को उसी तरह देखना होगा, जैसे आप पानी को देखते हैं। अगर मैं पानी देने के पात्र से बगिया को सींचता हूँ तो फूल उगेंगे या खरपतवार? इसके उत्तर दोनों ही हो सकते हैं, क्योंकि पानी में फूलों और खरपतवार में अंतर करने की योग्यता नहीं होती। बाग में जिस चीज़ को पानी मिलेगा, वही फलने-फूलने लगेगी।

ऊर्जा भी ठीक ऐसे ही काम करती है : मैं अपनी ऊर्जा जिसे भी दूँगा, वही फलने-फूलने लगेगा। अगर मैं अपनी ऊर्जा सकारात्मकता को दूँगा तो

सकारात्मकता सामने आएगी। अगर मैं अपनी ऊर्जा किसी नकारात्मक चीज़ को दूँगा तो नकारात्मकता सामने आएगी। ऊर्जा को सकारात्मक या नकारात्मक के अंदर भेद करना नहीं आता। मैं अपनी ऊर्जा का निवेश जिसमें करूँगा, वही फलेगी–फूलेगी। जीवन में किसी चीज़ को प्रकट करने के लिए, मैं उसमें ऊर्जा का निवेश करता हूँ।

इस समय आप उन चीज़ों का कुल निचोड़ हैं, जिनमें आप आजीवन अपनी ऊर्जा का निवेश करते आए हैं। आपका शारीरिक, मानसिक और भावात्मक निवेश; ये आपके ऊर्जा के चेतन और अवचेतन निवेश का ही नतीजा है। अगर मैं अपने लिए अच्छी तरह से सोचे–समझ कर लिए गए आहार और व्यायाम की दिनचर्या का चुनाव करता हूँ तो एक स्वस्थ शरीर में ऊर्जा का निवेश हो रहा है। अगर मैं अपने अवचेतन को सकारात्मक अभिकथन देने का चुनाव करता हूँ, नकारात्मकता को दूर करते हुए ध्यान करता हूँ तो मैं अपने स्वस्थ मन के लिए ऊर्जा का निवेश कर रहा हूँ।

अधिकतर लोगों को पता नहीं होता कि वे रोज़मर्रा के जीवन में प्रतिदिन अपनी ऊर्जा का निवेश किस जगह कर रहे हैं, उनके अंदर जीवन के उद्देश्य के लिए स्पष्टता नहीं होती और इसी वजह से वे प्राथमिकताओं के लिए भी स्पष्टता का अभाव रखते हैं। नतीजतन, उनके पास कोई उचित केंद्र बिंदु नहीं होता कि उनकी ऊर्जा को किस जगह केंद्रित होना है। नतीजतन, वे चाह कर भी अपनी इच्छाओं को साकार नहीं कर पाते। जब हमारे जीवन में उद्देश्य और प्राथमिकता पूरी तरह से स्पष्ट होते हैं, तो केंद्रित होने की योग्यता का ज्ञान होना और भी महत्त्वपूर्ण हो जाता है।

मन और इसकी सजगता के बारे में अध्ययन करते हुए, आप सीखेंगे कि जब आप अपनी सजगता पर ध्यान लगाते हैं तो आप इस बात पर केंद्रित हो सकते हैं कि आपकी ऊर्जा किस ओर प्रवाहित हो रही है और इस प्रकार यह तय कर सकते हैं कि आपके जीवन में क्या साकार हो रहा है – यह भी फ़ोकस के बारे में सीखने के लिए एक महत्त्वपूर्ण कारण बन सकता है।

2.3

मृत्यु, सबसे बड़ी प्रेरणा

(एक केंद्रित जीवन जीने के लिए तीसरी प्रेरणा)

एक केंद्रित जीवन जीने के लिए इससे बड़ी और महान प्रेरणा कोई नहीं हो सकती कि यह एक अविवादित तथ्य है कि मृत्यु बड़े ही धीरज से प्रतीक्षा में है ताकि एक दिन हमारा स्वागत कर सके।

मृत्यु एक ऐसा विषय है, जिसके बारे में अधिकतर लोग बात नहीं करना चाहते। बहुत से लोग इसके बारे में बात करके असुविधाजनक महसूस करते हैं तो कुछ लोग इससे डरते हैं और भावुक हो जाते हैं। हम एक लंबे समय से इस ग्रह पर उन्नत होते आए हैं, हालाँकि हम सभी को विविध प्रकार के अनुभव हुए हैं, इस जगह हम दो साझे गहरे अनुभवों की बात करेंगे : जन्म और मृत्यु, हालाँकि जन्म के बारे में किसी को याद नहीं रहता और मृत्यु से अधिकतर लोग डरते हैं।

आपमें से कुछ लोगों के लिए यह विषय असुविधाजनक हो सकता है। जब मैं इस किताब लेखन की यात्रा पर निकला, तो मैंने स्वयं से कहा कि मैं निस्वार्थ सेवा भाव रखूँगा। मैंने संकल्प लिया कि प्रतिदिन जो भी लिखा जाएगा, वह पाठक की सच्ची सेवा के लिए होगा। मैंने स्वयं से यह भी वादा किया कि मैं जो भी महत्त्वपूर्ण मानूँगा, उसे लिखने से पीछे नहीं हटूँगा, भले ही मेरा लेखन कुछ पाठकों को असहज कर दे। अगर मैं पाठक की सेवा करने के संकल्प पर बना रहा तो निश्चित तौर पर यह मेरी ओर से एक बड़ी छाप होगी।

मैं दलाई लामा के शब्द दोहराना चाहूँगा, उन्होंने कितने विवेक से, इस पाठ के सार को एक वाक्य में संजो दिया है : ''मृत्यु का विश्लेषण भयभीत होने के लिए नहीं किया जाता, यह इस अनमोल जीवनकाल को सराहने के लिए है।'' हम एक दिन इस दुनिया में नहीं रहेंगे, इस तथ्य को स्वीकार करने से, हम समझ सकते

हैं कि यह जीवन कितना अनमोल है। मृत्यु से डरना नहीं चाहिए, बल्कि इसे इस धरती पर अपने अस्तित्व के सहज भाग के रूप में अपनाना चाहिए।

हम सबने प्रत्यक्ष या अप्रत्यक्ष रूप से कभी न कभी, किसी मरणासन्न के पास होने का अनुभव पाया होगा। अपने किसी प्रियजन का वियोग कितना दुखदायी होता है। मैं जानता हूँ। मैंने अपने गुरु को खोया तो उसके बाद जीवन कभी पहले जैसा नहीं रहा। अधिकतर लोग मौत के बारे में इसलिए भी बात नहीं करना चाहते, क्योंकि इससे उदासी, हानि, भय और दुख के भाव पैदा होते हैं। इसके बारे में बात करने के संकोच की वजह से ही लोग इसे अच्छी तरह समझ नहीं पाए। हममें से अधिकतर को बचपन में कभी घर या स्कूल में मौत के बारे में कुछ नहीं सिखाया जाता। अधिकतर माता-पिता स्वयं इस विषय में पूरी जानकारी नहीं रखने की वजह से बच्चों को भी कुछ नहीं सिखा पाते और उन्हें यही लगता है कि मौत जैसा विषय बच्चों को भयभीत कर सकता है।

कहते हैं कि लोगों की मौत के बारे में समझ उनकी धार्मिक परवरिश पर निर्भर करती है, जो उन्हें मिली है, हर धर्म या दर्शन में इस बारे में अलग दृष्टिकोण मिलता है कि मृत्यु के बाद क्या होता है। पर कोई भी यक़ीन से नहीं कह सकता, क्योंकि कोई भी मरने के बाद स्वर्ग जाकर सेल्फ़ी लेकर वापस नहीं आया और उसे इंस्टाग्राम पर पोस्ट नहीं किया, ''मैं स्वर्ग में!'' या # पर्लीगेट्स! हम सबके ऐसे विश्वास और मान्यताएँ हो सकते हैं, जिन्हें हम लंबे समय से अपनाए हुए हों पर कोई भी यक़ीन से कुछ नहीं कह सकता। और अगर आपको मृत्यु को निकट से देखने का अनुभव हुआ भी हो, तो भी आप उसे लोगों के आगे साबित नहीं कर सकते।

मेरे गुरु की मौत मेरे जीवन में एक भयंकर अनुभव से कम नहीं थी। उसके साथ ही मुझे यह अहसास हुआ कि हम जिन लोगों को प्यार करते हैं, वे भी एक दिन नहीं रहते। जैसा कि मेरे गुरुदेव अक्सर कहते थे, ''जब तुम्हें किसी चीज़ का अहसास हो जाता है, तो तुम उस अहसास से परे नहीं हो सकते।'' किसी चीज़ को बौद्धिक तौर पर समझना एक बात है और उसका अहसास होना अपने-आप में दूसरी बात है।

ऑक्सफ़ोर्ड डिक्शनरी ऑफ़ इंग्लिश में बोध को परिभाषित करते हुए कहा गया है, ''किसी चीज़ के लिए एक तथ्य के रूप में पूरी तरह से सजग होना।'' एक व्यक्ति को कोई अनुभव हो सकता है पर हो सकता है कि उसे इसका अहसास नहीं हो। इस जगह एक उदाहरण दिया जा रहा है। जूली के पिता की मृत्यु हो गई और इस मृत्यु ने उसे बुरी तरह से तोड़ दिया। वह कई माह तक शोक में रही और कई साल बाद भी अपने पिता को याद करती रही। पिता की मौत ने उस पर भावात्मक रूप से असर डाला, पर उसे यह अहसास नहीं हुआ कि जीवन सीमित है। वह

अपना जीवन सामान्य तौर पर जीती रही, उदासी का बोझा कंधों पर लिए रही। पर पिता की मौत भी उसके जीवन जीने के तरीक़े को नहीं बदल सकी। तो हम निष्कर्ष निकाल सकते हैं कि वह बौद्धिक तौर पर समझती है कि हर किसी की मौत होती है पर उसे मृत्यु के यथार्थ का बोध नहीं है।

किसी चीज़ का संपूर्ण बोध होने से व्यवहार में पूरी तरह से बदलाव आ जाता है – जीवन के अनुभवों के लिए प्रतिक्रिया पूरी तरह से बदल जाती है।

आप सही मायनों में किसी व्यक्ति को मिले अनुभव के बाद उसके व्यवहार से बता सकते हैं कि उस अनुभव का उस पर कितना असर हुआ होगा। कुछ लोगों के लिए कोई बदलाव नहीं आता। कुछ लोगों में अस्थायी बदलाव आता है, जो पीड़ा के जाते ही विलीन हो जाता है। कुछ लोगों के लिए जीवन कभी पहले सा नहीं रहता, अनुभव से मिला बोध उन्हें एक नई जीवनशैली की ओर ले जाता है।

मेरे गुरु की मृत्यु ने मेरे अंदर एक गहन बोध उत्पन्न किया कि हम जिन लोगों को प्रेम करते हैं, वे जीवित नहीं रहते, हम सभी को एक दिन मरना है और इस ग्रह पर हमारा समय सीमित है। अधिकतर लोग कहते हैं, ''जीवन बहुत छोटा है'', परंतु मैं उनकी इस बात से पूरी तरह से असहमत हूँ।

जीवन छोटा नहीं है

आप कॉफ़ी पीने के लिए किसी क़तार में इंतज़ार कर रहे हैं और आपसे आगे खड़ी युवती अपनी जेब में खुले पैसे टटोल रही है, वह एक क्षण भी आपको भारी पड़ सकता है। जब पायलट बताता है कि हमें पूरे तीस मिनट तक विमान को यहीं टैक्सी करना होगा, उसके बाद ही लैंडिंग हो सकती है तो आपको समवेत स्वर में आहें और कराहें सुनाई दे सकती हैं। जब आपका छोटा बच्चा किसी ट्रांसएटलांटिक उड़ान के समय गला फाड़ कर रोता है तो आपको शाश्वत का गहरा आध्यात्मिक अनुभव मिल सकता है। तीन घंटों तक जाम में फँसने के बाद लग सकता है कि आप सदियों से उसमें ही थे। तो फिर कैसे, एक साल लंबा समय नहीं है? ''जीवन छोटा है'', यह वाक्य एक सच नहीं है। हमें बिना सोचे-समझे इसका इस्तेमाल करना बंद कर देना चाहिए, क्योंकि हर कोई यही कर रहा है।

जब हमें अहसास होता है कि जीवन छोटा नहीं है, यह सीमित है तो हमें यह अहसास भी होता है कि यह वास्तव में बहुत लंबा है। ''जीवन छोटा है'' कहने के बजाए कहें, ''जीवन सीमित है।'' ऐसा कहने से पहले विचार कर लें कि हमें यह क्यों कहना चाहिए। जीवन का एक स्पष्ट और सुनिश्चित अंत है। बस हमें यह नहीं पता कि वह अंत कब होगा।

कई लोग अपना जीवन ऐसे जीते हैं मानो वे हमेशा जीने वाले हों। और कई लोगों को लगता है कि उनके प्रियजन हमेशा उनके पास रहेंगे। सच कहूँ तो, कई लोग तो यह भी मानने से क़तराते हैं कि एक दिन वे और उनके प्रियजन इस संसार से विदा ले लेंगे।

अधिकतर माता-पिता अपनी पाँच साल की बच्ची को देख कर कभी यह नहीं सोचेंगे कि एक दिन वह नहीं रहेगी। आमतौर पर, माता-पिता बच्चों को देखने के बाद उनके लिए बेहतर भविष्य की कल्पना करते हैं, ऐसा भविष्य जिसमें वह बच्चा बड़ा होगा, यूनीवर्सिटी जाएगा, करियर बनाएगा, शादी करेगा, उसके घर बच्चे होंगे, वह बूढ़ा होगा, उसके पोते-पोतियाँ होंगे और अब से कई-कई दशकों के बाद उसकी मौत होगी, हालाँकि वे आख़िरी हिस्से को इस विज़न में भी शामिल नहीं करना चाहते। खेद की बात है कि हमेशा ऐसा नहीं होता, क्योंकि मरने के लिए कोई आयु नहीं होती। कई बार नवजात भी मरते हैं, छोटे बच्चे मरते हैं, किशोर मरते हैं, युवा मरते हैं, अधेड़ और बूढ़े लोग मरते हैं। हम सभी कभी न कभी मरने ही वाले हैं।

मृत्यु से हमें यही प्रेरणा मिलनी चाहिए कि हम जीवन के उद्देश्य की तलाश को अपनी प्राथमिकता मानें। हमें फ़ोकस करना सीखना होगा ताकि हम अपने उद्देश्य को तलाश सकें। हमारा उद्देश्य ही हमारी प्राथमिकताओं को परिभाषित करता है और हमारी प्राथमिकताएँ हमें मार्गदर्शन देती हैं कि हमें किन बातों पर केंद्रित होना है। इसका उपोत्पाद यह होता है कि हम एक भरा-पूरा जीवन जीते हैं। कई लोग इस असंतोष के साथ ही इस जीवन से विदा लेते हैं।

19वीं सदी के अमेरिकी दासता-विरोधी और लेखक हैरियट बीचर स्टोव ने अंसतुष्ट जीवन के बारे में बताते हुए कहा, ''क़ब्रों पर बहाए जाने वाले सबसे कड़वे आँसू वही हैं, जो अनकहे शब्दों और अधूरे कामों के लिए बहाए गए।''

मृत्यु हमें यह प्राथमिकता तय करने में कैसे सहायक होती है कि हम जीवन पर केंद्रित कैसे हो सकते हैं?

चूँकि हम मृत्यु को नहीं समझते और यह एक सुखद विषय नहीं है, और ना ही हम यह चाहते हैं कि देर-सवेर हमारे प्रिय हमसे विदा लें इसलिए हम इसके बारे में बात करने से बचते हैं। इस विषय से बचने और इसे अपने दिमाग़ से परे रखने पर हमें लगता है कि हम हमेशा जीवित रहेंगे और हमारे पास जीने के लिए अनंत समय है। यहीं से समस्या का आरंभ होता है।

जब हमें लगता है कि हम और हमारे प्रियजन हमेशा जीवित रहेंगे, जब हम किसी न किसी तरह मौत के विषय को अपने से परे रखते हैं तो हम सहज ही हर उस व्यक्ति और वस्तु को अपनी प्राथमिकता सूची में सबसे आगे रख रहे हैं, जो हमारे लिए ज़रूरी नहीं हैं और हर उस व्यक्ति और वस्तु को अपनी प्राथमिकता सूची में सबसे आख़िर में रख रहे हैं, जो हमारे लिए ज़रूरी हैं। फिर सूची का आरंभिक हिस्सा ही हमारा केंद्रबिंदु हो जाता है - उन चीज़ों की ओर, जो हमारे लिए बहुत मायने नहीं रखतीं। हम ऐसा इसलिए करते हैं, क्योंकि हम जिन्हें प्यार करते हैं या जो हमें प्यार करते हैं, उन लोगों में धीरज का स्तर बहुत ऊँचा होता है और वे इतनी आसानी से हमसे अलग नहीं होना चाहते। हम अपने उस प्यार की सीमाओं को तब तक परे धकेलते जाते हैं, जब तक उनमें दरारें नहीं दिखने लगतीं या वे टूटने के क़गार पर नहीं आ जातीं।

उदाहरण के लिए, कोई व्यक्ति काम पर से रात को देर से घर आ सकता है। वह ऐसा कई सप्ताह या महीनों तक करते हुए परिवार के साथ भोजन तक नहीं करता। ऐसी वजहों से उसका साथी उसे उसी समय नहीं छोड़ देगा पर आगे चल कर उसके अलग होने के लिए यह भी एक वजह होगी। कई माता-पिता अपने बच्चों पर हाथ उठाते हैं, बच्चा एक सप्ताह बाद उनसे कहेगा, ''डैडी, मैं आपको बहुत प्यार करता हूँ।'' क्योंकि अभी बच्चा आपस में आने वाली किसी कड़वाहट पर ध्यान नहीं दे रहा। आपको भी पता है कि आप परिवार की ओर ध्यान नहीं देंगे तो वे इसे सहन कर लेंगे। आपको लगता है कि वे हमेशा आपके आसपास बने रहने वाले हैं तो उन पर अभी से ध्यान देने की क्या आवश्यकता है? आप उन पर बाद में ध्यान दे सकते हैं : जब आपका काम पूरा हो जाएगा, जब आपके पास ज़्यादा समय होगा, जब आप फुटबॉल का खेल पूरा कर लेंगे...

इसके विपरीत, आपके ग्राहक या सहकर्मी और वे लोग जो आपके बहुत निकट नहीं हैं, अगर आपने उन्हें उपेक्षित किया तो वे बहुत समय तक आपके आसपास नहीं रहेंगे। आप ग्राहकों के कॉल का जवाब देना बंद करें और वे किसी दूसरे के साथ हो जाएँगे। बॉस के साथ रात को बाहर जाने के सारे प्रोग्राम रद्द करें और आपके प्रमोशन की संभावना उतनी ही कम होती जाएगी। ये लोग आपकी मंशा के लिए बहुत धीरज नहीं रखते और बहुत आसानी से आपसे परे हो सकते हैं। अगर आपने सीमाओं को और धकेला तो इन्हें आपके जीवन से बाहर होते देर नहीं लगेगी। और इसी वजह से, वे अक्सर आपके जीवन की सबसे बड़ी प्राथमिकता बन जाते हैं।

अगर आप मौत के अहसास को ठुकराते हैं, इस तथ्य को ठुकराते हैं कि जीवन सीमित है और हम सब मरने वाले हैं तो यह सब सच है।

पर जब आपको यह अहसास हो जाता है कि हमारे पास समय सीमित है, तो आपकी प्राथमिकताएँ बदल सकती हैं। मैं अक्सर अपनी निजी कार्यशालाओं में एक काल्पनिक स्थिति के बारे में बात करता हूँ, ''अगर कोई इस कमरे में आकर कहे कि इस जगह बैठे लोगों के पास जीने के लिए केवल तीन घंटे ही बचे हैं, तो आपमें से कितने लोग मेरी कार्यशाला में बैठा रहना चाहेंगे?'' खेद की बात है कि दुनिया भर में होने वाली कार्यशालाओं में कभी किसी ने पलट कर यह नहीं कहा कि मैं आपकी कार्यशाला में ही बैठना चाहूँगा। उत्तर हमेशा यही मिलता है, ''मैं इसी समय घर जाकर अपने साथी और बच्चों के साथ समय बिताना चाहूँगा।''

फिर मैं पूछता हूँ, ''अगर आपके मनपसंद स्टोर में साल की सबसे बड़ी सालाना सेल लगी हो तो क्या आप घर जाते हुए उस जगह रुकते?'' उत्तर फिर से ''नहीं'' में आता है। मैं एक और सवाल करता हूँ, ''क्या आप कैफ़े में लाइन में लगकर अपने लिए एक आख़िरी कप कॉफ़ी लेना चाहेंगे?'' बेशक़ वे इसके लिए भी इंकार कर देते हैं।

जब आप समय को संकुचित करते हैं तो केंद्र की स्पष्टता बढ़ती है।

उनमें से कभी किसी ने नहीं सोचा था कि अगर उनके पास जीवित रहने को तीन घंटे ही बचें तो वे क्या करना चाहेंगे। इस प्रश्न के बाद वे तत्काल जान जाते कि वे कौन थे और किन बातों पर केंद्रित होना चाहते थे। जब आप इस जीवन में मिलने वाले समय को सीमित करते हैं, तो आपके केंद्र की स्पष्टता बढ़ती है और आपके लिए यह जानना आसान हो जाता है कि आपके लिए इस जीवन में कौन अहमियत रखता है और सब कुछ प्राथमिकता सूची में किस क्रम में आना चाहिए। अचानक ही आपको अच्छी तरह पता लग जाता है कि आपको अभी किन बातों पर ध्यान देना है।

जब मैंने अपने श्रोताओं से पूछा, ''अगर आपके पास जीने को पचास वर्ष होते तो आपमें से कितने लोग इस वर्कशॉप से उठ कर जाते?'' तब किसी ने हाथ नहीं उठाया। मैंने पूछना जारी रखा, ''अगर आपके पास जीने को बीस वर्ष होते तो आपमें से कितने लोग इस वर्कशॉप से उठ कर जाते?'' एक दो लोगों ने हाथ उठाया। मैंने फिर से समय को और सीमित करते हुए पूछा, ''अगर आपके पास जीने को पाँच वर्ष होते तो आपमें से कितने लोग इस वर्कशॉप से उठ कर जाते?'' तब बहुत सारे लोगों ने हाथ उठा दिए। अंत में, मैंने पूछा, ''अगर आपके पास जीने को तीन घंटे होते तो आपमें से कितने लोग इस वर्कशॉप से उठ कर जाते?'' तब कमरे में हर व्यक्ति का हाथ उठा हुआ था।

जैसे–जैसे उनके लिए समय कम होता गया, उन्हें अनिवार्य रूप से स्पष्ट होता चला गया कि उनके लिए कौन और क्या महत्त्वपूर्ण था। वे समय को कम करने की इस सरल मानसिक क्रिया से बहुत तेज़ी से अपने मन की सतह पर आ गए कि उनके लिए जीवन में कौन से व्यक्ति और वस्तुएँ महत्त्वपूर्ण थे। उनके जीवन की प्राथमिकताएँ तुरंत ही स्पष्ट हो गईं। आपको रस निकालने के लिए संतरे को निचोड़ना ही होगा। मृत्यु व्यक्ति को उसके जीवन की प्राथमिकताओं का बोध करवा देती है। प्राथमिकताएँ ध्यान या केंद्र को निर्देशित करती हैं।

जब आपको यह बोध होता है कि जीवन सीमित है और आपको यह स्पष्टता अनुभव होती है कि आपके जीवन में कौन और क्या महत्त्वपूर्ण है। तब आप अपने फ़ोकस को उचित रूप से निर्देशित करने में समर्थ हो जाते हैं। यही अनुभव आपके दृष्टिकोण को बदल देता है और आपको एक अलग तरीक़े से जीने की प्रेरणा देता है – कुछ इस प्रकार, जिसमें आप सच्ची प्राथमिकताओं पर ध्यान केंद्रित करते हैं और नतीजतन एक सुखी और संपूर्णता भरा जीवन सामने आता है। मृत्यु जीवन के लिए उल्लेखनीय स्पष्टता प्रदान कर सकती है और अंतत: यह केंद्रित जीवन जीने पर बल देती है।

मृत्यु हर चीज़ को एक उचित परिप्रेक्ष्य में लाती है। परिवार, दोस्त, काम, जीवन आदि, सब कुछ मृत्यु के समय प्राथमिकता के प्राकृतिक क्रम में आ जाते हैं। आपकी सजगता और ऊर्जा, इस तरह संकेद्रित होती हैं, जैसी पहले कभी नहीं हुई। तब एक भी क्षण व्यर्थ नहीं होता। जीवन को पूरी तरह से जिया जाता है।

एक बार किसी ने मुझसे पूछा था, ''दंडपाणि, आप मृत्यु के विषय में लगभग कितनी बार विचार करते हैं?'' मैंने कहा, ''अगर आपसे सच कहूँ तो मैं कभी मृत्यु के बारे में नहीं सोचता। मैं लगभग हर दिन यह अवश्य सोचता हूँ कि इस धरती पर मेरा समय सीमित है, और चूँकि यह सीमित है, इसलिए मैं स्वयं को स्मरण करवाता हूँ कि मुझे जीवन में अपनी प्राथमिकताओं पर ध्यान देना चाहिए।''

एक अद्‌भुत जीवन

मृत्यु एक और कार्य करती है, यह आपको सोचने पर विवश करती है कि आप अपना जीवन कैसे जीना चाहते हैं। आप अपने जीवन के अंतिम दिनों में, अपने जीवन को मुड़ कर देखते हुए क्या कहना चाहेंगे? अक्सर लोग इसी बात पर ध्यान देते हैं कि लोग उनके बारे में क्या कहेंगे, परंतु वास्तव में इससे कोई अंतर नहीं पड़ता कि दूसरे आपके बारे में क्या कहेंगे। हमेशा कुछ लोग ऐसे होंगे, जो आपके प्रशंसक होंगे और कुछ लोग हमेशा आपके आलोचक बने रहेंगे। सही मायनों में यह महत्त्व रखता है कि आप अपने जीवन के बारे में क्या कहते हैं।

क्या आप मुड़ कर देखते हुए यह कह सकेंगे कि आपने एक अद्भुत जीवन जिया? आपका जीवन भरपूर या पुरस्कृत था? मैं एक अद्भुत जीवन जीना चाहता हूँ। मैं यह अद्भुत जीवन इसलिए नहीं चाहता कि दूसरे इसे देखें और सराहें। यह मेरे लिए है। यह इस तथ्य से प्रेरित है कि मेरे पास एक ही जीवन है, जिसे एक अनमोल उपहार के रूप में मुझे दिया गया है।

दर्शन, धर्म अथवा आपकी किसी भी मान्यता से परे, आपको यह अहसास होना चाहिए कि आपके पास केवल यही एक जीवन है। मैं पुनर्जन्म में विश्वास रखता हूँ, परंतु यह भी स्पष्ट है कि मेरे पास दंडपाणि के रूप में केवल यही जीवन है और मैं इस जीवन को अद्भुत रूप में देखना चाहता हूँ। मेरा जीवन सीमित है, यही बोध मुझे एक केंद्रित जीवन जीने को प्रेरित करता है। जैसा कि गुरुदेव अक्सर कहते थे, ''जीवन इसलिए ही है कि इसे प्रसन्नतापूर्वक जिया जाए!'' आपके पास आपके रूप में, एक ही जीवन है। इसे सार्थक करें। इस इस तरह जीना है कि जब आप अपनी अंतिम घड़ियाँ गिन रहे हों तो जीवन को मुड़ कर देखते हुए कह सकें, ''मैंने कितना अद्भुत जीवन जिया!''

2.4

अभ्यास का नियम

मैं इस किताब में जो साधन प्रस्तुत करूँगा, वे एक व्यक्ति के जीवन में परिवर्तन लाने की अद्‌भुत क्षमता रखते हैं। ये साधन समय की कसौटी पर पूरी तरह से ख़रे उतरते हैं। मेरे गुरु के पंथ के हिंदू संन्यासी हज़ारों वर्षों से इनका अभ्यास करते आए हैं। यदि आप इन्हें सही तरह से लागू करें तो अपने जीवन को रूपांतरित कर सकते हैं। परंतु यह सब आप पर और आपके द्वारा जीवन में इन्हें लागू करने की निरंतरता पर निर्भर करता है। यदि आप वास्तव में इन साधनों का लाभ उठाना चाहें तो इनका अभ्यास करें। मेरा आपसे वादा है कि आप इन साधनों को अपने रोज़मर्रा के जीवन में जितना ज़्यादा लागू करेंगे, आप उतने अधिक बदलाव का अनुभव करेंगे। ये साधन आपको निराश नहीं करेंगे, आप इनका प्रयोग नहीं करते हुए, स्वयं को असफल नहीं करें।

मेरे गुरु मुझसे कहते थे कि अगर आप इन साधनों को दीवार पर लगा सकते तो ये दिखने में बहुत सुंदर लगते। इनके बारे में बातें करना और देखना बहुत अच्छा लगता है, विशेष तौर पर जब आप एक बौद्धिक हों। आप डिनर के समय अपने दोस्तों के साथ इनके बारे में बातें कर सकते हैं, उनके आगे अपने ज्ञान और विवेक का प्रदर्शन कर सकते हैं। आपने जो भी पढ़ा, देखा और सुना है; आप उस विवेक को उनके आगे दोहरा कर सबको प्रभावित कर सकते हैं। इस दुनिया में ऐसे बहुत से लोग मिलेंगे, जो इन साधनों को एकत्र करते हैं। वे एक के बाद एक आत्म-विकास पर लिखी गई किताबें पढ़ते चले जाते हैं और उन्हें लगता है कि उन्होंने बहुत ज्ञान अर्जित कर लिया है। उन्हें यह भी लगता है कि वे जितना ऐसा ज्ञान अर्जित करेंगे, वे उतना ही उन्नत होते हुए, एक संशोधित व्यक्ति की तरह सामने आएँगे। वे एक तरह से आत्म-विकास पर लिखी गई किताबों का पुस्तकालय बन जाते हैं।

जब तब आप उन्हें लागू नहीं करते, तब तक दुनिया भर के आत्म-विकास से जुड़े साधन आपके लिए कुछ नहीं कर सकते - आपको उन्हें अपने जीवन में सही तरह से निरंतर लागू करना होगा। मैं जिन साधनों को बताने जा रहा हूँ, उन पर भी यही बात लागू होती है। इस किताब के सारे साधन मिल कर भी आपके लिए कुछ नहीं कर सकेंगे, जब तक आप उन्हें निर्देशों के अनुसार अपने जीवन में निरंतर नहीं उतारते।

अभ्यास का नियम

जैसा कि मैंने आपको पिछले अध्याय में भी बताया, बौद्धिक मन के पास यह अंतर करने की क्षमता नहीं होती कि आपके लिए क्या अच्छा है और क्या अच्छा नहीं है, जब तक आप उसे ऐसा करने की योग्यता नहीं देते। आप रोज़मर्रा के जीवन में जो भी अभ्यास करते हैं, उस पर भी यही लागू होता है, चाहे आप इन अभ्यासों के लिए सजग हों या नहीं हों।

इस कथन का प्रमाण यह है कि हममें से कई लोगों की आदतें या अभ्यास ऐसे हैं, जो नकारात्मक हैं। अक्सर, हम इनके बारे में तब तक सजग नहीं होते, जब तक हमें कोई दूसरा उनके बारे में नहीं बताता या हम आत्म-मंथन करते हुए इनके बारे में नहीं जानते। जब तक ऐसा नहीं होता, तब तक मन आत्म-विनाशक अज्ञान के साथ उन आदतों को दोहराता चला जाता है। अगर मन को बेहतर पता होता तो वह उन आदतों का शिकार ही नहीं होता। केवल सर्वज्ञानी महाचेतन मन ही आपको बता सकता है कि आपके लिए अच्छा और बुरा क्या है, परंतु जब आप मन की उस अवस्था तक नहीं जाते, आप उसके विवेक का लाभ नहीं उठा सकेंगे।

अगर आप नकारात्मक कार्य करते हैं, ऐसे कार्य करते हैं, जो आपके विकास के अनुकूल नहीं हैं तो आप इन नकारात्मक कार्यों को करने में निपुण हो जाएँगे। अगर आप सकारात्मक कार्य करते हैं, ऐसे सकारात्मक कार्य जो आपके विकास के अनुकूल हों तो आप इन सकारात्मक कार्यों को करने में निपुण हो जाएँगे।

मैं जिसे "अभ्यास का नियम" कहता हूँ, उसके अनुसार आप जो भी अभ्यास करते हैं, उसे करने में ही माहिर हो जाते हैं।

मुझे एक बार न्यू यॉर्क शहर में एक प्राइवेट डिनर के लिए न्यौता मिला, इसमें कई जाने-माने व्यक्ति भी शामिल होने वाले थे। डिनर के बाद एक मेहमान मेरे पास आए, जो एक लेखक भी थे, वे बोले, "हाय, मैं..."

मैंने भी उत्तर देते हुए कहा, "जी हाय, मैं दंडपाणि।"

उन्होंने तुरंत उत्तर दिया, ''अरे, मुझे नाम कहाँ याद रहते हैं। इस मामले में याददाश्त साथ नहीं देती।''

और मैंने सोचा, ''मुझे पूरा यक़ीन है कि आपको मेरा नाम याद नहीं रहेगा क्योंकि आप अपने-आपको लगातार यही तो कहते रहते हैं।'' अगर आप निरंतर अपने-आप को यही कहने का अभ्यास करते रहेंगे कि आप नामों को याद नहीं रख सकते, तो बेशक़ आपके लिए दूसरों के नाम याद रखना मुश्क़िल होगा। हम जो अभ्यास करते हैं, उसमें ही महारत हासिल कर लेते हैं, चाहे वह हमारे लिए अच्छा हो या नहीं हो।

जब अभ्यास की बात आती है तो दो बातें अनिवार्य हो जाती हैं : उचित प्रकार से अभ्यास करना और निरंतरता। आप किसी चीज़ का जितना अधिक अभ्यास करेंगे, आप उसमें उतने ही बेहतर होते जाएँगे। अगर आप बुरी तकनीक का अभ्यास करेंगे, तो धीरे-धीरे आप उस बुरी तकनीक में ही महारत पा लेंगे। मेरे गुरु ने एक बार एक प्रसंग सुनाया था, जिसमें सही कार्य के अभ्यास पर बल दिया गया था। जब वे किशोर थे तो वे सैन फ्रांसिस्को बैले के प्रमुख नर्तक थे और उन्होंने बताया कि किस तरह उन्हें तब तक प्रदर्शन नहीं करने दिया गया था, जब तक उन्होंने एक ऐसा संचालन विकसित नहीं किया, जो उनके नृत्य के विकास में सहायक नहीं था।

जब आप सही तरह से किसी चीज़ का अभ्यास करना सीख लेते हैं तो निरंतरता ही कुंजी होती है। यदि मैं एक औसत पियानो खिलाड़ी बनना चाहता तो मैं शायद सप्ताह में एकाध बार कुछ मिनटों तक अभ्यास करता पर मैं अगर सच में दुनिया का सबसे बेहतरीन पियानो खिलाड़ी बनना चाहता तो शायद दिन-प्रतिदिन, महीने-दर-महीने रोज़ पाँच घंटे का अभ्यास करना पड़ता। तब मैं छह महीने बाद बेहतर पियानो बजाने लगता। एक साल बाद और अच्छा पियानो वादक बनता। दो या तीन साल के अभ्यास के बाद मेरा काम वाक़ई निखर जाता। पियानो के अभ्यास की निरंतरता ने ही मुझे मनचाहे नतीजे पाने में मदद की।

यही नियम पुस्तक में दिए गए नियमों पर भी लागू होता है। सही तरह से अभ्यास करना और निरंतरता बनाए रखना – ये दोनों ज़रूरी हैं। मुझे आज भी याद है, एक क्लाइंट ने बताया था कि मैंने उसे जो साधन सिखाए, वे उसके लिए सही तरह से काम नहीं कर रहे थे। मैंने उससे पूछा कि क्या वह निरंतर अभ्यास कर रहा था। उसने हामी भरी। फिर मैंने उससे पूछा, ''क्या तुम अभ्यास करते हुए साधन के तीनों हिस्सों का प्रयोग कर रहे हो?''

उसने कहा, ''नहीं, मैं उनमें से एक ही हिस्से का प्रयोग कर रहा हूँ।''

ओह! अगर टूल के सभी हिस्सों को लागू नहीं करोगे तो वे तुम्हारे लिए क़ारगर कैसे होंगे। यहीं से आज्ञापालन की बात आती है। अगर आपको किसी

साधन के प्रयोग के निर्देश दिए गए हैं और आप उन सभी निर्देशों का सही तरह से पालन नहीं करते तो आप मनचाहे नतीजे कैसे पा सकते हैं? अगर आप बाहरी जीवन में आज्ञापालन नहीं करते तो आंतरिक जीवन में आज्ञापालन कैसे कर सकते हैं?

आश्रम में कई बार ऐसे भी समय आए, जब मैं अपनी आंतरिक चुनौतियों के आगे हार जाता था। फिर उनके बोझ तले दबने के बाद गुरुदेव के पास जा कर उनसे मन की बात कहता। वे हमेशा पूरे धीरज और करुणा से मेरी बात सुनते और पूरा ध्यान देते। जब मैं मन का सारा भार उन पर उड़ेल देता तो वे अक्सर पूछते, ''क्या तुम मेरे दिए गए साधनों का प्रयोग कर रहे हो?'' मेरा उत्तर होता, ''नहीं''। वे अपने प्रश्न का उत्तर देने के बाद उठ कर चले जाते। अब और बात करने को बचता ही क्या था। उन्होंने मुझे मेरे कष्टों और समस्याओं के लिए रामबाण दे दिया था और उसे लागू करने का उपाय भी सिखा दिया था पर मैंने ही उनके निर्देशों का पूरी तरह से पालन नहीं किया। अब गेंद मेरे पाले में थी और इस ज़िम्मेदारी का भार भी मेरे कंधों पर था। अगर मैं इस भार को लेने से इंकार करता तो मुझे इसके नतीजे भुगतने को भी तैयार रहना चाहिए था, जो हमेशा पीड़ादायी ही होते।

अगर आप इन साधनों को जीवन में उतारेंगे तो आप वाक़ई उनमें निपुणता पा लेंगे, क्योंकि आप उनका अभ्यास कर रहे हैं। अगर आप ऐसा नहीं करते, तो आप उनमें निपुण नहीं होंगे और आपको वे सभी लाभ नहीं मिल सकते, जो लगातार इन साधनों के अभ्यास से मिलते हैं।

लोग नई तकनीकों और साधनों को सीख कर उत्साहित होते हैं, परंतु एक बार उत्साह विलीन होते ही वे आसानी से सीखे गए साधन को भुला कर, अगले साधन की ओर चल देते हैं, जिसे उन्होंने सीखा था। समाज के रूप में हमें हमेशा अगली चीज़ पर जाना सिखाया गया है। नया आईफ़ोन, 8के (8k) गुणवत्ता वाला नया टी.वी., फ़ैशन का नया चलन, किसी कार का नया मॉडल और भी जाने क्या-क्या। समाज को यह जगमग पसंद है पर ज्यों ही चमक मंद होती है, एक भी क्षण व्यर्थ नहीं होता और वे अगली चीज़ पर आ जाते हैं।

इस किताब में दिए गए साधनों के साथ प्रगति करने के लिए, या फिर कुछ ऐसा जिसे आप बदलना चाहें, तो आपको वही रवैया अपनाना होगा, जो कोई इंसान फ़ाइन आर्ट सीखते हुए अपनाता है, जैसे पियानो वादन सीखना। आप कुछ ही सप्ताह या महीनों में इसमें महारत हासिल नहीं कर सकते। एकाग्रता भी एक कला है। इसके लिए आपके पास मन की बुनियादी समझ होनी चाहिए, फिर आपको एकाग्रता सीख कर उसे अभ्यास में उतारना होगा। किसी भी अन्य रूप की तरह, सीखना ही पहला चरण है और दूसरा चरण है - अभ्यास में उतारना।

यह उम्मीद नहीं करें कि इस पुस्तक को पूरा पढ़ने के बाद आप इन सभी सिद्धांतों में महारत हासिल कर लेंगे। इस काम को करने में समय लगेगा और हो सकता है कि आप अलग-अलग अध्यायों, पाठों और सिद्धांतों को बार-बार पढ़ना चाहेंगे। इसे आजीवन चलने वाले काम के तौर पर लें और इस बदलाव और विकास के दौरान अपने साथ नरमी, कोमलता, धीरज और स्नेह से पेश आएँ। अगर आप इन साधनों को लगातार जीवन में उतारते रहे तो आने वाले सप्ताह और महीनों में आपको अपने जीवन में बदलाव दिखने लगेंगे। जैसा कि मेरे गुरुदेव हमेशा प्यार से याद दिलाते थे, ''इसके परिणाम इसके लिए किए गए प्रयासों से कई गुना बढ़ कर होंगे।''

आप कभी स्वयं को विकसित होने की चुनौती देने के लिए नहीं पछताएँगे। यह आपके समय की सच्ची हक़दार होगी। एक बेहतर, केंद्रित और अपना एक प्रबुद्ध संस्करण बनने की दिशा में, यह आपके लिए एक उल्लेखनीय उपहार हो सकती है।

मैं अक्सर मूवी की पंक्तियाँ नहीं देता पर इस जगह एक टी.वी. शो के डायलॉग देना चाहूँगा। नेटफ़्लिक्स का एक सीरीज़ है, *मार्को पोलो*, हंड्रेड आइज़, एक नेत्रहीन भिक्षु है, वह मार्को पोलो से पूछता है। जब वह पश्चिम में वापस जाएगा तो इस विचित्र से शब्द कुंग फू का वर्णन कैसे करेगा। फिर इस प्रश्न का उत्तर भी वह स्वयं ही देता है : ''कुंग फू : इसका अर्थ है- कड़े परिश्रम के साथ सर्वश्रेष्ठ कौशल। एक महान कवि ने कुंग फू को पाया है। एक पेंटर... कह सकते हैं कि उसने भी कुंग फू को पा लिया है। यहाँ तक कि कोई खानसामा। कोई सफ़ाई करने वाला या फिर कोई हुनरमंद नौकर भी कुंग फू को पा सकता है। तैयारी। अंतहीन दोहराव। जब तक आपका दिमाग़ नहीं थके और हड्डियों में दर्द नहीं होने लगे। जब आप इतना नहीं थक जाएँ कि पसीना आना भी बंद हो जाए। साँस तक लेना दूभर हो। बस यही उत्तर है। इसी तरह कोई कुंग फू को पा सकता है।''

यह सुनने में ऐसा ही लगता है मानो हॉलीवुड की बात हो और सच में ऐसा है भी। बस यही कह सकते हैं कि फ़ोकस एक कौशल है। फ़ोकस की मास्टरी ऐसा कोई भी इंसान पा सकता है, जो तैयारी, कड़ी मेहनत, धीरज और अंतहीन दोहराव देने को तैयार हो। और आप इस पुस्तक में सीखेंगे कि आप अपने हर किए जाने वाले काम में फ़ोकस का अभ्यास कैसे कर सकते हैं, जिनमें पेंटिंग से लेकर खाना बनाना और सीढ़ियाँ तक साफ़ करना शामिल है।

अधिकतर लोग अंतहीन दोहराव में ही हार जाते हैं। मुझसे एक और प्रश्न अक्सर पूछा जाता है, ''इसके बाद क्या?'' मैं आज भी उसी अभ्यास के दोहराव पर केंद्रित हूँ, जो गुरुदेव ने मुझे आज से लगभग तीन दशक पहले दिया था।

आपको बहुत सारे साधन सीखने की आवश्यकता नहीं है। आपको कुछ अनिवार्य साधनों पर काम करते हुए उन्हें साधना है। आपको इनके साथ गहराई में उतरना होगा। जिस दुनिया में अधिकतर लोग पूछते हैं कि इसके बाद क्या? आपको उन लोगों से बनना है, जो एक ही साधन पर बार-बार काम करके महारत हासिल करते हैं।

यह पुस्तक उन लोगों के लिए है, जो एक सच्चा और उल्लेखनीय जीवन जीने के लिए अडिग केंद्र की शक्ति को साकार करना चाहते हैं।

दोहराव के माध्यम से सीखना

मेरे गुरु का मानना था कि लोगों को सीखने के लिए दोहराव की ज़रूरत होती है और मैंने आश्रम में उनसे यह सीखा। दोहराव एक ऐसी तकनीक है, जिसका मैं इस पुस्तक में प्रयोग करूँगा और आप इन पाठों में पाएँगे कि यह सब आपके अंदर भी है। आप मुझे बार-बार कई नियमों को दोहराते हुए देखें तो जान लें कि यह अवचेतन पर छाप छोड़ने का तरीक़ा होता है। मेरे गुरु ने मुझे इसी तरह प्रशिक्षित किया है और यह सीखे गए नियमों व सिद्धांतों को याद रखने का बेहतर उपाय है।

मैं आपको इसके लिए एक कहानी सुनाना चाहूँगा :

एक दिन, मैं आश्रम में ऑफ़िस से डाइनिंग हॉल की ओर जा रहा था कि गुरुदेव पास आए। मुझे कुछ कहा और फिर चले गए। मुझे लगा कि वही बात उन्होंने मुझे कल भी कही थी। परसों भी कही और उससे पहले भी कही। क्या वे भूल जाते हैं कि वे मुझे पहले भी वही कह चुके हैं।

मैं उस समय नवदीक्षित संन्यासी था और इस विषय में भ्रमित होने पर वरिष्ठ संन्यासियों के पास गया और उनसे अपना अनुभव बाँटा। क्या यह हो सकता है कि गुरुदेव अपनी आयु की वजह से बातें भूलने लगे हैं। वे मुझे एक ही बात बार-बार कहते हैं। वे हँसे और बोले, ''तुम और मैं अच्छी तरह जानते हैं कि ऐसा नहीं है। तुम जानते हो कि उनकी स्मरणशक्ति कितनी तेज़ है। वे बार-बार बातें दोहराते हैं, क्योंकि वे जानते हैं कि अवचेतन पर छाप छोड़ने में कितना समय लगता है। लगातार दोहराव से, वे तुम्हारे अवचेतन में एक लंबे समय तक बना रहने वाला अंकन कर रहे हैं।''

मैं भी आपके साथ यही पहल अपनाना चाहता हूँ। मैं आपके अवचेतन पर मन और इसे केंद्रित करने की समझ से जुड़ी छाप छोड़ना चाहता हूँ। जब भी आप मुझे दोहराव करते देखें तो यह नहीं सोचें, ''ओह! यह क्यों बता रहे हैं, यह तो मैं पहले से जानता हूँ।'' जब भी आप ऐसा सोचें तो जान लें कि आपने इस सिद्धांत को

अच्छी तरह नहीं समझा। गुरुदेव मेरे साथ बातों को जितना दोहराते गए, मैं उतना ही सीखता गया। मैं जानता था कि वे ख़ुद को दोहरा रहे थे, क्योंकि मैंने तब तक उनकी बात को पूरी तरह से समझा नहीं था। मैं हर दोहराव के साथ और मनोयोग से सुनता और वह मेरे अवचेतन में बैठ जाता। फिर उनके शब्दों में एक गहरी अंतर्दृष्टि दिखाई देती। आज भी, उनकी शिक्षाओं के अध्ययन के दशकों बाद भी, मैंने स्वयं से कभी नहीं कहा, ''मैं यह जानता हूँ। जब भी किसी संदेश को दोबारा सुनता हूँ तो अंतर्दृष्टि की एक और परत मेरे आगे खुलती है।''

जब आप आगे बढ़ें तो इन पाठों को मुक्त और आग्रही मन से पढ़ें। इन बुनियादी बातों पर गहराई से मनन करें और इस तरह आपके मन में इनकी समझ गहरी होगी और आप देखेंगे कि ये अवधारणाएँ कितनी गहरी हैं। अगर आप इस पुस्तक के लिए सही पहल अपना सके तो आप यह अनुभव करेंगे कि जब आप इन विचारों के दोहराव को सुनते हैं तो आप कुछ ऐसा सीखेंगे, जो आप पहले नहीं सीख सके या फिर आपने पूरी तरह से नहीं जाना। हो सकता है कि ये विचार पहले आपको सरल लगे पर किसी भी गहरे सच की तरह, इन्हें समझने में बरसों लग सकते हैं और अंतत: अनुभव का बोध पाने में समय लग सकता है। आप इनका जितना अधिक प्रयोग करेंगे और इन पर मनन करेंगे, आप इन्हें उतना ही बेहतर समझ सकेंगे और वे आपके लिए उतने ही अधिक सहायक होंगे।

2.5

अभिप्राय और आज्ञापालन

यह बहुत जरूरी है कि हम आपकी सफलता सुनिश्चित करने और असफलता से बचाव करने के लिए कुछ दिशा निर्देश और मापदंड तय करें।

इस पूरी किताब को पढ़ना शुरू करने से पहले आपको स्वयं से यह सवाल करना चाहिए, "मैंने इसे क्यों ख़रीदा है?" अपने उत्तर को पूरी स्पष्टता के साथ लिखें। यह बहुत ज़रूरी है कि आपके उत्तर से आपकी मंशा स्पष्ट होनी चाहिए। अब आपने जो लिखा है, वही आपका इस किताब को ख़रीदने का उद्देश्य होगा, जो पूरी तरह से तय करेगा कि आप इससे क्या पाने जा रहे हैं। वही इस बात का एकमात्र निर्धारक होगा कि आपको इस किताब को पढ़ने से क्या लाभ होने वाला है। मुझे भी जीवन में ऐसी कुछ किताबें मिलीं, जिन्होंने मेरा जीवन बदल दिया। मैंने उन्हें कई-कई बार पढ़ा है; पंक्तियों को रेखांकित किया है और पढ़ते-पढ़ते उनके पृष्ठ कुतरे हैं। वे मेरे लिए दिशा सूचक साबित हुईं, क्योंकि मैं इस बारे में स्पष्ट अभिप्राय रखता था कि असल में मुझे उनसे क्या चाहिए था।

मैंने अपने जीवन के आरंभिक दौर में ही ऐसे लोगों को पहचानना सीख लिया था, जिन्होंने अपने उद्देश्य को पूरा करने में अच्छा-ख़ासा समय दिया हो। जब भी मुझे उनके साथ होने का सौभाग्य मिलता तो मैं इसे एक निजी उत्तरदायित्व के रूप में लेता कि मैं उनकी शिक्षा का सार उनसे ग्रहण कर सकूँ। मैं पूरी विनम्रता और अपनी संपूर्ण उपस्थिति के साथ उनके सामने जाता, जो मेरी केंद्रित होने की योग्यता का फल था। उन लोगों से बातचीत करने के उन क्षणों के दौरान, वे लोग मेरी संपूर्ण उपस्थिति को अनुभव कर सकते थे। वे मेरे अडिग ध्यान, गंभीरता और सीखने के आग्रह को देख सकते थे। उनसे जो कुछ भी सीखता, वह मेरे जीवन में बदलाव लाने के काम आता। पूरी तत्परता और स्पष्ट मंशा के साथ उनके पास जाने के कारण, मैं उनकी सजगता को उनके मस्तिष्क के उस हिस्से में ले जाता,

जो उनकी अंतर्दृष्टि के प्रवाह को प्रेरित करती। फिर मुझे सही मायनों में उनकी उपस्थिति का पूरा लाभ मिलता।

अगर आप कोई और काम करते हुए, इस किताब को पढ़ेंगे तो शायद ऐसा संभव नहीं हो सकेगा। या फिर इसे किसी भी ऐसी दूसरी किताब की तरह झटपट पढ़ना चाहेंगे, जो शायद आपके काम आ सकती हो। अगर आप इस किताब का ऑडियो संस्करण सुन रहे हों तो उसे सुन लें। बस कोई और काम किए बिना ही उसे सुनें। उस समय दूसरे काम करने की इच्छा त्याग दें। आपको एक किताब सुनते हुए और कौन से दूसरे काम क्यों कर लेने चाहिए, ऐसे सभी तर्क एक ओर रख दें। बैठें और पूरे ध्यान के साथ मेरी किताब सुनें। मैंने यह यात्रा पूरी की है और आशा करता हूँ कि आप भी इसे पूरा कर सकेंगे। जब हम इस बीच कहीं मिलेंगे तो रूपांतरण संभव होगा, पर पहले आपको मुझे तक पहुँचना होगा।

मैंने इस किताब को तैयार करने के लिए अपने जीवन का बहुत सा समय दिया है और पिछले तीन दशकों की शिक्षा, मनन, अंतहीन अभ्यास और समर्पण के बल पर अपने गुरु से जो भी सीखा, वह अनमोल ख़ज़ाना आपको सौंप दिया है। अगर आप इस किताब की सामग्री से पूरा लाभ लेना चाहते हों तो यह आवश्यक होगा कि आप उसे उचित मानसिकता के साथ पढ़ें।

इस किताब की सामग्री ने मेरे जीवन को बदला है और लगातार बदलती ही आ रही है। मैं इसे पाने में सक्षम रहा क्योंकि मैं उचित मानसिकता के साथ अपने गुरु के पास पहुँचा। मैं चाहता हूँ कि आप इस बात को समझें, अन्यथा इस किताब को पढ़ने से कुछ हाथ नहीं आएगा। आप निश्चित रूप से केंद्रित नहीं हो सकेंगे और इसके अनमोल लाभों को पाने से वंचित रह जाएँगे।

आज्ञापालन

एक संन्यासी के तौर पर मैंने जो भी शपथ लीं, आज्ञापालन भी उनमें से एक थी। अब लोग इतनी आसानी से आज्ञापालन को स्वीकार नहीं करते। वे अक्सर कहते हैं, ''मुझे मत सिखाओ कि क्या करना है!'' आज्ञापालन का अर्थ यह नहीं कि आप स्वयं को बिना सोचे-समझे किसी व्यक्ति के अधीन कर रहे हैं। मेरे गुरु अक्सर आज्ञापालन को दो रूपों में विभक्त करते थे : बिना सोचे आज्ञापालन करना या समझदारी से आज्ञापालन करना। पहला – जब आप किसी से कोई प्रश्न किए बिना, बिना कुछ सोचे-समझे या उनका अभिप्राय जाने बिना आज्ञा पालन करते हैं दूसरा; जब आप किसी भरोसेमंद व्यक्ति के आगे उनके विशेषज्ञता के क्षेत्र में अर्जित विवेक के आगे समर्पण करते हैं। बुद्धिमत्तापूर्ण आज्ञापालन में व्यक्ति

आवश्यकता होने पर स्पष्टीकरण लेने के लिए प्रस्तुत रहता है। गुरुदेव ने सदा अपने शिष्यों के अंदर आज्ञापालन के इस भाव को विकसित किया।

हार्ट ट्रांसप्लांट का इंतज़ार कर रहा रोगी सर्जन और उसकी टीम पर भरोसा करता है। बुद्धिमत्तापूर्ण आज्ञापालन। प्रतिदिन लाखों यात्री एक पायलट पर भरोसा करते हैं कि वह एक 900,000 पाउंड के भारी पंखों वाले विमान को महासागर पार करवा कर, उन्हें सुरक्षित उतार देगा। बुद्धिमत्तापूर्ण आज्ञापालन।

नेपोलियन हिल की किताब *थिंक ऐंड ग्रो रिच*, अपने समय के उल्लेखनीय सफल और धनी व्यक्तियों के बीस वर्षों से अधिक समय के अध्ययन का नतीजा है। जब कोई व्यक्ति बहुत गहराई में जा कर इस तरह का शोध और मनन करके मन की शक्ति से जुड़ी शिक्षाओं का सार प्रस्तुत करे तो उसकी बात अवश्य सुननी चाहिए।

जब मैं अपने गुरु के साथ रहता था तो मैंने देखा था कि बहुत से लोग उनसे सलाह माँगने जाते थे। अनेक व्यक्ति तो कौतूहल के कारण ही परामर्श लेने आते कि वे क्या उत्तर देते हैं। अधिकतर लोगों के पास उनके उत्तर पहले से होते या वे मिलने से पहले ही तय कर चुके होते थे कि वे क्या करने वाले हैं। आपको किसी व्यक्ति की सलाह लेने के लिए ऐसे नहीं जाना चाहिए और ना ही उनकी सलाह लेनी चाहिए।

दशकों तक, मैं ऐसे लोगों से मिलता आया हूँ जो अपने क्षेत्र में बहुत ही सफल रहे हैं। अगर मैं उनसे कभी कोई परामर्श लेता (जो कि मैं प्राय: लेता था) तो उसे अपने जीवन में लागू भी करता।

कई वर्ष पूर्व, टोरंटो में, मैं एक आयोजन के बाद अमेरिकी फ़ैशन डिज़ाइनर और उद्यमी मार्क इको के साथ मंच के पीछे खड़ा था। उनका वक्तव्य शानदार रहा और मुझे उद्यमशीलता पर उनके विचार जानने का अवसर मिला। मैंने उन दिनों इस क्षेत्र में क़दम रखा ही था और उद्यमियों से बहुत कुछ सीखने का आग्रह बना रहता था। मैंने पूछा, ''अगर आपको किसी भूतपूर्व संन्यासी को उद्यमशीलता के लिए कोई एक परामर्श देना होता तो आप क्या कहते।''

वे मुझे देख कर बोले, ''सीमित रूप से गहराई तक उतरें।'' फिर उन्होंने वाक्य दोहराया, ''सीमित रूप से गहराई तक उतरें। जब आप प्रगति करते हुए सफल होंगे तो आपके मन में कई सारे काम करने और सभी अवसरों को जीवन में उतारने का लोभ आएगा। यहीं अधिकतर लोग असफल हो जाते हैं। सीमित रूप से गहराई तक उतरें।''

पिछले बरसों के दौरान उनकी इसी सलाह ने मेरी बहुत सहायता की। मैंने गुरुदेव की शिक्षाओं और अपने मनन को सबको तक पहुँचाने के लिए यही पहल अपनाई। इस दौरान अनेक ऐसे अवसर आए जिन्हें देख कर ही लोभ आता था।

तब मैं स्वयं को याद दिलाता कि मुझे अपने उद्देश्य पर केंद्रित रहना है और फिर मैं स्वयं से दोहराता, ''सीमित रूप से गहराई तक उतरें।''

जब मैं एक संन्यासी था तो कई प्रतिभाशाली और सफल लोगों से मिलने का अवसर मिला। बड़े ही खेद से कहना पड़ता है कि ऐसी एक महिला से मिला था जिनका नाम याद नहीं। मैंने उनसे पूछा था, ''अगर आपको किसी संन्यासी को फ़ोटाग्राफ़ी के मामले में एक सलाह देनी हो तो वह क्या होगी?''

उन्होंने उत्तर दिया था, ''अपने सब्जेक्ट को अनेक एंगल से देखें और उन्हीं एंगल्स से तसवीरें लें। आप देख कर हैरान होंगे कि आपने क्या पाया है।'' मैं पिछले दो दशक से उनकी सलाह पर अमल करता आ रहा हूँ और इसने मेरी फ़ोटोग्राफ़ी की दुनिया बदल दी है।

आज्ञापालन का अर्थ केवल इतना है कि आपको उनकी सलाह पर चलना होगा। अगर आप निर्देश को पूरी तरह नहीं समझे हों तो आपको स्पष्टीकरण लेना चाहिए। आज्ञपालन का अर्थ यह नहीं कि आप उनके निर्देशों पर पूरी तरह से काम कर सकेंगे। आप उन्हें जीवन में उतारते हुए कई बार असफल होंगे और अंततः इस योग्य हो सकेंगे कि उस सलाह से लाभ ले सकें।

मुझे यह देख कर विस्मय होता है कि कितने लोग सलाह लेने के बाद उसे अपने ही संस्करण में ढाल देते हैं। अगर आपको सलाह माननी ही नहीं तो आप उसे ले क्यों रहे हैं? कल्पना करें कि आपको बैले नृत्य सीखना है। आपने एक पेशेवर की बैले कक्षा में नाम लिखवाया, जो अपने पेशे की मास्टर हैं। आप उनके निर्देश सुनने के बाद कहते हैं, ''मैं तो इसे अपने तरीक़े से ही करूँगा।'' इस तरह का विरोधी स्वभाव इस बात का स्पष्ट संकेत है कि आपके सहज मन को पूरी तरह से निखारा नहीं गया।

अगर आप एक मार्गदर्शक के तौर पर, मुझ पर भरोसा करते हैं कि मैं आपको फ़ोकस करना सिखा सकता हूँ तो आपको मेरे परामर्श का पालन करना चाहिए।

जब आप फ़्लोरिडा एवरग्लेड्स की नाव से यात्रा के लिए कोई गाइड करते हैं तो आपको विश्वास होता है कि वह आपको किसी सुनसान जगह ले जाकर मगरमच्छों के आगे नहीं डाल देगा और आपको अपनी यात्रा का पूरा अनुभव मिलेगा। आप उस गाइड पर भरोसा करते हैं। मैं चाहता हूँ कि पुस्तक की इस यात्रा में आप मेरे साथ चलें। ऐसे कोई भी मगरमच्छ आपकी प्रतीक्षा नहीं कर रहे पर जब तक आप मेरे साथ इस काम के लिए समर्पित नहीं होते, तब तक मैं आपकी मदद नहीं कर सकता।

आपकी इस किताब को पढ़ने की मंशा और निर्देशों के लिए आज्ञापालन ही तय करेगा कि आप इससे क्या हासिल करेंगे।

2.6

छोटे क़दमों की शक्ति

एक केंद्रित जीवन जीने की यह यात्रा आपको पहले-पहल बहुत ही बोझिल लग सकती है। जब आपको अपने लक्ष्य की ओर जाने वाला मार्ग दिखाई नहीं देता तो अक्सर आपके मन में ऐसा भाव आ जाता है। स्पष्टता का यही अभाव आपके मन में बेचैनी पैदा करता है और आप अपनी तलाश बीच में ही छोड़ देते हैं। किसी पर्वत शिखर पर जाने की यात्रा भी कुछ हद तक ऐसी ही हो सकती है पर अगर आपके पास कोई ऐसा मार्गदर्शक हो, जो आपको हर क़दम पर निर्देश दे सके, दिशा दिखा सके तो आपके भीतर आत्मविश्वास और प्रेरणा का संचार होगा और आपके लिए सब कुछ प्राप्त करना और भी सरल होगा।

आप केंद्र पाने का यह अध्ययन कैसे कर सकते हैं? उत्तर है : आपको पूरे धैर्य और पद्धतिबद्ध रूप से छोटे-छोटे टुकड़ों में काम पूरा करना होगा।

10 इंच के पिज़्ज़ा को एक बार में पूरा निगलना या फिर छोटे टुकड़ों में खाते हुए स्वाद लेना, दोनों ही पूरी तरह से अलग अनुभव होंगे। एक टुकड़ा लेना और उसे चबाना आकर्षक नहीं लगता और मैंने इसे एक मिसाल के तौर पर लिया है कि अधिकतर लोग जीवन को किस रूप में लेने लगे हैं। हम सब कुछ एक बार में चाहते हैं और अभी चाहते हैं। हमारा अधैर्य बढ़ता जा रहा है और समय के साथ-साथ हमने अपना धीरज खो दिया है। हम आसपास की दुनिया, अपने साथ और चीज़ों को प्रकट करने की योग्यता के साथ धीरज नहीं रखते।

तकनीक ने हमारे अधैर्य को बढ़ावा दिया है। यह चुटकी बजाते या मिलीसेकेंड के भीतर हमारी मनचाही चीज़ हाज़िर कर देती है। अगर किसी चीज़ को डाउनलोड होने में ज़रा सी भी देरी लगे या हज़ारों मील की दूरी पर फ़ोन लगने में थोड़ा सा भी समय लगे तो हमारा सिर घूम जाता है। यह तकनीकी तत्काल परितोष का प्रशिक्षण

ही हमें जीवन के दूसरे पहलुओं में इसी अपेक्षा को सामने लाने में मदद कर रहा है। भ्रामक अपेक्षाओं के ढाँचे बार-बार बनते हैं और हमारे मन में अपनी जगह बनाते चले जाते हैं, ऐसे में हमारे जीवन में निराशा के क्षणों से एकाकार होने के अनुभव भी बढ़ रहे हैं। निराशा, कुंठा और अवसाद आदि हमारे ही मन की उपज हैं, जो इस बात का अंतर नहीं कर पाता कि कोई तत्काल संतोष तकनीक की देन है या हमने उसे जीवन से मिलने वाले नतीजों के बल पर पाया है।

मेरे गुरु के आश्रम में किसी दीक्षित मनुष्य को पूरे छत्तीस वर्षों तक कड़े अनुशासन और ब्रह्मचारी के रूप में प्रशिक्षण लेने के बाद ''आचार्य'' की उपाधि दी जाती है। आज मात्र दो सौ घंटों के प्रशिक्षण सत्र के बाद मशीन-गन की गति से योग गुरु विकसित किए जा रहे हैं। इसके अलावा वज़न कम करने के लिए सप्ताहांत कार्यक्रम, अरबपति बनने के पाँच तरीक़े, आत्म-बोध पाने के लिए नौ दिवसीय मौन रिट्रीट, तीस दिन में पियानो में निपुणता पाने जैसे आयोजन भी हैं। हम चारों ओर से ऐसे प्रलोभनों से घिरे हैं, जो हमें तुरंत पुरस्कार देना चाहते हैं।

जो लोग अपने अधीर स्वभाव के साथ कुछ पाना चाहते हैं, उनकी इस प्रवृत्ति को पोसने वालों की कमी नहीं है और नतीजतन तत्काल संतोष और प्रसन्नता पाने की चाह, पतनशील सामाजिक व्यवहार के रूप में दिखने लगी है।

मैं आपको बता नहीं सकता कि कितनी बार इस तरह के प्रश्न सुनने को मिलते हैं, ''मुझे केंद्रित होना सीखने में कितना समय लगेगा?'' मैं प्राय: उन्हें उत्तर देता हूँ, ''अगर आपकी पहल यही रही तो वाक़ई बहुत लंबा समय लग सकता है।''

यह किताब इसके विपरीत है। किसी भी काम को करने के कोई शॉर्ट-कट नहीं होते। निरंतरता और धीरज के साथ समय की कसौटी पर ख़री पहल ही सफलता की कुंजी है।

अगर आप एक केंद्रित जीवन जीना चाहते हैं तो उसके अभ्यास के लिए समय देना होगा। मुझे बिल गेट्स का यह कथन बहुत पसंद है, ''हम हमेशा आने वाले दो साल में होने वाले बदलाव का आवश्यकता से अधिक और आने वाले दस साल में होने वाले बदलाव का आवश्यकता से कम अनुमान लगा लेते हैं।'' मैं यह नहीं कह रहा कि आपको केंद्रित जीवन जीना सीखने में अगले दस बरस लगने वाले हैं। मेरा कहने का मतलब यही है कि आपको जीवन में वहनीय बदलाव लाने के लिए पर्याप्त समय देना चाहिए - ऐसे बदलाव जिनके लिए मन की रीवायरिंग चाहिए, जिनके लिए सीखना है कि हमें अपना जीवन कैसे जीना चाहिए।

जब हम एक बार स्वीकार कर लेते हैं कि केंद्रित जीवन जीने की यात्रा कैसी होगी, तब हमें यह मानना और स्वीकार करना होता है कि हम इसके लिए कौन

सी पहल अपनाने वाले हैं। यह बहुत ही महत्त्वपूर्ण है। यात्रा लंबी है और कई बार हमें यह बोझ सी लगने लगती है। मैं इस बारे में आपसे हमदर्दी रखता हूँ। पर जब हम इसे छोटे क़दमों के रूप में देखते हैं तो यह एक अलग ही भावना होती है।

आपके लिए यह समझना बहुत महत्त्व रखता है कि केंद्रित जीवन की ओर जाने की यात्रा लंबी हो सकती है। आपको हर लंबी यात्रा की तरह, इस यात्रा के लिए भी मानसिक, शारीरिक और भावात्मक रूप से तैयार होना होगा। एक ही दिन में शिखर तक जाने की अपेक्षा नहीं करें। मैं चाहता हूँ कि आप इस यात्रा के लिए रखी जाने वाली पहल पर ध्यान दें।

अगर आप मुझसे कहें कि न्यू यॉर्क से लॉस एंजेल्स तक पैदल जाना होगा तो यह सुन कर मेरे होश गुल हो सकते हैं पर अगर मुझे उस दिशा में केवल एक क़दम उठाने को कहा जाए तो मैं पूरे आत्मविश्वास के साथ ऐसा कर सकूँगा। मेरा लक्ष्य यही है कि लक्ष्य को परिभाषित किया जाए और एक ऐसा मार्ग हो, जिस पर छोटे कदमों से चल सकें। आपको अगला क़दम उठाने पर केंद्रित रहना है।

मैंने आपसे जो डि सेना से हुई बातचीत के बारे में पहले भी बताया था। मैंने उनसे दौड़ को बीच में ही रोकने के बारे में सवाल किया, "जब उन लंबी थका देने वाली दौड़ों के बीच आपके मन में उसे छोड़ने का विचार आता है तो आप क्या करते हैं?"

जो ने उत्तर दिया, "मैं स्वयं से कहता हूँ कि मुझे बस उस पेड़ तक जाना है। उतना तो कर ही सकता हूँ। जब उस जगह पहुँचता हूँ तो स्वयं से कहता हूँ कि बस उस चट्टान तक जाना है, फिर मैं स्वयं से कहता हूँ कि मुझे अगले पड़ाव तक ही जाना है और इस तरह मैं फ़िनिश लाइन तक पहुँच जाता हूँ।"

गुरुदेव के इस कथन से आप छोटे क़दमों की शक्ति का अनुमान लगा सकेंगे, "ईंटों से बने मंदिर में एक-एक ईंट जोड़ कर उसे तैयार किया जाता है।" एक के बाद एक ईंट, फिर एक और ईंट... और कई वर्ष बाद आपके पास एक भव्य आध्यात्मिक स्थल होगा, जो हज़ारों वर्षों तक बना रहेगा। राजा सूर्यवर्मन द्वितीय ने तीस वर्षों में अंकोर वाट तैयार करवाया, जो संसार का विशालतम मंदिर प्रांगण है, यह 162.6 हैक्टेयर में फैला है और लगभग नौ सौ वर्ष बाद भी ज्यों का त्यों खड़ा है।

प्रकृति भी छोटे क़दम उठाने और उन पर काम करने में विश्वास रखती है। कोलोरोडो नदी को ग्रेंड केन्यन पर तैयार होने में लगभग छह मिलियन वर्ष लगे। हमारे पास आज प्रकृति का अद्‌भुत रूप सामने है। हर दिन इसका रूप निखरता है पर यह सब कितना धीरे-धीरे होता है, यह हम नहीं देख पाते। प्रकृति माता को निरंतर और समर्पित भाव से किए जाने वाले काम का श्रेय दिया जाना चाहिए।

बहुत से लोग लगातार उठाए जाने वाले छोटे क़दमों के महत्त्व को नहीं समझ पाते। छोटी चीज़ें ही हमें बड़ी चीज़ों की ओर ले जाती हैं। छोटे काम किए जा सकते हैं, छोटे क़दम उठाए जा सकते हैं। इससे कोई दबाव पैदा नहीं होता। छोटे लक्ष्यों से कोई दबाव पैदा नहीं होता। अगर आप लगातार उठने वाले छोटे क़दमों के लिए समर्पित रहे तो यह हमारे मन और शरीर की ज़रूरतों और माँगों के लिए समझ, स्नेह और करुणा का भाव होगा।

अनीता रॉडिक ब्रिटिश उद्यमी और मानव अधिकार एक्टिविस्ट और पर्यावरण के लिए अभियान चलाती हैं। उनका कहना है, ''अगर आपको लगता है कि आप कोई प्रभाव छोड़ने के लिहाज से छोटे हैं तो एक ऐसे कमरे में सोने की कोशिश करें, जिसमें एक मच्छर हो।'' कितनी सही बात है। मैंने कई बार रात के अंधेरे में अपने मुँह पर थप्पड़ रसीद किया हैं, मेरा दिल से मानना था कि मेरे चेहरे पर मेरे ही ख़ून से मालिश करने वाला, वह पंखों वाला अक्खड़ प्राणी मेरे हाथ की तेज़ी का मुक़ाबला नहीं कर सकेगा, पर मैं ग़लत निकला।

हम हमेशा एक बड़ी तसवीर से आरंभ करते हैं। हम क्या चाहते हैं? हमारी मंज़िल क्या है। जैसा कि हिल ने कहा है, ''उद्देश्य की निश्चितता, कोई इंसान क्या चाहता है, उसका ज्ञान।'' इसे पूरी तरह से स्पष्ट होना चाहिए : भविष्य में देखने की योग्यता और व्यक्ति के लक्ष्यों का सचित्र विवरण। इस पुस्तक की बात करें तो यह अविचल केंद्र है।

एक बार इसे जानने के बाद, हम वर्तमान में लौट कर अपने लक्ष्य के लिए मार्ग तय कर सकते हैं। जब आप लक्ष्य की राह पर चलें तो हमेशा छोटे क़दमों के बारे में सोचें। ऐसे क़दम जो उठाए जा सकें। मैं बड़ी तसवीर को ध्यान में रखते हुए छोटे क़दमों पर केंद्रित रहता हूँ। मैं जानता हूँ कि मुझे जिस दिशा में जाना है, उस ओर जाने के लिए केवल एक क़दम उठाने की आवश्यकता है। एक बार क़दम उठाने के बाद, बस अगला क़दम उठाने की बारी होगी। और यह इसी तरह चलता रहेगा।

अगर न्यू यॉर्क से लॉस एंजेल्स तक पैदल चलना मेरा लक्ष्य है तो मेरा पहला क़दम होगा कि मैं पश्चिम की ओर चलूँ। मैं उस दिशा में एक क़दम बढ़ा दूँगा। फिर एक और क़दम बढ़ा दूँगा। हमें ऐसा करने में अनुशासित रहना होगा और किसी भी तरह के शॉर्ट कट के लालच से बचना होगा। कई लोग प्रतिदिन अपने मन और शरीर को कष्ट देते हैं कि बदलाव की गति बढ़ा कर, पुरस्कार तक पहुँचने की प्रक्रिया को छोटा कर सकें। आपके शरीर ने भी बच्चे से वयस्कावस्था तक आने में समय लिया है, इसी तरह, इसे अपने आंतरिक स्वभाव को बदलने में भी समय लगेगा। हमारे मन को केंद्र को सीख कर केंद्रित रहना सीखना होगा। हमारा स्नायु

तंत्र, मांसपेशियाँ और शरीर भी यही करता है। ऐसा करने में समय लगता है। अपने साथ कोमलता और धीरज बरतें।

जब हम पर्वत के शिखर पर हों तो कई सुंदर नज़ारों का मज़ा लेते हैं। वे नज़ारे केवल शिखर पर जा कर ही नहीं मिलते। जो लोग उस ओर जा रहे हैं, उन्हें भी वही आनंद प्राप्त होता है। केंद्रित जीवन जीने की दिशा में आपको इस दौरान ही इसके लाभ मिलने लगेंगे। आपको किसी पर्वत शिखर पर नहीं जाना, आपको बेहतर तरीके से केंद्रित होना है। और इसे पाने में जितना बेहतर होंगे, उतना ही अहसास होगा कि इसे और बेहतर पा सकते हैं।

केंद्रित रहने की दिशा में किए गए समय का निवेश आपके भविष्य को अकल्पनीय रूप से लाभ दे सकता है।

भाग – 2

अकथनीय मन

अध्याय 3

मन की समझ

3.1

संसार का सबसे शक्तिशाली साधन

मुझे अपने गुरु से जो कुछ भी सुनने का सौभाग्य प्राप्त हुआ, उनमें से एक बात ऐसी है, जिसे मैं बाक़ी सबसे श्रेष्ठ और महान मानता हूँ और मुझे लगता है कि पूरे संसार में हर स्त्री-पुरुष और बच्चे को इसके बारे में पता होना चाहिए - हमारा मन कैसे काम करता है।

हम सबके पास एक मन है और हममें से अधिकतर लोगों को सही तरह से काम करने वाला मन पाने का सौभाग्य मिला है। हम इसके साथ ही जन्मे हैं। हम इसके साथ जीते हैं। हम स्वयं को इससे परे नहीं कर सकते। हमारे शरीर की तरह, यह इस धरती पर जीने के अभियान के प्रत्येक क्षण में हमारा साथ निभाता है। हम आजीवन अपने मन के साथ ही काम करते हैं, चाहे हम सो रहे हों या जाग रहे हों। हमारे दिन के चौबीसों घंटे इसके साथ ही बीतते हैं हालाँकि अधिकतर लोग इस बात को समझ नहीं पाते। यहाँ तक कि हम अपने प्रियजन के साथ उतना समय नहीं बिताते, जितना समय हमारा अपने मन के साथ बीतता है। आजीवन हमारा वफ़ादार साथी बनने के बजाए, अधिकतर लोगों के लिए मन अजनबी ही बना रहता है - एक ऐसा साथी जिसके बारे में लोग ज़्यादा जानना ही नहीं चाहते। मानो वह कोई शाही रसोइया हो, जो आपकी सेवा तो करता है पर आपके साथ नहीं हो सकता।

मन ही हमारे आसपास के अप्राकृतिक संसार की रचना करता है। कई बार यह हमारे आसपास के प्राकृतिक संसार के अनुसार ही आकार ले लेता है। इसने ही कंप्यूटर और स्मार्टफ़ोन बनाए हैं; मंगल ग्रह पर यान और अंतरिक्ष में शटल भेजे हैं; बीमारियों के इलाज खोजे हैं; सूर्य की शक्ति कई गुना निखारी है, हमें कुछ ही घंटों में मीलों की दूरी तय करने की क्षमता प्रदान की है; और इसके अलावा अन्य कई आविष्कार इसके नाम हैं। और हम इसकी अकल्पनीय शक्तियों को टहोका भर देने का काम करने जा रहे हैं।

मन संसार के सबसे शक्तिशाली साधनों में से है और इसकी कार्यक्षमता हमारी कल्पना से भी कहीं परे है। और यह आपके पास है। यह आपको बिना किसी क़ीमत के दिया गया है, बस कमी यही है कि अगर आप इसे समझने और नियंत्रित करने में असफल रहे तो आपको अनियंत्रित मन से होने वाली हानि से जूझना होगा और इससे भी बदतर यह हो सकता है कि इस धरती पर इसका अस्तित्व ही नहीं रहे।

हालाँकि मन की सभी ज्ञात और अज्ञात शक्तियों के बावजूद हमारे पास इसके लिए कोई दिशा निर्देश नहीं है। आप आजकल जितने भी इलेक्ट्रॉनिक उपकरण ख़रीदते हैं, उनके साथ क्विक स्टार्ट गाइड उपलब्ध करवाई जाती है, मन को संचालित करने के लिए ऐसा कोई साधन नहीं दिया गया।

लगभग बाक़ी सभी चीज़ें अपने मेन्युअल के साथ आती हैं। आप एक ब्लैंडर लेते हैं तो आपको बारह भाषाओं में तीस पेज का मेन्युअल मिलता है कि उसका प्रयोग कैसे करना है, उसे इतने महीन फोंट में छापा जाता है कि गिद्ध की बारीक नज़र भी उसके आगे शरमा जाए। यहाँ तक कि खाद्य पदार्थ भी निर्देशों के साथ आते हैं। मिसाल के तौर पर, चावलों का एक डिब्बा लें। उस पर यह छपा हुआ होगा कि आपको चावल कैसे पकाने हैं। कॉफ़ी कप पर चेतावनी रहती है कि इसमें गर्म पेय पदार्थ है, इसे ध्यान से पकड़ें। फ्रोज़न डिनर पर निर्देश रहते हैं कि आप अपने भोजन को गर्म करके कैसे खा सकते हैं।

पर बड़े ही खेद से कहना पड़ता है कि मन किसी तरह के मेन्युअल के साथ नहीं आता। इसके अलावा, हममें से अधिकतर लोगों को कभी भी मन के बारे में कोई शिक्षा पाने का अवसर नहीं मिला – इसे समझने का, इसके काम करने के तरीक़े को जानने का और इसे निखारने का अवसर नहीं मिला। इसमें कोई हैरानी नहीं कि बहुत से लोग अपने मन के साथ जूझते हैं और यही वजह है कि मानसिक स्वास्थ्य से जुड़े इतने मामले देखने में आते हैं। हमें इस दुनिया में इतना शक्तिशाली साधन दिया गया है, परंतु यह भी नहीं सिखाया गया कि इसका प्रयोग कैसे करना है। दुनिया भर में मानसिक सेहत से जुड़े मामलों और बातचीत के बीच, हम अभी तक किसी नतीजे पर नहीं आए। हम कई दशक पहले ही यह क्यों नहीं समझ सके कि मन के बारे में और मन की शिक्षा देना और पाना अनिवार्य है। इसे स्कूलों में बच्चों को निश्चित तौर पर दिया जाना चाहिए। अगर पूरी तरह से ना भी हो, फिर भी थोड़ी–बहुत शिक्षा भी क़ारगर होगी।

मन की समझ इतना मायने क्यों रखती है? क्योंकि यही वह साधन है, जिसके माध्यम से हम दैनिक जीवन के कामों की वास्तविकता को रचते और प्रकट करते हैं। हम अपनी बाहरी और भीतरी दुनिया में जो भी स्वर्ग या नरक रचते हैं, उसका मूल मन में ही है। अगर हम इसे समझ सकें कि मन कैसे काम करता है तो हम इसे

निखार कर, एक ऐसा जीवन रच सकते हैं, जिसे हम सही मायनों में पाना चाहेंगे। पर यह सब पाने के लिए हमें यह देखना होगा कि हम किसके साथ काम कर रहे हैं, जब तक आप उसे समझेंगे नहीं, तब तक आपके लिए उसके साथ काम करना कठिन होगा। लोग चाह कर भी मनचाहा जीवन नहीं रच पाते, उनकी इस अयोग्यता की वजह यह नहीं कि उनके पास ऐसा करने की योग्यता नहीं है, असल में वे उस साधन की समझ नहीं रखते, जिसके माध्यम से उन्हें यह काम करना है – उनका अपना मन।

मेरे मित्र ने मुझे एक मिनी कूपर गाड़ी का चित्र ई-मेल किया, जो सड़क के किनारे पार्किंग में खड़ी थी। उसने मेल में लिखा, ''हाय, मैंने मिनी की यह तसवीर ली और इसे फ़ोटोशॉप में टचअप किया है। तुम्हें कैसी लगी?'' वह एक अच्छी फ़ोटो थी पर मुझे कुछ ख़ास नहीं लगा। मैंने उसे जवाब दिया, ''यह अच्छी है, पर इसमें कोई ख़ूबी नहीं दिखी। क्या कुछ ऐसा है, जो मैं नहीं देख पा रहा?'' वह एक अच्छा फ़ोटोग्राफर है और यह तसवीर उसके हुनर के हिसाब से कुछ कम ही लगी। एक दिन बाद उसके मेल का जवाब आया, ''वे लोग चार दरवाज़ों वाली मिनी कूपर नहीं बनाते (तब नहीं बनाया करते थे)। उसने दो दरवाज़ों वाली मिनी कूपर की तसवीर ली और उसे फ़ोटोशॉप में फैलाते हुए दो और दरवाज़े लगा दिए। उसने उसे इस तरह टचअप किया कि मैं बता नहीं पाया कि उस तसवीर को फ़ोटोशॉप किया गया था।''

इस कहानी के माध्यम से आपको यह बताना चाहता था कि अगर हम समझते हैं कि हमारा मन कैसे काम करता है, तो हम उस समझ के बल पर अपने जीवन को मनचाहे आकार और रूप में ढाल सकते हैं। चूँकि हममें से बहुत से लोग हमारे मन की आंतरिक कार्यवाही की समझ नहीं रखते, यही वजह है कि हम इसके साथ बहुत कुछ नहीं कर पाते। हालाँकि मैंने भी कई साल फ़ोटोशॉप में काम किया है पर मैं इसके लिए एक तरह से अनाड़ी ही हूँ, मेरे पास इसके फ़ीचर्स और स्किल्स की इतनी गहरी समझ नहीं है, जितनी समझ मेरे दोस्त को थी, जिसने कार को नया रूप दिया। उसने कई बरसों तक पूरी लगन से फ़ोटोशॉप को सीखा और इसमें महारत हासिल की। अब वह अपनी मर्ज़ी से उसमें कुछ भी बना सकता है। इसी तरह, हमारे पास अपने मन की जितनी बेहतर समझ होगी, हम इसकी योग्यता के बल पर अपने लिए मनचाहा जीवन रच सकेंगे।

जब मैंने अपने गुरु के आश्रम में प्रवेश किया तो उन्होंने जो कुछ पहले सवाल किए, उनमें से एक यह भी था, ''क्या तुम जानते हो कि मन कैसे काम करता है?''

मैंने उत्तर दिया, ''नहीं, मैं नहीं जानता। मुझे कभी किसी ने इसके बारे में कोई शिक्षा नहीं दी।''

उन्होंने उत्तर दिया, ''तो फिर हम यहीं से आरंभ करेंगे। हम इस बारे में स्पष्ट बौद्धिक समझ से आरंभ करेंगे कि मन कैसे काम करता है।''

उनके पास एक प्रतिभा थी, जो उन्होंने मन की गहरे बोध से प्राप्त की थी। वे मन को इतने सरल तरीक़े से समझाना जानते थे कि कोई भी व्यक्ति मन की ठोस बुनियादी बातों को कुछ ही समय में समझ सकता था। मैं प्राय: इस विषय में और बेहतर जानने और समझने के लिए प्रश्न करता और उनसे मन के सार को समझने की कोशिश में रहता। मैं चाहता था कि मैं उनकी बातों को अनुभव और प्रयोग से जीवन में उतार सकूँ।

जब मैंने कुछ हद तक मन की गहरी समझ विकसित कर ली तो फिर मेरा लक्ष्य यही हो गया कि बौद्धिक तौर पर जो भी सीखा था, उसे अनुभव की प्रक्रिया में उतारा जाए। आप चाहें तो हिमालय की किसी चोटी पर खड़े हो कर उसके बारे में चाहे जितनी किताबें पढ़ सकते हैं, पर अगर आप उसे अनुभव में नहीं उतारेंगे, तब तक आप उसे सही मायनों में नहीं जान सकते।

यहीं बहुत से लोग असफल हो जाते हैं। एक महिला ने सप्ताहांत कोर्स का हिस्सा बनने के बाद बड़े ही उत्साह से बताया था कि वह कोर्स में सीखी गई सामग्री को अपनी कार्यशालाओं और लोगों के बीच बाँटने के लिए बहुत बेचैन थी। इस तरह की झटपट शिक्षा और साझेदारी आजकल चलन में है। मैं तो असल में इसे ''शिक्षा'' भी नहीं कहना चाहूँगा। यदि चाहें तो इसे सूचना का संकलन कहा जा सकता है।

कई लोग अलग-अलग तरीक़ों से किताबों और स्क्रीन के माध्यम से मन के बारे में बौद्धिक जानकारी जमा कर लेते हैं और उसे इस तरह छोटे हिस्सों में बाँट लेते हैं, जो मिक्स सलाद से ज़्यादा नहीं होता। विमान में अपने साथ सवार किसी व्यक्ति पर प्रभाव डालने के लिए तो वह ज्ञान बहुत होगा पर इतना पर्याप्त नहीं होगा कि उनके अपने जीवन पर कोई लंबे समय तक बना रहने वाला प्रभाव डाल सके। केवल ज्ञान को प्राप्त कर लेने से ही इसे शिक्षा में नहीं बदला जा सकता। इसे समझा जाना चाहिए। स्वयं को संग्रह की गई जानकारी के नाम पर धोखा नहीं दें और यह नहीं मानें कि इसके बल पर ही आपका विकास हो सकता है। मैं केवल ज्ञान को प्राप्त करने के नाम पर किए जाने वाले संग्रह को प्रोत्साहित नहीं करता।

आप बौद्धिक शिक्षा से आरंभ तो कर सकते हैं पर इसके बाद आपको अनुभवजन्य शिक्षा के साथ आगे बढ़ना चाहिए। और प्राय: किसी विषय पर बार-बार अनुभव दोहराए जाते हैं ताकि उसे अनुभव से समझा जा सके और उससे सीख पाई जा सके।

इस पुस्तक के आगामी अध्यायों और पाठों में मैं आपके साथ विविध विषयों की बौद्धिक जानकारी भी बाँटूगा। इसके बाद आपको अनुभव का ढाँचा दिया जाएगा, जिसे आपने बौद्धिक तौर पर समझा है। आपने जो भी सीखा है उसके साथ अनुभव का मेल ही आपको बताएगा कि आपने इस पुस्तक की सामग्री से क्या ग्रहण किया। इससे लंबे समय तक रहने वाला बदलाव ही बताएगा कि आपने पुस्तक की सामग्री का बोध पा लिया है। मैं आपको इसी विषय में मदद करना चाहता हूँ।

3.2

मन का महानतम रहस्य

मन की बुनियादी समझ के बल पर भी आप अपने जीवन में सबसे महत्त्वपूर्ण बदलाव ला सकते हैं, जो आपको इस योग्य बना देंगे कि आप दुनिया के सबसे शक्तिशाली साधन, आपके मन को समझने, निखारने और उस पर केंद्रित रहने की योग्यता प्रदान करेंगे। तभी आप अपने जीवन का दायित्व अपने हाथों में ले सकेंगे।

मैं आपको आश्वस्त और सहज करना चाहता हूँ कि आप इस अध्याय में जो सीखने जा रहे हैं, आप उसे समझने की पूरी योग्यता रखते हैं। इसके लिए आपको किसी यूनीवर्सिटी से बमुश्किल मिली डिग्री या उच्चस्तरीय बौद्धिक क्षमता की आवश्यकता नहीं है। मन को समझना बिलकुल भी मुश्किल नहीं है, हालाँकि बहुत से लोग इस समझ को जटिल बना देते हैं। ऐसा करने की ज़रूरत नहीं है।

मेरे गुरु ने मन की आंतरिक कार्यवाही को बहुत ही सरल और स्पष्ट शब्दों में समझाया है, जिसे हर कोई आसानी से समझ सकता है। उन्होंने अपनी गहरी समझ और अनुभव को मुझ तक पहुँचाया और इसके साथ ही मुझे उनकी मंशा का भी पता चला, वे दूसरों की सहायता करना चाहते थे। वे चाहते थे कि लोगों को मन की गहरी समझ दे सकें ताकि उनके जीवन को सकारात्मक रूप से प्रभावित किया जा सके।

मैं आपको इस पुस्तक में जो बताने जा रहा हूँ, वह मन के बारे में मेरा निजी अनुभव है। मैंने सैंकड़ों किताबों और उनकी सामग्री को पढ़ कर मन के बारे में नहीं जाना, ना ही शोध कार्य और प्रयोगशाला परीक्षणों से इसके नतीजों की जानकारी पाई है। बिलकुल भी नहीं। जब मेरे गुरु ने मन की आंतरिक कार्यवाही के बारे में समझाया तो यह बौद्धिक रूप से मेरे भीतर पैदा हुई। इसके बाद जब मेरे और उनके

बीच इस विषय पर असंख्य संवाद हुए तो मेरी मन के बारे में समझ और ज्ञान गहरे होते चले गए। जब मैंने मन को बेहतर समझना शुरू किया तो उन्होंने मुझे मार्गदर्शन दिया कि मैं अपने ज्ञान को अनुभव की कसौटी पर परख़ना चालू करूँ और मैं पिछले ढाई दशक से लगातार ऐसा ही करता आ रहा हूँ। मैंने इस पुस्तक में आपके लिए मन की आंतरिक कार्यवाही से जुड़े जो निष्कर्ष दिए हैं वे उन बार-बार दोहराए गए अनुभवों की देन हैं, जो मैं मन के बारे में कर रहा था।

मैं आपके साथ अपने एक प्रिय मित्र और मेंटोर की कही बात बाँटना चाहता था, मिशेल लुजेनकिर्चेन : ''हालाँकि मैं तुम्हारे सामने एक गुरु के रूप में हूँ पर मैं इस विषय का छात्र हूँ। और मैं आशा करता हूँ कि यह सब हमेशा ऐसा ही रहेगा।''

इस कथन से बेहतर समझा जा सकता है कि मैं मन को समझने की अपनी यात्रा में कौन से पड़ाव पर हूँ। मैं इस विषय का कोई गुरु नहीं, बल्कि छात्र हूँ। मैं जितना सीख रहा हूँ, उतना ही अहसास बढ़ रहा है कि मैं कुछ नहीं जानता। आप इस पुस्तक में मुझसे जो सीख रहे हैं – वह मेरे लिए मन की अनुभवजन्य शिक्षाएँ हैं, जो पुस्तक प्रकाशन के दौरान मैंने पाईं या फिर असल में तब, जब मेरे प्रकाशक ने यह कहा कि अब मैं इस पुस्तक का और अधिक संपादन नहीं कर सकता था!

आपको हमेशा यही रवैया अपनाना चाहिए कि आप मार्ग पर क़दम रख रहे हैं – आप कुछ भी नया सीखने के लिए उत्सुक और आग्रही हैं और आप वास्तव में कुछ नहीं जानते।

मैं आपको जो बताने जा रहा हूँ, वही उन शिक्षाओं का बुनियादी आधार होगा, जो आप इस पुस्तक में सीखने जा रहे हैं। मैं चाहूँगा कि यह सबसे महत्त्वपूर्ण सामग्री है, जिसे आपको निश्चित तौर पर पढ़ना चाहिए। कृपया इस हिस्से को पूरी सावधानी से पढ़ें ताकि आप इसे पूरी तरह से समझ सकें। मैं आपको सलाह दूँगा कि आप अध्याय के आगामी हिस्से को कई-कई बार पढ़ें। मैं आपको जो बताने जा रहा हूँ, उसे बौद्धिक तौर पर समझने और अनुभव करने की आपकी योग्यता ही आपके जीवन को इस तरह बदल देगी कि आप कल्पना तक नहीं कर सकते। जब से मैंने इस पाठ को अपने जीवन में उतारा है, मेरा जीवन बिलकुल भी पहले जैसा नहीं रहा।

सजगता और मन

संसार के सबसे शक्तिशाली साधनों में से एक को इसकी सारी अकल्पनीयता और जटिलता के साथ, केवल दो हिस्सों में विभाजित किया जा सकता है- सजगता और मन।

आपने पहले ही ''सजगता'' और ''मन'' शब्द के बारे में सुना होगा और संभवत: अपनी बातचीत में कई बार इन शब्दों का प्रयोग भी किया होगा। हो सकता है कि उनके लिए इन शब्दों के अलग-अलग अर्थ हों। मैं इन शब्दों की परिभाषा के साथ अपनी बात रखने जा रहा हूँ। इसके साथ ही यह भी समझाना चाहूँगा कि आप हमारे अध्ययन के संदर्भ में इन शब्दों को कैसे लागू कर सकते हैं। जब आप इन शब्दों को इसी तरह प्रयुक्त करेंगे और इन्हें बेहतर तरीक़े से समझेंगे तो आपको मेरी बात समझने में भी आसानी होगी। हो सकता है कि दूसरे लोग इनका प्रयोग अलग तरह से करते हों पर हमारे लिए बहुत ज़रूरी है कि हम एक ही शब्दावली का प्रयोग करें।

चलिए मन की परिभाषा से आरंभ करते हैं। *मैं मन को एक विस्तृत स्थान के रूप में परिभाषित करता हूँ, जिसमें बहुत सारे अलग-अलग हिस्से हैं।*

मिसाल के लिए, मन का एक हिस्सा प्रसन्नता है, मन का दूसरा हिस्सा जलन और तीसरा हिस्सा गुस्सा है। मन के एक हिस्से में स्मृतियों को रखा गया है, दूसरा हिस्सा सहज ज्ञान और रचनात्मकता का स्रोत है और फिर मन का एक ऐसा हिस्सा होगा, जिसमें आपकी भोजन से जुड़ी सारी जानकारी होगी। आपके मन में नृत्य, गीत, फ़ोटोग्राफ़ी, कंप्यूटर प्रोग्रामिंग, बागबानी आदि से जुड़े विषय भी हो सकते हैं। मन एक विस्तृत स्थान है, जिसमें बहुत सारे हिस्से हैं। मैं चाहता हूँ कि आप भी मन को इसी रूप में देखें।

आइए, अब सजगता को परिभाषित करें। *मैं सजगता को एक प्रकाशमान गेंद की तरह परिभाषित करता हूँ। एक प्रकाशमान बिंब, जो तैर सकता है।*

हो सकता है कि आपके पास इन शब्दों की परिभाषा के लिए कुछ और शब्द हों पर जैसा कि मैंने कहा, साझी शब्दावली बनाने के लिए, इन्हें इसी तरह परिभाषित किया गया है। आपने हाल ही में जो बौद्धिक परिभाषाएँ पढ़ी हों, कृपया उन्हें बीच में लाते हुए, इन शब्दों को और जटिल बनाने से बचें। हम सीखने के लिहाज़ से इन शब्दों को यथासंभव सरल रखना चाहते हैं। इस प्रक्रिया पर भरोसा रखें। आपके लिए बहुत महत्त्व रखता है कि आप अपने अध्ययन को आगे ले जाते हुए इन परिभाषाओं को स्पष्टता से जान लें। एक सुझाव है कि आप इन्हें कहीं लिख कर चिपका दें ताकि आप इन्हें प्रतिदिन देख सकें। मैंने इन्हें आपके लिए कैसे परिभाषित किया है, इसे वाक़ई समझना बहुत ज़रूरी है, इसी तरह आप मन की आंतरिक कार्यप्रणाली के सार को समझ सकेंगे।

मन और सजगता की परिभाषा को जानने के बाद, हमें यह देखना होगा कि इसके लक्षण क्या हैं और वे एक साथ मिल कर कैसे काम करते हैं।

सजगता और मन अपने-आप में दो पूरी तरह से अलग चीज़ें हैं। सजगता गतिशील है, मन गति नहीं करता।

आपकी सजगता मन के किसी भी हिस्से में जा सकती है। यदि सजगता, प्रकाशमान गोला मन के किसी विशेष हिस्से में जाता है तो वह हिस्सा प्रकाशित हो जाता है। यह एक प्रकाशमान गोला है और जिस ओर जाएगा, अपनी रोशनी बिखेरेगा।

जब यह मन के किसी ख़ास हिस्से को प्रकाशित करेगा तो आप मन के उस हिस्से के लिए सजग होंगे। जब तक सजगता मन के उस हिस्से में रहेगी, यह हिस्सा लगातार प्रकाशित रहेगा और आप इसके लिए सजग रहेंगे।

उदाहरण के लिए, मान लेते हैं कि सजगता मन के प्रसन्नता वाले हिस्से में चली जाती है। जब यह प्रकाशमान गोला मन के प्रसन्नता नामक हिस्से में जाता है तो यह मन के उस हिस्से को प्रकाशित करने वाला है और जब यह मन के उस हिस्से को प्रकाशित कर देगा तो आप अपनी प्रसन्नता के लिए सजग होंगे। आप प्रसन्न होने का अनुभव करेंगे। अब आप मन के प्रसन्नता वाले हिस्से में हैं।

इस जगह एक बात उल्लेखनीय है। क्या आप प्रसन्न हैं।

नहीं! आप प्रसन्न नहीं हैं। आप मन के प्रसन्नता नामक हिस्से में हैं चूँकि आपकी सजगता मन के प्रसन्नता नामक हिस्से में हैं और आप प्रसन्न होने के लिए सजग हैं।

आप विशुद्ध सजगता हैं, जो मन के प्रसन्नता नामक हिस्से में काम कर रही है।

अगर सजगता मन के प्रसन्नता वाले हिस्से से निकल कर उदासी वाले हिस्से की ओर जाती है तो यह मन के उस हिस्से को रोशन कर देगी। अब आप अपनी उदासी के लिए सजग होंगे।

क्या आप उदास हैं? नहीं। आप विशुद्ध चेतना हैं, जो अस्थायी तौर पर मन के उदासी वाले हिस्से में उदास होने का अनुभव ले रही है। जब तक आपकी सजगता मन के इस हिस्से में रहेगी, आप उदास होने का अनुभव लेते रहेंगे, आपको उदासी महसूस होगी। शुक्र है, आप बड़ी आसानी से अपनी सजगता को मन के किसी भी मनचाहे हिस्से की ओर ले जा सकते हैं।

ऐसा करने के लिए आपको अपनी संकल्प और एकाग्रता शक्ति की आवश्यकता होगी। हम आगामी अध्यायों में इनके बारे में जानेंगे।

निष्कर्ष यही है कि आप अपना मन नहीं हैं। आप विशुद्ध चेतना हैं, जो मन के विविध क्षेत्रों से हो कर निकल रही है। सजगता गति करती है, मन गति नहीं करता। आप जिस ओर भी जाएँगे; सजगता मन के जिस हिस्से में जाएगी, मन का वही हिस्सा प्रकाशित होगा। जब वह ख़ास हिस्सा प्रकाशित होगा तो आप मन के उस हिस्से के लिए सजग होंगे और मन के उस हिस्से का अनुभव पा सकेंगे।

इस अवधारणा को समझें, क्योंकि हम एक साथ जो भी अध्ययन करेंगे, यह उसकी बुनियाद होगी। इस बिंदु पर मैं आपके साथ सजगता और मन के काम करने का सिद्धांत बाँटना चाहता हूँ। आगामी अध्यायों में, मैं आपको उदाहरण दूँगा कि दैनिक जीवन में मन और सजगता कैसे काम करते हैं।

एक और निष्कर्ष यह भी निकाला जा सकता है कि जब आप मन के गुस्से वाले क्षेत्र में होते हैं तो आप मन के उदासी वाले हिस्से के लिए सजग नहीं रहते। ना ही आपको मन के प्रसन्नता या भय से जुड़े क्षेत्र की याद आती है। तब आप मन के गुस्से वाले हिस्से में ही रहते हैं, जब तक आपकी सजगता उस हिस्से से निकल कर दूसरे हिस्से नहीं चली जाती। तब आप उस नए क्षेत्र के लिए सजग हो जाते हैं।

कल्पना करें कि आप एक लंबी अंधेरी गुफा के बीच हाथ में लालटेन लिए निकल रहे हैं। यह गुफा आपका मन है और सजगता आपकी लालटेन है, वही जो प्रकाशमान गोला है। जब आप गुफा के एक ओर होंगे तो लालटेन उस हिस्से को रोशन कर देगी और आप उस हिस्से का पूरी तरह से अनुभव ले सकेंगे। अगर आप उस कोने को छोड़ कर दूसरे अंधेरे कोने की ओर जाते हैं तो उस कोने में रोशनी नहीं रहेगी, जिसमें आप थोड़ी देर पहले थे और आप उस जगह को नहीं देख सकेंगे, उसका अनुभव नहीं कर सकेंगे। आप गुफा के जिस हिस्से में लालटेन ले कर जाएँगे, वही रोशन होगा। सजगता और मन भी ठीक इसी तरह काम करते हैं, अपवाद केवल इतना है कि आप लालटेन हैं।

सजगता मन के जिस हिस्से में होगी, वही तय करेगी कि आप उस एक क्षण में, मन में किस बात के लिए सजग हैं।

आइए इन बातों को बिंदुओं के रूप में देखें ताकि ये हमारे लिए पूरी तरह से स्पष्ट हो सकें :

1. मन को समझने की दिशा में पहला चरण यह होगा कि आप समझें कि मन और इसकी सजगता दो अलग चीज़ें हैं।
2. आप अपना मन नहीं हैं। आप विशुद्ध सजगता हैं, जो मन के अलग-अलग हिस्सों की यात्रा कर रही है।
3. सजगता गतिशील है, मन गतिशील नहीं है।
4. आपके मन की सजगता जिस भी हिस्से में जाती है, आप मन के उस हिस्से के लिए सजग होते हैं।
5. आप अपनी संकल्प शक्ति और एकाग्रता शक्ति के बल पर अपनी सजगता को हिला सकते हैं, आप उस प्रकाशमान वृत्त को अपने मन के मनचाहे हिस्से में ले जा सकते हैं।

मन की आंतरिक कार्यवाही से जुड़ी यह सरल, गहरी और असीम अंतर्दृष्टि ही गुरु ने मुझे सिखाई थी। इस एकमात्र अंतर्दृष्टि ने मेरे जीवन में सब कुछ बदल दिया। मैं विशुद्ध सजगता हूँ, जो मन के विविध क्षेत्रों की यात्रा कर रहा हूँ, इसी बोध ने मुझे अहसास दिया कि मैं किसी भी दिए गए समय या क्षण में यह चुनाव कर सकता हूँ कि मैं अपने मन के किस हिस्से में रहना चाहूँगा। अगर मैं यह चुनाव कर सकता हूँ कि मुझे मन के किस हिस्से में रहना है तो मैं स्वयं अपना अनुभव चुन रहा हूँ।

पूरी स्पष्टता और सरलता के साथ दिए गए इस बोध ने मुझे यह जानने के योग्य बनाया कि इस जीवन में मेरा अनुभव, पूरी तरह से मेरे नियंत्रण में है। यह मेरे लिए बहुत ही मुक्त कर देने वाला बोध था। इसकी वजह से मैंने असीम संभावनाओं और उस ज्ञान के प्रयोग को जाना।

मैं आशा करता हूँ कि आप भी समझ रहे होंगे कि मैंने इस अध्याय में आपको यह जानकारी क्यों दी और यह कितना महत्त्व रखती है। आपका पहला चरण यही होगा कि आप बौद्धिक रूप से यह जानें कि मन और सजगता कैसे काम करते हैं। इस गहरे बोध को जानने के बाद आप निरंतर दोहराए जाने वाले अनुभवों के बल पर इस चीज़ को नियंत्रित कर सकेंगे कि आपके मन की सजगता किस ओर जाएगी।

अनुभवों के पैमाने को उठाना

केवल एक अनुभव के बल पर किसी में गहरा परिवर्तन नहीं लाया जा सकता। कई बार हमें मनचाहा नतीजा पाने के लिए कई एक समान अनुभवों की आवश्यकता होती है।

ऐसे तराजू की कल्पना करें, जो एक ओर झुका हुआ है। दाईं ओर के पलड़े में उन सभी अनुभवों का भार है, जिन्होंने आपके मन के ताज़ा नज़रिए को रचा है। पलड़े के बाईं ओर वे अनुभव जमा होंगे, जिन्हें आप मन और सजगता की नई और गहरी समझ को प्राप्त कर जमा करेंगे। आप क्या नियंत्रित कर सकते हैं, मन की सजगता किस ओर जाएगी, इस बारे में आपके अनुभव जितने अधिक होते जाएँगे, आपके तराजू के बाएँ पलड़े का भार बढ़ता जाएगा। कहीं न कहीं, आपके इन अनुभवों का भार इतना अधिक हो जाएगा कि आपके भीतर एक बदलाव आएगा और आप मन को एक नए नज़रिए से देखने लगेंगे। आप यह नियंत्रित कर सकते हैं कि आपके मन की सजगता किस दिशा में जाएगी, यही बोध आपके सामने होगा। और मेरे गुरु कहते थे, ''जब आपको किसी चीज़ का बोध हो जाता तो आप उसे अपने बोध से परे नहीं कर सकते।''

मन में नियंत्रित सजगता के बार-बार दोहराए गए अनुभवों से जमा अंतर्दृष्टि ही तय करेगी कि आप अपने मन का दैनिक रूप से कैसे प्रयोग कर सकते हैं।

आगामी दो अध्यायों में, मैं आपको कई तरह के उदाहरण दूँगा, जिनसे मन और सजगता का वर्णन किया जा सकता है ताकि आप इन्हें और बेहतर तरीक़े से समझ सकें। इस अवधारणा को पूरी तरह से समझने के लिए उचित समय और ध्यान की आवश्यकता होगी।

3.3

मन एक महल

मन और सजगता की बेहतर समझ पाने के लिए हमें मन को एक महल या भव्य बंगले के रूप में देखना होगा।

कल्पना करें कि किसी एस्टेट में हरे-भरे बगीचों से निकलते गलियारों के एक ओर भव्य बंगला खड़ा है। दो विशाल द्वार संगमरमर से सुसज्जित कक्ष में खुलते हैं, जिसमें आगे की ओर ऊपर जाती सीढ़ियाँ देखी जा सकती हैं। कक्ष में एक आलीशान झूमर लगा है और अब आप इसके अद्भुत गलियारों, लकड़ी के पैनलों से सुसज्जित दीवारों, फ़र्शों और कक्षों को देखने जा रहे हैं।

यह भव्य निवास आपका मन है। अब आप सजगता की कल्पना करें।

जिस तरह आप अपने घर के किसी भी हिस्से या कमरे में, जब जी चाहे जा सकते हैं। उसी तरह बंगले का हर कमरा, आपके मन के अलग हिस्से का प्रतिनिधित्व करता है। एक कमरा आनंद के लिए बना है, एक कमरा प्रसन्नता और एक कमरा, गुस्से, जलन आदि के नाम है। अपनी कल्पना विशुद्ध सजगता के रूप में करें, जो इस बंगले में विचर रही है।

आप उन आलीशान सीढ़ियों से होते हुए खुले स्थान में पहुँचते हैं और बाईं ओर मुड़ जाते हैं। आपको जो पहला दरवाज़ा दिखाई देता है, आप उसे खोलते हैं, उस कमरे में क़दम रखते हुए, दरवाज़े को अपने पीछे बंद कर देते हैं।

आपको अहसास होता है कि आपने एक ऐसे कमरे में क़दम रखा है, जो मन के उस हिस्से का प्रतिनिधित्व करता है, जिसे प्रसन्नता कहते हैं। आप प्रसन्नता के लिए सजग हो जाते हैं। आपको इस बात का पता नहीं कि अगले कमरे में क्या है, ऊपर के या साथ वाले कमरे में क्या है। आप एक सजगता के रूप में, इस कमरे की प्रसन्नता में मग्न हैं और प्रसन्न होने का अनुभव ले रहे हैं। क्या आप प्रसन्न हैं?

नहीं, आप प्रसन्नता नहीं हैं। आप विशुद्ध सजगता हैं, जो अस्थायी तौर पर आपके मन के प्रसन्न हिस्से में वास कर रही है।

अब आप कमरे से बाहर निकलते हैं, अपने पीछे दरवाज़ा बंद करते हैं और हॉल के कोने में आ जाते हैं। आप एक और दरवाज़ा खोल कर दूसरे कमरे में क़दम रखते हैं और अपने पीछे दरवाज़ा बंद कर देते हैं। आप देखते हैं कि अब आप गुस्से वाले कमरे में हैं – मन का यह हिस्सा गुस्से वाला हिस्सा कहलाता है – आप गुस्सा होने का अनुभव पाते हैं। क्या आप गुस्से में हैं? नहीं, आप गुस्सा नहीं हैं। आप विशुद्ध सजगता हैं, जो अस्थायी तौर पर आपके मन के गुस्से वाले हिस्से में वास कर रही है।

आपको अपने घर के गुस्से वाले हिस्से में आने के बाद प्रसन्नता का अहसास नहीं होता। क्यों? क्योंकि अब आप उस हिस्से में नहीं हैं। अब आप एक अलग कमरे में हैं और इसलिए आपको वही अनुभव होगा, जो आपको उस कमरे से मिलेगा और इस कमरे में गुस्से से भरी भावनाएँ हैं। आपको यह भी अहसास होगा कि आप पहले प्रसन्नता वाले हिस्से में थे और अब अपनी मर्ज़ी से गुस्से से भरे कमरे में आए हैं।

आप गुस्से वाले हिस्से से निकल कर बाहर आते हैं और पूरे घर में अपनी सैर जारी रखते हैं। हर कमरा एक अलग अनुभव देता है और जब आप एक ख़ास कमरे में होते हैं तो आप अन्य कमरों या उस कमरे के बारे में सजग नहीं रह पाते, जिसमें आप पहले गए थे।

यही मन और उसकी सजगता के साथ होता है। जब आप मन को, कई कमरों वाले विशाल घर की तरह देखते हैं, जिसमें हर कमरा, मन का एक अलग हिस्सा है तो आपको एहसास होता है कि आप स्वयं चुन सकते हैं कि आप विशाल घर के किस कमरे में रहना चाहेंगे। यह चुनाव आपका अपना है। आप मन के एक हिस्से में जितने लंबे समय तक रहेंगे, आप उतना ही सुविधाभोगी होते जाएँगे। मन के किसी ख़ास हिस्से या एक ख़ास कमरे को रहने के लिए चुनने में कोई बुराई नहीं है, बशर्ते वह जगह आपकी उन्नति और विकास में सहायक हो और आपके काम आ रही हो।

क्या आपने कभी किसी ऐसे व्यक्ति को जाना है, जो किसी हिस्से में इतने लंबे समय तक रहा कि वह उसके मोह में पड़ गया? हो सकता है कि वे छह बच्चों के साथ दो कमरों वाले घर में रह रहा हो, पर वह उस घर के मोह में इतना दीवाना हो जाता है कि वह उस घर से निकलना ही नहीं चाहता, जबकि उसके पास बड़ा घर लेने के पैसे भी आ गए हैं और यह भी साफ़ है कि अब उस छोटे घर में गुज़ारा नहीं हो पाता पर फिर भी वह उस घर को छोड़ना नहीं चाहता। यह

केवल एक उदाहरण है, जिसके माध्यम से मैं आपको बताना चाहता हूँ कि लोग किस तरह मन के अलग-अलग हिस्सों या कमरों के मोह में आ सकते हैं। मैं ऐसे कई लोगों को जानता हूँ, जो अपने मन के भय वाले हिस्से से इतने जुड़ जाते हैं कि वे उसमें ही स्थायी तौर पर रहने लगते हैं। उन्होंने इस कमरे में आने के बाद अपना पासपोर्ट फेंक दिया है, क्योंकि वे वापस नहीं जाना चाहते। वे इस भयरूपी देश को ही अपना घर बना चुके हैं और इसकी नागरिकता पाना चाहते हैं। नतीजन, वे हमेशा भयभीत रहते हैं।

मंडेला जैसे व्यक्ति सत्ताइस वर्षों तक जेल की कोठरी में रहे पर फिर भी अपनी सकारात्मक सोच का साथ नहीं छोड़ा? क्या ऐसा इसलिए संभव हुआ, क्योंकि उन्होंने अपनी संकल्प शक्ति, एकाग्रता शक्ति आदि की योग्यता को मन के उस हिस्से में रखा, जो उनके लोगों की आज़ादी के सपने से जुड़ी थी? शायद ऐसा ही हुआ था, क्योंकि यदि वे अपनी सजगता को नियंत्रित नहीं रखते तो वे जिन बुरे हालात में थे, वे उनकी सजगता को मन के दुखदायी हिस्सों में ले जाते और उन्होंने रंगभेद को दूर करने का जो विज़न देखा था, वह कभी सफल नहीं हो पाता।

वे अपने भौतिक परिवेश को नक़ार नहीं रहे थे। हालाँकि उन्हें यह अच्छी तरह पता था कि वे भौतिक परिवेश को अधीन नहीं कर सकते थे, परंतु वह यह चुनाव तो कर ही सकते थे कि वे अपने मन में किस जगह रहना चाहते थे। जेल उनके शरीर को बंदी बना सकती थी पर उनकी सजगता को अधीन नहीं किया जा सकता था। उनका प्रकाशमान वृत्त उनके मन में आज़ादी के कक्ष में रहने के लिए स्वंतत्र था और लाखों लोगों की आज़ादी के लिए योजना बना रहा था।

जब आप किसी को कहते सुनते हैं, ''मेरा मन इधर-उधर भटकता रहता है।'' आप जानते हैं कि यह वाक्य सही नहीं है, क्योंकि आपका मन इधर-उधर नहीं भटकता। क्या भटकता है? सजगता! सजगता मन के एक हिस्से से दूसरे हिस्से में भटक रही है। इसी उदाहरण के अनुसार, हमारे मन का भवन नहीं घूम रहा। भवन तो अपनी बुनियाद पर टिका है। ये आप हैं, विशुद्ध सजगता, यही भवन में एक से दूसरे कक्ष में घूम रही है और जब आप एक से दूसरे कक्ष में जाते हैं तो इसे अलग-अलग अनुभव होते हैं।

अब, हो सकता है कि आप एक भवन में नहीं रहते हों पर आपमें से कई लोगों को अपने ही घर में ऐसे अनुभव हुए होंगे। मान लेते हैं कि आपके पास घर में एक रसोई, बाथरूम और शायद बहुत सारे सोने के कमरे और एक बैठक है। हर कमरा अलग मक़सद और अनुभव के लिए बनाया गया है। अगर आप रसोई में जाते हैं तो शायद वह खाना बनाने के लिए, कोई ड्रिंक लेने या फिर फ्रिज खोलने के लिए होता है। आप बार-बार फ्रिज खोल कर देखते हैं कि कहीं क़रिश्माई तरीक़े

से उसमें रखा सामान बदल तो नहीं गया। रसोई मन के खाद्य क्षेत्र का प्रतिनिधित्व करती है। आप रसोई में झपकी लेने या साफ़-सुथरे होने नहीं जाते। इन कामों के लिए और कमरे भी हैं। आपके घर का हर कमरा एक अलग ही काम करता है और आपको एक अलग ही अनुभव देता है। मन भी इससे अलग नहीं है।

मन की एक भवन के रूप में उपमा इस बात को ऐसे भी स्पष्ट करती है कि सजगता और मन के बीच एक स्पष्ट विभाजक है। आप अपना मन नहीं हैं, आप विशुद्ध सजगता हैं, जो मन के अलग-अलग हिस्सों में जा रही है और इससे भी अहम बात यह है कि आप यह चुन सकते हैं कि आप अपना मन भवन के किन अलग-अलग हिस्सों में बिताना चाहेंगे।

जब मैं लोगों से यह कहता हूँ तो वे कहते हैं, ''ओह, ये तो बहुत मुश्क़िल है।'' अगर आपने कभी नहीं सीखा कि कोई काम कैसे करना है या आप उसे करने का अभ्यास नहीं करते, तो वह काम सदा आपके लिए मुश्किल ही रहेगा। अगर आप पिज़्ज़ा बनाना नहीं जानते तो आपके लिए उसे बनाना मुश्किल हो सकता है। अगर आपको कभी पिज़्ज़ा बनाना नहीं सिखाया गया या आपने पहले कभी नहीं बनाया व उसे बनाने का अभ्यास नहीं किया तो आप उसे नहीं बना सकेंगे। तो ऐसे में मन की सजगता को नियंत्रित करना अलग कैसे हो सकता है? इसके साथ भी वही परेशानी आएगी।

मन की सजगता को नियंत्रित करने में आपको जो लाभ होगा, वह ऐसा करने से मिलने वाले लाभ से कई गुना होगा।

3.4

एक यात्री के रूप में सजगता

इस पाठ में, मैं मन और सजगता की हमारी समझ को ठोस और गहरा बनाने में सहायता करूँगा, आइए सजगता को एक यात्री के तौर पर देखें और मन को संसार के रूप में जानें। मेरे गुरु प्राय: इस विषय को स्पष्टता से समझाने के लिए इसी मिसाल का प्रयोग किया करते थे।

कल्पना करें, आप विशुद्ध सजगता हैं, आप न्यू यॉर्क के जेएफ़के एयरपोर्ट पर एक विमान में सवार हो कर, यूएस के पार जाते हैं और सैन फ्रांसिस्को में उतरते हैं ताकि उस जगह के अनुभव ले सकें। अब आप सैन फ्रांसिस्को में हैं और वे सब अनुभव ले रहे हैं, जो आपको उस जगह से मिल सकते हैं। हालाँकि आप सैन फ्रांसिस्को नामक जगह पर हैं और उसके अनुभव ले रहे हैं पर आप सैन फ्रांसिस्को नहीं हैं। आप विशुद्ध सजगता हैं, जो सैन फ्रांसिस्को का अनुभव ले रही है। और यह पूरी तरह से साफ़ है कि अब आप न्यू यॉर्क में भी नहीं हैं।

कुछ दिन बाद, आपने सैन फ्रांसिस्को छोड़ा और दिल्ली जाने वाले विमान में सवार हो गए। कुछ घंटों बाद, आप जैट लैग से पस्त हो कर एयरपोर्ट से बाहर आए और स्वयं को बहुत से लोगों से घिरा हुआ पाया। अलग-अलग दृश्य, ध्वनियाँ और गंध अनजाने में आपकी इंद्रियों से टकरा रही हैं और आपको एक झटके में अहसास होता है कि अब आप सैन फ्रांसिस्को में नहीं हैं।

अब आप नई दिल्ली में हैं और नई दिल्ली का अनुभव ले रहे हैं। क्या आप नई दिल्ली हैं? नहीं, आप नई दिल्ली नामक जगह पर हैं पर आप नई दिल्ली नहीं हैं। आप विशुद्ध सजगता हैं। आपको इस शहर में जो अनुभव हो रहे हैं, वे उन अनुभवों से पूरी तरह से अलग हैं, जो सैन फ्रांसिस्को में हुए थे। जब आप नई दिल्ली में हैं तो आप सैन फ्रांसिस्को के अनुभव नहीं पा सकते, क्योंकि अब आप

उस जगह नहीं हैं। जब आप नई दिल्ली में हैं तो आपको वही अनुभव मिल रहा है, जो इस शहर से मिल सकता है।

आइए, इनमें से कुछ बातों का सार देखें :

1. जिस तरह एक यात्री दुनिया के अलग-अलग हिस्सों में जाता है और उसे विविध अनुभव होते हैं, आपकी सजगता भी मन के अलग हिस्सों की यात्रा कर सकती है और उसे तरह-तरह के अनुभव हो सकते हैं।
2. जिस तरह यात्री दुनिया के विभिन्न हिस्सों की यात्रा में अलग-अलग शहरों के अनुभव पाता है, उसी तरह आप भी एक बार में, एक ही जगह के अनुभव ले सकते हैं। यही मन की सजगता के लिए भी सच है। यह एक बार में मन के एक ही हिस्से का अनुभव पा सकता है।
3. मन के जिस भी हिस्से में सजगता जाती है, यह वह जगह नहीं है। यह केवल उस जगह का अनुभव पा रही है। यह हमेशा से विशुद्ध सजगता है। इसी तरह, आप भी वह शहर नहीं हैं, जिसमें आप घूमने जा रहे हैं।

आप हमेशा मन के किसी हिस्से का अनुभव पाते हैं पर एक पल के लिए भी नहीं सोचें कि आप जिस हिस्से का अनुभव कर रहे हैं, वह आप हैं। आप विशुद्ध सजगता हैं, जो मन के उस हिस्से का अनुभव ले रही है, जिसमें आप यात्रा कर रहे हैं।

जब भी आप गुस्से में हों या ऐसा नहीं सोचें और नहीं कहें, ''मैं गुस्से में हूँ।'' यह कहना उचित नहीं होगा। आपको कहना चाहिए, ''मैं मन के गुस्से वाले हिस्से में हूँ और गुस्से का अनुभव हो रहा है। मैं गुस्सा नहीं हूँ। मैं एक विशुद्ध सजगता या चेतना हूँ, जिसे गुस्से का अनुभव हो रहा है।''

इसी तरह जब आप प्रसन्न होते हैं तो आप कह सकते हैं, ''मैं मन के प्रसन्नता वाले हिस्से की यात्रा पर हूँ और प्रसन्नता का अनुभव हो रहा है। मैं प्रसन्न नहीं हूँ। मैं एक विशुद्ध सजगता हूँ, जो प्रसन्नता का अनुभव ले रही है।''

ऐसा करने से, आपको अहसास होगा कि आप मन नहीं हैं : आप विशुद्ध सजगता हैं, जो मन की यात्रा कर रही है। आप मन के मुक्त नागरिक हैं और आप अपनी मर्ज़ी से मन के किसी भी हिस्से में जा सकते हैं। यह आपका अधिकार है। इसे अपने अधीन करें। इस स्वतंत्रता का सही तरह से उपयोग करते हुए, मन में यह ध्यान रखें कि मन में हमारी यह यात्रा अपने ही नतीजे ले कर आती है।

तत्पर यात्री

आपको इस उदाहरण से एक और बात पर ख़ास तौर से ध्यान देना चाहिए। एक यात्री के रूप में, आपने स्वयं चुनाव किया कि आप किस जगह की यात्रा करना चाहते हैं। आप चुनाव करने के बाद अपनी यात्रा आरंभ करते हैं। आप किस जगह की यात्रा करना चाहते हैं, यह चुनाव करने की योग्यता आपकी सजगता को भी मिली है कि वह मन के हिस्से में जाना चाहती है। आप चुन सकते हैं कि आपको मन के किस हिस्से में जाना है। अधिकतर लोग परिवेश के हाथों अपनी यह निर्णय निर्धारण क्षमता छोड़ देते हैं। मैं इस जगह आपके आसपास के माहौल और लोगों को 'परिवेश' का नाम दे रहा हूँ। वे लोग अपने परिवेश या माहौल को यह तय करने की अनुमति दे देते हैं कि उनकी सजगता मन के किस हिस्से में जाएगी और नतीजन, उसके अनुसार ही तय होगा कि वे किस तरह के अनुभव लेने वाले हैं।

जब आप चुन लेते हैं कि आप कौन से शहर की यात्रा करने वाले हैं तो आप यात्रा की तैयारी कर सकते हैं। अगर मैं अलास्का जाना चाहता हूँ तो मेरे लिए बेहतर होगा कि मैं कुछ गर्म कपड़े रख लूँ। मुझे भारत में मदुरई जाना होगा तो उस जगह जाने के लिए गर्म कपड़ों की ज़रूरत नहीं होगी। ख़ासतौर पर अप्रैल के महीने में उस जगह बहुत गर्मी होती है।

अगर मैं अपनी बेटी से कोई ऐसी बात करने जा रहा हूँ, जो उसे भावात्मक रूप से परेशान कर रही है तो हो सकता है कि मैंने अपनी सजगता को मन के समानुभूति वाले हिस्से में ले जाने का चुनाव किया हो। जब मेरी सजगता उस ओर होगी तो मैं उसके साथ बेहतर हमदर्दी महसूस कर सकूँगा। ऐसा करने से मैं उससे बातचीत करने को तैयार हो सकता हूँ। अब मैं उन भावों को प्रकट करने के लिए तैयार हूँ, जो इस समय उसके लिए सबसे अधिक सहायक हो सकते हैं। अगर हमारे पास सजगता पर पर्याप्त नियंत्रण नहीं होगा तो ऐसी दशा में हमारी सजगता मन के समस्या हल करने वाले हिस्से में जा सकती है और मैं उसके साथ हमदर्दी दिखाने के बजाए अपने समाधान देने लगूँगा – और शायद समय की नज़ाकत के हिसाब से इस समय ऐसा करना सही नहीं होगा।

आपके मन की सजगता किस दिशा में जाएगी, जब आप यह नियंत्रित करना सीख लेते हैं तो आप किसी अनुभव के लिए उसी तरह तैयार होते हैं, जैसे कोई यात्री जानता है कि उसे किस ओर जाना है और वह उसके अनुसार ही अपनी तैयारी करता है।

अध्याय 4

जहाँ सजगता जाती है,
ऊर्जा प्रवाहित होती है

4.1

शब्दावली का महत्त्व

अपने अध्ययन के साथ आगे बढ़ते हुए, मैं उचित तकनीक के प्रयोग के महत्त्व पर बल देना चाहूँगा। मैं चाहूँगा कि आप ''सजगता'' और ''मन'' शब्द का प्रयोग ठीक उसी तरह करें, जैसे मैंने उन्हें इस पुस्तक में परिभाषित किया है।

यह बहुत जरूरी है, क्योंकि हम अपने अवचेतन को प्रशिक्षित करना चाहते हैं ताकि इन शब्दों के सटीक अर्थ समझ सकें। ''शब्द'' को परिभाषित करते हुए कहा गया है, ''लेखन या बोले गए शब्दों में एक सार्थक तत्त्व''। इसी परिभाषा के आधार पर और स्पष्टता के लिए, यह बहुत आवश्यक हो जाता है कि एक शब्द के लिए एक ही अर्थ हो। जब हमारे पास एक शब्द की अनेक परिभाषाएँ होती हैं तो हमारा अवचेतन मन भ्रमित हो जाता है।

मैं अपनी बात कहने के लिए एक उदाहरण देना चाहूँगा। अगर हम कुत्ते को बैठने का आदेश देते हैं तो हमारे दिए गए प्रशिक्षण के अनुसार इसे अपनी टाँगें मोड़ कर बैठना होगा। अगर हम उसे भागने का आदेश देने के लिए ''बैठो'' कहने लगेंगे तो इससे कुत्ता चकरा जाएगा। जब भी हम कहेंगे, ''बैठो'' तो इसे समझ नहीं आएगा कि भागना है या बैठना है। पर अगर हम एक काम के लिए एक शब्द तय कर देंगे तो कोई उलझन नहीं रहेगी और वह हमारी बात अच्छी तरह समझ सकेगा।

हमारा मन भी इससे कुछ अलग नहीं है। कई लोग आपको कहते सुनेंगे, ''मेरे कुत्ते को सैर कराना मेरा ध्यान है'', ''मेरे लिए खाना पकाना एक ध्यान है।'' कुछ लोग आँखें बंद कर, रीढ़ की हड्डी सीधी कर, श्वास को साधते हुए ध्यान लगाते हैं। इनमें से ध्यान क्या है? कुत्ते की पॉटी उठाने से लेकर, खाना पकाने या फिर श्वास साधते हुए ध्यान रमाना, सब कुछ ही ध्यान के अधीन कैसे आ सकता है?

जब हम एक शब्द के साथ बहुत सारी परिभाषाओं को जोड़ देते हैं तो इसका अर्थ भ्रमित हो कर, हमारे अवचेतन मन को भी भ्रमित कर देता है। जब यह भ्रमित होता है तो यह प्रभावी तौर पर हमारी मदद भी नहीं कर सकता।

जब अवचेतन मन एक शब्द के उस सुनिश्चित अर्थ को समझ लेता है, जो हमने उसे दे रखा है तो यह हमारे मार्गदर्शन के लिए उस शब्द का बेहतर लाभ उठा सकता है।

हमारे एक साथ काम करने के लिए यह बहुत मायने रखता है कि मैं आपके अवचेतन मन को सजगता और मन की वही परिभाषा दूँ, जिसे मैं प्रयोग में लाता हूँ। इससे आपके अवचेतन मन का भ्रम मिट जाएगा कि इन शब्दों का अर्थ क्या है और इनका सही तरह से प्रयोग कैसे करना है। आप अवचेतन को जो सूचना देते हैं, यह उसके अनुसार ही काम करता है। इस सूचना को आप पढ़ कर, अनुभव से, देख कर, कामों को दोहरा कर और कई तरीक़ों से प्राप्त कर सकते हैं। अवचेतन को भ्रम के बोझ तले दबाने से बचाने के लिए आपकी ओर से संजोई गई जानकारी पूरी तरह से परिभाषित और संगठित होनी चाहिए। इस तरह उसके पास एक ऐसी शक्ति आ जाती है, जो हमारे बहुत ज़्यादा काम आ सकती है।

हम स्पष्ट परिभाषाओं और अवधारणाओं के साथ अवचेतन को परिभाषित करना चाहते हैं ताकि इसे इस बारे में स्पष्ट बौद्धिक समझ मिल सके कि सब कुछ कैसे काम करता है। जब एक बार अवेचतन मन को इस तरह प्रशिक्षित कर दिया जाएगा तो यह उस गाइड में बदल सकता है, जो हमें मन की सजगता जैसे विचारों की गहरी समझ की ओर ले जा सकता है।

आपमें से जो लोग इसमें और गहराई तक जाना चाहें, आपको इन पंक्तियों को पढ़ना चाहिए। जब अवचेतन मन को इस तरह प्रशिक्षित किया जाता है तो सुपरकांशस या महाचेतन मन के लिए आसान हो जाता है कि वह अवचेतन मन के माध्यम से कार्य कर सके, क्योंकि एक सुपरकांशस मन तभी अच्छी तरह काम कर पाता है, जब उसके पास एक संगठित, व्यवस्थित और पूरी तरह से स्पष्ट अवचेतन होता है। मैंने अपने गुरु से जो प्रशिक्षण पाया, उसका एक बड़ा हिस्सा यह था कि मैं अपने अवचेतन को रीप्रोग्राम कर सकूँ ताकि अपने सुपरकांशस मन तक पहुँच बनाना आसान हो सके। आश्रम के संन्यासी प्रशिक्षण की दिनचर्या और रिवाज अवचेतन को प्रशिक्षित करने की प्रक्रिया का ही अंग रहे।

अब हम उचित शब्दों के प्रयोग पर वापस आते हैं। जब आप दिए गए निर्दे शों के अनुसार सही शब्दावली का प्रयोग करना सीख लेंगे तो आपके लिए अपने अवचेतन को इन नई अवधारणाओं के अनुसार प्रशिक्षण और निर्देश देना सरल हो जाएगा। आपके अवचेतन में नए ढाँचे बनेंगे, जो फिर आपको मार्गदर्शन देने लगेंगे।

इस जगह एक उदाहरण दिया जा रहा है। ''मेरा मन हमेशा भटकता रहता है'' आपको यह कहने के बजाए कहना चाहिए, ''मेरी सजगता हमेशा भटकती रहती है।''

हम यह जानते हैं। क्योंकि मन नहीं भटकता, परंतु सजगता मन के अंदर गतिशील होती है। उचित शब्दावली का प्रयोग करने से हम अवचेतन को यह समझने का प्रशिक्षण दे सकते हैं कि मन और सजगता कैसे काम करते हैं। ऐसा करने से हम अवचेतन को यह भी सिखा सकते हैं कि उनके लक्षण क्या हैं और वे कौन से नियमों से संचालित होते हैं।

यदि हमने पूरे अनुशासन से उचित शब्दावली का प्रयोग नहीं किया और बार-बार मन और सजगता शब्द को बदल-बदल कर कहते रहे तो हम अपने ही अवचेतन को भ्रमित कर देंगे। '' मेरा मन भटक गया,'' और अगली बार ''सॉरी, क्या आप वही बात दोहरा सकते हैं, जिसे आपने कुछ देर पहले कहा था?'' तो हम ऐसा कहकर अपने अवचेतन मन को भ्रमित कर देंगे। हम अपने अवेचतन के साथ वही कर देंगे जो हमने पिछले उदाहरण में कुत्ते के साथ किया था। हमने ''बैठो'' शब्द को ''बैठने'' और ''दौड़ने'' दोनों अर्थों में प्रयुक्त किया था।

आपके अध्ययन के लिए यह बहुत मायने रखता है कि आप उचित शब्दावली का प्रयोग करना सीख लें। आगे बढ़ते हुए, इस विषय में सजग रहें कि आप दैनिक बोलचाल में इन शब्दों का क्या प्रयोग करना चाहेंगे।

4.2

दैनिक जीवन में सजगता

अब मैंने आपको इस विषय में सैद्धांतिक जानकारी दे दी है कि सजगता और मन कैसे काम करते हैं, मैं आपको वास्तविक जीवन के कुछ ऐसे परिदृश्य देना चाहूँगा जो दिखाते हैं कि वे रोज़मर्रा के जीवन में कैसे काम करते हैं।

चलिए उदाहरण के तौर पर बाहर मूवी देखने जाने की बात करते हैं। शनिवार की दोपहर का समय है और आप अपने घर में इधर-उधर घूम रहे हैं और कोई ख़ास काम नहीं है। आपके दोस्त का कॉल आता है, ''चल, बॉन्ड की नई मूवी देख कर आते हैं। देखें इस बार जेम्स ने क्या कमाल किया है।''

आप उत्साहित हो कर कहते हैं, ''क्यों नहीं, चलते हैं।''

एक ही घंटे के अंदर आप दोस्त के साथ बैठे गप्प लड़ा रहे हैं और हॉल में विज्ञापन दिखाए जा रहे हैं। आप उस जगह जल्दी चले ग़ए ताकि अच्छी सीट मिल सके। आपने अपने लिए इतने पॉपकॉर्न ले लिए हैं, जो किसी भी ऐसे गाँव का पेट भरने को काफ़ी होंगे, जो विकसित देश में बदलने जा रहो हो। इसके अलावा आपके पास इतना बड़ा ड्रिंक मौजूद है, जिसे देख कर ही आपका ब्लैडर भी अपने होश गवाँ दे।

आप और आपका दोस्त पिछली रात की राजनीतिक बहस का विश्लेषण कर रहे हैं। सजगता मन के इस क्षेत्र में केंद्रित है। इसी बातचीत के दौरान रोशनी धीमी होने लगती है और भीड़ का शोर घट जाता है। आप दोनों बात करना बंद कर, अपना ध्यान स्क्रीन पर लगा देते हैं।

आप जो मूवी देख रहे हैं, अगर उसकी कहानी किसी होनहार निर्देशक की होगी तो वह कहानी आपकी सजगता को मन में एक से दूसरे कोने की ओर ले जाएगी।

जेम्स बॉन्ड की मूवी का पहला ही दृश्य हमेशा दिलचस्प होता है, जो निर्देशक की कल्पनाओं की उपज होता है, इसमें इतनी क्षमता होती है कि ये आपके मन की सजगता को, उस ओर ले जाता है, जहाँ निर्देशक उसे ले जाना चाहता है। बॉन्ड किसी तरह बच निकलता है और दम साधे स्क्रीन ताकते रहते हैं।

सीन ख़त्म होता है और मूवी के शुरुआत में दिए जाने वाले नाम आने लगते हैं। बहुत ख़ूबसूरती से तैयार किए टाइटल, मन को मोहने वाला संगीत और नृत्यरत महिलाओं की परछाइयों के बीच हर उस लड़के की सजगता मन के कामुक हिस्से की ओर खिंचती चली जाती है, जो स्वयं ऐसा जासूस बनना चाहता है। इसी जगह से सजगता को मन के तकनीकी क्षेत्र की ओर ले जाया जा सकता है, जब बॉन्ड नए तरह के आविष्कारों के बीच दिखाया जाता है। फिर जब ''एम'' बॉन्ड को एक दुष्ट व्यक्ति की योजनाओं के बारे में बताती है, जो दुनिया पर राज़ करना चाहता है तो आपकी सजगता मन के भय वाले हिस्से में चली जाती है।

और इस तरह यही जारी रहता है। सजगता मन के एक से दूसरे हिस्से में जाती है, मूवी के बहुत सलीके से रचे गए भावात्मक दृश्य उसे अंत तक उस ओर ले जाते हैं। भावों की शक्ति में चुंबकीय बल है, जो आपकी सजगता को मन के उन हिस्सों में ले जाता है, जो भाव से जुड़े हैं। ज्यों ही थिएटर में लाइट जलती है तो आपके भाव मंद होने लगते हैं, आप अपने दोस्त की ओर उत्साह से मुड़ कर कहते हैं, ''यह तो कमाल था! मुझे बॉन्ड से प्रेम है!''

मूवी जितनी अच्छी होगी, आप उसे देखते हुए उतने ही सजग होंगे। गहराई तक मग्न कर देने वाली मूवी में, आपकी सजगता इतनी खो सकती है कि आपको यह भी भूल जाए कि आपके आसपास क्या घट रहा है या कितना समय बीत गया है। जब आपका अवेचतन मशीनी तौर पर आपके हाथ को मुँह में पॉपकॉर्न खिलाने के लिए ले जाता है तो आपके मन की सजगता निर्देशक द्वारा बहुत सोच-समझ कर तैयार किए गए दृश्यों के साथ एक से दूसरी जगह जाती रहती है। आप मन के जिस भी हिस्से में जाते हैं, आप उस हिस्से से जुड़े भाव महसूस करते हैं।

आप इसी बात के तो पैसे दे रहे हैं। आपने मनोरंजन के लिए ही पैसे दिए हैं - आप चाहते हैं कि आपको मन के सभी हिस्सों में ले जाते हुए उनका अनुभव करवाया जाए। आप निर्देशक और कहानी को अनुमति देते हैं कि वह आपकी सजगता को मन की यात्रा पर ले जाए ताकि आप अलग-अलग तरह के अनुभव पा सकें।

इस बात का अहसास होना बहुत मायने रखता है कि अधिकतर लोगों के साथ सारा दिन ठीक ऐसा ही घटता है। अधिकतर लोग अनजाने में ही अपने माहौल, आसपास के लोगों और वस्तुओं को *अनुमति* दे देते हैं कि वे उनकी सजगता को मन के अलग-अलग हिस्सों में ले जाते रहें।

अधिकतर लोगों के लिए, उनके जीवन की वस्तुएँ और व्यक्ति ही उनके दैनिक अनुभवों के निर्देशक हो जाते हैं। उनका वातावरण ही तय करता है कि उनकी सजगता किस ओर जाएगी, जिसकी वजह से उन्हें पूरे दिन कई तरह के अनुभवों का सामना करना पड़ता है। इनमें से कुछ अनुभव उन्नत करने वाले होते हैं, कुछ ऐसा नहीं करते। कुछ भावात्मक रूप से परेशान करते हैं और कुछ ख़ुशी का अहसास देते हैं। ये इसी बात की तरह अनुमान से परे होते हैं कि हवा में उड़ता पत्ता किस ओर गिरेगा।

एक फ़िल्म के विपरीत जिसमें आप भावनाओं की शैली के प्रति काफ़ी सचेत होते हैं, जिन्हें आप अनुभव करने वाले हैं, ये बिना समीक्षा की गई और पूर्व अनुमोदित भावनाएँ आपके मन की स्थिति में उथल-पुथल कर सकती हैं और एक अप्रत्याशित दिन में बदल सकती हैं।

जब हम अपने वातावरण को यह तय करने की अनुमति दे देते हैं कि हमारी सजगता किस दिशा में जाएगी, तो हम अनिवार्य तौर पर अपने आसपास के व्यक्तियों और वस्तुओं के गुलाम हो जाते हैं। हमारी सजगता एक ऐसे शो का नायक बन जाती है, जिसे लिखा नहीं गया। इस अलिखित स्क्रिप्ट का अनुमान से परे होना ही हमारे मन और स्नायु तंत्र को वातावरण के सहारे छोड़ देता है – चीज़ें अच्छी तरह घट सकती हैं या फिर बहुत ही पीड़ादायी हो सकती हैं।

मैं आपको एक उदाहरण देना चाहूँगा। प्रिया एक उद्यमी है, वह शादीशुदा है, उसके दो बच्चे हैं। जब वह सो कर उठती है तो उसकी सजगता परिवार में रमी होती है, जिससे वह बहुत प्यार करती है। हालाँकि जब वह बच्चों को स्कूल के लिए तैयार करती है तो घर में उथल-पुथल रहती है पर फिर भी सजगता मन के प्रसन्नता वाले हिस्से में ही रहती है। वह बच्चों को स्कूल भेजने के बाद ऑफ़िस के लिए निकलती है।

जब वह फ़्रीवे से हो कर निकलती है तो एक कार अचानक सामने से आ जाती है और उनकी टक्कर होते-होते बचती है। प्रिया अच्छी तरह सजग है कि अभी कितनी बुरी दुर्घटना हो सकती थी। जब कार उसके आगे आई तो कुछ क्षण के लिए उसकी सजगता मन के भय वाले हिस्से में चली गई और फिर वह गुस्से वाले हिस्से में आ गई। थोड़ी ही देर पहले, वह जिस प्रसन्नता वाले हिस्से में थी, वह उसे भूल चुकी है। वह गुस्से में चालक को कोसते हुए अपने ऑफ़िस की ओर बढ़ जाती है।

वह ऑफ़िस के बाहर पार्किंग में कार लगाती है, वह अब भी उस घटना से खीझी हुई है। उसे अहसास होता है कि वह अपना दिन इस तरह शुरू नहीं कर सकती और वह किसी तरह अपने मन की सजगता को उन्नत हिस्से में ले जाने

की कोशिश करती है। उसे पता है कि उसकी मानसिक दशा का उसकी टीम पर गहरा असर होगा। वह सुंदरता से डिज़ाइन किए गए ऑफ़िस में आगे चलती है, वह टीम के कुछ सदस्यों को हैलो करने के बाद, दूसरे तल पर बने निजी कक्ष में चली जाती है।

अभी वह बैठी भी नहीं कि टीम का सदस्य चेहरे पर शर्मिंदगी लिए उसके पास आ कर कहता है, ''प्रिया सॉरी! मैं उस पार्ट को ऑर्डर करना भूल गया, जो हमारे प्रोजेक्ट को सही समय पर पूरा करने के लिए जरूरी था। अब वह कल आएगा और हम अपनी योजना के हिसाब से आज काम पूरा नहीं कर सकेंगे। मुझे लगा कि आपको अभी बता दूँ।''

यह सुन कर प्रिया प्रतिक्रिया देती है और उसकी सजगता मन के खीझ वाले हिस्से में चली जाती है। वह अपना सिर हाथों में थाम लेती है। फिर वह उस व्यक्ति को देख कर कहती है, ''आप ऑर्डर करना कैसे भूल सकते हो। हमने पिछले सप्ताह बात की थी और मैंने बताया था कि आज इसकी आवश्यकता होगी।''

इस समस्या के हल के लिए थोड़ी बातचीत के बाद, कर्मचारी कमरे से निकल जाता है और प्रिया कुर्सी से पीठ टिका कर धीरे से साँस छोड़ती है। अभी तो दिन का आरंभ ही हुआ है। एक ही मिनट बाद फ़ोन बजता है और वह उसे उठा लेती है। वह एक संभावित ग्राहक था, जिसे वे पिछले सात महीने से किसी काम के लिए राजी कर रहे थे। दूसरी ओर से कहा गया, ''हमें आपके साथ काम करने का प्रस्ताव पसंद आया। हम हर चीज़ से प्रसन्न हैं और यह बहुत अच्छी बात है। हम आपकी कंपनी को यह काम देना चाहते हैं!''

वह प्रसन्न हो जाती है। उन्होंने वह काम पाने के लिए बहुत मेहनत की थी और आज वह सपना साकार हुआ। यह सुनते ही उसकी सजगता मन के उत्साहित हिस्से में चली जाती है। फिर वह अपना लैपटॉप खोल कर मेल देखती है। उसके इनबॉक्स में तिरेपन नए मैसेज हैं, जिनमें चार मीटिंग के नोटिफ़िकेशन्स भी हैं, जो उसे लंच से पहले पूरी करनी हैं। उसकी सजगता धीरे-धीरे द्रवित हिस्से में जाने लगती है। प्रसन्नता का क्षण बीत गया है। उसकी सजगता को उत्साह के बीच रहने का मौक़ा भी नहीं मिला था कि दूसरे हिस्से में जाने का अवसर पैदा हो गया।

अभी तो प्रिया के दिन के दो ही घंटे बीते हैं। उसकी सजगता पिनबॉल मशीन की गेंद की तरह उछल रही है। उसका बाक़ी दिन भी अलग नहीं है।

प्रिया आसपास के लोगों को यह तय करने देती है कि वे उसकी सजगता को मन के अलग-अलग हिस्सों में भेजते रहें। जिसकी वजह से उसे अपने भावों में भारी उथल-पुथल का सामना करना पड़ता है। यह उसके लिए मानसिक और भावात्मक रूप से थकाने वाला ही नहीं होता, बल्कि उसके स्नायु तंत्र पर भी गहरा

दबाव आता है, जो थोड़े ही समय में कई तरह के भावों के अनुभव का नतीजा होता है।

नतीजतन, प्रिया अपने आसपास की हर वस्तु या व्यक्ति की गुलाम हो जाती है। उसका परिवेश ही तय करता है कि सारा दिन उसकी सजगता किस दिशा में होगी। अनजाने में ही वह अपने आसपास के माहौल को यह अनुमति दे देती है कि वह उसकी सजगता को मन के एक से दूसरे हिस्से में ले जाता रहे, नतीजतन वह मन के उन्नत और कम उन्नत हिस्सों के बीच भटकती रहती है।

दुर्भाग्यवश, अधिकतर लोग अपना अधिकांश दिन इसी तरह बिताते हैं। वे अपनी सजगता का नियंत्रण अपने आसपास की हर वस्तु या व्यक्ति को सौंप देते हैं। वे पूरे दिन में क्या अनुभव करेंगे, वह काफ़ी हद तक इसी बात पर निर्भर करता है कि उनके आसपास के वातावरण ने उनके लिए क्या चुना है। सोशल फ़ीड पर खाना खाती बिल्ली को देख कर वे ख़ुश हो जाते हैं। किसी मैसेज को पढ़ कर वे तीन घंटे तक मन ही मन बिसूर सकते हैं। समाचार देख कर मन में इतनी निराशा आ जाती है कि वे स्वयं से पूछने लगते हैं कि दुनिया किस ओर जा रही है। ऐसा सारा दिन चलता रहता है – उनकी सजगता एक कठपुतली की तरह उनके इशारों पर नाचती है और उनके आसपास के लोग उसे नचाते हैं।

आपकी सजगता मन के किस हिस्से में जाएगी, इसे नियंत्रित करने की अयोग्यता के कारण ही आप अपने परिवेश के गुलाम बन कर रह जाते हैं।

पर हमें इस तरह जीने की आवश्यकता नहीं है। हम चाहें तो स्वयं को इस अहसास के साथ आज़ाद कर सकते हैं कि हम चाहने पर अपनी सजगता नियंत्रित कर सकते हैं और चुन सकते हैं कि हम अपने मन में किस ओर जाना चाहते हैं। जब हम ऐसा करने का निर्णय लेते हैं तो हम आज़ाद हो जाते हैं, क्योंकि तब हम अपनी सजगता को अपनी मर्ज़ी से दिशा दे सकते हैं, हम स्वयं चुन सकते हैं कि हम क्या अनुभव पाना चाहते हैं। जब हम अपनी सजगता का नियंत्रण अपने हाथों ले लेते हैं तो कोई दूसरा तब तक यह तय नहीं कर सकता कि हम कैसा महसूस करेंगे, जब तक हम स्वयं उसे ऐसा करने की अनुमति नहीं दें।

4.3

सजगता का श्वान

हम अपने परिवेश में हर ओर खिंचने वाली सजगता की तुलना टहलने के लिए आए श्वान या कुत्ते से कर सकते हैं। कल्पना करें कि सजगता एक कुत्ता है और मान लेते हैं और इस कुत्ते को तीन श्रेणियों में देखते हैं : प्रशिक्षित, अप्रशिक्षित और ज़ंजीर से बँधा हुआ।

हम सबमें से अधिकतर ने ऐसा कुत्ता देखा है, जिसे प्रशिक्षण नहीं दिया गया और वह ज़ंजीर से बँधा हुआ नहीं है। यह जंगली कुत्ता पार्क में भागता फिरता है। अगर यह अपनी दीवानगी से भरी चमकती निगाहों और लपलपाती जीभ लिए आपकी ओर लपके तो आपके मन में डर का आना स्वाभाविक ही है। यह अपनी अनियंत्रित ऊर्जा के साथ तेज़ी से अपने रास्ते पर हैं। इस कुत्ते के ध्यान को भटकने में ज़्यादा देर नहीं लगती – चाहे कोई बिल्ली, कोई दूसरा कुत्ता या फिर डरा हुआ कबूतर। इस चौपाए का अपने पर कोई बस नहीं है। इसे अपने मालिक की बात सुनने की ज़रूरत नहीं है। इसे आप तब तक विमुख नहीं कर सकते, जब तक यह कुछ खाने या आराम करने को तैयार नहीं हो।

ऐसे बहुत से लोग होते हैं, जिनकी सजगता अप्रशिक्षित और ज़ंजीर से नहीं बँधे कुत्ते की तरह होती है। उनका चमचमाता प्रकाश पुंज उनकी संकल्प शक्ति के वश में नहीं रहता और बिना सोचे-समझे अपने आसपास की किसी भी वस्तु या व्यक्ति से जुड़ जाता है। इनमें से किसी भी तरह का जुड़ाव प्रतिक्रिया पैदा करता है और सजगता को मन के किसी भी हिस्से की ओर भटका देता है, जिससे उसी हिस्से से जुड़े भाव ट्रिगर हो जाते हैं। और जब बाहरी दुनिया इस अप्रशिक्षित सजगता के साथ नहीं जुड़ी होती तो यह मन में किसी आवारा कुत्ते की तरह भटकती रहती है। यह सजगता मन में लगातार गतिशील रहती है, जिसे जानने के लिए आप लगातार चलने वाले विचारों, मानसिक संवादों और बहसों व अनिर्णय आदि को देख सकते

हैं। आपको थकान होती है; शरीर को नींद आ जाती है पर सजगता फिर भी मन में भटकती है, आपको बेचैनी महसूस होती है, बुरे सपने आते हैं और घंटों बाद नींद से जागने पर भी शरीर थका हुआ महसूस होता है। फिर यह कभी नहीं थकने वाला कुत्ता एक और बेचैनी से भरे दिन के लिए तैयार होता है।

आइए, अब उस कुत्ते को देखें जो प्रशिक्षित है पर उसे ज़ंजीर से बाँधा गया है। यह कुत्ता बँधा तो हुआ है पर अब भी इसमें कुत्तों वाले व्यवहार के ढाँचे देखे जा सकते हैं, जो मैंने आपको अभी बताए। यह हर ओर भागना चाहता है पर अपनी ज़ंजीर के कारण, मालिक से बहुत परे तक नहीं जा पाता।

पिछले एक दशक से भी अधिक समय से न्यू यॉर्क शहर में रहते हुए, मैंने बहुत सारे कुत्तों को अपने मालिकों को सैर पर ले जाते देखा है। ये कुत्ते हमेशा अपने मालिक को खींचते हुए चलते हैं और शहर के फ़ुटपाथों पर चलते हुए उसकी गंध को अपने नथुनों में भरे, रोमांचक अभियान का आनंद उठाते हैं। इंसान और कुत्ते के बीच की रस्साक़शी एक सहज अवस्था है।

यह उन लोगों की तरह है, जिनका अपनी सजगता पर थोड़ा नियंत्रण होता है। हो सकता है कि वे सजग नहीं हों कि किसी दिए गए समय में उनकी सजगता किस दिशा में जा रही है पर जब ऐसा होता है तो उनके पास इतनी संकल्प शक्ति होती है कि वे उसे खींच कर वापस ला सकें। यह वैसा समय होता है, जब आपको अहसास होता है कि आपका कुत्ता कुछ ऐसा सूँघ रहा है, जिस जगह आप नहीं होना चाहते और आप उसकी चेन को वापस खींच लेते हैं। हो सकता है कि उसकी नाक पर कुछ अनजानी चीज़ लग जाए और आपको उसकी नाक पोंछना पड़े पर ऐसा करके आपने सही समय पर परेशानी को बढ़ने से बचा लिया। इसी तरह, ये लोग अपनी सजगता को ऐसे हालात में पा सकते हैं, जो धीरे-धीरे बदतर हो रही है, परंतु वे अपनी सजगता को सटीक समय पर वापस लाने की योग्यता रखते हैं ताकि उसे किसी पछतावे से भरे निर्णय में बदलने से पहले बचाया जा सके।

अंत में, हमारे पास प्रशिक्षित कुत्ता आता है। और इसके लिए, मैं आपके साथ ऐसा अनुभव बाँटना चाहूँगा, जो एक बार वर्जिन आईलैंड में अनुभव हुआ था। अवकाश वाले दिन मुझे एक व्यक्ति मिला, जो एफ़बीआई में काम करता था और उनकी के-9 यूनिट का हिस्सा था। नतीजतन उसे अपने काम के लिए एक जर्मन शेफ़र्ड दिया गया था। उस व्यक्ति ने बताया कि वह जिस भी जगह जाता था, वह कुत्ता उसके साथ ही चलता था। वह कुत्ता प्रशिक्षित था और उसे चेन से भी नहीं बाँधा गया था। वह अच्छी तरह जानता था कि उसे अपने मालिक से कितनी दूरी बना कर चलना है।

एक दिन उस व्यक्ति ने मुझे अपने कुत्ते के आत्म-संयम का स्तर दिखाया। उसने अपने कुत्ते के आगे भोजन का बड़ा सा कटोरा रखा और उसे बैठ कर इंतज़ार करने का निर्देश दिया, शायद वह समय कुत्ते को घंटों जितना बड़ा लगा होगा, क्योंकि उसके मुँह से लार टपकने लगी थी। इस दौरान कुत्ते ने भोजन की ओर लपकने की कोशिश नहीं की और जब उसने कुत्ते को खाने का आदेश दिया तो कुत्ता कटोरे पर लपका और अपने भोजन का स्वाद लेने लगा।

ऐसे बहुत से कम लोग होते हैं, जिन्होंने अपनी सजगता को ऐसे कुत्ते की तरह प्रशिक्षण दे रखा हो। आज्ञाकारी। ध्यान से एक जगह बैठ कर निर्देश की प्रतीक्षा करना, आसपास के माहौल से बिना सोचे-समझे घुलने-मिलने की इच्छा का त्याग। संकल्प शक्ति ही इसकी लगाम और विवेक ही इसका मार्गदर्शन है। आपको किससे और क्या जुड़ाव रखना है, यह चुनाव करने की योग्यता से ही स्वतंत्रता और शांति का जन्म होता है। ये दुर्लभ व्यक्ति अपने मन को सुरक्षित रहने के लिए आश्रय मानते हैं, जो उनके जीवन के अनुभवों के नियंत्रण का केंद्र है। ये आत्माएँ जानती हैं कि एक अनियंत्रित सजगता मन की दिग्भ्रमित अवस्था की ओर ले जाती है।

अब मैं जानता हूँ कि आप इस समय जो पढ़ रहे हैं, उसे पढ़ कर आपको लग रहा होगा कि मैं यह बताना चाहता हूँ कि हमारी सजगता हमसे अलग होती है। मैं ऐसा जान कर रहा हूँ ताकि आपको इन सभी अवधारणाओं के बारे में स्पष्ट रूप से बता सकूँ। कृपया स्मरण रहे कि आप विशुद्ध सजगता हैं। जब सजगता को अपना भान होता है, जो कि हम सीखेंगे तो सजगता स्वयं को निर्देशित कर सकती है।

अगर आप अपनी सजगता को अप्रशिक्षित कुत्ते की तरह रखेंगे तो यह थका देने वाली जीवनशैली होगी, आपका बहुमूल्य समय नष्ट होगा और हमारे पास इस ग्रह पर सीमित ऊर्जा और समय ही हैं। अंततः हम भी अपनी सजगता को के-9 कुत्ते की तरह प्रशिक्षण देना चाहेंगे : ऐसा आज्ञाकारी कुत्ता, जो किसी वस्तु या व्यक्ति से जा कर उलझने से पहले आपका निर्देश मिलने की प्रतीक्षा करता हो।

आपकी सजगता पर नियंत्रण का लाभ यह होगा कि आपका अपने जीवन पर नियंत्रण हो जाएगा; आप नियंत्रित कर सकेंगे कि आप अपने माहौल से कैसे पेश आना चाहते हैं, अनुभवों से कैसी प्रतिक्रिया या प्रत्युत्तर देना चाहते हैं, निर्णय लेना चाहते हैं और ये सभी आपको जीवन में बेहतर नतीजों तक ले जाएँगे।

4.4

ऊर्जा की कहानी

बीसवीं सदी के आरंभिक समय में, मेरे गुरु ने कहा था, ''जिस ओर सजगता जाती है, ऊर्जा वहीं प्रवाहित होती है।'' मन की आंतरिक अवस्था की गहन अनुभूतियों को जानने के बाद ही उन्होंने ऐसा कहा था – ऐसे बोध जो उन्हें आत्म-बोध तक ले गए और वे कई दशकों तक असंख्य जीवनों का रूपांतरण करने में सक्षम हो सके। यह कथन निश्चित रूप से सजगता और ऊर्जा के संबंध को उजागर करता है।

तभी से, बड़े खेद से कहना पड़ता है कि कई लोगों ने कथन को तोड़-मरोड़ कर अपना बनाने का दावा करना शुरू कर दिया। साहित्यिक चोरी और चाहे जो भी हो, पर प्रशंसा नहीं है। जब आप अपने ही बोध में सुरक्षित अनुभव करते हैं तो आप दूसरों को सहज भाव से मान देते हैं और पूरे सम्मान से पेश आते हैं।

मैंने इस पुस्तक में सजगता पर जितना भी ध्यान दिया है, ऊर्जा भी उतने ही ध्यान की हक़दार है। वैसे भी, ऊर्जा ही सब कुछ है। मन के बारे में सीखते हुए यह सीखना भी जरूरी हो जाता है कि ऊर्जा इसमें क्या भूमिका निभाती है।

आइए, ऊर्जा के बारे में विस्तार से बात करने से पहले, अपनी परंपरा का पालन करते हुए, इसकी परिभाषा जान लें। यह एक शब्द आमतौर पर बहुत प्रयुक्त होता है पर यही सोच रहा हूँ कि कितने लोग सही मायनों में इसे परिभाषित कर सकते हैं। वैज्ञानिक कहते हैं कि ऊर्जा काम करने की योग्यता या क्षमता है। शब्दकोशों में अनेक परिभाषाएँ दी गई हैं, जिनमें से एक में कहा गया है, ''शारीरिक या मानसिक क्षमता जो आपको काम करने की अनुमति देती है।''

विज्ञान ने इन गुणों का उल्लेख करते हुए ऊर्जा को और विस्तार से समझाया :

- ऊर्जा को ना तो रचा जा सकता है और ना ही नष्ट कर सकते हैं;
- ऊर्जा को एक से दूसरे रूप में रूपांतरित कर सकते हैं;
- ऊर्जा को एक से दूसरी वस्तु में रूपांतरित कर सकते हैं।

मैं ऊर्जा को मूल रूप से, एक विशुद्ध बुद्धिमान बल के रूप में देखता हूँ, जो सारे अस्तित्व में व्याप्त है। यह आपके और मेरे भीतर है, वृक्षों में है, हवा में है, बहने और भाव बनने वाले जल में है, हमें छाँव देने वाले मेघों में है, रात के आकाश में चमचम करते तारों में है और हर उस जगह है, जो देखी हुई या अज्ञात है। हालाँकि यह रूप बदलती है परंतु यह जीवन में सदा बनी रहती है। इससे ही सारा जीवन बनता है। यह हम सबका सार है।

सर्बियन-अमेरिकी वैज्ञानिक निकोला टेस्ला ने ऊर्जा के लिए अतिरिक्त अंतर्दृष्टि प्रदान करते हुए कहा है, ''अगर आप ब्रह्माण्ड के रहस्य जानना चाहें तो उन्हें ऊर्जा, बारंबारता और स्पंदन के रूप में लें।'' यह कथन उस हिंदू दर्शन के आधारभूत नियमों को बहुत ही सुंदर तरीक़े से स्पष्ट करते हैं, जिसका मैं अभ्यास करता आया हूँ।

मैं इस कथन का थोड़ा सा विस्तार करते हुए कहना चाहूँगा कि सब कुछ ऊर्जा के मेल से बना है और ऊर्जा एक निश्चित बारंबारता पर स्पंदित हो रही है। हममें से कुछ लोग ऊर्जा को अनुभव करते हैं और यह जिस बारंबारता पर स्पंदित हो रही हो, उसके अनुसार ही तय करते हैं कि यह हमारे साथ तालमेल रखेगी या नहीं। उस समय हम इस तरह की बातें कहते सुने जा सकते हैं : ''इसकी ऊर्जा अच्छी है'' या ''मुझे इस जगह बहुत ख़राब ऊर्जा का अनुभव हो रहा है।''

अंततः कुछ भी अच्छी या बुरी ऊर्जा जैसा नहीं होता। केवल एक ऊर्जा है जो अलग-अलग बारंबारताओं पर स्पंदित हो रही है जो कि हमारे साथ तालमेल में हो सकती है या नहीं हो सकती। हैवी मैटल संगीत एक निश्चित बारंबारता पर स्पंदित होता है, जो हमें पसंद आता है पर कुछ लोगों के लिए बोझिल भी हो सकता है।

पिछले अध्याय में, मैंने यह सलाह दी थी कि ऊर्जा को इस रूप में भी देख सकते हैं, जैसे हम पानी को देखते हैं। मैंने कहा था कि हम बाग में जिसे पानी देंगे, वही उगने लगेगा चाहे वह खरपतवार हो या फूल। ऊर्जा भी इसी तरह काम करती है, यानी हम जिसमें भी ऊर्जा का निवेश करेंगे, चाहे वह सकारात्मक हो या नकारात्मक, वह उगने लगेगा और आपके जीवन में प्रकट होगा। यह याद रखना और ध्यान देना जरूरी है कि ऊर्जा सकारात्मक और नकारात्मक के बीच भेद नहीं करती। हमारा जीवन उसी चीज़ का प्रकटीकरण है, जिसमें हम अपनी ऊर्जा का निवेश करते हैं।

इसी बात को और गुरुदेव के कथन, ''जहाँ सजगता जाती है, ऊर्जा वहीं प्रवाहित होती है,'' को ध्यान में रखते हुए, हम इस नतीजे पर आ सकते हैं कि हमारी सजगता जिस ओर जाती है, हमारी ऊर्जा वहीं प्रवाहित होती है और हमारी ऊर्जा जिस ओर जाती है, वही हमारे जीवन में प्रकट होता है। इस महत्त्वपूर्ण सूत्र को थाम लें। यही इस बात का आधार है कि हमारे जीवन में चीज़ें कैसे प्रकट होती हैं, ढाँचे कैसे बनते हैं और हमारे मन को सशक्त बनाते हैं।

हमारी सजगता जिस ओर जाती है, हमारी ऊर्जा वहीं प्रवाहित होती है। इसे कभी नहीं भूलें।

आइए यह देखें कि मन, सजगता और ऊर्जा एक साथ मिल कर कैसे काम करते हैं।

अगर सजगता, चमकता हुआ प्रकाश पुंज, मन के किसी ख़ास कोने में जा रहा है तो ऊर्जा वहीं प्रवाहित हो रही है, क्योंकि गुरुदेव कहते हैं, ''हमारी सजगता जिस ओर जाती है, हमारी ऊर्जा वहीं प्रवाहित होती है।'' अगर सजगता मन के प्रसन्न रहने वाले क्षेत्र में जा रही है तो वहीं आपकी ऊर्जा का प्रवाह होगा और जब मन के प्रसन्न क्षेत्र में ऊर्जा का प्रवाह होगा तो यह उस क्षेत्र को और भी मज़बूती देगा।

मैं अपने जगमग करते प्रकाश पुंज को जितना ज़्यादा मन की प्रसन्नता की ओर ले जाता रहूँगा, उस क्षेत्र में उतनी ही ऊर्जा प्रवाहित होती रहेगी और मैं मन के उस हिस्से में उतनी ऊर्जा का संग्रह कर सकूँगा।

मन एक उपवन

कल्पना करें कि मन एक सुंदर और विशाल सा बगीचा है, जिसमें कई क्यारियाँ बनी हैं। कुछ क्यारियों पर लकड़ी के पुराने फट्टों से मेंड़ बना दी गई हैं। कल्पना करें कि किसी क्यारी में टमाटर हैं तो कहीं पालक और कहीं हरी बींस उगाई गई हैं। इस विशाल बाग में ऐसी चालीस क्यारियों के बीच कोई न कोई सब्ज़ी या हरी पत्तेदार सब्ज़ी लगी है और सबके बीच एक समान दूरी रखी गई है।

कल्पना करें कि आप पूरा एक महीने तक केवल उसी क्यारी को पानी देते हैं, जिसमें टमाटर उगाए गए हैं। टमाटर के पौधे लंबे और हरे-भरे होंगे पर दूसरे पौधे – हरी बींस, पालक, कद्दू – वे कुम्हलाने लगेंगे, उनका रंग हल्का पड़ेगा और वे धीरे-धीरे मर जाएँगे। जिस क्यारी में आपने पानी दिया होगा, बस वही हरी-भरी दिखेगी।

अब अपने मन को भी ऐसे ही बड़े से बाग की तरह देखें, जिसमें बहुत सारी क्यारियों की तरह, आपके मन के अलग-अलग हिस्से हैं। किसी क्यारी में प्रसन्नता,

किसी में करुणा, किसी में ईर्ष्या तो कहीं गुस्से को रखा गया है (आपको तो पता है कि ईर्ष्या और गुस्सा पड़ोसी होते हैं)।

जब आपकी सजगता गुस्से वाली क्यारी में जाती है तो यहीं आपकी ऊर्जा प्रवाहित होती है। इसका मतलब है कि आप इस क्यारी में पानी दे रहे हैं और यही फलने-फूलने लगेगी। गुस्से वाली क्यारी में आपकी ऊर्जा प्रवाहित हो रही है इसलिए मन का यही क्षेत्र मज़बूत होने लगेगा। आप इस जगह जितनी ऊर्जा जमा करते रहेंगे, मन का यह हिस्सा उतना ही सशक्त होता रहेगा।

अगर सजगता मन के प्रसन्नता वाले हिस्से में जाती है तो आपकी ऊर्जा उसी ओर प्रवाहित होगी और मन का वह हिस्सा मज़बूत होगा।

अगर आपकी ऊर्जा लगातार मन के एक ही हिस्से में जाती रही तो ऊर्जा भी वहीं प्रवाहित होती रहेगी, क्योंकि आप उसे ही लगातार सींच रहे हैं। आप मन के उस हिस्से को जितना अधिक सींचेंगे, यह उतनी ही सशक्त होगी। मन के किसी ख़ास हिस्से के सशक्त होने के भी अपने ही नतीजे होते हैं, जिनके बारे में हम जल्द ही सीखेंगे।

तो आप यह कैसे नियंत्रित कर सकते हैं कि आपकी ऊर्जा किस ओर प्रवाहित हो और आपके मन का कौन सा हिस्सा सशक्त हो? उत्तर आपके लिए स्पष्ट हो गया होगा।

आपकी सजगता किस ओर जा रही है, इसे नियंत्रित करें और आप यह नियंत्रित कर सकेंगे कि आपकी ऊर्जा किस ओर प्रवाहित होगी। अपनी प्रवाहित ऊर्जा को नियंत्रित करें और आप मन के उस हिस्से को भी नियंत्रित कर सकेंगे, जो सशक्त हो रहा है और अनिवार्य तौर पर आपके जीवन में प्रकट हो रहा है।

आपको इसी बुनियादी नियम को ध्यान में रखना चाहिए कि मन, सजगता और ऊर्जा आपस में कैसे संबंध रखते हैं। पहले इसे बौद्धिक तौर पर समझें; फिर इस अनुभव को अपने भीतर पाने की कोशिश करें।

हो सकता है कि आपने मन के उन हिस्सों और क्यारियों को पहचान लिया होगा, जिन्हें आप लंबे अरसे से सींचते आ रहे हैं। इनमें से आपके मन के कुछ हिस्से ऐसे हैं जो आपको बेहतरीन रूप से प्रकट करते हैं। इस तरह आप अपने मन से खरपतवार और काँटों को हटा कर मन को हरे-भरे बाग में बदल सकते हैं।

4.5

भावों की चुंबकीय शक्ति

पिछले पाठ में, मैंने आपके साथ बाँटा कि जब सजगता बार-बार मन के एक ही हिस्से में जाती है तो ऊर्जा उसी ओर प्रवाहित होती है और वह हिस्सा सशक्त होता चला जाता है। जब मैं आपसे कहता हूँ कि मन का वह हिस्सा सशक्त हो जाता है तो इसका क्या अर्थ है? इस प्रश्न का उत्तर देने के लिए हमें ऊर्जा, भाव और सजगता के संबंध को समझना होगा।

मन के सशक्त हिस्से ऊर्जा के लगातार निवेश से बनते हैं। सशक्त क्षेत्रों का अर्थ यह नहीं कि वे मन के सकारात्मक क्षेत्र हैं। ऐसे बहुत से लोग हैं, जिन्होंने बार-बार अपनी सजगता और ऊर्जा को मन के नकारात्मक हिस्सों में ले जा कर उन्हें बहुत ही सशक्त बना दिया है। वे बार-बार अपनी सजगता उसी ओर ले जाते हैं और ऊर्जा भी उसके साथ ही प्रवाहित होती रहती है।

हमने ऊर्जा से जुड़े कुछ बुनियादी नियम देखे और अब मैं आपके साथ ऊर्जा का ऐसा गुण बाँटना चाहता हूँ, जो बहुत ही अहम है : ऊर्जा चुंबकीय है। ऊर्जा जिस क्षेत्र को सशक्त बनाती है, वही चुंबकीय हो जाता है। यह जितना अधिक चुंबकीय होता है, इसके पास सजगता को अपनी ओर खींचने की उतनी ही ताक़त आ जाती है।

जब ऊर्जा मन के एक ख़ास क्षेत्र में जाती है तो यह मन के उसी क्षेत्र के गुण ले लेती है। उदाहरण के लिए, यदि ऊर्जा मन के गुस्से वाले क्षेत्र में जाती है तो यही ऊर्जा गुस्से से भरे भावों में बदलती है। उसी तरह, अगर ऊर्जा मन के प्रसन्नता वाले क्षेत्र में जाती है, तो यह प्रसन्नता से भरे भावों में बदलती है।

केक पर आइसिंग

मैं भावों की परिभाषा इसी तरह करता हूँ मानो ऊर्जा स्वयं को प्रकट कर रही हो। आपके भीतर एक ऊर्जा है और जब यह ऊर्जा बाहर आती है तो यह भाव के रूप में हो सकती है – प्रसन्नता, गुस्सा, उदासी और आनंद आदि। हम इस विषय में स्पष्ट हैं, परंतु भाव ही एकमात्र माध्यम नहीं हैं, जिनसे ऊर्जा आपसे बाहर आ सकती है।

जब आपकी सजगता मन के प्रसन्नता वाले क्षेत्र में जाती है तो ऊर्जा वहीं प्रवाहित होती है। जब ऊर्जा मन के प्रसन्नता वाले हिस्से में प्रवाहित होती है तो इसकी बारंबारता वह नहीं रहती जो प्रसन्नता से जुड़ी थी। अब यह ऊर्जा प्रसन्नता की बारंबारता पर स्पंदित है और आपसे बाहर आते हुए स्वयं को प्रसन्नता से भरे भाव में प्रकट कर रही है।

क्या आपने पहले कभी केक पर आइसिंग से सजावट की है? आप अपनी मनपसंद आइसिंग लेकर इसे सजावट करने वाली सिरिंज-ट्यूब में भरते हैं। आप इसके एक ओर मनपसंद फ्रॉस्टिंग टिप लगाते हैं, जिसमें आपका प्रिय नमूना उकेरा गया है। सिरिंज में से आइसिंग उस फ्रॉस्टिंग टिप के अनुरूप निकलती है, जिसे आपने सिरिंज में लगाया है।

इस उदाहरण में आप मन को सिरिंज समझें। इसमें भरी हुई आइसिंग ऊर्जा है। अलग-अलग नमूनों वाली फ्रॉस्टिंग टिप्स मन के अलग-अलग हिस्से हैं।

ट्यूब में भरी हुई आइसिंग, आइसिंग है। यह बस आइसिंग है। सिरिंज पर लगी टिप की वजह से तरह-तरह के डिज़ाइन सामने आते हैं। इसी तरह, ऊर्जा भी ऊर्जा है। जब ऊर्जा मन के किसी हिस्से में प्रवाहित होती है और दूसरी ओर से बाहर आती है तो यह मन के उस हिस्से के स्पंदन ले लेती है, जिसमें से यह प्रवाहित हो कर आई है।

मन की फ्रॉस्टिंग टिप से प्रवाहित होने वाली ऊर्जा, अगर प्रसन्नता के आकार में होगी तो इससे प्रसन्नता से भरे भाव प्रकट होंगे। अगर वह ऊर्जा गुस्से से भरी फ्रॉस्टिंग टिप से निकली तो गुस्से से भरे भावों की तरह ऊर्जा प्रकट होगी।

कुल मिला कर, यह केवल ऊर्जा है, जो अलग-अलग बारंबारताओं या फ्रीक्वेंसी पर स्पंदित हो रही है। यही वजह है कि मुझे टेस्ला की बात बहुत पसंद है क्योंकि उन्होंने बहुत ही सरल और सटीक शब्दों में ऊर्जा का सार रखा है। "ऊर्जा, बारंबारता और स्पंदन के रूप में विचार करें।" इस कथन, सजगता और मन को समझना अपने-आप में एक शक्तिशाली अनुभव है।

भाव ऊर्जा है और ऊर्जा चुंबकीय है। भाव जितना अधिक, ऊर्जा उतनी अधिक और सजगता पर इसकी चुंबकीय शक्ति भी उतनी ही अधिक।

कुछ लोगों के मन के कुछ ख़ास हिस्से ऐसे होते हैं, जिनमें वे दशकों से ऊर्जा को जमा करते रहते हैं। ये हिस्से ऊर्जा से इतने भरपूर हो जाते हैं कि सजगता किसी भी हाल में इनके चुंबकीय प्रभाव से बच नहीं पाती। वे लगभग हर समय मन के इसी ख़ास हिस्से में रहते हैं। ये हिस्से सकारात्मक या नकारात्मक हो सकते हैं। इतने बरसों के दौरान, उन्होंने इस हिस्से में इतनी ऊर्जा का निवेश कर दिया है कि वे चाहें तो पूरा दिन अपनी सजगता को उसी के आसपास बनाए रख सकते हैं। जब आप किसी ऐसे नकारात्मक क्षेत्र में रहने वाले व्यक्ति से भेंट करते हैं तो आपको उसके स्पंदनों का अनुभव होता है और आप स्वयं से या किसी और से कहते पाए जाते हैं, ''ओह, ये तो हमेशा ऐसे ही डिप्रेशन में रहता है!'' दरअसल, उक्त व्यक्ति की सजगता हमेशा नकारात्मक क्षेत्र में रहती है, उसकी प्रतिक्रिया भी हमेशा नकारात्मक प्रकृति की होती है।

मन के ये हिस्से ऊर्जा से इतने भरे होते हैं कि वे सजगता के लिए स्थायी आवास हो जाते हैं। परंतु केवल यही हिस्से नहीं हैं, जो सजगता को अपनी ओर खींचते हैं।

कई लोगों के अवचेतन मन में अधूरे भावात्मक अनुभव रहते हैं – ऐसे अनुभव जो उनके जीवन में कभी घटे होंगे पर उन्हें कभी हल नहीं किया गया। ये अनुभव भाव से भरे हैं और लगातार मज़बूत चुंबक की तरह उनकी सजगता को अपनी ओर खींचते हैं। जिससे वे बार-बार उसी अतीत के बीच जीते रहते हैं। उस अनुभव से जुड़े भाव जितने मज़बूत या गहरे होते हैं, सजगता पर उनका चुंबकीय प्रभाव उतना ही अधिक होता है। यह भी मन के भीतर जमा ऊर्जा का एक और रूप है, जो इस बात को प्रभावित करता है कि ऊर्जा किस ओर जाएगी। अवचेतन मन में अधूरे भावात्मक अनुभव आपको मानसिक तौर पर विकृत बना रहे हैं।

उदाहरण के लिए, आपकी किसी अपने के साथ बहुत बुरी बहस हुई और आपने उसे निबटाने के बजाए ऐसे ही छोड़ दिया। अब आपने एक ऐसा अनुभव बना दिया है, जो आपके अवचेतन में रहेगा और वह उसमें अंकित हो गया है। इस बहस की वजह से बहुत से भाव पैदा हुए हैं, इसलिए आपके अवचेतन में इस अनुभव का चुंबकीय बल बहुत मज़बूत है। पूरा दिन, आपके अवचेतन मन में सजगता बार-बार इसी ओर जाती है। हर बार जब भी सजगता इस अधूरे भावात्मक अनुभव से जुड़ती है तो आप उस मसले को बार-बार जीते हैं और उसके बारे में मानसिक तौर पर बहस करते हैं।

जब तक यह भाव अनुभव से परे नहीं होगा, तब तक इसमें सजगता को अपनी ओर खींचने की चुंबकीय शक्ति बनी रहेगी। पर जब इस अनुभव से भाव

निकल जाएगा तो अवचेतन मन में छिपे इस अनुभव के पास सजगता को अपनी ओर खींचने की चुंबकीय शक्ति नहीं रहेगी। इस बिंदु पर, यह अनुभव आप पर किसी तरह का भावात्मक प्रभाव नहीं रखेगा।

अगर आप अपने मन का निरीक्षण करें तो आप देखेंगे कि आपके अवचेतन में भावों से भरा कोई भी अनुभव; चाहे वह उन्नत हो या नहीं हो, इसमें सजगता को अपनी ओर खींचने की ताक़त होती है।

उदाहरण के लिए नकारात्मक अनुभवों को लें। इनमें से कुछ अनुभव हाल ही के बरसों के हो सकते हैं और कुछ दशकों पुराने होंगे और फिर भी उनमें भाव छिपे हैं। अगर आप उन भावों का समाधान नहीं करते तो वे आपकी सजगता पर अपनी शक्ति बनाए रखेंगे। किसी अधूरे भावात्मक अनुभव के समाधान का तरीक़ा यही होगा कि आप समस्या को समझें जहाँ उसमें छिपा भाव हमें प्रभावित नहीं करता हो, इस तरह हमें उस अनुभव को तटस्थ हो कर देखने और उससे कुछ सीखने का अवसर मिलेगा। इसे आप थेरेपी और कई आध्यात्मिक अभ्यासों से पूरा कर सकते हैं। अगर हम इसके प्रति भावात्मक तौर पर प्रतिक्रिया देते रहे तो इससे कुछ सीखना बहुत चुनौतीपूर्ण हो सकता है।

पर्दे में छिपा सच

जहाँ सजगता जाती है, ऊर्जा उसी ओर प्रवाहित होती है। इस कथन में क्या कहा गया है? आपकी सजगता जिस ओर जा रही है, ऊर्जा उसी ओर प्रवाहित हो रही है। यह तो साफ़ ही है, है ना? इसमें एक गहरा संदेश छिपा है। क्या आप जान सकते हैं कि ये क्या है?

अगर ऐसा है कि जिस ओर सजगता जाती है, ऊर्जा उसी ओर प्रवाहित होती है तो क्या यह निष्कर्ष नहीं निकाला जा सकता कि ऊर्जा और सजगता एक ही हैं? वे सच में हैं।

सजगता संकेंद्रित ऊर्जा है। जब आप सजगता पर केंद्रित होते हैं, तो आप अपनी ऊर्जा को केंद्रित करते हैं। जब ऊर्जा शाखित होती है तो सजगता भी ऐसी हो जाती है।

यही वजह है कि जब आप अपनी श्वास को नियमित करते हैं और ऊर्जा को एक ही स्थान पर बाहर निकालते हैं तो आप सजगता को भी बाहर निकालते हैं। जब आप ऊर्जा को केंद्रित करते हैं तो अपनी सजगता भी केंद्रित करते हैं।

प्रकट करने की शक्ति

अगर आप अपने जीवन में कुछ प्रकट करना चाहते हों तो उसमें ऊर्जा का निवेश करें। याद रहे, आप जिस जगह ऊर्जा का निवेश करेंगे, वहीं आपका जीवन प्रकट होगा। आपके आसपास के लोग, आपके आसपास की चीज़ें, आपके आसपास के अवसर – ये सब उसके ही प्रकटीकरण हैं, जिनमें आप अपनी ऊर्जा का निवेश करते आए हैं, ये सब मन के उन हिस्सों के साक्षी हैं, जिनमें आपकी सजगता बीतती रही होगी। आप अपनी ऊर्जा का निवेश जिसमें भी करेंगे, वही जीवन में प्रकट होने लगेगा।

आपकी सजगता किस ओर जाती है, उसे नियंत्रित करने से आप इस बात को नियंत्रित कर सकते हैं कि आपकी ऊर्जा किस ओर प्रवाहित हो रही है और तब आप यह नियंत्रित कर सकेंगे कि आपके जीवन में क्या प्रकट होगा। यही वजह है कि मैं लगातार सजगता और मन के महत्त्व को समझने की बात कर रहा हूँ, और साथ ही इस बात पर भी ज़ोर दे रहा हूँ कि आपके मन में आपकी सजगता किस ओर जाएगी।

जब आप सजगता को केंद्रित करते हुए निखार नहीं पाते, तो आपके पास उसे प्रकट करने की योग्यता भी नहीं रहती। और अगर आप किसी चीज़ में भरपूर ऊर्जा का निवेश नहीं कर पाते तो उसके साकार होने की कल्पना नहीं करें। कहना नहीं होगा, आप जो चाहते हैं उसे जीवन में साकार करने के लिए और चीज़ों की भी आवश्यकता होगी, परंतु सजगता और ऊर्जा को निखारने और केंद्रित करने की शक्ति अनिवार्य सामग्री है।

अनेक लोग इस बारे में सचेत नहीं रहते कि उनकी सजगता किस दिशा में जा रही है। दिन के हर मिनट में सजगता के पास मन के किसी अधूरे हिस्से में जा कर ऊर्जा को संचित करने का अवसर होता है और फिर वही आपके जीवन में प्रकट होने लगता है। इसी तरह, यह एक अवसर भी है कि आप पूरे विवेक और समझदारी से अपनी सजगता को मन के उन्नत हिस्से में ले जाते हुए, उस जगह ऊर्जा संचित करें।

सजगता आपके मन के किस हिस्से में जाएगी, यह चुनाव आपके पास ही है। यह आपसे कोई नहीं ले सकता। आप सही मायने में अपनी सजगता के खेवनहार हैं।

मन की सजगता में कौशल पाना बहुत महत्त्व रखता है। कोई भी चीज़ भौतिक तल पर प्रकट होने से पहले मन में ही आकार लेती है। और यह इसी बात से आरंभ होती है कि मन के किस हिस्से में सजगता निरंतर प्रवाहित हो रही है।

इसी तरह, अगर आप जीवन में से कुछ निकालना चाहते हों, तो उसमें से ऊर्जा निकाल दें और यह धीरे-धीरे समाप्त होने लगेगी। आप इसमें से ऊर्जा को

बाहर कैसे निकालते हैं? आप अपनी सजगता उसमें से हटा देते हैं। जब आप सजगता उस ओर से हटाते हैं तो ऊर्जा स्वयं ही हटने लगती है। फिर यह उस जगह विकसित नहीं होती। सजगता और ऊर्जा इसी तरह काम करते हैं।

मैंने सजगता और ऊर्जा के बारे में जो भी बताया, कृपया उसे दो-तीन बार पढ़ें और उसे ग्रहण करने का पूरा प्रयास करें।

4.6

मन का कवकजाल

हमारे बीच जो साहसी यात्री हैं, वे दुनिया की खोज करना पसंद करते हैं – नई जगह देखना, विभिन्न संस्कृतियों और परंपराओं का अनुभव करना। उनके भोजन, कला, संगीत आदि का आनंद उठाना। हमारे अन्वेषण के प्रेम के बावजूद, कुछ जगहें ऐसी होती हैं, जिनमें हम बार-बार जाना पसंद करते हैं। जब भी हम उन जगहों पर जाते हैं, तो हमें लगता है कि हम अपने घर वापस आ गए। उनसे पुरानी जान-पहचान – अपनी मनपसंद कॉफ़ी पीने या खाना खाने के लिए जाना, परिचित इलाक़ों में घूमना, बरसों से परिचित चेहरों से मिलना – इस तरह हमें एक सुख और सुविधा का अहसास होता है।

यही अनुभव मन में बस जाता है। हममें से कई लोग मन की आंतरिक यात्रा करना पसंद करते हैं, जो कौतूहल, सीखने की रुचि और नई चीज़ों के लिए आकर्षण के साथ सामने आता है। इन्हीं वजहों से हमारी सजगता मन के विभिन्न हिस्सों का अन्वेषण करती है।

इसके बाद मन के वे हिस्से आते हैं, जिनमें हम नियमित तौर पर आते-जाते हैं। ये चिर-परिचित स्थान हैं। इनमें से कुछ उन्नत स्थान हैं, कुछ बिलकुल भी ऐसे नहीं हैं। आप आदतन उस ओर जाते हैं और लंबे अरसे से जाते आ रहे हैं। हम इन जगहों को अच्छी तरह जानते हैं। हम जानते हैं कि उन जगहों पर जाने से क्या अपेक्षा रख सकते हैं। चिर-परिचितता से ही सुरक्षा का आभास आता है – हम जो जानते हैं, उससे हमें सुरक्षा का भाव मिलता है, भले ही हमें यह पता हो कि वह हमारे लिए अच्छा नहीं हो सकता।

इनमें से कुछ जगहों पर हम सजग भाव से जाते हैं और कुछ जगहों पर अनजाने में जाते हैं। हमारी पुरानी आदतों के ढाँचे हमें उस ओर ले जाते हैं, जो

हमारे अवचेतन में बसे हैं या फिर वे हमारे आसपास के लोगों और वस्तुओं के प्रभाव में होते हैं।

उदाहरण के लिए, किसी व्यक्ति के माता-पिता ऐसे हो सकते हैं, जो हमेशा उन्हें नीचा दिखाते हों, बरस-दर-बरस और उनके आत्मसम्मान का यह निरंतर क्षय ही उन्हें बार-बार मन की दयनीय अवस्था में डालता हो।

मन के ये हिस्से हमारे लिए उन घरों की तरह हो जाते हैं, जिनमें सजगता ने बार-बार आना-जाना करते हुए सुनिश्चित मार्ग बना दिए हैं और ऐसा कई बरसों से होता आ रहा है।

कोस्टा रिका के घने जंगलों के एक खोजी की कल्पना करें। वह कुछ दिन तक लगातार घने जंगल में भटकने के बाद तीस फुट लंबे झरने के पास पहुँचता है। फिर वह वापस वहीं पहुँच जाता है, जिस जगह से यात्रा आरंभ की थी। वह अपने साथ उस रास्ते का सारा नक़्शा तैयार कर लाया है, क्योंकि उसे पता है कि दूसरे लोगों को अपने साथ उस जगह लाने के लिए नक़्शे की ज़रूरत होगी। एक महीने के बाद वह अपने दल के साथ वापस आता है। अब जंगल और घना हो गया, उसकी लगाई निशानियाँ कम दिखाई दे रही हैं। उन्हें अपने रास्ते को अच्छी तरह देखने के लिए राह में दिख रही झाड़ियों और झंखाड़ को साफ़ करना पड़ता है।

पाँच साल बाद, हज़ारों लोग उस जगह को देखने आने लगते हैं। अब आपके हिसाब से वह जगह कैसी दिखती होगी? क्या यह ठीक वैसी दिखती होगी, जब पहली बार खोजी अपने दल को दिखाने लाया था? बेशक़ नहीं। अब उस जगह झरने तक जाने के लिए पूरी पगडंडी बन गई है। उस जगह आराम से जाया जा सकता है। वह बहुत ही सुविधाजनक हो गई है।

सजगता और मन भी ऐसे ही काम करते हैं। आप सजगता को खोजी और मन को जंगल के तौर पर देख सकते हैं। जब आपकी सजगता मन के उस ख़ास हिस्से में बार-बार जाती है तो यह आपके मन में एक रास्ता बना देती है, यह वही रास्ता है, जो झरने तक जाने के लिए बना था। इस राह से जितनी अधिक सजगता ऊपर और नीचे जाती है, वह रास्ता उतना ही परिभाषित होता जाता है। धीरे-धीरे एक अंकन सा होने लगता है। इस रास्ते पर सजगता के बार-बार और नियमित रूप से जाने पर मार्ग को आकार मिलता है। यह अंकन जितना गहरा होता है, यह मानसिक मार्ग, सजगता के लिए इसी मार्ग पर बार-बार नियमित रूप से जाना उतना ही आसान हो जाता है। हर बार नया रास्ता नहीं बनाना पड़ता और सजगता को बस उस जाने-पहचाने रास्ते से मंज़िल तक जाना होता है।

क्या आप कभी किसी ऐसे व्यक्ति से मिले जिसे बहुत जल्दी गुस्सा आ जाता हो? वह छोटी-छोटी बातों पर भी खीझ कर अपनी प्रतिक्रिया देने लगता है। आप

कह सकते हैं कि इस इंसान ने अपने मन के क्रोधित क्षेत्र तक जाने के लिए एक गहरा रास्ता या पगडंडी तैयार कर ली है। सजगता पलक झपकते उसी गुस्से वाले क्षेत्र में ली जाती है, क्योंकि उसे एक सुनिश्चित और अबाधित मार्ग मिल जाता है।

सजगता इतनी आसानी से उस ओर यात्रा करती है कि उसे किसी प्रतिरोध का सामना नहीं करना पड़ता। जब सजगता मन के क्रोधित क्षेत्र में पहुँचती है तो ऊर्जा भी पहुँच जाती है। और यहीं यह ऊर्जा अपने स्पंदन को गुस्से की बारंबारता में बदल देती है। जो इंसान बहुत आसानी से और जल्दी गुस्से हो जाता है उसने अपने मन के गुस्से वाले क्षेत्र के लिए मार्ग तैयार कर लिया है।

फिर इसके बाद वे लोग आते हैं, जिन्होंने मन के उन्नत क्षेत्र तक जाने के लिए मार्ग नियत किया है। मैंने किताब में पहले जिस मॉरीशस वाले सज्जन के बारे में बताया था, उनकी सजगता सदा मन के प्रसन्नता वाले क्षेत्र की यात्रा करती थी। उसे देख कर पता चलता है कि उन्होंने मन के प्रसन्नता वाले क्षेत्र में जाने के लिए एक गहरा मार्ग अंकित कर लिया है। जिससे उनकी ऊर्जा प्रसन्नता की बारंबारता पर स्पंदित होगी। और इस तरह वे किसी भी परिचित चेहरे को देखते ही हमेशा प्रसन्नता से भरे भावों के साथ संक्रामक मुस्कान प्रस्तुत करते हैं।

मन उन सभी मार्गों या राहों से भरा है, जिन्हें हमने जाने-अनजाने में तैयार किया है। कवकजाल के भूमिगत धागे एक जाल की तरह एक जंगल को बाँधते हैं, उसी तरह मन में भी मार्गों के असंख्य नेटवर्क हैं, जिन्हें हमने इस जन्म में या फिर पिछले जन्म में तैयार किया है। अगर आप सावधानी से निरीक्षण करें तो आप देख सकते हैं कि आपके मन में कुछ खाँचे ऐसे हैं, जो इस जन्म में नहीं बनाए गए। गहरे मनन के बाद पता चलेगा कि आपको इस जन्म में ऐसे पर्याप्त अनुभव ही नहीं हुए कि आप उन्हें तैयार कर पाते।

प्रतिदिन आपके मन में सजगता किस ओर प्रवाहित होगी, यह काफ़ी हद तक मन में बने उन मार्गों से तय होगा। सजगता मन के किस हिस्से में प्रवाहित होगी, इनके सजग कौशल का अभाव सजगता के भाग्य के समर्पण की तरह है। इस तरह आप मन में पहले से बने इन मार्गों के आगे उसकी नियति और अनुभव को सौंप देते हैं।

अब आपको पिछले दो पाठों ऊर्जा और भाव से मिली जानकारी को शामिल करना होगा। हम इन सबसे निष्कर्ष निकाल सकते हैं कि सजगता निरंतर मन के एक हिस्से की यात्रा करती है, कुछ चीज़ें निश्चित तौर पर घटती हैं :

1. जिस जगह सजगता जाती है, ऊर्जा उसी जगह संचित होती है;
2. यह क्षेत्र ऊर्जा के जमाव की वजह से बहुत अधिक चुंबकीय होता है;

3. इस क्षेत्र के लिए एक सुनिश्चित मार्ग नियत होता है।

सजगता आसानी से पहले से तय मार्ग पर जाने के लिए आकर्षित हो सकती है, जो जादुई रूप से शक्तिशाली है। ये मन के वे हिस्से हैं, जिनमें सजगता आसानी से चली जाती है। ऐसे क्षेत्रों का चुंबकीय बल सजगता पर निरंतर खिंचाव देता है और अगर सजगता पर रखी जाने वाली सजग पकड़ ढीली पड़ेगी तो वह उस मार्ग की ओर चल देगी, जो उसे अपनी ओर खींच रही है।

जो व्यक्ति सुबह उठते ही यह चुनाव करता है कि वह समय की कसौटी पर प्रमाणित ध्यान पद्धतियों में से एक पर काम करेगा, वह निश्चित तौर पर अपने लिए मन की उन्नत अवस्था का मार्ग तय कर रहा है। ऐसा व्यक्ति सजग भाव से अपनी चेतना को अवचेतन और फिर महाचेतन क्षेत्र की ओर ले जा सकता है। ध्यान साधक जितने सुनिश्चित और स्पष्ट तरीक़े से ध्यान का अभ्यास करेगा, उसकी ऊर्जा मन में उतनी ही बेहतर तरीक़े से अपने लक्ष्य पर संचित होती जाएगी। इस तरह एक गहरा खाँचा या मार्ग तैयार हो जाएगा, जो चुंबकीय शक्ति से भरपूर होगा।

यह पूरी तरह से चुंबकीय शक्ति से लैस क्षेत्र एक ऐसा सुनिश्चित पथ होगा, जिस पर सजगता किसी भी समय यात्रा कर सकेगी। यह लगातार सजगता पर अपना खिंचाव बनाए रखेगा। अगर ऐसे व्यक्ति को दिन में चुनौतीपूर्ण अनुभव का सामना करना पड़े तो उसके लिए अपनी सजगता को मन के उन्नत क्षेत्र तक ले जाना आसान होगा। वह अपनी चेतना के उच्चतम स्तर से अनुभव ले सकेगा और इस तरह उसे समझदारी से भरा निर्णय लेने में आसानी होगी कि चुनौती का सामना कैसे करना है।

मैं कुछ उद्यमियों को जानता हूँ, जो मन की उच्चतम अवस्था के लिए एक मार्ग विकसित कर चुके हैं। जो उन्हें चुनौतियों का सामना करने का हौसला देता है। वे अपनी कंपनी या अपने आगे चुनौतियों के आने पर आसानी से अपनी सजगता को मन की उच्चतम अवस्था तक ले जाते हैं, जिस पर जाने का बरसों से अभ्यास करते आए हैं। उस जगह जाने से, उन्हें उस चुनौती विशेष को एक नए नज़रिए से देखने का अवसर मिलता है और वे ऐसे समाधान देख पाते हैं, जो दूसरों को दिखाई नहीं देते। यह पूरी तरह से चुंबकीय शक्ति से लैस मार्ग ही सजगता के लिए डिफ़ॉल्ट बन जाता है। ऐसे व्यक्ति के मन में ऐसे कई क्षेत्र हो सकते हैं।

वहीं दूसरी ओर, कई लोगों को अपनी सजगता को मन के भयभीत रखने वाले क्षेत्र में रखना पसंद होता है, वे हर सप्ताह के अंत में डरावनी मूवीज़ देखते हैं और उस जगह बहुत सारी ऊर्जा संचित हो जाती है, जिससे मन का वह क्षेत्र बहुत अधिक चुंबकीय हो जाता है। दिन में डिफ़ॉल्ट नज़रिया और प्रतिक्रिया भय में ही

बदलेगा, क्योंकि मन इसका विरोध नहीं करेगा। आपकी सजगता भय के इसी मार्ग पर चलेगी, अगर आपने इसे अपने कौशल से साधने की कोशिश नहीं की।

मेरे गुरु ने ही पहली बार मन में बने इन खाँचों या मार्गों से मेरा परिचय करवाया था। उन्होंने मन के अनेक क्षेत्रों में ऐसे खाँचे बना लिए थे, जिनमें से विशेषतौर पर महाचेतना के क्षेत्र में थे। जिसकी सहायता से उन्होंने अपने वैरागी जीवन के अनुभवों को मन की उस उन्नत अवस्था में भेजा। हम पूरी स्पष्टता से परिभाषित मार्गों पर जितना अधिक यात्रा करते रहे, वे हमारे लिए उतने ही परिभाषित होते गए, तब हमारे लिए उन तक पहुँचना और आसान हो गया।

हम मनुष्यों के रूप में धरती पर मार्ग बनाने में हमेशा सफल रहे। ये मार्ग एक स्पष्ट लक्ष्य से परिभाषित थे। कोई भी सरकार किसी भी राजमार्ग पर करोड़ों डॉलर, समय और ऊर्जा व्यय नहीं करेगी, जो कहीं नहीं जाता हो। एवरेस्ट तक जाने की राह है, आप घने जंगलों में जा सकते हैं, कितने हाईवे आपको न्यू यॉर्क से लॉस एंजेल्स तक ले जाते हैं। नैशनल पार्क हों या झरने, सब तक जाने के लिए मार्ग हैं और यहाँ तक कि थिएटर में मूवी चलने के दौरान भी प्रकाश की एक किरण रास्ता दिखाने के लिए रहती है।

हम मन में भी नए मार्ग बना सकते हैं। यह रास्ता बहुत महत्त्वपूर्ण है, मंज़िल तो उससे भी ज़्यादा, क्योंकि मंज़िल ही मार्ग को परिभाषित करती है। तो पहले मंज़िल को परिभाषित करें और फिर इसके लिए मार्ग तैयार करें। जब एक मंज़िल का पता चल जाए, तो मन की सजगता पर सजग नियंत्रण अनिवार्य होता है, केवल तभी वह मार्ग बना पाता है। हालाँकि आपके लिए यह जानना भी महत्त्व रखता है कि सजग या असजग भाव से दोहराया जाने वाला कोई भी कार्य, मन के भीतर एक मार्ग बनाने की प्रक्रिया आरंभ करेगा।

संक्षेप में, मन का अतिचुंबकीय क्षेत्र और उसके लिए तैयार किया गया मार्ग, सजगता की नियमित यात्रा से उपजते हैं और यही सजगता के लिए चुनी गई मंज़िल है। यह भी एक और वजह है कि हमें इस बात की समझ क्यों होनी चाहिए कि सजगता और मन कैसे काम करते हैं और फिर मन की सजगता को पाने का प्रयत्न करना चाहिए।

अध्याय 5

सजगता को कैसे साधें

5.1

उद्देश्य और लक्ष्य परिभाषित करना

मन और सजगता कैसे काम करते हैं, इसे सीखने का लक्ष्य और उद्देश्य क्या है? लक्ष्य यही है कि आपको मन की सजगता के लिए सजग कौशल मिल सके – आप सजग भाव से यह चुन सकें कि आप किसी दिए हुए क्षण में अपनी सजगता को किस ओर ले जाना चाहते हैं। इसका उद्देश्य कई गुना है : एकाग्रता शक्ति में सुधार की योग्यता, भय और चिंता से मुक्त होना, तनाव और उद्वेग को दूर करना, और अधिक निरीक्षण के योग्य होना, मन की उन्नत अवस्थाओं का अनुभव आदि।

यह समझना बहुत महत्त्व रखता है कि मन के भीतर सजगता को सजग रूप से साधना क्या है। इसका अर्थ है कि आप किसी भी दिए गए समय में किसी भी बाहरी या भीतरी बल से उबर सकते हैं, जो आपकी सजगता को मन के ऐसे हिस्से में ले जाना चाहते हों, जिसे आपने नहीं चुना हो।

आइए, वास्तविक दुनिया से उदाहरण लेते हैं। मैं आपको जो कहानी बताने वाला हूँ, वह मैंने न्यू यॉर्क में कई बार देखी है। मैं जिस जगह रहता हूँ, उस जगह से प्राय: सबवे से शहर के आसपास जाता हूँ। ऐसी ही एक सबवे सवारी के दौरान, मैं गाड़ी में बैठा फ़ोन पर एक आलेख पढ़ रहा था, तभी एक जोड़े पर ध्यान गया, जो मुझसे बहुत दूर नहीं खड़े थे। उनके बीच कोई बहस चल रही थी।

न्यू यॉर्क में सबवे कार में बहुत भीड़ नहीं होने का मतलब होता है कि सभी सीटें भरी हैं और कुछ लोग ही खड़े हुए हैं। उन दोनों ने धातु का खंभा पकड़ा हुआ था और वे आपस में भावुकता से भरे शब्द कहने लगे – वे खंभे अंतर्राष्ट्रीय स्तर पर बैक्टीरिया के प्रसारक माने जा सकते हैं – पर उस समय तो वही उनके संबंध में एक अखंड वस्तु दिखाई दे रही थी।

गाड़ी अगले स्टेशन पर रुकी तो उनकी आवाजें तेज़ हो गईं और आसपास बैठे लोगों को सब सुनाई देने लगा।

''मुझे विश्वास नहीं होता कि ये तुमने किया। यह कितनी ग़लत बात है।'' वह बोली।

''मैं जो जी चाहे कर सकता हूँ। मुझे तुम्हारी अनुमति नहीं चाहिए।'' पुरुष ने पलटवार किया।

पुरुष के शब्दों ने आग में घी का काम किया और वे आपस में एक-दूसरे से और भी ज़्यादा नाराज़ और गुस्सा हो गए। उनकी सजगता पूरी तरह से बहस में रमी थी और उन्हें यह भी ध्यान नहीं था कि सबवे कार में सभी उनकी बातें सुन पा रहे थे। जब बहस और बढ़ी तो मैं सहयात्रियों पर उसके तरंगित प्रभाव को देख सकता था।

मैंने सबवे में चल रहे जीवन के इस धारावाहिक को देखने के लिए अपना फ़ोन नीचे रख दिया और सोचा, ''सजगता और मन के अध्ययन का अच्छा अवसर है।'' यह मेरे पढ़े जा रहे आलेख से कहीं ज़्यादा शिक्षाप्रद होने वाला था।

उनके ऊँचे सुरों ने आसपास वाले लोगों का ध्यान अपनी ओर खींचा। जोड़े के आसपास बैठे लोगों ने पहले अपनी प्रतिक्रिया दी, क्योंकि उनकी पूरी सजगता बहस की ओर जा चुकी थी। प्रत्येक व्यक्ति उस परिस्थिति के लिए कैसी प्रतिक्रिया दे रहा था, आप उसी से अनुमान लगा सकते थे कि उनका अपनी सजगता पर कितना नियंत्रण था। उनकी प्रतिक्रिया से ही यह भी पता लग सकता था कि उनके मन में, उनकी सजगता किस ओर जा रही थी।

जोड़े के पास खड़ी एक स्त्री ने आह भरते हुए आँखें नचाईं और फिर अपना थैला उठा कर, कार के दूसरे हिस्से में चली गई। उसकी सजगता मन के खीझे हुए हिस्से में चली गई थी।

एक नवयुवक अपने कानों में गूँज रहे तेज़ संगीत वालो हैडफ़ोन्स सहित सिर हिलाते हुए मुस्कराया। उसकी सजगता मन के विस्मित क्षेत्र में थी। वह जानना चाहता था कि इसके बाद क्या होने वाला था। वह दूर नहीं जाना चाहता था। उसे पता था कि इसके बाद कुछ और होने वाला था।

मेरे पास बैठा एक व्यक्ति चिल्लाया, ''ओह बस करो भई, बहुत हो गया!'' वह उछल कर अपनी सीट से खड़ा हुआ और साथ वाले डिब्बे की ओर चल दिया। वह अब और नहीं सुनना चाहता था। उस जोड़े की बहस सुन कर उसे इतना बुरा लगा कि उसने भौतिक प्रतिक्रिया देते हुए ख़ुद को उनसे दूर करना ही बेहतर समझा।

मेरे साथ बैठी एक अधेड़ महिला के चेहरे पर चिंता के भाव थे। वह मुझसे बोली, ''किसी को भी किसी से इस तरह बात नहीं करनी चाहिए। अपने साथी से

तो कभी भी नहीं। यह अपने साथी की इज़्ज़त नहीं करता। कितना बुरा आदमी है।'' उसकी सजगता अपने काम से हट कर, पूरी तरह से देखे जा रहे अनुभव की साक्षी हो गई थी। नतीजतन अब वह भी मन के उसी हिस्से में थे, जिसमें उस समय वे दोनों लोग थे। उसने अपनी सजगता को मन के जिस हिस्से में जाने की अनुमति दे दी थी, उसके बाद वह भावात्मक तौर पर बहुत परेशान हो गई थी।

कुछ ही देर में सबवे कार के सवार, उन दोनों के लिए अलग-अलग तरह से प्रतिक्रिया दे रहे थे। कुछ लोग अपने-आप में बैठे बुदबुदाते हुए, उस बहस के लिए अपनी राय देने लगे, जो अब उनकी बहस बन चुकी थी। उनमें से अधिकतर अपना-अपना पक्ष चुन चुके थे। उस अधेड़ महिला की तरह, उनकी सजगता भी मन के उसी हिस्से में जा चुकी थी। जिस हिस्से में उस जोड़े की सजगता मौजूद थी - वे लोग गुस्से और खीझ के बीच थे, इसलिए परेशान हो गए थे।

यह जीने का बहुत ही थका देने वाला तरीक़ा है। जब आपका अपनी सजगता पर इतना सा भी बस नहीं होता तो आपके मन की अवस्था आपके आसपास के व्यक्तियों और वस्तुओं पर आ जाती है। आप कुछ ही क्षण में प्रसन्नता से नाराज़गी की ओर जा सकते हैं।

हो सकता है कि सबवे कार में कोई समझदार व्यक्ति हो या कहीं अधिक परिपक्व आत्मा, जिसका अपनी सजगता पर पूरा नियंत्रण हो - इतना नियंत्रण कि वह उस जोड़े को कुछ फ़ीट की दूरी से देखने पर भी अपनी सजगता को मन के उस हिस्से में भावात्मक रूप से उलझने नहीं दे, जिस हिस्से में उस समय वह जोड़ा था। वह अपनी सजगता को उसी जगह बनाए रखती है, जिस जगह उसे रखना चाहिए और जोड़े को बहस करते देखती रहती है। यह निरीक्षण है और हम आगे चल कर इसके बारे में और जानेंगे।

किसने सोचा होगा कि वह सबवे मन के अध्ययन के लिए कक्षा बन सकता था?

जब आप अपनी सजगता को अपने से बाहर चल रहे किसी अनुभव से जोड़ते हैं तो आप स्वयं को उसके भावात्मक अनुभवों से जुड़ने का न्यौता दे रहे हैं। यही वजह है कि मन की सजगता पर सजग रूप से सचेत रहना चाहिए : इससे आपको आज़ादी मिलेगी, आपके पास निर्णय करने की क्षमता होगी, आप तय कर सकें कि आप किसी चीज़ का हिस्सा बनना चाहते हैं या नहीं। यह चुनाव होने से, आप यह भी चुन रहे हैं कि आप कैसी प्रतिक्रिया देंगे।

अगर कुछ मज़ेदार चल रहा है तो हो सकता है कि मैं कुछ देर अपनी सजगता को उस ओर ले जा कर आनंद उठा लूँ। अगर कुछ उदास कर देने वाला है, तो मैं चुनाव कर सकता हूँ कि अपनी सजगता को उस ओर नहीं ले जाते हुए भावात्मक

रूप से उथल-पुथल से भरी प्रतिक्रिया नहीं दूँ। ऐसा तभी हो सकता है, जब आपके पास मन की सजगता के लिए पर्याप्त कौशल हो।

यह संसार सजगता के लिए मनोरंजन पार्क की तरह है, हालाँकि हर सवारी से आपको आनंद नहीं आता। जो लोग अपने मन की सजगता पर इतना सा भी नियंत्रण नहीं रखते, यह मनोरंजन पार्क उनके लिए किसी रोलर कोस्टर जैसा अनुभव देने वाला हो जाता है, जिसमें उतार-चढ़ाव के सिवा कुछ नहीं होता। दैनिक रूप से इतने भावों के बीच बार-बार आने-जाने से सजगता का प्रबंधन नहीं हो पाता, स्नायु तंत्र क्लांत हो जाता है और ऊर्जा नहीं बचती।

मन की सजगता का केंद्र और निखार ही, जीवन में उद्‌देश्य की यात्रा पर बने रहने के लिए बहुत महत्त्व रखता है।

5.2

मन में सजगता की गतिशीलता

अब मैंने आपको इस विषय में सैद्धांतिक जानकारी दे दी है कि सजगता और मन कैसे काम करते हैं और यह वास्तविक उदाहरणों की सहायता से समझाया है कि काम के दौरान इनका रूप क्या होता है। अब हम इसे व्यावहारिक तौर पर लागू करेंगे। मेरा मानना है कि सिद्धांतों को व्यवहार रूप में लागू करना ज़रूरी होता है, तभी आप देख सकते हैं कि वे आपके लिए क़ारगर हैं या नहीं।

इस अभ्यास को करने के लिए आपको कुर्सी या फ़र्श पर बैठना होगा। अगर आप कुर्सी पर बैठना चाहें तो इसकी सतह दृढ़ होनी चाहिए। अगर आप फ़र्श पर बैठ रहे हैं तो ऐसे ही या फिर कोई कुशन रख कर बैठ सकते हैं। बस आपको आरामदायक लगना चाहिए ताकि किसी भी तरह की असुविधा से किए जाने वाले अभ्यास में बाधा नहीं आए।

अब जबकि आप आराम से बैठ चुके हैं, तो अपना ध्यान अपनी शारीरिक भंगिमा पर दें। आपकी रीढ़ की हड्डी सीधी हो और आपका सिर रीढ़ पर अच्छी तरह से संतुलित हो। इस दौरान आपका सिर आगे-पीछे या किसी कोने में झुकाव लिए हुए नहीं हो। अपने जबड़ों को ढीला करते हुए उसे शिथिल करें ताकि आपके नीचे और ऊपर के दाँत भी अलग हो सकें। होंठ मिले हों पर दाँत अलग हों।

अब एक गहरी साँस भरें और धीरे से साँस छोड़ें। इसे अपनी गति से ही करें।

जब आप पूरी तरह से साँस बाहर निकाल दें तो आपको एक गहरी साँस लेनी है और फिर धीरे से उसे छोड़ना है। ऐसा तीन और बार करें, कुल पाँच गहरी साँसें लेनी हों। वैसे तो मैं आपसे कहता कि आप आँखें बंद करके यह अभ्यास करें, परंतु आपको इसे पढ़ना भी है इसलिए हम अगली पहल पर काम करेंगे।

कृपया इस अगले पैराग्राफ़ को पढ़ें, फिर एक या दो मिनट तक वह अभ्यास करें, जो मैंने आपके साथ बाँटा है।

अपनी आँखें बंद करें। उस कमरे के लिए सजग हों, जिसमें आप बैठे हैं। पहले अपने भौतिक शरीर के लिए ऐसा करें। आप जिस कुर्सी या फ़र्श पर बैठे हों, उसे महसूस करें। धरती पर अपनी टाँगें या पैर महसूस करें। अपनी त्वचा के लिए सजग हों। क्या आपको गर्मी या सर्दी लग रही है? क्या आपके कमरे का तापमान उचित है? चेतना को अपने शरीर से परे ले जाना होगा। क्या कमरे में कोई शोर है? क्या कमरे के बाहर से कोई शोर आ रहा है? क्या आप कमरे में कोई गंध सूँघ सकते हैं?

अपनी बंद आँखों से कमरे की हर चीज़ के लिए सजग होते हुए एक या दो मिनट का समय दें। जब आप ऐसा कर लें तो धीरे से आँखें खोलते हुए अगले दिशा निर्देश पढ़ें।

कृपया इस अगले पैराग्राफ़ को पढ़ें, फिर एक या दो मिनट तक वह अभ्यास करें, जो मैंने आपके साथ बाँटा है।

मैं चाहता हूँ कि आप जितने भी विवाह समारोहों का हिस्सा बने हों, उन्हें पूरे विस्तार से इस जगह देखने की कोशिश करें। कुछ प्रश्न आपका मार्गदर्शन करेंगे। वह किसका विवाह था? क्या आप स्वयं गए थे? क्या आप अपने साथी या परिवार के साथ गए थे? क्या आपको याद है कि आपने क्या पहना था? क्या आपको उनके विवाह को देख प्रसन्नता का अनुभव हुआ था? क्या आपको याद है कि वधू ने क्या पहना था? क्या उसकी पोशाक सुंदर थी?

खाना कैसा बना था? क्या उन्होंने मदिरा भी परोसी थी और अगर हाँ तो आपने कितनी पी थी? क्या उस जगह अच्छा संगीत और नृत्य भी था? क्या आपने भी नृत्य में हिस्सा लिया? क्या आपको विवाह में बहुत आनंद आया? उस विवाह के बारे में जितना हो सके, उतने विस्तार से याद करें। मैंने जो भी प्रश्न किए, वे केवल इसलिए थे कि आप अभ्यास कर सकें। अब आप आँखें बंद करें और अगले तीन मिनट तक ऐसा करें। अगर अभ्यास के दौरान आपका ध्यान भटके तो उसे प्यार से और आराम से विवाह की उसी स्मृति पर वापस ले आएँ।

विवाह की स्मृति वाला अभ्यास पूरा करने के बाद, कृपया अगले दो पैराग्राफ़ पढ़ें, फिर तीन मिनट तक वह अभ्यास करें, जो मैंने आपके साथ बाँटा है।

मैं चाहता हूँ कि आप हाल ही में लिए गए अवकाश की यादें ताज़ा करें। अगर आपने कोई विदेश यात्रा की हो तो उसे अपने अभ्यास के लिए चुनें। वह कैसा अवकाश था? कोई योग रिट्रीट? सर्फ़ ट्रिप? आप किस जगह गए थे? आप जिस जगह गए थे, उस जगह का मौसम कैसा था? गर्म? सर्द? नम? बरसाती? सूखा?

खाना कैसा था? क्या वह मसालेदार था? क्या वह सादा था? क्या आप उसे खा कर बीमार हुए? अगर आप कई जगह रहे तो उसमें से कौन सी जगह याद रही? क्या आपने बहुत सी ख़रीददारी की? कौन सी चीज़ सबसे ज़्यादा अच्छी लगी? क्या आपने बहुत सी गतिविधियाँ कीं? अब तीन मिनट तक आँखें बंद करके अभ्यास दोहराएँ। अगर अभ्यास के दौरान सजगता भटके तो उसे प्यार से, अवकाश की यादों में वापस ले आएँ।

जब आप अवकाश की यादें दोहरा चुके हों तो इसके बाद आपसे चाहूँगा कि कृपया इस अगले पैराग्राफ़ को पढ़ें, फिर एक या दो मिनट तक वह अभ्यास करें, जो मैंने आपके साथ बाँटा है।

अपनी शारीरिक भंगिमा के लिए सचेत रहें। क्या आपकी रीढ़ की हड्डी अब भी सीधी है? क्या आप शारीरिक तौर पर आरामदेह हैं? क्या आप कमरे के तापमान के लिए सजग हैं? यह गर्म-सर्द है या सामान्य है? अपनी चेतना को शरीर से परे ले जाते हुए, कमरे के आसपास का जायज़ा लेने के लिए सचेत हों।

कमरे के अंदर या बाहर कहीं शोर है? अब अपनी आँखें बंद करें और अगले एक या दो मिनट तक आसपास के परिवेश के लिए सजग होने की कोशिश करें।

जब आप अपनी आँखें खोलने के बाद, अपने ध्यान को फिर से इस पुस्तक पर ला रहे हों तो स्वयं को कुछ क्षण दें ताकि आप इस परिवेश के अनुकूल हो सकें।

आपने अभी मन की सजगता से जुड़ा जो व्यायाम किया, आइए उसकी समीक्षा करें। आपने अभ्यास के आरंभ में कमरे के प्रति सजग होने का अभ्यास किया था। जब आपने ऐसा किया तो आसपास के परिवेश के लिए आपका बोध गहरा गया। इस अभ्यास के दौरान, आपकी सजगता सजग मन में थी – आपके आसपास के माहौल में थी।

यहीं से यह सजगता आपके चेतन मन से अवचेतन मन की यात्रा पर चल दी। जब आपकी सजगता अपने लक्ष्य तक गई तो आपने विवाह से जुड़ी यादों के साथ उस अनुभव को सजगता से महसूस किया। आप मन के उस हिस्से में सजगता को जितना रोक सके, उतने ही बेहतर तरीक़े से उस वैवाहिक स्मृति को दोहरा पाए। भावों से भरे अनुभव सतह पर उभरने लगे। कुछ बातों ने हँसाया, कुछ के कारण चेहरे पर मुस्कान आई और शायद ख़ुशी के आँसू भी आए हों। जब सजगता उस क्षेत्र में थी तो आप जैसे उन क्षणों को फिर से जी रहे थे।

मैं आपको उस याद को अपने अवचेतन में दोहराने के लिए नहीं कहता तो शायद आप उसके बारे में नहीं सोचते। जब आपका पूरा ध्यान और सजगता उस याद से जुड़े तो आप कमरे और उसके परिवेश से अलग हो गए। आपको कमरे के तापमान और अपने शारीरिक हाव-भाव व मुद्रा का भी अहसास नहीं रहा।

आपके मन के जिस भी हिस्से में सजगता होती है, आप उसके लिए ही सजग होते हैं।

फिर आपकी सजगता अवचेतन में छिपे विवाह की याद से हट कर, आपके हाल ही में लिए गए अवकाश पर चली गई। जब आपकी सजगता अवचेतन के अंदर उस नए ठिकाने पर गई तो आपको अपने अवकाश से जुड़ी हर बात याद आने लगी।

उस अनुभव से जुड़ी एक-एक बात सामने आने लगी और अवकाश नामक अनुभव से जुड़े विभिन्न भावों से भरी स्मृतियाँ आपके सामने थीं। परिणामत: भावनाओं का मिश्रण सतह पर उभरता है और जागरूकता समग्र अनुभव के बुलबुले के बीच एक विशिष्ट स्मृति से दूसरी स्मृति में उछलती है, जिसे अवकाश कहा जाता है। आप फिर से उस अवकाश को जीने लगे।

जब सजगता उस जगह दृढ़ हुई तो आपको अपने कमरे और उससे पहले याद किए गए विवाह के अनुभव का भी ध्यान नहीं रहा। फिर अवकाश की मीठी यादों से बाहर आए तो आपने पुस्तक पर नज़रें टिका कर पूछा, ''इसके बाद क्या करना है?'' फिर मैंने आपसे कहा कि आप कमरे के आसपास के वातावरण को देखें और जब आपने ऐसा किया तो आप फिर से आसपास के माहौल के लिए सजग होने लगे।

अचानक आपको अहसास होता है कि आपकी रीढ़ की हड्डी सीधी नहीं रही और सिर भी एक ओर झुक गया है। आप तुरंत अपनी मुद्रा सुधारते हैं और मेरे द्वारा सूचीबद्ध तमाम चीज़ों के प्रति जागरूक होना शुरू कर देते हैं। आपकी सजगता कमरे की ओर आते ही दिमाग़ से विवाह वाली याद उतर गई। अब आपको अवकाश की भी कोई याद नहीं आ रही। आपके दिमाग़ में इन दोनों घटनाओं की स्मृति नहीं आ रही है, क्योंकि आपकी जागरूकता दृढ़ता से उस चीज़ पर टिकी हुई है, जिसमें अब आप पूरी तरह लीन हैं, जो कि आपके आसपास के माहौल का जायजा ले रही है।

अंत में आप आँखें खोल कर अपने आसपास देखते हैं।

आपने मेरे निर्देश लेने के बाद अपना ध्यान कमरे से हटा कर विवाह और अवकाश की यादों वाले क्षेत्र पर लगाया। आपने अपनी जागरूकता को आगे बढ़ाने के लिए अपनी संकल्प शक्ति का उपयोग किया और फिर आपने प्रत्येक क्षेत्र में लंबे समय तक अपनी जागरूकता बनाए रखने के लिए अपनी एकाग्रता की शक्तियों का इस्तेमाल किया।

आइए, इससे कुछ निष्कर्ष निकालें। मैं चाहता हूँ कि आप इस अभ्यास को अनुभव में लें और सजगता व मन के कुछ नियमों को अपने लिए साबित करें, जो

आपके साथ पिछले पाठों में बाँटे गए। मैं और अधिक स्पष्टता लाने के लिए इन्हें दे रहा हूँ :

1. *सजगता गतिशील है, आपका मन नहीं।*

   आप अपनी सजगता को मन के अलग-अलग हिस्सों में ले जा सकते हैं, इससे पता चलता है कि आपकी सजगता मन के भीतर गतिशील है, आपका मन गतिशील नहीं है।

2. *सजगता और मन दो अलग-अलग चीज़ें हैं।*

   मन के भीतर सजगता गतिशील होने की योग्यता दिखाती है कि मन और सजगता एक ही नहीं हैं। वे दोनों एक साथ नहीं चलते। एक दूसरे में यात्रा करता है; इस तरह मन और सजगता के बीच स्पष्ट अंतर है।

3. *आप मन नहीं हैं।*

   आप अपना मन नहीं हैं। आप विशुद्ध सजगता हैं, जो मन के विविध क्षेत्रों से होकर गुज़रती है। और आप मन के जिस भी हिस्से में जाते हैं, आपको वही अनुभव होता है। मन में आपकी सजगता जिस भी जगह है, आप उसके लिए ही सजग हो जाते हैं।

5.3

सजगता को ध्यान में लाना

अब आपने समझ लिया है कि सजगता और मन पूरी तरह से अलग हैं और आप विशुद्ध सजगता हैं, जो मन के विभिन्न हिस्सों से निकल रहे हैं, अगले चरण में आपको यह नियंत्रित करना है कि आपकी सजगता किस ओर जाती है।

सजगता की दिशा को तय और नियंत्रित करने में पहला चरण होगा कि आप सजगता को ध्यान में लाएँ।

शब्दकोश में मिली एक परिभाषा के अनुसार, ध्यान यानी मन को सुनने, देखने, समझने; या लक्ष्य करने के लिए निर्देशित करना। हम इसी परिभाषा को सजगता पर भी लागू कर सकते हैं। सजगता को ध्यान में लाने का यह अर्थ भी हो सकता है कि सजगता को स्वयं देखना या फिर जैसा मेरे गुरु कहते थे, ''सजगता का अर्थ है, इसके प्रति सजग होना।''

मैं आपको उदाहरण के माध्यम से इसे समझाना चाहूँगा। कल्पना करें कि आपकी दोस्त काउच पर बैठी फ़िल्म देख रही है। वह सोफ़े के कोने में कंबल लपेटे बैठी है जिस पर बिस्कुट का चूरा गिरा हुआ है, वह फ़िल्म में पूरी तरह से मग्न है और अपने आसपास हो रही घटनाओं से पूरी तरह अनजान है।

उसका ध्यान अपनी ओर लाने के लिए, आपको उसकी सजगता को ध्यान में लाना होगा। ऐसा करने के लिए, आपको उसकी सजगता को उस फ़िल्म से हटा कर, अपनी ओर लाना होगा।

ऐसा करने के लिए कई तरीक़े हो सकते हैं। आप टी.वी. बंद कर सकते हैं, उसके सिर पर कुशन फेंक सकते हैं या उसे कुछ पुकार सकते हैं। आप उसका नाम लेने का निर्णय लेते हैं और ज़ोर से पुकारते हैं, ''अमायरा!'' अपना नाम सुनकर उसका ध्यान फ़िल्म से हटता है और वह अपना चेहरा आपकी ओर घुमाती है।

अब आपने उसकी सजगता को अपनी ओर खींच लिया है। आप उसकी सजगता को ध्यान में ले आए हैं।

जब आप उसकी सजगता को ध्यान में ले आएँ तो आप तय कर सकते हैं कि आप इसे किस ओर ले जाना चाहते हैं (यदि वह आपको ऐसा करने की अनुमति दे)। इस उदाहरण के अनुसार, अब आप उसकी सजगता को शराब के गिलास की ओर निर्देशित करते हुए कह सकते हैं, ''तुम्हारा गिलास ख़ाली हो गया है, क्या इसे दोबारा भरवाना चाहोगी?'' अमायरा अपने गिलास में देखती है और फिर मुँह उठा कर आपसे कहती है, ''ओह! यह तो बहुत बढ़िया होगा।'' फिर वह अपनी सजगता और ध्यान को फ़िल्म से जोड़ देती है, उसे पूरा भरोसा है कि आप फिर से उसका गिलास भर देंगे।

अगर आप चाहते हैं कि अमायरा आपके लिए सजग हो तो पहले आपको उसकी सजगता को अपने ध्यान में लाना होगा। जब आप ऐसा कर लेंगे, तो आप उसे अपनी मर्ज़ी से किसी भी दिशा में निर्देशित कर सकते हैं। आपमें से कई माता-पिता अपने बच्चों के साथ प्रतिदिन ऐसा ही अनुभव पाते होंगे। अब आपके पास इस प्रक्रिया को बताने के लिए शब्द है। आपको वह पाठ याद है ना? ''शब्द भंडार का महत्त्व''। जब आप दिन में कई बार अपने बच्चे की सजगता को ध्यान में लाते हैं तो मन ही मन स्वयं को याद दिलाना है कि आप जो भी कहें, उसके लिए उचित शब्दों का प्रयोग करना है। आप जो भी कर रहे हों, उस प्रक्रिया के बारे में सही तरह से बात करने से, आपका अवचेतन मन प्रशिक्षण पाता है कि सजगता और मन कैसे काम करते हैं।

मेरी तीन वर्षीय बेटी को टी.वी. से दो फ़ीट की दूरी पर खड़ा होना बेहद भाता है। उसे पीछे हटाने के लिए, मुझे सबसे पहले उसकी सजगता को अपनी ओर खींचना होता है। ऐसा करने के लिए मैं उसे पुकारता हूँ। तब उसका ध्यान स्क्रीन से हट जाता है और वह मुड़ कर मुझे देखती है। मेरा अगला चरण यही होता है कि उसकी सजगता उस ओर निर्देशित कर सकूँ, जहाँ मैं उसे ले जाना चाहता हूँ।

''क्या तुम प्लीज़ काउच पर आ सकती हो?'' मैं उसे प्यार से कहता हूँ और मन ही मन सोचता हूँ कि उसके और टी.वी. के बीच एक दूरी कैसे बनाई जा सकती है।

मेरी बात सुनने के बाद उसका ध्यान काउच पर जाता है और वह अचानक उछल कर काउच पर आती है और फिर उसका पूरा ध्यान इस तरह टी.वी. की ओर इतनी गुरुत्वाकर्षण शक्ति से चला जाता है कि एक पूरे ग्रह को अपनी ओर खींचा जा सके।

मैंने आपको अभी जो उदाहरण दिए, वे किसी की सजगता को अपनी ओर खींचने से जुड़े हैं। आप से अपने साथ भी आज़मा सकते हैं। आप चाहें तो अपनी सजगता भी ध्यान में ला सकते हैं।

जब भी आपकी सजगता अपने ध्यान से भटकने लगे तो उसे अपने केंद्र पर वापस खींच लें। जब आप इसे ध्यान में वापस ले आएँगे तो आप अपनी संकल्प शक्ति के बल पर इसे फिर किसी चीज़ पर एकाग्र कर सकते हैं। हम किताब में आगे संकल्प शक्ति विकसित करने के बारे में सीखने वाले हैं। एक व्यक्ति अपनी सजगता को वापस ध्यान में कैसे ला सकता है

आपकी सजगता को अपने बारे में सजग होना होगा और हमारा अगला पाठ इससे ही संबंधित है।

5.4

सजगता को अलग करना

सजगता को ध्यान में लाने में यह भी शामिल होगा कि सजगता को उससे अलग किया जाए, जिससे वह अवगत है। आइए, इसे पास से जानें, यह प्रक्रिया का महत्त्वपूर्ण अंग है, जिस पर हमने अभी चर्चा नहीं की।

एक पिछले पाठ में, मैंने आपको फ़िल्म देखने का उदाहरण दिया था और यह बताया था कि एक निर्देशक किस तरह आपकी सजगता को मन के एक से दूसरे हिस्से में ले जा सकता है। क्या आपने कभी ध्यान दिया कि सचमुच एक अच्छी फ़िल्म में, आपकी सजगता इतनी रम सकती है कि आपको आसपास की किसी भी चीज़ का भान नहीं रहे? आप उसमें इतने मग्न हो जाते हैं कि आप दृश्यों के लिए उसी तरह वैसी प्रतिक्रिया देने लगते हैं, जैसी निर्देशक आपसे चाहता है।

उस समय सजगता पूरी तरह से उसमें डूबी है, जिससे वह पूरी तरह से अवगत है। सजगता और यह जिसके लिए सजग है, वे दोनों एक हैं।

ध्यान देने योग्य बात है कि हम इस जगह जाँच कर रहे हैं कि सजगता इन दो अवस्थाओं में से, एक में हो सकती है। पहला, सजगता को पता हो सकता है कि वह क्या निरीक्षण कर रही है। दूसरे, सजगता जो भी निरीक्षण कर रही है, वह उसमें डूब सकती है।

आइए, पहली अवस्था के बारे में बात करने के लिए न्यू यॉर्क शहर के सबवे राइड की बात करें। एक जोड़ा सबवे कार में बहस कर रहा था और नतीजतन मेरी सजगता उनकी ओर गई। उस समय मेरे पास यह चुनाव था कि मैं केवल उनकी बहस को देखूँ या अपनी सजगता को उसमें रमने दूँ। मैंने चुनाव किया कि मैं उनकी बहस में भावात्मक तौर पर शामिल होने के बजाए अपने तक ही रहूँगा।

इस मामले में सजगता जानती थी कि वह क्या देख रही थी। यह एक आदर्श परिदृश्य है : सजगता इस विषय में सचेत है कि वह क्या देख रही है और उसके पास यह चुनने की योग्यता है कि वह उसमें रमना चाहती है या नहीं।

आइए, किताब के एक और उदाहरण की मदद से जाँच करें कि दूसरी अवस्था क्या है। थिएटर में मूवी देखने की दशा में, सजगता को यह पता हो सकता है कि स्क्रीन पर मूवी चल रही है और फिर यह चुन सकती है कि इसे उसमें रमना है या नहीं। इस दशा में, मूवी में रमना ही उचित होगा, क्योंकि आपने मूवी देखने के ही पैसे दिए हैं – आपको उस मूवी के विषय के आधार पर एक अलग तरह का अनुभव होने वाला है। इस जगह सजगता उसमें ही खोई है, जो वह देख रही है।

हम यह निष्कर्ष निकाल सकते हैं कि सजगता इस बारे में सजग हो सकती है कि वह क्या निरीक्षण कर रही है या फिर जो भी देख रही है, उसमें रम सकती है। आपके पास हमेशा चुनाव की सुविधा है और यह चुनाव केवल आपका है। हालाँकि यह चुनाव हमेशा आसान नहीं होगा। यह बहुत महत्त्वपूर्ण है इसलिए मैं चाहूँगा कि आप इस पर एक क्षण तक विचार करें।

चलिए दूसरी अवस्था पर चलते हैं, आपको अपनी सजगता को मूवी से हटाना है, जिसमें यह खोई हुई है, क्योंकि अब आपकी सजगता और मूवी एक नहीं है। ऐसा करने के लिए, पहले आपको अपनी सजगता को ध्यान में लाना होगा। दूसरे, अपनी सजगता को मूवी के स्क्रीन से हटा कर अपनी ओर खींचना होगा। यह ध्यान के बारे में सीखने की ओर पहला क़दम होगा।

मूवी के उदाहरण में, प्रक्रिया उस फ़िल्म से जागरूकता को बाहर निकालने की है, जिसमें वह समाहित है ताकि जागरूकता और फ़िल्म एक नहीं रहें। यह करने के लिए आपको (1) ध्यान के प्रति जागरूकता लाना होगा और फिर (2) मूवी स्क्रीन से जागरूकता को वापस अपने पास लाना होगा।

जब भी अगली बार आप मूवी देखें तो आप यह अभ्यास कर सकते हैं। जब आप किसी थिएटर में मूवी देख रहे हों, तो अपने पैरों की ओर देखें।

अपने पैरों के अँगूठे हिलाएँ और कुछ सेकेंड तक उन्हें देखें। ऐसा करने से आपका ध्यान अपने अँगूठों पर होगा। इस तरह आप मूवी में रमी हुई सजगता को वापस पा सकते हैं। अब आपको उसे फिर से अँगूठों से हटा कर स्क्रीन पर ले जाना है पर इस बार अपनी सजगता को मूवी में रमने नहीं देना। बस मूवी को इस तरह देखें कि आप थिएटर में बैठे हैं और यह मूवी, बड़े से स्क्रीन पर दिख रही सफ़ेद रोशनी से अधिक नहीं है। इसे करने का एक तरीक़ा होगा कि आप अपने पीछे देखें, प्रोजेक्टर से निकलने वाली लाइट को देखें और उसका पीछा करते हुए स्क्रीन तक आएँ। फिर स्वयं से कहें कि यह स्क्रीन पर दिख रही लाइट से अधिक नहीं है।

यदि आप ऐसा कर सके तो आपने सफलतापूर्वक अपनी सजगता को उससे तोड़ लिया है, जिसमें वह रमी हुई थी। आपने निरीक्षण की कला सीख ली है, जो सजगता को आपके साथ बनाए रखती है और उसे दिखाई देने वाली चीज़ में रमने नहीं देती।

ज्यों ही आपका ध्यान सजगता से हटेगा, यह फिर से मूवी में मग्न होगी और आप मूवी के लिए अपनी प्रतिक्रिया देने लगेंगे। जब ऐसा होता है तो आप और आपके द्वारा देखी गई चीज़ एक हो जाते हैं। मूवी में मज़ाक़िया दृश्य आते ही आप हँसते हैं और दुखद दृश्य आते ही आपको रोना आने लगता है। सजगता फिर से मूवी की गाड़ी पर सवार है और मूवी निर्देशक की इच्छा के अनुसार मन के अलग-अलग हिस्सों की यात्रा कर रही है।

यदि आप सजगता को अपनी ओर खींच कर, उसका ध्यान तोड़ना चाहें तो आप द्रष्टा हो जाते हैं। अब सजगता यह देख रही है कि स्क्रीन पर क्या है, वह स्क्रीन पर दिख रही मूवी में मग्न नहीं है।

कितना सुंदर खेल है। सजगता को मूवी में रमने देना है, दृश्य के भावों को अनुभव करना और फिर सजग भाव से सजगता को उस ओर से हटा कर, एक निरीक्षक की तरह भावात्मक रूप से अनासक्त होना।

आप इसका जितना अधिक अभ्यास करेंगे, आपको उतना ही अहसास होगा कि आप नियंत्रित कर सकते हैं कि आपकी सजगता किस ओर होगी और फिर आप अपनी सजगता को देखे जा रहे अनुभव से अलग कर सकते हैं। इस जगह हम मूवी थिएटर के उदाहरण का प्रयोग करेंगे, परंतु यह दैनिक जीवन में भी लागू होता है। अगर आप किसी से बात कर रहे हों और आपको लगे कि आपकी सजगता मन के नकारात्मक हिस्से में जा रही है और अपने साथ आपको भी ले जा रही है - आप अपनी सजगता को उस ओर से वापस ला सकते हैं, उससे अलग करके, मन के उस हिस्से से जोड़ सकते हैं, जिसमें आप होना चाहते हैं। अन्यथा आपकी सजगता भी उसकी सजगता के साथ मन के नकारात्मक हिस्से में जाकर नकारात्मकता का सामना करेगी। पर अगर आप यह जानते हैं कि सजगता को उससे अलग कैसे करना है, जिसके लिए वह सजग है और उसे फिर से अपने काम पर लाना है तो इस तरह आपके हाथों में चुनाव की सुविधा आ जाती है।

कल्पना करें कि आप फिर से मूवी थिएटर में हैं। अपने आसपास देखें, किस तरह लोगों की सजगता मूवी के साथ मिलकर एक हो गई है। वे मूवी में इस तरह मग्न हो गए हैं कि उन्हें अपने आसपास की सुध नहीं है। वे हर सीन पर अपनी प्रतिक्रिया दे रहे हैं, क्योंकि उन्होंने अपनी सजगता और मूवी को एक होने की अनुमति दे दी है। जब ऐसा होता है, तो मूवी का डायरेक्टर उनकी सजगता को अपने

बस में करके, उन्हें मूवी की यात्रा पर ले जा सकता है और वह सब अनुभव करवा सकता है, जो वह करवाना चाहता है, जिसके लिए उन्होंने पैसे दिए हैं।

न्यू यॉर्क शहर के सबवे वाले उदाहरण में, हम यह नतीजा निकाल सकते हैं कि उस जोड़े के लिए भावुक प्रतिक्रिया देने वाले लोग, वे लोग थे जिनका अपनी सजगता पर पूरा बस नहीं था। उन्होंने जोड़े की बहस सुनी और उनका ध्यान अपने काम से हट कर, उनकी ओर चला गया। फिर वे उस बहस का मन ही मन हिस्सा बनने से पहले, उनके पास चुनाव था कि वे अपने ध्यान को वापस खींच लें या उस जोड़े की बातों में रमा दें। अधिकतर लोग मन में सजगता पर पूरा नियंत्रण नहीं रखते थे, उन्होंने मन की सजगता को उसी हिस्से में जाने दिया, जिस हिस्से में उस जोड़े की सजगता थी।

इस जगह आदर्श तो यही होता कि उनकी आवाज़ सुनकर आपका ध्यान उनकी ओर जाता और आप उन्हें देख कर सजग भाव से यह निर्णय करते कि आप उनके साथ बहस में मानसिक तौर पर शामिल होना चाहते थे या नहीं।

हमने इस जगह दो उदाहरण देखे हैं। एक जगह, बाहरी बल के कारण सजगता उस जगह से अलग हुई, जिसके लिए वह सचेत थी। दूसरी जगह पर, आपने अपनी निरीक्षण की शक्ति से सजगता को उस चीज़ से अलग किया, जिसमें वह रमी हुई थी।

सजगता जिसमें रमी हुई हो, उससे उसे अलग करना सीखना भी एक कला है और आपको इसमें निपुणता हासिल करनी चाहिए।

सजगता को अलग करने का अभ्यास

मूवी थिएटर में जिस अभ्यास को करने का सुझाव दिया गया था, घर में भी उसे ही आज़माएँ। इस सप्ताह, अपनी कोई पसंदीदा मूवी लगा लें। मूवी देखते हुए, अपनी सजगता को उस मूवी से अलग करें, जिसमें वह रमी हुई है। आप इसका अभ्यास कुछ इस तरह कर सकते हैं। मैं चाहता हूँ कि आप मूवी के दौरान सजगता को अपने पैरों तक ले जाएँ। अपने पैर के अँगूठे को हिलाएँ और स्वयं को ऐसा करते देखें। ऐसा करने से आपकी सजगता मूवी से आपके पैर के अँगूठे पर आ जाएगी। सात सेकेंड तक अपने पैर के अँगूठे को हिलाते रहें।

अब अपनी सजगता को फिर से टी.वी. के स्क्रीन की ओर ले जाएँ पर इस बार अपनी सजगता को मूवी में नहीं रमने दें। बस यह देखें कि आप काउच पर बैठ कर मूवी देख रहे हैं और वह स्क्रीन पर दिखती लाइट से अधिक नहीं है।

फिर अपनी सजगता को दोबारा अपने पैर के अँगूठे पर ले आएँ और कुछ देर तक हिलाएँ। अब सजगता आपके पैर के अँगूठे पर है। फिर इसे दोबारा मूवी पर ले जाना है और इस बार आपको मूवी में ध्यान देना है। अपनी सजगता मूवी को सौंप दें ताकि आप अगले कुछ मिनटों में सही मायनों में आनंद ले सकें।

अब सजगता पर ध्यान दें। इसका मतलब होगा कि सजगता जिसके लिए सजग है, इसे उससे अलग करना है – मूवी। सजगता को फिर से मूवी पर खींच कर अपने पास ले आएँ।

इस प्रक्रिया के दोहराते रहें। आप इसका जितना अधिक अभ्यास करेंगे, उसमें उतने ही बेहतर होंगे। अपनी सजगता के साथ यही खेल खेलें और आपको तत्काल अपनी सजगता को उससे अलग करने की कला का अनुभव होगा, जिसके प्रति यह सजग है। यदि आप सजगता को अलग खींच सकें तो आप वास्तव में बैठ कर देख सकते हैं कि आप किसके प्रति सजग हैं। अगर किसी चीज़ में आपकी सजगता रमी हुई है तो आप उसे देख नहीं सकते।

निरीक्षण का अर्थ है कि सजगता इस विषय में सजग है कि वह किसमें रमी हुई है। यदि आपने कभी निरीक्षक या द्रष्टा होना चाहा हो तो अब आप इसके बारे में जानते हैं। इस योग्यता को पाने के बाद आप सजगता को अलग करके, उसमें रमे बिना, उस अनुभव को जी सकते हैं। यदि आपने मन और सजगता के बारे में नहीं सीखा तो शायद आप निरखने की कला भी नहीं सीख सकेंगे।

सजगता का अपने प्रति सजग होना

यदि आप चाहते हैं कि सजगता जिसके प्रति सजग है, उससे इसे अलग किया जाए तो पहले इसे अपने लिए सजग होना होगा।

ऐसा करने की योग्यता तभी आती है, जब आपके अंदर द्रष्टा होने की योग्यता हो। निरीक्षण लंबे समय तक बनी रहने वाली एकाग्रता का उपोत्पाद है। हम आगामी अध्यायों में निरीक्षण और एकाग्रता पर चर्चा करेंगे। जब मेरी सजगता के पास निरीक्षण की पर्याप्त शक्ति आ जाती है तो यह अपने लिए सजग हो सकती है। जब यह अपने लिए सजग हो जाती है तो आपको अपनी सजगता को उससे अलग करने में भी महारत आ जाती है, जिसमें यह मग्न हुई हो।

जो व्यक्ति सही तरह से केंद्रित नहीं हो पाता, उसके अंदर निरीक्षण की शक्ति भी विकसित नहीं होती। यदि उसकी सजगता अपने केंद्र से भटके तो उसे अपनी सजगता की भटकन के बारे में सजग होने में समय लग सकता है, उसके बाद उसे अहसास होता है कि उसका ध्यान भटक गया था। उदाहरण के लिए, लैपटॉप पर

काम करने वाला व्यक्ति याद रखता है कि उसका मनपसंद टीम खिलाड़ी दिन में खेल रहा था, इसलिए वह अपनी एकाउंटिंग स्प्रेडशीट से हट कर, इंटरनेट ब्राउज़र खोल कर स्कोर देखता है। उसे पता चलता है कि उसकी टीम की जीत हुई और अब वह हाइलाइट देखना चाहता है। उसे वे हाइलाइट्स यूट्यूब पर मिल जाते हैं। जब वह उन्हें देख लेता है तो फिर वह नीचे दिए गए वीडियो देखने लगता है। उसे तीस मिनट बाद पता चलता है कि वह एक के बाद एक वीडियो देखता जा रहा है। जब उसे अपनी सजगता के भटकने का अहसास होता है तो वह उसे यू ट्यूब से हटा कर वापस अपनी स्प्रेडशीट पर ले आता है।

उसकी केंद्रित हो पाने की अयोग्यता ही उसे द्रष्टा नहीं बना पाती और उसे बहुत समय बाद पता चलता है कि वह अपने ध्यान से भटका हुआ था। इस दौरान, बहुत सा समय और ऊर्जा नष्ट हो चुके हैं। उत्पादकता नहीं रही और यू ट्यूब वाला व्यक्ति उसकी वजह से पैसा कमा चुका है। ऐसे कई लोग हैं, जो दूसरों की केंद्रित नहीं हो पाने की अयोग्यता का लाभ पा जाते हैं।

जब आप केंद्रित होना सीखते हैं और उसमें महारत पा लेते हैं तो आपकी सजगता अपने विषय में बेहतर सजग होना सीख लेगी।

5.5

सजगता के प्रबंधक

पिछले पाठों में हमने दो परिदृश्यों के माध्यम से देखा कि सजगता मन के भीतर कैसे गतिशील होती है।

पहला परिदृश्य वह है, जब कोई वस्तु या व्यक्ति आपकी सजगता को मन में एक से दूसरे हिस्से में ले जाते हैं। मैंने इस जगह फ़िल्म देखने का उदाहरण दिया है। इसके अलावा आपको प्रिया उद्यमी और सबवे में बहस करने वाले जोड़े की भी याद होगी। इन सभी परिदृश्यों में, बहुत सी बाहरी ताक़तें मन में सजगता की यात्रा को संचालित कर रही हैं।

दूसरे परिदृश्य में, जब आप सजगता को मन के एक से दूसरे हिस्से में ले जाने का चुनाव करते हैं। यह एक अभ्यास में दिखाया गया था, जिसमें आप अपनी सजगता को कमरे से विवाह, अवकाश और फिर कमरे की ओर ले जाते हैं। हालाँकि वह रास्ता मैंने आपके लिए बनाया था पर आप स्वयं पूरे सचेत भाव से सजगता को मन के एक से दूसरे हिस्से में ले कर गए।

हम सरल शब्दों में कह सकते हैं कि दो बल ऐसे हैं, जो आपकी सजगता को नियंत्रित करते हैं : आप और आपका परिवेश। आपको याद होगा : मैंने आपके परिवेश को आपके आसपास के व्यक्तियों और वस्तुओं के रूप में परिभाषित किया था। किसी भी समय में, इनमें से एक बल ही तय करेगा कि आपकी सजगता मन के किस हिस्से में होगी। आपके लिए आदर्श यही होगा कि आप तय करें कि आपकी सजगता किस ओर जाएगी।

जब आप तय करेंगे कि आपकी सजगता मन के किस हिस्से में जाएगी तो आप मन की सजगता को पूरे कौशल से साध सकेंगे।

अधिकतर लोग अपने आसपास के माहौल को अपनी सजगता की गतिशीलता पर हावी होने देते हैं। उनके आसपास के व्यक्ति और वस्तुएँ उन्हें मन की उन्नत या फिर निम्नतम अवस्था की ओर ले जा सकते हैं। जब आप अपने परिवेश की सजगता के नियंत्रण का समर्पण करते हैं तो आप अपने अनुभव और मन की अवस्था को अपने परिवेश या वातावरण के हाथों सौंप रहे हैं।

आप केवल इन चीज़ों का ही समर्पण नहीं कर रहे। आप अपने परिवेश का भी समर्पण कर रहे हैं, जहाँ आप अपनी ऊर्जा का निवेश करते। जब आपका परिवेश तय करता है कि आपकी सजगता किस ओर जाएगी तो यही तय करेगा कि आपकी ऊर्जा किस ओर प्रवाहित होगी और नतीजतन आपके जीवन में क्या प्रकट होगा।

अधिकतर लोग जीवन में अपना मनचाहा नहीं रच पाते, क्योंकि वे इस बात पर नियंत्रण नहीं रख पाते कि प्रतिदिन उनकी सजगता किस ओर जाएगी। नतीजतन, उनकी ऊर्जा परिवेश के बस में है और वे जीवन में अपना मनचाहा नहीं रच पा रहे। उनकी सजगता सारा दिन दुनिया में भटकती है, जो सोशल मीडिया अल्गोरिदम और तकनीक से संचालित है। उनकी सीमित ऊर्जा कुछ ख़ास चीज़ों पर केंद्रित होने के बजाए अलग-अलग क्षेत्रों में दूर-दूर तक छितराई रहती है। नतीजतन, जीवन में उनका कोई लक्ष्य साकार नहीं हो पाता। कुंठा पैदा होती है और निरुत्साह में बदलती है। लगातार बना रहने वाला निरुत्साह संकल्प शक्ति को क्षीण करता है, जिससे आशा मिटने लगती है।

मन को सजग भाव से साध पाना भी एक ऐसी शिक्षा और कौशल है, जिसे हर व्यक्ति को सिखाया जाना चाहिए। यही बुनियादी चीज़ है, जो वास्तव में उल्लेखनीय जीवन जीने के लिए मददगार होगा। अगर आपको अपने बच्चे को मन के बारे में एक चीज़ सिखानी हो तो उसे यही सिखाएँ। सजगता और मन कैसे काम करते हैं, उनके लिए यह शिक्षा ध्यान करना सीखने से अधिक शक्तिशाली होगी। जब तक वे मन की आंतरिक संरचना नहीं समझते, वे असरदार तरीक़े से ध्यान कैसे कर सकते हैं?

अब जब आप यह जानते हैं तो स्वयं से पूछें कि ऐसा क्या है, जो यह नियंत्रित करता है कि आपकी सजगता किस ओर जाती है? आप? या फिर आपके आसपास के व्यक्ति या वस्तु? आपके दिन के कितने प्रतिशत हिस्से पर कौन सा व्यक्ति या वस्तु तय करते हैं कि आपकी सजगता किस ओर होगी या फिर आप कितने प्रतिशत समय तक अपनी सजगता पर नियंत्रण रखते हैं।

आपको चुनाव करना चाहिए। यह चुनाव आपका और केवल आपका है। अगर आप तय करते हैं कि आप अपनी सजगता को अपने बस में रखना चाहते हैं तो आपको अभी यही संकल्प लेना होगा कि आप यह बनना चाहते हैं : आपको

अपनी सजगता स्वामी बनना है और यह देखना है कि यह मन के किस हिस्से की यात्रा करती है। आज ही तय करें कि आप अपनी सजगता को अपने अधीन लाने के लिए भरपूर मेहनत करेंगे भले ही इसमें बरसों का समय लगे।

अगर आप ऐसा चाहते हैं तो ऐसा कर सकते हैं। अब आपको यह ध्यान देना होगा कि आज से ही आप अपनी संकल्प शक्ति और एकाग्रता शक्ति के बल के आधार पर यह मार्गदर्शन लेंगे कि आपकी सजगता किस ओर जाएगी। कई बार आपको जूझना होगा और कई बार असफलता भी हाथ आएगी। यह सब यात्रा का ही हिस्सा है। अगर आप कोशिश नहीं करते तो वह सच्ची असफलता है। कभी हार नहीं मानें और उम्मीद नहीं छोड़ें!

गुरुदेव कहते थे : ''आपमें से जो लोग मन के भीतर बहुत सी चीज़ों से जूझ रहे हैं ताकि अपने मन को एकाग्र कर सकें, ध्यान लगा सकें, शांत हो सकें या विश्रांत हो सकें। अपनी ओर से कोशिश करते रहें। आप अपनी ओर जो भी सकारात्मक क़दम लेंगे, वह व्यर्थ नहीं होगा।''

हर सुबह उठते ही और रात को सोते समय कहें, ''मैं अपनी सजगता का प्रबंधक हूँ!''

भाग – 3

मन के पंख

अध्याय 6

दृढ़ एकाग्रता

6.1

एकाग्रता और संकल्प शक्ति के पंख

मैं केवल प्रार्थना ही कर सकता हूँ कि मैंने अपनी ओर से आपको यह समझाने में कोई कमी नहीं रखी हो कि आपके जीवन में मन कैसे काम करता है, इसे समझना इतना अधिक महत्त्व क्यों रखता है। जब आप मन की आंतरिक कार्यविधि को जान लेते हैं तो आप अगले क़दम के लिए तैयार हो जाते हैं, जिसमें आपको यह सीखना है कि सजगता को मन के भीतर कैसे संवारना और निर्देशित करना है।

एकाग्रता और संकल्प शक्ति दो पंख हैं, जिनके माध्यम से आपकी सजगता मन के भीतर उड़ान भरती है। और जो लोग इन पंखों को संवार कर विकसित कर लेते हैं, उनके लिए मन में ऐसा कोई स्थान नहीं रहता, जिसमें उनकी सजगता यात्रा नहीं कर सके।

चलिए यहाँ से शुरुआत करते हैं कि हमें एकाग्र कैसे होना है। यह उन महानतम योग्यताओं में से एक होगी, जो आप अपने जीवन में विकसित करेंगे, ऐसी योग्यता जो आपको यह साधने में मदद करेगी कि आपकी सजगता मन के किस हिस्से की यात्रा करेगी। कुछ लोग बहुत अच्छी तरह एकाग्र होने की योग्यता के साथ ही जन्म लेते हैं और कई लोग यह योग्यता पाने के लिए संघर्ष करते हैं और इन दोनों परिस्थितियों के भीतर ही हमें एकाग्र होने के अलग-अलग योग्यता स्तर दिखाई देते हैं। ऐसा हमेशा से ही रहा है।

खेद से कहना पड़ता है कि एकाग्रता कोई ऐसा कौशल नहीं है, जिसे हमें बचपन में सिखाया गया हो। हालाँकि हम सबको अपने जीवन में कहीं न कहीं, किसी न किसी मोड़ पर यह अवश्य कहा गया कि हमें एकाग्र होना चाहिए।

बीते बरसों के दौरान, दुनिया भर की यात्राओं में केंद्र नामक विषय पर बहुत से व्याख्यान दिए हैं। मैंने एक असंगठित और बिना दस्तावेज़ों का सादा सा सर्वेक्षण किया, जिसमें उन लोगों को शामिल किया, जिन्होंने केंद्र नामक विषय का अध्ययन किया है। मैंने अपने अधिकतर श्रोताओं से दो निम्नलिखित प्रश्न किए :

1. क्या आपको कभी सिखाया गया कि एकाग्र कैसे होना चाहिए?
2. जब आप स्कूल में थे, तो क्या आपको दैनिक रूप से औपचारिक कक्षाओं में एकाग्र होना सिखाया गया था, जिस तरह आपको कक्षाओं में गणित, विज्ञान और इतिहास आदि विषयों का ज्ञान दिया जाता था?

हज़ारों लोगों ने मेरे इन प्रश्नों को सुना है पर किसी ने भी कभी 'हाँ' में उत्तर नहीं दिया।

इसके बाद उनसे मेरा सवाल होता है, ''क्या किसी ने कभी आपको एकाग्र होने को कहा?'' इस प्रश्न के उत्तर में मुझे हमेशा ''हाँ'' ही सुनने को मिला और इसके बाद लोग कहते थे, ''यह तो हम हमेशा ही सुनते आए हैं।''

कहा गया पर सिखाया नहीं गया

मेरा निजी तौर पर मानना है कि दो प्रमुख कारण हैं कि अधिकतर लोग अपना ध्यान एकाग्र नहीं कर पाते। पहला, उन्हें कभी सिखाया नहीं गया कि एकाग्र कैसे होना चाहिए। अगर आपको यह सिखाया नहीं जाता कि एकाग्र कैसे होना है तो आप एकाग्र कैसे हो सकते हैं? दूसरे, वे एकाग्रता का अभ्यास नहीं करते। जब आप किसी चीज़ का अभ्यास नहीं करते तो उसमें पारंगत होने की अपेक्षा कैसे कर सकते हैं? और जब आपको यह नहीं सिखाया जाता कि ध्यान एकाग्र कैसे करना है, तब तक आप उसका अभ्यास कैसे कर सकते हैं?

हम लोगों को एकाग्र होने को कहते हैं पर हमने उन्हें कभी नहीं सिखाया कि एकाग्र कैसे होना है।

वयस्कों को अपने कार्यस्थल पर प्राय: यही सुनने को मिलता है। सीनियर नेता भी बार-बार ऐसे ही वाक्य कहते सुनाई देते हैं, ''आप सब ध्यान से सुनें, दस दिन में परियोजना पूरी होनी है और मैं चाहता हूँ कि आप सब काम पर फ़ोकस करें!'' खेलों की टीम के कोच भी लगातार यही कहते हैं, ''गाइज़! हमारे पास कुल तीन मिनट बचे हैं और हम पाँच प्वाइंट से पीछे हैं। मैं चाहता हूँ कि आप सब मैदान में लौट कर पूरी तरह से फ़ोकस करें!''

बच्चे भी इससे अछूते नहीं रहते। उन्हें भी बार-बार फ़ोकस करने को कहा जाता है। इन दिनों माता-पिता अक्सर बच्चों को यही कहते सुने जाते हैं, ''क्या तुम एक मिनट के लिए भी फ़ोकस नहीं कर सकते?'' मुझे पूरे बचपन और जवानी के दौरान लगातार यही सुनने को मिला कि मुझे किन-किन चीज़ों पर फ़ोकस करना चाहिए। बड़े लोग अक्सर कहते, ''दंडपाणि, खाना खाने पर ध्यान लगाओ'', दंडपाणि, अपने होमवर्क पर ध्यान लगाओ!'' लोग बार-बार ध्यान लगाने और एकाग्र होने को कहते रहे पर किसी ने भी कभी यह नहीं सिखाया कि ध्यान कैसे लगाना है। यह अजीब बात नहीं है? आप किसी बच्चे से एकाग्र होने को कहते हैं पर उसे यह नहीं बताते कि यह काम कैसे करना है।

स्कूल में, मेरे कई सहपाठियों और मुझे बार-बार एकाग्र होने को कहा जाता था। ध्यान दो। फ़ोकस करो। हमारा ध्यान आसानी से भटक जाता और अक्सर स्कूल में कान मरोड़ने या सिर पर चपत जैसी सज़ाओं के साथ स्वागत होता या फिर क़िस्मत अच्छी होती तो कई बार बेंत की मार भी मिल जाती। हो सकता है कि सुनने में यह सब निर्दयी लग रहा हो पर आजकल बच्चों पर जो बीतती है, उससे हमारी बेंत की सज़ा लाख गुना बेहतर ही थी।

भगवान नहीं करे, अगर मैं तीन दशक बाद यू.एस. में जन्म लेता तो निश्चित रूप से किसी मानसिक अव्यवस्था का रोगी मान लिया जाता, अपने हस्ताक्षर सही तरह से नहीं करने के लिए तमाचा खाता और नशीले पदार्थों से घिरा होता। शायद इस पुरानी कहावत को इस तरह पढ़ा जाना चाहिए : ''बच्चे को नशे से बिगाड़ देना।''

छड़ी की मार से जाँघ पर पक्का निशान आ गया था पर यह शारीरिक क्षति की हद थी। भावात्मक रूप से, इसने मुझे बच्चों के लिए हिंसा के प्रति ज़ीरो टॉलरेंस का उपहार दिया। दुनिया के कई हिस्सों में बच्चों को जो केमिकल ड्रग दिए जा रहे हैं, वे उन्हें मानसिक और शारीरिक तौर पर ज़्यादा नुक़सान कर रहे हैं। उनके प्रभावों की सूची लंबी है, जिनमें से बहुत से अज्ञात हैं।

एडीएचडी (अटेंशन डेफ़ीसिट हाइपरएक्टिविटी डिसऑर्डर), यह उन सामान्य मानसिक डिसऑर्डर्स में से है, जो बच्चों और वयस्कों को प्रभावित कर रही है। यू.एस. में सेंटर्स फ़ॉर डिज़ीज कंट्रोल ऐंड प्रीवेंशन (सीडीसी) का कहना है कि एडीएचडी दवाओं के कई दुष्प्रभाव सामने आते हैं, जैसे भूख नहीं लगना, पेट में दर्द, बेचैनी होना, नींद नहीं आना और विकास रुक जाना। नैशनल हेल्थ सर्विस (एनएचएस), यूके के सार्वजनिक रूप से निधिबद्ध हेल्थ केयर सिस्टम का व्यापक शब्द है, इसकी वेबसाइट पर ऐसे कई दुष्प्रभाव दिए गए हैं, जो एडीएचडी दवाओं के कारण होते हैं। इन दवाओं की वजह से ब्लडप्रेशर और हार्ट रेट में बढ़ोतरी,

भूख नहीं लगना, नींद नहीं आना, सिर में दर्द, मूड में उतार-चढ़ाव, डायरिया, जी मिचलाना और उल्टी व आक्रामकता जैसी परेशानियाँ सामने आती हैं। मैं और भी विस्तार से बात कर सकता था, परंतु इससे इस पुस्तक के लिए सीमित शब्द संख्या प्रभावित हो रही है।

सीडीसी वेबसाइट के अनुसार यूके के हेल्थ केयर कर्मी अमेरिकी साइकिएट्रिक एसोसिएशन के डायग्नोस्टिक ऐंड स्टेटिस्कल मैन्युअल ऑफ़ मेंटल डिसऑर्डर्स की अनुशंसाओं पर चलते हैं : एडीएचडी में उन लोगों को शामिल किया जाता है, जो लगातार ध्यान नहीं दे पाने या हाइपरएक्टिविटी के लक्षण दर्शाते हैं - जिससे उनके काम करने या विकास में रुकावट आती है।

यह सच है कि बच्चे हाइपरएक्टिव हो सकते हैं, उनमें धीरज की कमी होती है। उनके पास बहुत सी ऊर्जा होती है और ऊर्जा हमेशा कहीं न कहीं प्रवाहित होना चाहती है। जब इस ऊर्जा को कोई उचित दिशा या ढाँचा नहीं मिलता तो बच्चे हाइपरएक्टिव हो सकते हैं, उनमें धीरज की कमी हो सकती है। अगर हम उन्हें सिखा सकें, समझा सकें कि ऊर्जा क्या है, इसे कैसे महसूस करके संवारा जा सकता है या उन चीज़ों की ओर मोड़ा जा सकता है, जिनके लिए वे जुनून महसूस करते हैं? यह निश्चित रूप से सहायक होता, है ना? ऊर्जा का सजग प्रयोग इसके उचित प्रबंधन की ओर ले जाता है।

आप एथलीट्स को लाखों डॉलर दे दें पर उन्हें कोई वित्तीय प्रशिक्षण नहीं मिले तो निश्चित तौर पर उनमें से एक बड़ा प्रतिशत अपने करियर के अंत तक दिवालिया हो जाएगा। वित्त का अनुचित प्रबंधन भी ऊर्जा के अनुचित प्रबंधन की तरह ही होता है। अगर आपको कभी इनका उचित प्रबंधन नहीं सिखाया गया तो इसके अलावा और कौन से नतीजों की अपेक्षा की जा सकती है?

अब अगर माता-पिता एकाग्र होना नहीं जानते, तो वे सही तरह से अवलोकन नहीं कर सकते, अगर वे सही तरह से अवलोकन नहीं कर सकते तो वह यह नहीं जान सकते कि उनके बच्चे का रुझान किस ओर है और तब उनके लिए अपने बच्चे की ऊर्जा को निर्देशित करना कठिन होगा। ओह, उन्हें ऊर्जा के बारे में भी सीखना होगा ताकि वे अपने बच्चों को सिखा सकें कि ऊर्जा को सही मायनों में संवार कर दिशा कैसे दी जा सकती है। अगर बच्चे को कभी ऊर्जा के बारे में सिखाया नहीं जाएगा तो उसे हाइपरएक्टिव कैसे कहा जा सकता है? बच्चे की ऊर्जा को किसी न किसी दिशा में तो लगाना ही होता है।

इसके अलावा ध्यान नहीं दे पाना, एडीएचडी के प्रमुख लक्षणों में से गिना जाता है। डीएसएम-5 में एडीएचडी के लक्षणों के बारे में कहा गया है कि ऐसा व्यक्ति दिए गए काम या गतिविधि पर सही तरह से ध्यान नहीं दे पाता।

मुझे एक व्यक्ति ने बताया कि उसके बच्चे को एडीएचडी था और वह इस बात से बहुत परेशान था।

मैंने उसे उत्तर दिया, ''मुझे यह सुनकर बहुत दुख हुआ। मैं कोई मेडिकल विशेषज्ञ नहीं, और ना ही यह समझता हूँ कि एडीएचडी क्या है, पर क्या तुम बता सकते हो कि बुनियादी मसला क्या है?''

उसने चेहरे पर खेदजनक भाव सहित बताया, ''उसका ध्यान आसानी से भटक जाता है और उसे स्कूल व घर में ध्यान देने में बहुत परेशानी होती है। वह आसानी से फ़ोकस नहीं कर पाता। यही वजह है कि डॉक्टरों ने उसे एडीएचडी से ग्रस्त बताया है। अब उसे दवा दी जा रही है और मुझे यह अच्छा नहीं लग रहा। अभी वह कुल छह साल का है।''

''हो सकता है कि ये सवाल सुनने में थोड़ा अजीब लगे, पर क्या कभी किसी ने तुम्हारे बच्चे को फ़ोकस करना सिखाया है?''

''नहीं।'' उसने चेहरे पर सवालिया निशान के साथ कहा।

''हम्म। दिलचस्प। क्या तुम्हारा बच्चा पियानो बजा सकता है?''

''नहीं, वह ऐसा नहीं कर सकता।''

''अगर हम उसे पियानो बजाने को कहें और वह पियानो नहीं बजा सके और फिर हम उसे इसी वजह से डॉक्टर के पास ले जाएँ। डॉक्टर उसकी जाँच के बाद कहे कि उसे पीपीडी (पियानो प्लेइंग डिसऑर्डर) हो गया है और उसे इसके लिए दवा दे दी जाए। तो ये सब ग़लत नहीं होगा?''

''निश्चित रूप से ग़लत ही होगा। मुझे लगता है कि शायद मैं समझ पा रहा हूँ कि आप कहना क्या चाहते हैं।''

हम किसी इंसान को केवल इसी बात पर दवा नहीं देते कि उसे पियानो बजाना नहीं आता, है ना। हम ऐसा नहीं करते। अगर किसी को पियानो बजाना नहीं आता तो हम क्या करते हैं? हम उसे सिखाते हैं कि पियानो कैसे बजाना है। हम उसे प्रशिक्षण देते हैं। अगर हम बच्चे को फ़ोकस करना नहीं सिखाते और कहते हैं कि वह फ़ोकस होने का अभ्यास नहीं करता तो वह सीखे बिना अभ्यास कैसे कर सकता है?

किसी बच्चे के लिए यह कहा जा सकता है कि वह चीज़ों पर ध्यान नहीं रमा पा रहा, ऐसा कहने में बुराई नहीं। ऐसा कहने का मतलब है कि किसी बच्चे या बड़े व्यक्ति को लंबे समय तक किसी चीज़ पर ध्यान लगाने में असुविधा होती है। सवाल यह पैदा होता है कि अगर हम इसका इलाज करना चाहें तो हम क्या पहल अपनाने वाले हैं? दवा देना एक विकल्प है। दूसरा विकल्प यह होगा कि पहले उन्हें एकाग्र होना सिखाया जाए और फिर उन्हें एकाग्रता का अभ्यास करने

में मदद की जाए। ध्यान नहीं रमा पाने की अयोग्यता में वे लंबे समय तक किसी काम या गतिविधि पर एकाग्र नहीं हो पाते, क्या हम उन्हें ऐसा करने के लिए प्रशिक्षित नहीं कर सकते? अगर वे एकाग्रता की कला में कुछ वर्षों के प्रशिक्षण के बाद भी इस समस्या से ग्रस्त रहें तो आप आसानी से उन्हें दवा दे कर इलाज कर सकते हैं।

पर असल में उन्हें शिक्षा और प्रशिक्षण के बिना ही सीधा लेबल करना अनुचित और नैतिक तौर पर ग़लत होगा – और इसी तरह, शिक्षा और प्रशिक्षण को भी उनके लिए इस तरह संवारा और प्रबंधन किया जाए कि उनकी ऊर्जा को एक दिशा दी जा सके।

जिस इंसान ने किसी काम को करना सीखा ही नहीं, उसे वही काम नहीं करने के एवज में दवा नहीं दी जा सकती!

मुझे पूरा यक़ीन है कि बहुत से लोग बड़े और बच्चे ऐसे होंगे, जो अपनी किसी शारीरिक कमी के कारण एकाग्र नहीं हो पाते होंगे, इन्हें दवा लेने से निश्चित तौर पर लाभ हो सकता है। मैं यह नहीं कह रहा कि आपको ध्यान नहीं रमा पाने या हाइपरएक्टिव होने की समस्या के लिए दवा का प्रयोग बंद कर देना चाहिए। पर मेरा असल में यह मानना है कि अधिकतर लोग फ़ोकस इसलिए नहीं कर पाते, क्योंकि उन्हें ऐसा करना सिखाया ही नहीं जाता और तभी वे इसका अभ्यास नहीं कर पाते। जिन लोगों को ध्यान लगाने में शारीरिक रूप से परेशानी होती हो, उन्हें भी ऐसा करना सिखाया जाता है। अगर उनके साथ धीरज और संयम बरता जाए तो उनकी एकाग्रता क्षमता को पहले से निखारा जा सकता है।

अगर मैं पियानो बजाना चाहता हूँ, तो सबसे पहले मुझे यह सीखना होगा कि पियानो बजाया कैसे जाता है। आदर्श तो यही होगा कि कोई मुझे पियानो बजाना सिखाए। मैं पूरे एक वर्ष तक साप्ताहिक कक्षाओं में हिस्सा ले सकता हूँ और इस तरह मुझे पियानो वादन के बुनियादी तौर-तरीक़े समझ में आ सकेंगे। हालाँकि केवल कक्षा में हिस्सा लेना ही काफ़ी नहीं होगा। मुझे जो सिखाया जाएगा, उसका अभ्यास करना भी अनिवार्य है। इसके बाद अगला सहज प्रश्न आता है, "मुझे कितना अभ्यास करना चाहिए?"

इस प्रश्न का उत्तर भी प्रश्न के रूप में ही आता है, जो यह होगा, "मैं कितना बड़ा पियानो वादक बनना चाहता हूँ?"

अगर मैं केवल इतना पियानो बजाना सीखना चाहता हूँ कि अपने परिवार और दोस्तों के लिए बजा सकूँ तो फिर शायद सप्ताह में एक घंटा पियानो बजाना बहुत होगा। हालाँकि, अगर मैं चाहता हूँ कि मैं दुनिया का सबसे बेहतरीन पियानो वादक बनूँ और दुनिया भर के जाने-माने पियोना कंसर्ट में अपने संगीत का प्रदर्शन करूँ

तो शायद सप्ताह में एक बार कक्षा में जाने से बात नहीं बनेगी। शायद मुझे प्रतिदिन पाँच से छह घंटे पियानो बजाने का अभ्यास करना होगा।

एकाग्रता के अभ्यास के लिए भी यही नियम लागू होगा। अगर मैं एक केंद्रित जीवन जीना चाहता हूँ तो सबसे पहले मुझे केंद्रित होने की कला सीखनी होगी? मैं इसमें कितना माहिर होना चाहता हूँ? आपको अभ्यास का नियम याद है ना? आप जो अभ्यास करते हैं, उसमें ही माहिर हो जाते हैं। अगर आप सच में एकाग्रता में निपुण होना चाहते हैं तो आपको इस तरह अभ्यास करना होगा मानो आप दुनिया के सबसे बेहतरीन पियानोवादक बनना चाहते हों।

इस बात में कोई संदेह नहीं है कि अगर मैं किसी और जगह और समय पर पैदा होता तो शायद मुझ पर भी एडीएचडी से ग्रस्त होने का लेबल लगाया जा चुका होता। मेरे अंदर वे सभी लक्षण हैं, जो वे इस रोग से जुड़े बताते हैं। अब मैं दुनिया भर को लोगों को केंद्रित होने की कला सिखाता हूँ – बच्चे और बड़े, लगभग हर पेशे से जुड़े व्यक्ति। उनमें से कई तो सफल उद्यमी और खिलाड़ी हैं, जो अपने मन की बेहतर समझ और ध्यान देने की संशोधित योग्यता के साथ अपने प्रदर्शन में सुधार कर चुके हैं।

मेरे जीवन के पहले चौबीस वर्षों के दौरान, मेरे पास एकाग्रता के लिए कोई प्रशिक्षण नहीं था। जब तक मुझे मेरे गुरु नहीं मिले, जिन्होंने बहुत स्नेह से मुझे मन की समझ और एकाग्रता की कला को सिखाने के लिए अपने समय और ऊर्जा का निवेश किया। मैं यह सब आपको इसलिए बता रहा हूँ ताकि आप जान लें कि आप किसी भी आयु में एकाग्रता का गुण सीख सकते हैं। आशा करता हूँ कि यह पाठ आप सबके लिए एक आशा की किरण साबित होगा। आप इस कला को सीखने के लिए कभी बूढ़े नहीं होते। इसे कहीं भी और कभी भी सीखा जा सकता है। बस आपके अंदर एक केंद्रित जीवन जीने और अपने वचन पर खरे उतरने की इच्छा होनी चाहिए। इस पुस्तक में एक केंद्रित जीवन जीने के मार्ग और साधन प्रस्तुत किए गए हैं।

6.2

एकाग्रता की परिभाषा

एकाग्रता राजनीति, युद्ध, व्यापार और कुल मिलाकर मानवीय मामलों के सभी प्रबंधनों में शक्ति का रहस्य है।

–राल्फ़ वाल्डो इमर्सन

इस पुस्तक की प्रथा के अनुसार मैं आपको सबसे पहले एकाग्रता की परिभाषा देना चाहूँगा। इसे परिभाषित करने से हमारे पास एक ऐसी साझी शब्दावली होगी जिससे हमें इस शब्द को समझने और इस्तेमाल करने में आसानी होगी और आप याद रखें कि एकाग्रता और फ़ोकस दोनों ही पर्यायवाची हैं और मैं बदल-बदल कर उनका प्रयोग कर रहा हूँ। आगे दी गई परिभाषा इन दोनों ही शब्दों पर लागू होगी :

मेरे अनुसार एकाग्रता की परिभाषा यह है कि यह एक वस्तु पर तब तक सजगता बनाए रखने की योग्यता है, जब तक आप सजग भाव से इसे दूसरी जगह ले जाने का चुनाव नहीं करते।

आइए, इसका विश्लेषण करें, इस परिभाषा के कुछ अंग ऐसे हैं, जिन्हें अच्छी तरह समझा जाना चाहिए और कुछ ग़लतफ़हमियों को भी पहले ही दूर करना उचित होगा।

अगर मैं अपनी सजगता, उस प्रकाशमान वृत्त को अपने मन में, तब तक किसी एक हिस्से या व्यक्ति पर केंद्रित रख सकता हूँ, जब तक मैं उसे किसी दूसरे हिस्से या व्यक्ति पर ले जाने का चुनाव नहीं करता – तो वही मेरी एकाग्र होने की योग्यता है। अगर मैं उस प्रकाशमान वृत्त की सजगता को अनियंत्रित रूप से एक से दूसरी जगह जाने देता हूँ तो फिर मेरे पास एकाग्र होने या फ़ोकस करने की योग्यता नहीं है।

इसके अतिरिक्त, आप यह भी कह सकते हैं कि एकाग्रता केवल आपकी लंबे समय तक किसी एक विषय या वस्तु पर एकाग्र रहने की अवधि पर ही निर्भर नहीं करती, इसके साथ ही आपकी स्वेच्छा से अपनी सजगता को एक से दूसरे स्थान या व्यक्ति तक ले जाने ही योग्यता भी शामिल है। मैं अंशों में इसे समझाने की चेष्टा करूँगा।

जितनी देर तक मैं अपनी सजगता को किसी एक विषय से हटाए बिना टिकाए रखता हूँ, उस पर उतना ही बेहतर एकाग्र हो सकता हूँ। अगर मैं पूरे तीस मिनट तक एलिस से बात कर रहा था तो और उस पूरे समय के दौरान, मेरी सजगता उसी पर टिकी थी तो मैं एकाग्र हो रहा हूँ। यह मुझे बताता है कि मेरे पास एकाग्रता का अच्छा स्तर है कि मैं उस अवधि के लिए अपनी सजगता को बनाए रख सका।

एकाग्रता का दूसरा हिस्सा, सजगता को स्वेच्छा से बदलने से जुड़ा है। मिसाल के लिए, अगर मैं एक निश्चित समय तक किसी 'अ' वस्तु पर एकाग्रता बनाए रखता हूँ तो मैं एकाग्र हूँ। अब अगर मैं सजगता से अपना ध्यान वस्तु 'ब' पर लगा कर उस पर एकाग्र हो सकता हूँ तो मैं एकाग्र हूँ। अगर मैं पाँच सेकेंड तक अपनी एकाग्रता को वस्तु 'ब' पर रखने के बाद, वस्तु 'स' पर अपना ध्यान लगाता हूँ तो मैं फिर भी एकाग्र ही हूँ।

इस बात को समझना वाक़ई बहुत महत्त्व रखता है कि एकाग्रता की अवधि ही मायने नहीं रखती, बल्कि उससे भी ज़्यादा यह महत्त्व रखता है कि आप सजग भाव से अपनी सजगता को एक से दूसरे विषय या वस्तु तक ले जा सकें और यही कुंजी है। जब आप सजग भाव से अपनी सजगता को 'अ' से 'ब' की ओर ले जाते हैं और फिर आपका ध्यान 'स' की ओर एकाग्र होता है तो आप इस दौरान एकाग्रता की अवस्था का ही प्रदर्शन कर रहे हैं। आपने हर वस्तु पर जितने समय तक एकाग्रता दिखाई, उससे केवल यह पता चलता है कि आप कितनी देर तक एकाग्र रह सकते हैं।

मैं आपके साथ इसे स्पष्ट करने के लिए एक कथा देना चाहूँगा। कुछ वर्ष पूर्व, मैंने नर्सों के एक दल से बात की थी। उनमें से एक नर्स ने मुझे बताया कि वह बहुत कम समय में किए जाने वाले कई कामों की वजह से अपने काम पर एकाग्र हो ही नहीं पाती। उसने कहा, ''मैं पाँच मिनट के अंदर आसानी से बीस तरह के या फिर उससे भी ज़्यादा काम कर लेती हूँ। ऐसा लगता है कि मैं हर जगह मौजूद हूँ पर किसी भी चीज़ पर एकाग्र नहीं हूँ।''

मैंने उससे कहा कि वह उन पाँच मिनटों का विवरण विस्तार से बताए। ''मुझे बताओ, उन पाँच मिनटों के भीतर तुम कौन-कौन से काम कर लेती हो?''

उसने मेरी ओर देख कर कहा, ''मैं आईसीयू में काम करती हूँ और मुझे उसमें कई गंभीर और ज़रूरी काम करने होते हैं। अगर मैं कमरे में किसी रोगी के साथ हूँ तो हो सकता है कि उन पाँच मिनटों में, मैं उसकी बाज़ू पर अल्कोहल वाली रूई से साफ़ करूँगी। ऐसा करने में कुछ सेकेंड का समय लगता है। फिर मैं सावधानी से इंजेक्शन लगाने से पहले सीरिंज में बड़े ही ध्यान से दवा की दी गई मात्रा भरूँगी। फिर मैं उस हिस्से को साफ़ करूँगी, जिस पर इंजेक्शन दिया गया है और यह ध्यान रखूँगी कि सीरिंज का निपटान अच्छी तरह हो। इसके बाद मैं उसकी नब्ज़ और शरीर के अंगों की बाक़ी जाँच करके उन्हें दर्ज करूँगी।''

मैंने कहा, ''मैं तुम्हारी बात यहीं रोकना चाहूँगा। तुमने मुझे जो भी काम बताए, उन्हें सही तरह से करने के लिए पूरी एकाग्रता की आवश्यकता होती है और तुम्हारे विवरण से लगता है कि तुम उन्हें बहुत अच्छी तरह कर पा रही हो। क्या मैंने तुम्हारी बात सुनकर सही अनुमान लगाया है?''

''जी, आपने सही कहा।''

''तुम किसी काम पर एकाग्र नहीं हो सकतीं, तुम्हें ऐसा इसलिए लगता है, क्योंकि तुम्हें एकाग्रता की परिभाषा सही तरह से मालूम नहीं है। शायद तुम्हें लगता है कि किसी एक काम पर लंबे समय तक ध्यान टिकाए रखना ही एकाग्रता होता है और तभी तुम्हें लगेगा कि तुम एकाग्र हो। यह सच है इसे ही केंद्रित होने या एकाग्र होने का इकलौता मापदंड नहीं माना जा सकता।''

मैंने अपनी बात जारी रखी, ''तुम जितने भी काम करती हो, उनमें पूरी तरह से ध्यान लगाए रखती हो और फिर अपनी मर्ज़ी से सजगता और एकाग्रता को दूसरे काम पर ले जाती हो और फिर तीसरे काम के सामने आते ही उस पर एकाग्र हो जाती हो, यही सिलसिला लगातार चलता रहता है, जिससे पता चलता है कि तुम पूरी तरह से फ़ोकस में रहने वाली इंसान हो। तुम किसी एक काम पर कुछ क्षण ही एकाग्र रह पाती हो, यह बात मायने नहीं रखती। यह देखना ज़्यादा ज़रूरी है कि जब तुम काम कर रही हो तो तुम उस पर पूरी तरह से फ़ोकस कर रही हो और फिर तुम स्वयं अगले काम पर जाने का सजग चुनाव करती हो।''

उसने मेरी ओर देख कर कहा, ''आपकी बात सुनकर जैसे मेरे कंधों से कोई बोझ उतर गया। मैंने तो एकाग्रता को कभी इस नज़र से देखा ही नहीं। मुझे हमेशा यही लगता रहा कि मैं एकाग्र नहीं हो सकती पर अब मैं इसे बेहतर समझ सकती हूँ कि एकाग्रता क्या है और यह मुझे अच्छी तरह समझ आ रहा है।''

हालाँकि वह नर्स एक ही मिनट के भीतर कई तरह के कार्य पूरे करती है पर वह अपने हर काम पर पूरी तरह से फ़ोकस करती है और अपना काम पूरा होने पर, अपनी मर्ज़ी से सजगता को दूसरे काम पर ले जाती है। ये दोनों ही लक्षण हमारी

एकाग्रता की परिभाषा में फ़िट बैठते हैं। उसके जैसे, कई लोग यही कहेंगे कि वह कई सारे काम एक साथ कर रही थी पर वह ऐसा नहीं कर रही। वह एक बार में एक ही काम पर फ़ोकस कर रही है।

दुनिया में किसी और जगह, कोई अनुभवी ध्यान साधक, पूरे दस मिनट तक स्थिर बैठती है। इस दौरान उसकी पूरी सजगता उसके मेरुदंड की शक्ति पर टिकी है। हालाँकि यह सब देखने से अलग लग सकता है पर असल में नर्स और ध्यान साधिका, दोनों ही एकाग्र हैं। उन्होंने निश्चित अवधि के लिए किए जाने वाले कार्य पर अपनी सजगता को केंद्रित कर रखा है। और जब उनके काम पूरे होंगे तो वे स्वेच्छा से अपनी सजगता को अपने किए जाने वाले अगले काम पर ले जाएँगी।

आपकी सजगता को साधना ही एकाग्रता है।

इस परिभाषा को पूरा करें तो कह सकते हैं कि एकाग्रता आपकी सजगता को साधने से जुड़ी है, आपके पास यह योग्यता होती है कि आप अपनी सजगता को तब तक एक ओर लगाए रखते हैं, जब तक आप अपनी मर्ज़ी से किसी दूसरी वस्तु या विषय पर लगाने का चुनाव नहीं करते।

6.3

विचलन - मानसिक प्लेग

जिस समय में सभी मानसिक विचलन के विषय पर विशेषज्ञ हैं तो ऐसे में इस विषय पर पूरा एक अध्याय देना अनावश्यक लगता है। परंतु इस बाधा से उबरने के लिए, हमें इसे समझना और बहुत अच्छी तरह समझना होगा। जब हम किसी चीज़ को बेहतर तरीक़े से समझ सकते हैं तो हमारे लिए उसे एक दिशा में ले जाना और सरल हो जाता है।

ध्यान की भटकन, फ़ोकस के विपरीत होती है, यह एक मौन मानसिक प्लेग है, जो दुनिया भर में फैली हुई है और जाने-अनजाने बच्चों, बड़ों और बूढ़ों के जीवन में अपनी जड़ें जमा चुकी है। अगर यह एक बार इंसान के मन में जगह बना ले तो बहुत तेज़ी से अपना आकार बढ़ाने लगती है। मेरा मानना है कि ध्यान भटकने का यह दुष्चक्र एक बार बन जाए तो उसके बाद अपने-आप ही चलता रहता है। फिर देखते ही देखते यह मन का प्रमुख स्वभाव हो जाता है और व्यक्ति के जीवन को शासित करने लगता है। इसका शासन किसी भी रूप में हानिकारक है। इसका स्वभाव विनाशक है और यह हर तरह के संबंध, विज़न, प्रयास और एक उल्लेखनीय जीवन से जुड़े सभी पहलुओं के ताने-बाने को नष्ट-भ्रष्ट कर देता है।

बड़े खेद से कहना पड़ता है कि भटका हुआ मन इतना भटक जाता है कि यह लंबे समय तक फ़ोकस करते हुए, यह भी नहीं जान पाता कि यह भटक चुका है और इसे इसके बारे में कोई उपाय करना चाहिए।

एक विचलित मन के परिणाम बहुत बुरे होते हैं और कहना नहीं होगा कि भय, चिंता, तनाव, उद्वेग, दिशाहीनता, अनिर्णय, मानसिक और शारीरिक थकान आदि इसी की उपज हैं। ये सभी मिलकर मन का बहुत भारी नुक़सान करते हैं, इसे नुक़सान पहुँचाने के बाद आत्मा की संकल्प शक्ति को भी क्षीण कर देते हैं।

मेरा वास्तव में मानना है कि अधिकतर लोग यह नहीं जानते कि ध्यान से भटका हुआ मन अपने साथ कितने बुरे परिणाम ला सकता है। यदि वे इसके परिणामों को गहराई से जानते तो शायद वे इसके लिए कोई न कोई हल अवश्य खोजते। बेशक इस बीमारी का इलाज करने के लिए फ़ोकस से बढ़ कर कोई उपाय नहीं हो सकता।

आइए, सबसे पहले इसकी परिभाषा जानने की कोशिश करें। मेरा मानना है कि विचलन का अर्थ है कि मेरी सजगता, मेरी सचेत स्वीकृति के बिना ही बाहरी या आंतरिक स्रोत से नियंत्रित हो रही है। मुझे इसे विस्तार से बताने की अनुमति दें।

मैंने पहले थियेटर में मूवी वाला जो उदाहरण दिया, उसे हम ध्यान का भटकना नहीं मान सकते। उस जगह हम अपनी मर्ज़ी से अपनी सजगता का नियंत्रण निर्देशक के हाथों सौंपते हैं और उसे अनुमति देते हैं कि वह हमारी सजगता को अपनी मर्ज़ी से मन के एक से दूसरे हिस्से में ले जाए। इसे हम अपनी परिभाषा में शामिल नहीं कर सकते।

इस जगह मैं एक और उदाहरण देने जा रहा हूँ, जो विचलन या मन की भटकन को बेहतर तरीक़े से समझा सकता है। इसके लिए मैं एक स्मार्टफ़ोन का उदाहरण ले रहा हूँ।

जिओवनी अपने स्मार्टफ़ोन पर है, वह अपनी बेबीसिटर को एक मैसेज भेजता है कि क्या वह आज रात काम पर आ सकेगी, क्योंकि वह देर रात काम पर रहने वाला है। मैसेज टाइप करने के दौरान ही उसे एक कॉल आ जाता है। वह कॉल का जवाब देकर अपनी सहकर्मी एमीलिया से बात करने लगता है, जिसने उस परियोजना पर बात करने के लिए कॉल किया था, जिस पर वे दोनों एक साथ काम कर रहे हैं।

जब एमीलिया अपनी बात पूरी कर लेती है तो वह जिओवनी से पूछती है कि क्या उसने वेबसाइट पर आया हुआ आलेख पढ़ा। जिओवनी कॉल ख़त्म करते ही वेबसाइट पर जाकर आलेख पढ़ने लगता है। वह उससे इतना प्रेरित होता है कि उसे उसी समय अपने फ़ेसबुक पेज पर शेयर करने का मन बना लेता है। वह लिंक कॉपी करके, फ़ेसबुक पर जाता है और अपनी फ़ीड में, आलेख का लिंक अपडेट कर देता है।

चूँकि वह फ़ेसबुक पर है इसलिए वह तय करता है कि क्यों ना झट से टाइमलाइन पर नज़र मार ली जाए। वह दूसरे लोगों की पोस्ट पर लाइक, कमेंट और शेयरिंग करने लगता है। जब वह अपनी टाइमलाइन स्क्रॉल कर रहा है तो इस दौरान उसके स्क्रीन के निचले हिस्से में नोटिफ़िकेशंस पॉप अप होने लगती हैं और उसे पता चलता है कि उसके टाइमलाइन पर कोई गतिविधि हो रही है। उसे

दूसरों से ध्यानाकर्षण पाना पसंद है। वह सोचता है, ''अरे वाह, किसी ने मेरी पोस्ट लाइक की है।'' वह नोटिफ़िकेशन पर क्लिक करता है तो उसे पता चलता है कि उसने जो लिंक पोस्ट किया था, कुछ लोगों ने उस पर कमेंट भी किया है और वह उनके कमेंट पर लाइक और कमेंट करने लगता है। अब तक उसे फ़ेसबुक पर दस मिनट हो चुके हैं।

वह सोचता है, ''यह पोस्ट तो लोकप्रिय हो गई। मुझे इसे ट्वीट भी करना चाहिए।'' वह फ़ेसबुक से ट्विटर पर आता है और अपनी पोस्ट का लिंक ट्विटर फ़ीड में डाल देता है। जब वह ऐसा कर लेता है तो उसके बाद अपने ट्विटर को स्क्रॉल करते हुए, दूसरे लोगों की पोस्ट को फ़ेवरिट, रीट्वीट और कमेंट करने लगता है। तभी उसे अपने ट्विटर एकाउंट पर नीले सर्कल बनते दिखाई देते हैं। वह उत्साहित हो जाता है कि लोग उसके ट्वीट पर जवाब दे रहे हैं। वह नोटिफ़िकेशन बटन को क्लिक करता है ताकि यह देख सके कि क्या गतिविधि चल रही है और फिर वह अपनी पोस्ट पर आए कमेंट्स के जवाब देता है।

वह समय देखता है तो उसे अहसास होता है कि उसे सोशल मीडिया छोड़ कर अपने काम पर वापस चलना चाहिए। वह एप्स बंद करता है, ट्विटर से ई-मेल एप पर आ जाता है और पाँच मिनट तक ई-मेल्स के जवाब देने के बाद उसे अहसास होता है कि उसने बेबीसिटर को पूरे बीस मिनट पहले मैसेज किया था, जिसका उसने अभी तक कोई जवाब नहीं दिया। उसकी सजगता मन के खीझे हुए हिस्से में जाती है और वह सोचता है कि बेबीसिटर ने मैसेज का जवाब क्यों नहीं दिया और उसे लगता है कि जल्द जवाब पाने के लिए उसे बेबीसिटर को मैसेज करना होगा कि वह अर्जेंट मैसेज का तुरंत जवाब दिया करे। वह अपने मेल एप्स से हटकर मैसेज एप पर आता है तो उसे अपना आधा लिखा हुआ मैसेज दिखाई देता है, जो उसने बेबीसिटर को भेजा ही नहीं था। वह यह देख कर खिसिया जाता है, उसे पता चलता है कि वह बेवजह खीझ रहा था, वह जल्दी से मैसेज टाइप करके भेजता है और फिर से अपने मेल्स के जवाब देने लगता है। उसकी बाक़ी शाम इसी तरह बीतती है, क्योंकि उसने अपनी सजगता और आसपास के माहौल में तालमेल बना लिया है।

शायद आपमें से कुछ लोग इस व्यक्ति को समझ सकते हैं। तो इस जगह क्या हुआ? जिओवनी ने अपनी सजगता को एक से दूसरी जगह जाने की अनुमति दी, अपने स्मार्टफ़ोन, इसके एप्स और नोटिफ़िकेशंस के अधीन हो गया। असल में एक बाहरी बल यह तय कर रहा था कि उसकी सजगता किस ओर जाएगी और इस निर्णय में उसकी कोई स्वीकृति नहीं थी, इसी से पता चलता है कि उसका ध्यान भटका हुआ था।

उसका स्मार्टफ़ोन केवल यही तय नहीं कर रहा था कि उसकी सजगता किस ओर होगी, बल्कि इसके साथ ही यह उसकी ऊर्जा के प्रवाहित होने की दिशा भी

तय कर रहा था। ध्यान भटकने के इस मामले में, जब सजगता हर ओर जा रही है तो ऊर्जा भी उसके साथ भटक रही है और नतीजतन किसी भी चीज़ को प्रकट होने के लिए पूरी ऊर्जा नहीं मिल पा रही।

ध्यान भटकने की कला को साधना

एकाग्रता की तरह ध्यान की भटकन भी अभ्यास चाहती है। जिन लोगों ने इस कला को साध लिया है वे अनजाने में ही इस आधुनिक मानसिकता के गुलाम हो चुके हैं। आपको अभ्यास के नियम को याद करना होगा – हम जो भी अभ्यास करते हैं, वही करने में माहिर हो जाते हैं। और यह नियम इस बात पर लागू होता है कि आप कोई अभ्यास सजग भाव से कर रहे हैं या नहीं।

मैंने पहले आपको एक उदाहरण दिया था कि अगर मैं एक अच्छा पियानो वादक बनना चाहता हूँ तो शायद मुझे एक दिन में पाँच से अधिक घंटे और सप्ताह में कम से कम छह दिन अभ्यास करना होगा। ऐसा करने से, छह महीने बाद निश्चित तौर पर मैं पहले की तुलना में बेहतर पियानो वादक बन जाऊँगा पर क्या इतना अच्छा पियानो बजा सकूँगा कि कारनेगी हॉल में प्रदर्शन कर सकूँ? शायद नहीं, बहुत सारा अभ्यास करने के बाद भी संभव नहीं होगा। एक साल बाद मैं थोड़ा और बेहतर पियानो वादक बनूँगा। यह तो यक़ीन से नहीं कह सकता कि मुझे शिखर तक ले जाने के लिए वही काफ़ी होगा पर यह तो मान सकते हैं कि मेरा हुनर काफ़ी सध चुका होगा।

इसी तरह कल्पना करें कि मैं सप्ताह में पाँच या छह दिन तक ध्यान भटकाने की कला का अभ्यास करता हूँ तो छह महीने में मैं इसमें कितना पारंगत हो जाऊँगा? अगर इसी लगन से पूरा एक साल अभ्यास करता रहा तो मैं कितना पारंगत हो जाऊँगा? बेशक़, मैं इसमें महारत हासिल कर लूँगा।

सच तो यही है कि अधिकतर लोग दिन में छह से आठ घंटे ये अभ्यास नहीं करते। दिन में चौबीस घंटे होते हैं और मान लेते हैं कि एक औसत आदमी को दिन में आठ घंटे की विलासितापूर्ण नींद मिलती है। इस तरह उसके पास जागने के सोलह घंटे बचते हैं और इनमें से वह कितने घंटे सही मायने में यह अभ्यास कर सकता है? शायद छह से आठ घंटे; 10 से 14 घंटे भी सही लग रहा है और सप्ताह में कितने दिन यह अभ्यास करने की संभावना होगी? अगर आप सप्ताह में सोमवार से शनिवार तक यही अभ्यास करते हैं तो इस बात की संभावना बहुत कम होगी कि आप रविवार को अपने काम पर पूरी तरह से केंद्रित रह सकेंगे।

तो दिन में दस से चौदह घंटे, सप्ताह के सातों दिन पूरे छह महीने का अभ्यास, बेशक़ आप इस कला के मास्टर होने वाले हैं। इस तरह बीता हुआ एक वर्ष या फिर अठारह महीने और आपका तो कोई मुक़ाबला नहीं कर पाएगा।

अधिकतर लोग इस बात को नहीं जानते कि उनका ध्यान इतना क्यों भटकता है, दरअसल वे इस कला में, अनजाने में ही माहिर हो चुके हैं। इसके अलावा उनके पास एकाग्र होने की कला भी नहीं होती और वे सारा दिन अनजाने में ही ध्यान भटकाने की कला का अभ्यास करके इसके मास्टर बन जाते हैं।

ध्यान भटकने की क़ीमत

हम सबको जीवन में दो उल्लेखनीय उपहार दिए गए हैं – समय और ऊर्जा। हालाँकि हममें से सबको, यह अहसास नहीं होता कि हमारे लिए ये उपहार कितने मायने रखते हैं पर जो लोग यह जानते हैं, वे इन उपहारों का बहुत आदर करते हैं। हमारे पास इस ग्रह पर जीने के लिए सीमित समय है। यह तेज़ी से बीत रहा है। हम इसे कैसे बिताने का चुनाव करते हैं, यह पूरी तरह से हम पर निर्भर करता है। इसी तरह, हमारे पास एक दिन में इतनी ऊर्जा होती है। हम इसे कैसे निवेश करेंगे, यह भी हम पर ही निर्भर करता है।

ध्यान भटकने से आपके समय और ऊर्जा की हानि होती है। हम बिना किसी पछतावे के अपने जीवन के अनमोल क्षणों और संपर्कों को खोने लगते हैं। ध्यान भटकने से सबके समय और ऊर्जा की हानि होती है पर बहुत कम लोग ऐसे होते हैं, जो इसे समझ पाते हैं। दिशाहीन व्यक्ति के पास नष्ट करने के लिए समय और ऊर्जा का कभी अभाव नहीं होता। जिस इंसान के पास जीवन में कोई लक्ष्य हो, उसके पास समय और ऊर्जा सीमित होते हैं और इस इंसान के लिए ध्यान भटकना, अपने-आप में एक बड़ी हानि हो सकती है।

जब भी कभी ध्यान भटकने से ऊर्जा नष्ट होती है तो वह क्षण दोबारा जीवन में लौट कर नहीं आता। मेरी केंद्रित होने की क्षमता मुझे यह अनुमति देती है कि मैं अपने प्रियजन और परिवार के साथ पाए गए अनुभवों के प्रत्येक क्षण में उपस्थित रह सकूँ। अगर मेरा ध्यान भटकता रहा तो मैं इन अनमोल क्षणों को नहीं पा सकता, जिनमें से प्रत्येक इस समय और काल में अनूठा है और ना ही वे मेरे जीवन में दोबारा आ सकेंगे। मैं किसी भी दशा में इन क्षणों का बलिदान नहीं करना चाहता।

जब ध्यान भटकने की क़ीमत बहुत अधिक हो जाए तो ध्यान केंद्रित करने से ही इसकी पूर्ति हो सकती है।

जीवन में बहुत सारा समय केवल इसलिए नष्ट हो जाता है, क्योंकि लोग कभी किसी चीज़ पर केंद्रित नहीं हो पाते। प्रियजन के साथ बीते बहुत सारे क्षण व्यर्थ हो जाते हैं, क्योंकि वे लोग वर्तमान में उपस्थित ही नहीं होते। व्यक्तिगत स्तर पर यह हानि बहुत बड़ी है, हालाँकि यह प्रभाव वही देख सकते हैं, जो लोग केंद्रित हो सकते हैं।

लोग केंद्रित नहीं हो पाते इसलिए वे जीवन के अनुभवों में उपस्थित होने के लिए जूझते हैं, जिसे वे अधूरा सा महसूस करते हैं, जबकि उनके पास जीवन में ऐसे कई अनुभव थे, जब वे प्रत्येक क्षण में अपनी उपस्थिति के साथ भरा-पूरा महसूस कर सकते थे। माता-पिता और बच्चे आपस में संपर्क को अनुभव नहीं कर पाते, वे आपस में एक सार्थक संपर्क के लिए लंबे समय तक केंद्रित भी नहीं हो पाते। दोस्त खाने पर एक साथ जाते हैं तो फ़ोन से खाद्य पदार्थों के फ़ोटो लेने के बाद अपने फ़ोन में ही मग्न हो जाते हैं, उनमें से कोई भी सही मायनों में खाने पर ध्यान नहीं देता। बातें बहुत सीमित हो जाती हैं और शुरू होने से पहले ही पूरी हो जाती हैं, क्योंकि उनमें से कोई भी किसी एक विषय पर लंबे समय तक केंद्रित नहीं रह पाता तो समाज के हर हिस्से में ध्यान की भटकन इतनी सामान्य हो गई है कि इसकी मौजूदगी को स्वीकार कर लिया गया है।

6.4

जीवन में एकाग्रता

एकाग्र कैसे होना चाहिए, मैंने आपको यह सिखाने के लिए बुनियादी समझ दे दी हैं, अब हमें एकाग्रता की कला पर बात शुरू करनी चाहिए।

चलिए एक बार फिर से एकाग्रता की परिभाषा को देख लेते हैं। मैंने एकाग्रता को परिभाषित करते हुए बताया कि यह किसी एक चीज़ पर अपनी सजगता या ध्यान को तब तक बनाए रखने की योग्यता है, जब तक आप अपनी मर्ज़ी से किसी दूसरी चीज़ पर ध्यान लगाने का चुनाव नहीं करते।

एकाग्रता की कला में माहिर होने के लिए, मैं एकाग्रता की परिभाषा को अपने रोज़मर्रा के जीवन का हिस्सा बनाना चाहता हूँ। मैं पूरे दिन में, किसी एक चीज़ पर तब तक ध्यान केंद्रित करने का अभ्यास करता हूँ, जब तक मैं अपनी मर्ज़ी से उसे किसी दूसरे काम पर लगाने का चुनाव नहीं करता।

आइए, इसे गौर से समझें। आपने ध्यान दिया होगा कि मैंने पिछले वाक्य में, ''पूरे दिन में'' शब्द का प्रयोग किया। एक केंद्रित जीवन जीने के लिए ''पूरे दिन में'' शब्द बहुत महत्त्व रखते हैं।

लोग अक्सर पूछते हैं, ''अगर मैं दिन में सुबह के समय पाँच या दस मिनट तक ध्यान का अभ्यास कर लूँ तो क्या मुझे केंद्रित होने में सहायता मिलेगी?''

मैं उन्हें अक्सर उत्तर देता हूँ, ''पहला, ध्यान आपको एकाग्र होने में मदद नहीं करता। आपको ध्यान करने के लिए एकाग्र होना होगा, पर वह पूरी तरह से अलग विषय है। आपके प्रश्न का उत्तर देने के लिए, अगर आप दिन में पाँच से दस मिनट तक एकाग्रता का अभ्यास करेंगे तो आपको इस कला में पारंगत होने में बहुत लंबा समय लग सकता है।''

आपको पियानो वादन वाला उदाहरण याद ही होगा? अगर मैं पूरे दिन में पाँच से दस मिनट तक पियानो वादन का अभ्यास करता तो आपके हिसाब से मुझे उसमें माहिर होने में कितना समय लग सकता था? शायद बहुत लंबा समय लगता। यही बात एकाग्रता के अभ्यास पर भी लागू होती है। पूरे दिन में पाँच से दस मिनट का अभ्यास आपको एकाग्रता की कला में माहिर करने के लिए पूरा नहीं होगा।

और मुझे आपसे एक और सवाल करना है, ''आप पूरे दिन बचे हुए तेईस घंटों और पचपन मिनटों के दौरान क्या करेंगे?'' अगर आप पूरे दिन में आठ से दस घंटे का एकाग्रता का अभ्यास करने जा रहे हों तो सुबह पाँच से दस मिनट की एकाग्रता आपके काम आ सकती है।

कई लोगों को लगता है कि सुबह कुछ देर तक कोई अभ्यास या व्यायाम करने से उन्हें केंद्रित रहने में मदद मिलती है पर बाक़ी सारा दिन उन्हीं आदतों और अभ्यासों से भरा रहता है, जो उनके सुबह किए गए अभ्यास से ठीक उलट होती हैं।

आपको भी अपने जीवन के साथ वही पहल अपनानी होगी, जो एक ओलिंपिक धावक अपने खेल के लिए अपनाता है। चलिए उदाहरण के लिए उसेन बोल्ट को ले लेते हैं। मैं यह स्वीकार करता हूँ कि मैं इस धावक के बारे में बहुत कम जानता हूँ पर मुझे इतना पता है कि वह जमैका से है और उसने तीन ओलिंपिक्स में लगातार आठ स्वर्ण पदक जीते हैं और उसके पास 9.58 सेकेंड में 100 मीटर की लघु दौड़ का विश्व रिकॉर्ड भी है।

मैं उसके बारे में कुछ अनुमान लगाने जा रहा हूँ, अगर आपको लगे कि मैं ग़लत कह रहा हूँ तो आप मुझे सुधार सकते हैं। मुझे लगता है कि उसने अपने करियर के शिखर के दौरान, लगातार ट्रैक और जिम में अभ्यास किया होगा। मैं यही मान कर चल रहा हूँ कि वह बहुत ही सेहतमंद आहार लेने के साथ कड़ी डाइट का पालन करता होगा। पूरे दिन में स्ट्रेचिंग व्यायाम, विश्राम आदि पर ध्यान देने के अलावा पानी की भरपूर मात्रा पीता होगा। उसका पूरा दिन कई तरह के रूटीन और अभ्यासों से भरा होगा, जिन्होंने उसे दुनिया का सबसे तेज़ धावक बनाने में सहायता की।

दूसरे शब्दों में, आप कह सकते हैं कि उसने पूरे दिन में अपने लिए जो भी रूटीन और अभ्यास बनाए, उन्होंने ही उसे 9.58 सेकेंड में 100 मीटर की लघु दौड़ का विश्व रिकॉर्ड बनाने में सहायता की। उसने संसार का सबसे तेज़ धावक बनने के लिए प्रतिदिन 9.58 सेकेंड का अभ्यास नहीं किया था। इसी तरह आप दिन में दस मिनट तक का एकाग्रता का अभ्यास करके यह अपेक्षा नहीं कर सकते कि आप इसमें माहिर हो जाएँगे। एक ओलिंपिक धावक की तरह आपके पूरे शरीर को कई तरह के अभ्यासों और रूटीन के बल पर इस तरह तैयार करना होगा कि

आप पूरी तरह से केंद्रित व्यक्ति बन सकें। तभी और केवल तभी आप एकाग्रता की कला के माहिर हो सकेंगे।

संक्षेप में, एकाग्रता में माहिर होने के लिए आपको एकाग्रता के अभ्यास को शामिल करना होगा – किसी एक चीज़ पर तब तक केंद्रित रहने का अभ्यास, जब तक आप स्वयं किसी दूसरी चीज़ पर एकाग्र होने का चुनाव नहीं करते – यह अभ्यास पूरा दिन चलना चाहिए। जब मैं 'पूरा दिन' कह रहा हूँ तो मेरा मतलब दिन के चौबीस घंटों के सारे पहलुओं से है।

फ़ोकस को अपने दिन का हिस्सा बनाना

अगला सहज प्रश्न है, मैं पूरे दिन एकाग्रता का अभ्यास कैसे कर सकता हूँ/ कर सकती हूँ?

अपने जीवन में एकाग्रता के अभ्यास को शामिल करने के उपायों में से एक यह होगा कि आप एक औसत दिन में होने वाली उन घटनाओं की पहचान करें, जिन्हें बदला नहीं जा सकता और वे बार-बार होती हैं, फिर उन घटनाओं को अपनी एकाग्रता के अभ्यास का हिस्सा बनाएँ।

आइए, इस कथन को गौर से देखें, औसत दिन में होने वाली वे घटनाएँ, जिन्हें बदला नहीं जा सकता और जो बार-बार घटती हैं। हम टुकड़ों में इस परिभाषा को समझने की कोशिश करेंगे।

मेरे अनुसार, एक औसत दिन का अर्थ है, ऐसा दिन जब मेरा रूटीन लगभग तय होता है। मेरे लिए और अधिकतर लोगों के लिए ये दिन सप्ताह के दिन होते हैं। वे मेरे जीवन के नियमित दिन हैं, जब मेरे पास बार-बार होने वाली घटनाओं का एक रूटीन है, जो पूरी तरह से मेरे परिवार, काम और मुझसे जुड़ा है। यह कोई अवकाश का दिन नहीं है, जिस दिन मैं नियमित रूटीन से हट कर कोई योजना बना सकता हूँ।

जब मैं कहता हूँ, ''वे घटनाएँ, जिन्हें बदला नहीं जा सकता'' तो इसका अर्थ है कि वे घटनाएँ जो रोज़ होती हैं, जिन्हें मैं अनिवार्य मानता हूँ और वे मेरे दिन के ऐसे हिस्से हैं, जिन्हें बदला नहीं जा सकता। मेरे जीवन के ऐसे उदाहरणों में, बाथरूम जाना, खाना, पीना, स्नान करना, दाँत साफ़ करना आदि शामिल हैं। अब दाँत साफ़ करना और नहाना, ऐसे काम नहीं हैं, जिन्हें बदला नहीं जा सकता पर मैं यह कहना चाहता हूँ कि मैं इन्हें ऐसे काम मानता हूँ, जिन्हें बदला नहीं जा सकता।

कुछ लोग ऐसे भी हैं, जो सुबह उठ कर दौड़ने या ध्यान करने को भी उन घटनाओं में शामिल करते हैं, जिन्हें बदला नहीं जा सकता। मेरे हिसाब से ये घटनाएँ

इस सूची में नहीं आतीं, क्योंकि आप कुछ दिन दौड़ के बिना रह सकते हैं पर आप बच्चों से बात किए बिना या खाए-पीए बिना नहीं रह सकते या फिर बाथरूम जाए बिना नहीं रह सकते। बेहतर होगा कि आप अपनी सूची में उन घटनाओं को शामिल करें, जिन्हें आपको सच में करना ही पड़ता है।

अब जबकि मैंने पूरी तरह से स्पष्ट कर दिया है कि मैं इन घटनाओं से क्या तात्पर्य रखता हूँ, जिन्हें बदला नहीं जा सकता और जो एक औसत दिन में बार-बार घटती हैं तो हम कुछ उदाहरण लेंगे कि इन्हें एकाग्रता के अभ्यास का हिस्सा कैसे बनाया जा सकता है।

मैं अपने औसत दिनों का आकलन करते हुए स्वयं से प्रश्न करता हूँ, "मेरे औसत दिनों में ऐसी एक घटना कौन सी है, जिसे बदला नहीं जा सकता?" हर दिन, मैं अपनी पत्नी से बातचीत करता हूँ और इस घटना को बदला नहीं जा सकता। एक औसत दिन में हम आपस में दो से तीन घंटे तक बातचीत करते हैं। इसे बातचीत की सरलता के लिए, औसतन ढाई घंटे मान लेते हैं। उसके साथ की गई बातचीत, पूरे दिन में की गई गतिविधियों के बीच फैली है। इसमें से कुछ बातें सुबह नाश्ते के समय होती हैं, कुछ दिन में, कोस्टा रिका में परियोजना पर एक साथ काम करने के दौरान और कुछ दोपहर के खाने के दौरान की जाती हैं। मैं इसे अपने जीवन की उन घटनाओं में शामिल करता हूँ, जो बार-बार होती हैं और जिन्हें बदला नहीं जा सकता तो मैं इसे एकाग्रता की कला में शामिल करने के लिए एक संपूर्ण अवसर की तरह प्रयुक्त कर सकता हूँ।

जब भी हम आपस में बातचीत करते हैं तो मैं उस दौरान एकाग्रता की कला का भी अभ्यास करता हूँ और उसकी बात पूरे ध्यान से सुनता हूँ। अगर मेरा ध्यान भटकता है तो मैं उसे प्यार से वापस अपनी बातचीत पर ले आता हूँ, इस अभ्यास के दौरान मैं विकसित हो रहा हूँ। अगर मेरी सजगता भटकती है तो मैं उसे अपनी संकल्प शक्ति के बल पर वापस ले आता हूँ। मैं लगातार यह अभ्यास करता आ रहा हूँ।

धीरे-धीरे, मेरी सजगता ने पूरी तरह से उसकी बात पर केंद्रित रहना ही सीख लिया है। मैंने उसे केंद्रित रहने का प्रशिक्षण दिया है। मैंने अपनी पत्नी के साथ प्रतिदिन बीतने वाले इस समय का प्रयोग अपनी एकाग्रता के अभ्यास के लिए किया और चूँकि एक औसत दिन में, हमारे बीच लगभग ढाई घंटे की बातचीत होती है, इसलिए मैं प्रतिदिन ढाई घंटे एकाग्रता साधने का अभ्यास कर रहा हूँ। पूरे छह महीने तक अभ्यास करने के बाद, मैंने स्वयं को इसमें पहले से बेहतर पाया। इसी तरह, अगर मैं प्रतिदिन ढाई घंटे तक पियानो वादन का अभ्यास करता तो छह महीने में मेरा पियानो वादन भी पहले की तुलना में बेहतर हो जाता।

एक पेशेवर पियानो वादक बनने के पिछले उदाहरण में, मैंने यह मान लिया था कि मुझे प्रतिदिन पाँच से छह घंटे अभ्यास की आवश्यकता होगी। अब इसे औसतन सात घंटे मान लेते हैं। अगर इसे ही मापदंड मान लें तो इसका मतलब होगा कि मुझे एकाग्रता का पेशेवर स्तर पाने के लिए अपने अभ्यास को ढाई घंटों से सात घंटों के अभ्यास में बदलना होगा।

इसका मतलब होगा कि मुझे अपने औसत दिन में ऐसी और घटनाओं को खोजना होगा, जिनके साथ एकाग्रता के अभ्यास को शामिल किया जा सके।

प्रतिदिन मैंने लगभग नब्बे मिनट का समय काम से जुड़े कॉल्स और आभासी मीटिंगों के लिए निकालता हूँ। ये घटनाएँ भी ऐसी हैं, जिन्हें बदला नहीं जा सकता और ये नियमित रूप से प्रतिदिन होती हैं। ये भी मेरे लिए एकाग्रता की कला साधने के सटीक अवसर बनीं। जब भी किसी कॉल पर होता हूँ तो मेरा पूरा ध्यान उसी व्यक्ति पर होता है, जिससे मैं बात कर रहा हूँ। मैं कॉल करते हुए कोई और काम नहीं करता। मैं ना तो इस दौरान सोशल मीडिया को स्क्रॉल करता हूँ, ना ही अपने ई-मेल देखता हूँ और ना ही रसोई में बर्तन साफ़ करता हूँ। लाइन पर दूसरी ओर बात कर रहे व्यक्ति को मेरा पूरा ध्यान मिलता है।

ऐसा करने से मुझे एकाग्रता के अभ्यास के लिए पूरे नब्बे मिनट का समय और मिल जाता है। अब मेरा प्रतिदिन का औसत चार घंटे पर आ गया!

आप भी चाहें तो अपने औसत दिन में होने वाली ऐसी घटनाओं के साथ अपने एकाग्रता के अभ्यास को जोड़ सकते हैं। जब मैं दाँत साफ़ करता हूँ तो मेरे पास अपने दाँतों पर ही पूरा ध्यान केंद्रित करने का अवसर होता है। हालाँकि इस काम में भले ही दो मिनट का समय लगे पर दिन में दो बार ऐसा करने से मुझे एकाग्रता का अभ्यास करने के लिए चार मिनट का समय मिलता है। स्नान करते हुए भी मैं स्वयं को साफ़-सुथरा रखने पर केंद्रित होता हूँ। खाना खाते हुए भी। हम सब खाना खाते हैं पर यह ज़रूरी नहीं कि हम सभी खाने का पूरा स्वाद लेने या उसे सही तरह से चबाने की कोशिश भी करते हों। यदि पुरुष चाहें तो दिन में कई बार मूत्र त्याग की प्रक्रिया को भी एकाग्रता के अभ्यास से जोड़ सकते हैं। आपका लक्ष्य यही होना चाहिए कि आप मूत्र त्याग करते हुए उसे फ़र्श पर नहीं गिरने दें। पुरुषों के शौचालय इस बात के प्रमाण हैं कि उन्हें यह काम करने के लिए भी ध्यान लगाने या एकाग्र होने में कठिनाई होती है – वे इतना सा लक्ष्य भी ध्यान से पूरा नहीं कर पाते।

अगर आप सावधानी से एक औसत दिन में बार-बार होने वाली उन घटनाओं की खोज करें, जिन्हें बदला नहीं जा सकता तो आपके लिए दिन में अभ्यास के छह से आठ घंटे निकालना मुश्किल नहीं होगा। इस तरह, पूरे छह महीने बाद, आप एक केंद्रित मन वाला व्यक्ति बनने की राह पर होंगे।

गुरुदेव ने ही मुझे यह सहज ज्ञान दिया कि दिन भर के अनुभवों के माध्यम से अपने लक्ष्य कैसे पूरे कर सकते हैं। उन्होंने सिखाया कि मुझे किसी एक लक्ष्य को दूसरे लक्ष्य की तुलना में महत्त्वपूर्ण मानने के बजाए सबको ऐसे अनुभवों के तौर पर लेना चाहिए, जिसे मैंने अपने जीवन के अंग के तौर पर चुना है। मैं इन अनुभवों के दौरान कैसे काम करता हूँ या प्रतिक्रिया देता हूँ, वही तय करेगा कि मेरे मन का आकार क्या होगा और जीवन किस रूप में सामने होगा। उन्होंने मुझे सिखाया कि ये सभी एक–दूसरे को समर्थन देते हैं। चाहे कोई काम छोटा ही क्यों ना हो, अगर मैं उसे सही तरह से करता हूँ तो इससे मुझे दूसरे कामों को करने की योग्यता पाने में मदद मिलती है। ये सभी आपस में जुड़े हुए हैं। ये मेरे दिन को नया रूप देते हैं। मेरा इनके प्रति नज़रिया और काम करने का तरीक़ा ही मुझे आकार देने में एक अहम भूमिका निभाएगा।

मेरे गुरु की ओर से दिया गया यह मार्गदर्शन ही मेरे जीवन को रूपांतरित करने के लिए बहुत था। हर काम एक उल्लेखनीय जीवन को आकार देने वाला क़दम बन गया। हो सकता है कि सुनने में यह आपको बहुत ही थका देने वाला लग रहा हो, परंतु वास्तव में ऐसा नहीं था। बस आपको एक ढाँचा तैयार करना है। एक ऐसी जीवनशैली बनाने की मंशा रखते हुए आदत विकसित करना, जो लक्ष्यों और उद्देश्यों को पूरा करने में सहायक होती हो। हर रोज़ आप ऐसे काम करते हैं, जो आप करना चाहते हैं या आपको करने चाहिए। आपके लिए यह अहसास होना बहुत ज़रूरी है कि आपके पास यह चुनाव है कि आप इन कामों को किस तरह करना चाहेंगे। अगर आप इनके लिए अपनी पहल बदल दें, तो आप अपना जीवन बदल सकते हैं।

जब आप सुबह सो कर उठते हैं, तब से रात को सोने तक और नींद के दौरान भी यही अभ्यास अपनाएँ; आपको किसी भी काम के छोटा या बड़ा होने के बावजूद हर काम पर अपना पूरा ध्यान देना है। जब हम सोने जाते हैं तो हम एक और दुनिया में जाग्रत अवस्था में होते हैं और हमारी केंद्रित होने की क्षमता यह सुनिश्चित करेगी कि हम उस समय से भी लाभ उठा सकें। हमारे लौकिक जीवन का लगभग एक तिहाई समय वहीं बीतता है।

गुरुदेव की बताई गई इस अंतर्दृष्टि की कई परतें हैं और अगर आप इन पर गंभीरता से मनन करें तो आप यह जान और समझ सकते हैं कि इनमें कितना गहरा विवेक छिपा है। इस तरह आप प्रत्येक शाश्वत क्षण में जीते हुए, अपने सभी अनुभवों में उपस्थित हो सकते हैं और दिन के प्रत्येक क्षण में मिली सजगता के लिए सजग हो सकते हैं।

अन्य अवसर

जब आप अपने औसत दिन में उन घटनाओं को पहचान लेंगे, जो बार-बार होती हैं और जिन्हें बदला नहीं जा सकता तो आप अपने घर से परे भी देख सकते हैं।

जैसे आप प्रतिदिन कार्यस्थल पर पंद्रह मिनट के लिए अपनी टीम से मिलते हैं। यह आपके औसत कार्यजीवन की ऐसी घटना है, जो बार-बार होती है। आप चाहें तो इसके माध्यम से एकाग्रता विकसित कर सकते हैं, क्योंकि यह घटना सप्ताह में पाँच दिन होती है। इस मीटिंग को अपना अविभाजित ध्यान दें। जब भी मीटिंग में कोई बात करे तो अपना पूरा ध्यान उस पर केंद्रित करें। अगर ध्यान भटके तो उसे अपनी संकल्प शक्ति के बल पर वापस ले आएँ और अपनी एकाग्रता शक्ति बना कर उसे रोके रखें।

ऑफ़िस आने-जाने का रास्ता भी ऐसी घटना है, जो लगभग पाँच दिन तक प्रतिदिन होगी। कुछ लोग कार चला कर जाते हैं। वह पूरा ध्यान रमाने की अच्छी जगह हो सकती है। सीडीसी ने कहा है, ''यू.एस. में वर्ष 2018 में 2800 से अधिक लोग मारे गए और लगभग चार लाख लोग कार दुर्घटनाओं में घायल हुए, क्योंकि कार चालकों का ध्यान भटका हुआ था।'' नैशनल सुरक्षा काउंसिल की रिपोर्ट है कि हर साल गाड़ी चलाते हुए फ़ोन के इस्तेमाल से 1.6 मिलियन दुर्घटनाएँ होती हैं। इसे पढ़ने के बाद तो कार चलाते हुए केंद्रित रहने की और अधिक हिमायत कर सकते हैं।

क्या आपके साथ कभी ऐसा हुआ कि आप कार चला कर कहीं जा रहे थे और फिर आपको यह भी याद नहीं रहा कि आप उस जगह कैसे पहुँचे? कल्पना करें कि आप एक धातु के बॉक्स में साठ मील प्रति घंटे की गति से चल रहे हैं और आपका ध्यान भटका हुआ है... सुन कर डर लगा ना? जब मैंने जर्मनी में एक कार्यशाला आयोजित की तो उसके बाद ग्रुप के एक उद्यमी का मेल आया, ''मैं कार चलाते हुए लगातार फ़ोन पर बात करता रहता था पर अब गाड़ी में आते ही फ़ोन को बॉक्स में रख देता हूँ और कार चलाने पर ध्यान देता हूँ। जब मुझे अहसास हुआ कि मेरा बेटा भी मेरे साथ कार में होता था तो मेरे लिए यह और भी महत्त्वपूर्ण हो गया। मैं उसे रियरव्यू मिरर में देखता कि वह अपनी सीट बेल्ट पहन रहा है और फिर स्वयं से कहता, 'इसकी जान मेरे हाथों में है। अगर मेरा ध्यान भटका हुआ होगा तो इसे चोट आ सकती है और यह मेरी ग़लती होगी। इसमें उसका कोई चुनाव नहीं है।' मेरे लिए ख़ुद को समझाने का इससे बेहतर तरीक़ा नहीं हो सकता था कि मुझे आराम से गाड़ी क्यों चलानी चाहिए।''

आप गाड़ी चलाते हुए जितना केंद्रित होंगे, आपके लिए दुर्घटना से बचाव करना उतना अधिक हो जाएगा। अगर आप कार चलाते हों तो इस अवसर को एकाग्रता के अभ्यास के लिए प्रयुक्त करें।

एक और अवसर भी आपके लिए प्रस्तुत है। अगर आपका अधिकतर समय कंप्यूटर पर बीतता है तो उसे एकाग्रता के अभ्यास के लिए प्रयुक्त करें। जैसे अगर आप कोई प्रोग्रामर हैं और एक शॉपिंग कार्ट के ऑप्शन के लिए माल ख़रीदने का कोड तैयार कर रहे हैं तो स्वयं से कहें, "मैं अगले एक घंटे तक इस पर काम करने वाला हूँ और इस दौरान मैं किसी और चीज़ पर अपना ध्यान नहीं जाने दूँगा।" फिर अपनी नोटिफ़िकेशंस बंद करें और अगर आपका ध्यान भटके और आपको फ़ोन उठाने के लिए भावनाएँ उकसाए तो प्यार और कोमलता से इसे वापस ले आएँ। आप इस एक घंटे के अंदर अपनी एकाग्रता का अभ्यास भी कर सकते हैं।

हम सभी के पास प्रतिदिन एकाग्रता का अभ्यास करने के असंख्य अवसर होते हैं। लक्ष्य यही है कि आप दिन में बार-बार घटने वाली इन घटनाओं के दौरान कितनी एकाग्रता का अभ्यास कर सकते हैं। आप एक दिन में जितने अधिक घंटों तक एकाग्रता का अभ्यास करेंगे, आपके लिए एकाग्रता उतनी ही बेहतर होगी। इस तरह, आप अपने जीवन में किसी अतिरिक्त काम का बोझ नहीं डाल रहे, अपने रोज़मर्रा के कामों के बीच ही इस अभ्यास के लिए जगह बना रहे हैं – इन्हें एकाग्रता के अभ्यास का अवसर बना रहे हैं।

6.5

एकाग्रता से जुड़े व्यवहार

हमारे आसपास हर तरह के व्यवहार दिखाई देते हैं। धरती सूर्य का चक्कर लगाती है, चंद्रमा धरती का चक्कर लगाता है। पशु अपनी तरह से व्यवहार करते हैं और मनुष्य भी एक निश्चित तरह से व्यवहार करते हैं, कुछ रीतियों का पालन करते हैं, हालाँकि वे दैनिक रूप से किए जाने वाले इन कामों के लिए सजग नहीं रहते। ये दैनिक अनुष्ठान या व्यवहार एक लंबे समय से ज्ञानी मनुष्यों के जीवन का अंग रहे जिन्हें कुछ निश्चित उद्देश्यों की पूर्ति के लिए उनके जीवन में बहुत सोच-समझ कर तय किया गया था।

पूरे एक दशक तक एक हिंदू संन्यासी की तरह जीवन व्यतीत करते हुए मैंने इन सभी अनुष्ठानों और विशेष व्यवहार पद्धतियों को जाना। इनमें रूपांतरण की असीम शक्ति है। और इन दैनिक अनुष्ठानों के बीच एकाग्रता के अभ्यास को शामिल करने से बेहतर और क्या हो सकता है?

मैं आपको बता चुका हूँ कि आप जीवन में एक औसत दिन में बार-बार घटने वाली घटनाओं के बीच एकाग्रता के अभ्यास को शामिल कर सकते हैं तो आइए इसे करने का सबसे बेहतर तरीक़ा देखें।

सबसे पहले तो मैं आपसे यही चाहूँगा कि आप उन पाँच घटनाओं को लिखने से शुरुआत करें जो आपके औसत दिन में बार-बार होती हैं और जिन्हें एकाग्रता के अभ्यास के अवसर में बदल सकते हैं। पिछले पाठ में, मैंने आपको कुछ उदाहरण दिए थे। आप चाहें तो उनमें कुछ और उदाहरण जोड़ सकते हैं। अहम बात यही है कि वे घटनाएँ ऐसी हों, जिन्हें बदला नहीं जा सके और वे आपके जीवन में बार-बार घट रही हों।

इन अवसरों को एक से पाँच का क्रम दें, जिस हिसाब से आप उन्हें लागू करना चाहेंगे। पहले अवसर को चुनें और एक माह तक अपने जीवन में उस पर काम करें। बाक़ी चार पर काम नहीं करें।

मान लेते हैं कि आप तय करते हैं कि आप हर हाल में अपने साथी के साथ बातचीत में पूरा ध्यान देंगे। पूरे दिन में, जब भी आप लोगों की बातचीत हो, तो अपने साथी को पूरा ध्यान दें। आपकी पूरी सजगता अपने साथी पर केंद्रित हो। अगर आपका ध्यान भटके तो उसे अपनी संकल्प शक्ति के बल पर वापस ले आएँ। फिर अपनी एकाग्रता शक्ति के बल पर अपने साथी पर एकाग्र रहें। इस अभ्यास को निरंतर जारी रखें।

यह दिन का एकमात्र समय होगा, जब आपको केंद्रित रहने का सजग चुनाव करना होगा। और मैं आपको बताता हूँ कि ऐसा क्यों करना है?

कल्पना करें कि मैं रोज़ जिम में जाकर बीस पाउंड के बैंच प्रेस करता हूँ। क्या तीन सप्ताह तक ऐसा करने के बाद मुझे वेट को 22 या 100 पाउंड तक कर देना चाहिए? मैं जिम का विशेषज्ञ नहीं पर मेरा यही मानना है कि वेट को 22 करना ही बेहतर विकल्प होगा। हमें धीरे-धीरे करके मांसपेशियों को बढ़ाना चाहिए।

मन भी अलग नहीं है। आप मन को एक मांसपेशी की तरह ले सकते हैं, जिसे आप विकसित करना चाहते हों। जैसा कि बैंच प्रेस में होता है, आपको धीरे-धीरे प्रगति करनी है। अगर आप पूरे दिन में एकाग्रता का अभ्यास करना चाहेंगे तो यह संभव नहीं है। बार-बार मिलने वाली असफलता से आपका हौसला टूटेगा और सारे अभ्यास पर भी पानी फिर सकता है।

यदि एक महीने या उससे अधिक समय के बाद, अपने साथी के साथ रहने के दौरान मैं पूरी त़रह से उसे अपना अविभाजित ध्यान देने में सफल रहा तो मैं अपने दैनिक अनुष्ठान में एक और अवसर शामिल कर सकता हूँ। मैं अपनी सूची में से दूसरा अवसर चुन कर उसे अपने औसत दिन का हिस्सा बना सकता हूँ, जैसे मैंने बैंच प्रेस में एक निश्चित समय तक वेट उठाने के बाद, भार को थोड़ा सा बढ़ाया था।

यदि दूसरा अवसर यह है कि मुझे अपनी बेटी पर पूरी तरह से ध्यान देना है तो मेरे पास पूरे दिन में एकाग्रता का अभ्यास करने के लिए दो अवसर होंगे : जब मैं अपनी बेटी या साथी से बात करूँगा। ये मेरे लिए दिन के वे अवसर होंगे, जब मैं सजग भाव से केंद्रित होने का अभ्यास कर सकता हूँ। मैंने बाक़ी तीन अवसर अभी छोड़ दिए हैं। मैं इन दोनों अवसरों पर तब तक काम करूँगा, जब तक मुझे ऐसी जगह नहीं मिलती, जिसमें मैं अपने साथी या बेटी को अविभाजित ध्यान दे सकूँ।

इस तरह कुछ महीने बीतने के बाद मुझे यह दिखने लगेगा कि मैं उन दोनों के साथ बिताए गए समय में, पूरी तरह से उनको अपना ध्यान दे पाता हूँ और मेरी सजगता नहीं भटकती तो उसके बाद मुझे तीसरे अवसर को दिन की चर्या में शामिल करने का अवसर मिलेगा।

मैं ऐसा तब तक करता रहूँगा, जब वे पाँचों अवसर मेरे अभ्यास का हिस्सा नहीं बनते। इस तरह, आप देखेंगे कि आपको दिन में दूसरे अवसरों पर भी सजग भाव से केंद्रित होने का मौक़ा मिल रहा है।

आप दिन में ऐसे अवसरों की संख्या जितनी अधिक करते रहेंगे, आप एकाग्रता के अभ्यास में निवेश होने वाला समय भी बढ़ा रहे हैं। जल्द ही आप पूरे दिन में कम से कम छह घंटे का अभ्यास कर रहे होंगे और आप इसमें पेशेवर दक्षता हासिल कर लेंगे। अंतत: आप पाएँगे कि एकाग्र होने के लिए कोई सजग प्रयास नहीं करना पड़ता, क्योंकि आपने अपने अवचेतन में एक ढाँचा बना लिया है, एक बार में एक काम पर सजगता बनाए रखने की आदत विकसित कर ली है।

मैं चाहता हूँ कि आप इस बात से यह सीख लें कि आप जिस भी काम में निपुणता पाना चाहें, वह आपको धीरे-धीरे ही मिल सकती है। एक दिन या कुछ घंटों के लिए अस्थायी बदलाव हो सकता है पर लंबा और वहनीय बदलाव महीने दर महीने और साल दर साल काम करने के बाद ही आता है – यही आत्मविकास का सूत्र है। जब हम किसी कौशल या गुण को विकसित करने के लिए धीरे-धीरे आगे बढ़ने की पहल अपनाते हैं तो हम एक ऐसी पहल अपना सकते हैं, जो हमें उस बदलाव को बनाए रखने में सहायक होती है।

बहुत से लोग एक ही बार में ज़ीरो से सौ तक जाना चाहते हैं। वे भूल जाते हैं कि उन्हें बीच के निन्यानवे अंकों से गुज़रना होगा। इनके बीच में कोई शॉर्ट कट नहीं होता। इसका कोई हैक नहीं है। अगर आप अपनी दिनचर्या में दौड़ को शामिल नहीं कर पाते तो कल होने वाले मैराथन में सफल होने की उम्मीद नहीं रखें। हमें जो चाहिए, उसे पाने के लिए तैयारी करनी चाहिए।

आपके लिए यह ध्यान रखना महत्त्व रखता है कि अगर आप चालीस साल के हैं और आपने कभी एकाग्र होना नहीं सीखा या एकाग्रता का अभ्यास नहीं किया तो आप इसे एकदम सीख कर किसी केंद्रित व्यक्ति की तरह व्यवहार करने की अपेक्षा नहीं कर सकते। आपको चालीस साल की प्रोग्रामिंग को नया आकार देना होगा और ऐसा करने में समय और प्रयास का निवेश होगा। नए ढाँचे तैयार करने होंगे। एक सुंदर इमारत तैयार करने में समय लगता है, जिस तरह एक सुंदर मन तैयार करने में समय लगता है। इन ज़रूरी परिवर्तनों को जीवन का हिस्सा बनाने के लिए आपको कई सप्ताह, महीने या वर्ष भी लग सकते हैं। परंतु जैसा कि गुरुदेव प्राय: कहते थे, ''इसके परिणाम, प्रयासों से कहीं अधिक होंगे।''

इस यात्रा में धीरज रखें और अपने प्रति करुणा बनाए रखें। आप गिरेंगे और कई बार चोटिल होंगे। स्वयं को प्यार से उठाने के बाद उसी भाव से अपनी यात्रा आरंभ कर दें। ''छोटी वस्तुओं की अहमियत'', आपको यह पाठ याद रखना होगा। जब आप किसी एक अवसर पर केंद्रित हों तो छोटे क़दम उठाना नहीं भूलें। छोटे क़दम उठाना आसान होता है। इन्हें आसानी से पाया जा सकता है। इनकी वजह से कोई दबाव नहीं होता। आपको इन छोटे क़दमों के महत्त्व को नकारना नहीं चाहिए।

प्रगति की माप

आप किसी ऐसी चीज़ का सुधार नहीं कर सकते,
जिसका आप पता नहीं लगा सकते।

–रेगी थॉमस, स्प्रिंकलर के संस्थापक और सीईओ
प्रिय मित्र और मेंटोर

मैंने इस जगह जिन अवसरों की बात की, मैंने बार-बार कहा, ''मैं अपनी ओर से अविभाजित ध्यान भी देता हूँ।'' आइए ''बहुत अच्छी तरह से'' को परिभाषित करें। मैं यह कैसे जान सकता हूँ कि किसी काम को बहुत अच्छी तरह कर रहा हूँ या यह कैसे जान सकता हूँ कि किसी काम में सुधार कर रहा हूँ या नहीं? अपनी प्रगति की जाँच का सबसे बेहतर तरीक़ा यही होगा कि मैं ईमानदारी का पालन करूँ। हालाँकि यह कोई नई बात नहीं मुझे मेरे गुरु ने पहली बार सिखाया था। जब मैं उनके आश्रम में साधना कर रहा था तो उन्होंने ही इस बात की जाँच करना सिखाया था कि मैं अच्छी तरह से *साधना* कर रहा था या नहीं। यह एक सादी, परंतु प्रभावी आत्म-मूल्यांकन प्रक्रिया थी।

हर रात, जब भी मैं अपने निवास स्थान में वापस आता, जो कि एक झरने के पास बरगद तले दस बाई दस फ़ीट का पक्का कमरा था। तो मैं कुछ मिनट के लिए पूरे दिन में किए गए कामों का जायज़ा लेता। मेरे पास एक काग़ज़ था, जिसमें तीस कॉलम थे, वे पूरे महीने के तीस दिन के लिए बनाए गए थे और मेरे किए जाने वाले कामों को उसमें लिखा जा सकता था। मैं फ़र्श पर दीपक की रोशनी में, काग़ज़ पर किए गए कामों को ग्रेड देता कि मैंने उन्हें कितनी अच्छी तरह किया। इस मूल्यांकन के बाद उस काग़ज़ को अपने किसी ग्रंथ में मोड़ कर रख देता और हर रात सोने से पहले इस प्रक्रिया को दोहराता।

महीने के अंत में, मैं उस शीट को गुरुदेव के ऑफ़िस पहुँचा देता। एक दिन, जब मैं ऐसा कर रहा था तो मैंने पाया कि वे वहीं काम कर रहे थे, इसलिए मैंने उन्हें निजी रूप से काग़ज़ थमा दिया। मुझे उम्मीद थी कि वे उसे वहीं खोल कर देखेंगे

पर उन्होंने मुझसे वह शीट लेने के बाद उसे दराज़ में रख दिया। मुझे उनसे बहुत से पाठ इसी तरह सीखने को मिले। वे प्राय: केंद्रित होने की उल्लेखनीय योग्यता के साथ बहुत अंतर्दृष्टियुक्त संदेश देते, वह पूरी तरह से स्पष्ट और सुबोध होता और बिना शब्दों के भी संप्रेषण करता था। उनका संदेश था, ''तुम यह काम अपने लिए कर रहे हो, मेरे लिए नहीं।''

मुझे उसी पल अहसास हुआ कि उस काग़ज़ पर जो लिखा था, वह वाक़ई उनके लिए मायने नहीं रखता था। मेरे लिए इस अभ्यास का पूरा उद्देश्य यही था कि अपने किए जाने वाले कामों की प्रगति की जाँच कर सकूँ। चूँकि यह आत्म-मूल्यांकन था, इसलिए मैं झूठ बोल सकता था या स्वयं को बेहतर अंक दे सकता था पर इससे मेरा कोई भला नहीं होता। सच में, इस अभ्यास से केवल मुझे ही लाभ होना था। मेरे लिए आवश्यक था कि मैं पूरी ईमानदारी के साथ स्वयं को ग्रेड देता। तब मैं देख सकता था कि मैं सही मायने में प्रगति कर रहा था या नहीं।

मैं उन्हीं दिनों इंजीनियरिंग स्कूल से ग्रैजुएट हुआ था, इसलिए मेरा मन वस्तुओं के लिए लक्ष्य और संरचना पर आधारित पहल में प्रशिक्षित था। मुझे सही क़दम उठाने, प्रक्रियाओं को परिभाषित करने का प्रशिक्षण मिला था और मैंने पूरे दिल से इस पहल को आध्यात्मिक उन्नति के लिए अपनाया। यह उन चीज़ों में से एक थी, जो मुझे मेरे गुरु के और निकट ले गईं। वे बहुत ही व्यावहारिक थे। मैंने अपने आध्यात्मिक गुरु में हमेशा यही चाहा - कोई ऐसा जो निजी अनुभवों से शिक्षा देने के साथ-साथ सुस्पष्ट लक्ष्य परिभाषित करने की दिशा में चरण-दर-चरण व्यावहारिक मार्ग भी सुझा सके।

वे अपने शिष्यों को जो बुनियादी शिक्षा देते थे, उनमें से एक यह थी कि शिष्यों को उन पर भरोसा करने के बजाए अपने सहारे खड़ा होना होगा। वे कहते थे, ''मेरा आश्रय मत लो। यदि मेरे सहारे रहे तो मेरे जाने के बाद गिर सकते हो।'' प्राय: हम अपने मेंटोर पर बहुत अधिक निर्भर हो जाते हैं, जिनसे हमें मार्गदर्शन मिल रहा हो और इस तरह यह हमारी बाधा बन जाती है। कई मार्गदर्शक इसी विशेष अधिकार का नाजायज़ लाभ भी उठाते हैं। मैं कहूँगा कि यह एक अच्छा बिज़नेस मॉडल है, क्योंकि इससे शिष्य और अधिक पाने के लिए बार-बार वापस आते हैं। जो आय अर्जित करने का अच्छा साधन हो सकता है। ऐसा कौन नहीं चाहेगा? परंतु मैं अपने गुरु की पहल को सराहता हूँ : लोगों को उनके लक्ष्य को जानने में मदद करना और उन्हें उस तक पहुँचने के लिए साधनों और अभ्यासों से संपन्न बनाना। उनकी यह पहल नि:स्वार्थ थी और इससे मुझे अहसास हुआ कि वे वास्तव में मेरे उत्थान और प्रगति के लिए चिंता करते थे।

परंतु हम यह कैसे जान सकते हैं कि हम प्रगति कर रहे हैं या नहीं। प्रगति के दिशासूचक। मेरे गुरु मुझे प्रगति के दिशासूचक पहचानने में मदद करते। ये

दिशासूचक मुझे आत्मविश्वास देते कि मैं अपने ही प्रयासों से प्रगति कर रहा था। अगर मैं सैन फ्रांसिस्को से सैन डिआगो जा रहा हूँ और रास्ते में ''250 मील'' का दिशासूचक लगा दिखे तो मैं जानता हूँ कि मैं सही दिशा में जा रहा हूँ। अगर दो घंटे बाद मुझे ''150 मील'' का दिशासूचक दिखेगा तो उसे देख कर मुझे भरोसा होगा कि मैं प्रगति कर रहा हूँ।

मैं यह मूल्यांकन कर सकता हूँ कि मैंने कितना अच्छा काम किया और आत्म-मूल्यांकन के आंकड़े से बता सकता है कि कितनी प्रगति हुई, परंतु मेरे जीवन पर मेरे व्यवहार से जो परिवर्तन होगा, उसे ही मेरी प्रगति की असली माप माना जाएगा।

यदि मैं प्रतिदिन नियम से अपने दैनिक कृत्य पूरे करता रहा तो मैं देख सकूँगा कि दिन में कितनी बार मेरा ध्यान भटका या साथी के साथ बात करते हुए उसकी ओर पूरा ध्यान रहा या नहीं। हो सकता है कि बातचीत के आरंभ में ही ऐसा लगे कि दस मिनट की बातचीत में पूरे पाँच मिनट तक मेरा ध्यान भटका हुआ था। एक महीने की कोशिश के बाद, मैं अपनी सजगता के अभ्यास के साथ यह देख सकता हूँ कि दस मिनट की बातचीत के दौरान एक बार भी सजगता नहीं भटकी। यह मेरी प्रगति का स्पष्ट सूचक होगा।

इसके अपने ही नतीजे हैं। मैं जिसके साथ भी हूँ, उसे मेरी उपस्थिति का एहसास होता है। उन्हें मेरे स्नेह और आदर भाव का पता चलता है।

मेरी केंद्रित रहने की योग्यता जितनी अधिक होगी, उन लोगों के साथ मेरा तालमेल गहराई के स्तर तक आ जाएगा। मैं बेहतर सुन सकता हूँ, क्योंकि मैं बेहतर रूप से केंद्रित रह सकता हूँ। भले ही कुछ समय के लिए हो, मेरा हर मेलजोल उल्लेखनीय होगा, क्योंकि मैं उस अनुभव के एक-एक क्षण में वर्तमान में उपस्थित रहा। मेरी बेटी के साथ पूरे ध्यान से बीते पाँच मिनट मुझे पूरे तीन सौ सेकेंड देते हैं, जिनमें से मैं सभी उस अनुभव में निवेश करता हूँ। नतीजतन, मुझे लगता है कि मैं एक सच्चा और उल्लेखनीय जीवन जी रहा हूँ। और मेरी बेटी जानती है कि जब उसके पापा साथ होंगे तो वे पूरी तरह से उसके साथ होंगे। किसी से ''आई लव यू'' कहने का इससे बेहतर तरीक़ा और क्या होगा?

जब मेरी टीम और ग्राहक मुझसे बात करते हैं तो मैं पूरी तरह से केंद्रित होते हुए, हर बातचीत में पूरी तरह से उपस्थित हो सकता हूँ। मैं उनकी बात सुन सकता हूँ। मैं अच्छी तरह निरीक्षण कर सकता हूँ, क्योंकि एकाग्रता से आपकी निरीक्षण की क्षमता भी बढ़ती है। मैं अनकही सूक्ष्म बातें भी समझ लेता हूँ। मैं उन्हें इस तरह अपना सहयोग दे सकता हूँ कि उन्हें कहना तक नहीं पड़े। ये सब एक केंद्रित मन के लाभ हैं। हम आगामी अध्यायों में इनके बारे में विस्तार से जानेंगे।

हिसाब रखना

इस अध्याय में आपको एक पन्ना मिलेगा, जिस पर आपको एक सूची दी गई है, जिसमें आप यह देख सकते हैं कि आप एकाग्रता के अभ्यास में कैसी प्रगति कर रहे हैं। संक्षेप में, मैंने केवल चौदह कॉलम बनाए हैं ताकि आप दो सप्ताह का अनुमान रख सकें। पाँच पंक्तियों में आप अपने पाँचों अवसरों के बारे में लिख सकते हैं।

सबसे ऊपर पहले अवसर के बारे में लिखें, जिस पर आप सजग भाव से केंद्रित होना चाहेंगे। और फिर आप चाहें तो अन्य अवसर लिख सकते हैं; हालाँकि मैं आपको प्रोत्साहित करूँगा कि आप मेरे बताए तरीक़े पर ही चलें।

आप हर दिन स्वयं को 0 से तीन तक स्कोर दे सकते हैं। मैं इन्हें इस तरह परिभाषित करता हूँ :

3. मैंने यह अभ्यास विधिवत अच्छी तरह पूरा किया।
2. मैंने यह अभ्यास विधिवत पूरा किया।
1. मैंने इस काम में पूरी कोशिश नहीं की।
0. मैंने यह अभ्यास बिलकुल नहीं किया।

लागू है/लागू नहीं : मैं आज ऐसे हालात की वजह से यह अभ्यास नहीं कर सका जो मेरे बस में नहीं थे।

महीने के अंत में अपने स्कोर पर ध्यान दें। 31 दिन के महीने में आपको अधिकतम 93 प्वाइंट का अधिकतम स्कोर मिल सकता है। इसके आधार पर, आप उस महीने के लिए अपना औसतन प्रतिशत स्कोर निकाल सकते हैं। आपके शुरू करने के छह महीने बाद, आप स्वयं आत्म-मूल्यांकन के आधार पर देख सकेंगे कि आपकी कितनी प्रगति रही। पर यह भी ध्यान रहे, आपकी प्रगति का सबसे बड़ा प्रदर्शन आपके व्यवहार में बदलाव है।

मैंने दंडपाणि एप में भी इस प्रक्रिया को शामिल कर दिया है, जो एप स्टोर और प्ले स्टोर पर उपलब्ध है। मैंने आपको दैनिक अनुष्ठान में अपने दिन-प्रतिदिन किए जाने वाले कामों की प्रगति की जाँच करना सिखाया है। हर दिन आपको अपना आत्म-मूल्यांकन स्कोर दर्ज करने की प्रेरणा मिलेगी और एप ही आपके नतीजों का ब्यौरा रखेगा। ये सभी कार्य इस तरह केंद्रित हैं कि आप मन की नकारात्मक सजगता को दूर रखते हुए, एकाग्रता और संकल्प शक्ति का विकास कर सकें।

एकाग्रता के अभ्यास के अवसर	दिन														कुल
	1	2	3	4	5	6	7	8	9	10	11	12	13	14	

अध्याय 7

संकल्प शक्ति - जीवन की सबसे बड़ी शक्ति

7.1

संकल्प शक्ति की परिभाषा और समझ

संकल्प ही वह ईंधन है, जो सजगता को मन के हर
हिस्से में ले जाती है, यह वही भावना, आध्यात्मिक योग्यता है,
जो सभी आंतरिक लक्ष्यों को साकार कर देती है।

–गुरुदेव

पिछले अध्यायों में, मैंने भटकी हुई सजगता या ध्यान को वापस लाने के लिए संकल्प शक्ति शब्द का प्रयोग किया है। मैंने यह भी कहा कि हमारे मन में सजगता किस ओर जा रही है, इसके नियंत्रण के लिए एकाग्रता और संकल्प शक्ति नामक गुणों की आवश्यकता होगी। संकल्प शक्ति को प्रयुक्त करने के लिए हमें समझना होगा कि संकल्प शक्ति क्या है? इस अध्याय में, हम जीवन के इस महानतम बल के बारे में गहराई से जानेंगे।

मेरे गुरु ने एक बार कहा था, ''आप जीवन में जो सबसे महानतम चीज़ विकसित कर सकते हैं, वह है, आपकी संकल्प शक्ति। आप संकल्प शक्ति के बल पर अपना कुछ भी मनचाहा हासिल कर सकते हैं।''

मैंने बचपन में संकल्प शक्ति के बारे में सुना था। मुझे लगता था कि मैं इसके बारे में समझ रखता था, पर अपने गुरु से मिलने तक मुझे सकंल्प शक्ति के गहरे अर्थ की समझ नहीं थी। इसकी सही समझ पाने के अलावा, मैंने उनसे यह भी सीखा कि हम चाहें तो अपनी संकल्प शक्ति को विकसित भी कर सकते हैं।

यह मेरे मन के लिए एक नई अवधारणा थी! इससे पहले पूरे जीवन में कभी यह बात मेरे मन में नहीं आई, इसे गुरुदेव से मिलने के बाद ही जाना। एकाग्रता की तरह, हमें कोई नहीं सिखाता कि संकल्प शक्ति क्या है और हम इसे अपने लाभ के लिए कैसे विकसित करते हुए प्रयोग में ला सकते हैं। जीवन में अधिकतर लोग महानतम संपदा को विकसित नहीं कर पाते – ऐसी महानतम संपदा, जो आपके जीवन की दिशा आसानी से बदल सकती है।

हम सभी जीवन में संकल्प शक्ति के विविध स्तरों के साथ जन्म लेते हैं। कुछ लोगों के पास यह भरपूर मात्रा में उपलब्ध होती है और उन्हें देख कर लगता है कि वे कितनी आसानी से जीवन के कठिनतम कार्य भी पूरे कर लेते हैं। इसके बाद वे लोग आते हैं, जिन्होंने अपनी आत्मा में छिपी इस शक्ति को नहीं पहचाना और उसे विकसित नहीं किया। वे स्वयं को जीवन की अस्थिर मौजों के हवाले कर देते हैं।

किसी वयस्क की तुलना में, एक बच्चे के भीतर छिपी संकल्प शक्ति को देखना आसान होता है। अगर आपके भी बच्चे हैं तो आपने देखा होगा कि उनकी संकल्प शक्ति के स्तर अलग-अलग हैं। वे किस तरह जीवन के अनुभवों के लिए प्रतिक्रिया देते हैं, उससे ही अनुमान लगाया जा सकता है कि उनके पास कितनी संकल्प शक्ति होगी। उदाहरण के लिए, एक बच्चा खिलौना लेना चाहता है, वह अपनी माँ से कहता है, ''मॉम, क्या आप मुझे यह खिलौना ख़रीदने के लिए पचास डॉलर दोगे?''

उसकी मॉम कहती है, ''बेशक़ तुम इसे ले सकते हो। बस तुम्हें काम करके इसे कमाना होगा। अगले कुछ महीने काम करके पैसा जमा करो।'' वह बच्चा मायूस होकर कहता है, ''सच में? तो फिर कोई बात नहीं, मैं अपने जन्मदिन तक इंतज़ार करूँगा। तब आपसे ले लूँगा।'' जबकि बच्चे को पता है कि उसका जन्मदिन आठ महीने बाद आने वाला है।

उसकी बहन भी उतने ही पैसों का एक खिलौना लेना चाहती है और उसे भी मॉम से वही उत्तर मिलता है। हालाँकि वह जवाब देती है, ''मैं अपने घर में पेड़ पर लगे नींबू तोड़ लूँगी और सप्ताह के अंत में उनसे बना शरबत बेच कर पैसे जोड़ लूँगी। मैं आपका दिया काम भी करूँगी और मॉम इस तरह मेरे पास दो महीने में इतने पैसे जमा होंगे कि मैं अपना खिलौना ख़रीद सकूँ।''

आप इन दोनों बच्चों को देख कर अनुमान कर सकते हैं कि किसमें संकल्प शक्ति अधिक है। वह लड़की अपने लक्ष्य को पाने के लिए, सारी आंतरिक शक्तियों को एक दिशा में निर्देशित करके केंद्रित होना जानती है। यही संकल्प शक्ति है।

संकल्प शक्ति की व्याख्या

मेरे गुरुदेव कहते थे कि दिए गए समय में, सारी ऊर्जाओं को एक ही बिंदु पर केंद्रित करना ही संकल्प शक्ति है।

किसी बच्चे को अगर समझाना हो कि संकल्प शक्ति क्या है तो इसके लिए मैं इसे मानसिक मांसपेशी का नाम देता हूँ। हालाँकि यह संकल्प शक्ति की *सटीक*

परिभाषा से अलग है पर इस तरह हमारे पास इसका सरल और आरंभिक मानसिक चित्रण आ जाता है और पता चलता है कि यह कैसे काम करती है।

अगर मैं अपने मन के दोनों ओर बाईसेप बना पाता तो वह मेरी मानसिक मांसपेशी, मेरी संकल्प शक्ति होती। संकल्प शक्ति, मेरी मानसिक मांसपेशी ही मेरी भटकती हुई सजगता को हर बार वापस ले आती है। मैं इसी मांसपेशी के बल पर उस प्रकाश के केंद्र को थाम लेता हूँ और भटकने नहीं देता। फिर मैं इसे सही जगह पर केंद्रित कर देता हूँ। मानसिक मांसपेशी के रूप में संकल्प शक्ति को देखने से यह समझने में मदद मिलती है कि किस तरह संकल्प शक्ति का प्रयोग मन की सजगता को निर्देशित करने के लिए होता है। मन की सजगता को निर्देशित और केंद्रित करना ही इस पुस्तक का मूल मंत्र है।

अगर संकल्प शक्ति एक मानसिक मांसपेशी है, मन की बाईसैप है तो मैं इसे उसी तरह विकसित करूँगा, जैसे हम वज़न उठा कर अपनी मांसपेशियों को सुडौल और गठीला बनाते थे।

अधिकतर लोग यह नहीं समझ पाते कि वे और अधिक संकल्प शक्ति विकसित कर सकते हैं, वे केवल उतनी ही संकल्प शक्ति का प्रयोग कर पाते हैं, जिसके साथ वे जन्मे हैं और उनके पूरे जीवन में अनजाने में ही केवल थोड़ी सी संकल्प शक्ति विकसित हो पाती है। खेद से कहना पड़ता है कि इस तरह वे इतना सब हासिल नहीं कर पाते जितना कर सकते थे। वहीं दूसरी ओर, कुछ लोग संकल्प शक्ति को विकसित करने के लिए प्रशिक्षित होते हैं और आजीवन उस पर काम करते हुए जीवन में कई उल्लेखनीय उपलब्धियों को हासिल करते हैं।

एक मांसपेशी की तरह, आप संकल्प शक्ति का जितना अधिक प्रयोग करेंगे, आप उसे उतना अधिक विकसित कर सकेंगे। आप जितनी अधिक संकल्प शक्ति विकसित करेंगे, आपके पास इस्तेमाल के लिए उतनी ही संकल्प शक्ति मौजूद होगी। अपनी संकल्प शक्ति को विकसित करने के लिए अपनी इच्छा का प्रयोग करें। मेरे गुरु कहते थे, ''अपने संकल्प के बल पर अपनी संकल्प शक्ति विकसित करो।''

मेरे गुरु ने संकल्प शक्ति के बारे में मुझे एक और ज्ञान दिया था।

आप जो भी संकल्प शक्ति विकसित करेंगे, वह सदा आपके पास रहेगी। यह कभी कहीं नहीं जाती। इसकी नए सिरे से पूर्ति नहीं करनी होती और यह आपके लिए इस जीवन में और अगले जीवन में भी हमेशा उपलब्ध होगी।

जो लोग उच्चतम स्तर की संकल्प शक्ति का प्रयोग करते हैं वे कई जन्मों से इस बल को और अधिक मज़बूत करते आ रहे हैं। वे ऊर्जा के इस प्रवाह के साथ चोला धारण करते हैं और किसी सुनामी की तरह मानवता की दिशा तक बदलने

में सक्षम होते हैं। हमने समय-समय पर ऐसा होते हुए देखा है। ऐसी संकल्प शक्ति कभी भी एक जीवनकाल में विकसित नहीं होती।

संकल्प शक्ति का नकारात्मक पक्ष

संकल्प शक्ति एक दोधारी तलवार है, जो व्यक्ति के स्वभाव के साथ सान पर चढ़ती है। एक परिष्कृत और शुद्ध अंत:करण और स्वभाव के बिना, व्यक्ति का बल नकारात्मक गुणों की ओर आकर्षित हो सकता है और व्यक्ति के जीवन को इस तरह प्रभावित कर सकता है, जिसे वांछित नहीं माना जा सकता।

मानवता, निस्वार्थ भाव, समानुभूति, करुणा, दयालुता, धैर्य आदि ऐसे बुनियादी गुण हैं, जिनके बल पर हम एक शुद्ध अंत:करण और स्वभाव को तैयार कर सकते हैं। इन गुणों का निरंतर विकास ही वह ढाँचा है, जो सजगता को विचार, वाणी और संयम की ओर निर्देशित करता है। ये वही मार्गदर्शक हैं, जो संकल्प शक्ति को एक उन्नत जीवन की ओर ले जाते हैं।

आपको यह अहसास होना चाहिए कि कोई व्यक्ति जितनी अधिक संकल्प शक्ति विकसित करता है, सजगता पर उसका प्रभाव उतना ही अधिक होता है और इस तरह एक शुद्ध अंत:करण और स्वभाव की आवश्यकता और भी बढ़ जाती है, जिसके बिना सजगता अपने मार्ग से भटक सकती है।

प्राय: ऐसा सुनने को मिलता है, "वह बहुत ही हठी है!" कई बार पूरी तरह से केंद्रित लोगों को ऐसा सुनने को मिलता है - अज्ञानी प्राय: इसी भाषा का प्रयोग करते हैं, जो व्यक्ति की दृढ़ता को उसका हठ मान लेते हैं। अपने उद्देश्य की स्पष्टता से उपजे इस मनन, विवेक, केंद्र और दृढ़ता को आसानी से हठीलापन माना जा सकता है। वे आसानी से इसे सामने वाले का हठ मान लेते हैं, क्योंकि हठीला व्यक्ति भी अपनी पूरी संकल्प शक्ति और केंद्र के साथ सजगता को निर्देशित करता है, परंतु उसमें विवेक का अभाव होता है और वह उसके सहज स्वभाव से संचालित होती है।

पिछले वर्षों के दौरान ऐसे अनेक लोगों से मिलना हुआ, जिन्होंने संकल्प शक्ति तो पैदा की, परंतु वे एक शुद्ध अंत:करण को विकसित नहीं कर सके। मैंने कैसे जाना कि उनके पास पर्याप्त संकल्प शक्ति थी? मैंने उन्हें जीवन में महान उपलब्धियों को हासिल करते देखा और बाधाओं व चुनौतियों को पार करते हुए भी देखा। परंतु शुद्ध अंत:करण के अभाव में उनकी उपलब्धियाँ अधूरी ही रहीं।

उदाहरण के लिए, अगर एक हठी व्यक्ति को किसी काम को अलग तरह से करने के लिए मार्गदर्शन दिया जाए, जो बेहतर परिणाम दे सकता हो, तो शायद

उसकी सजगता उसे सलाह पर अमल नहीं करने देगी। ऐसे व्यक्ति विनय और विवेक के अभाव में अपने हठ पर अड़े रहेंगे, जबकि वे उस सलाह के बल पर कहीं बेहतर नतीजे हासिल कर सकते थे – यह संकल्प शक्ति के नकारात्मक प्रयोग का अच्छा उदाहरण है।

अगर संकल्प शक्ति और केंद्र वे पंख हैं, जिनके माध्यम से सजगता मन में उड़ान भरती है तो चरित्र के गुण ऐसे पंख हैं, जो उन पंखों को बनाते हैं।

संकल्प शक्ति विकसित करने के महानतम कारण

इस संसार में इच्छा के बिना कुछ नहीं घटता। जब जीवन समाप्त होता है और मृत्यु आती है, तब हमारी इच्छा ही सबसे अंत में विदा लेती है, हम अंत तक जीवन के हर स्नायु से जुड़े रहना चाहते हैं।

हालाँकि संकल्प शक्ति के सजग प्रयोग के असंख्य प्रयोग मिलते हैं, परंतु मन में सजगता की यात्रा को नियंत्रित करने से बढ़ कर कुछ नहीं है। संकल्प शक्ति ही वह लगाम है, जो सजगता को साधे रखती है, सँभालती है। जब संकल्प शक्ति सजगता को निर्देशित करती है, इसके साथ ही यह इस बात को भी निर्देशित करती है कि ऊर्जा किस ओर जा रही है और इस तरह जीवन में क्या प्रकट हो रहा है।

आप अपनी सजगता पर कितनी इच्छा शक्ति का प्रयोग करते हैं, आपका जीवन उसका ही प्रमाण है। सजगता का नियंत्रण ही जीवन का नियंत्रण है।

मैंने अपनी संकल्प शक्ति, अपनी मानसिक मांसपेशी को विकसित किया ताकि मैं इसे अपने केंद्र से भटकी हुई सजगता को केंद्र पर वापस लाने के लिए प्रयुक्त कर सकूँ। यह मेरी संकल्प शक्ति का मूल प्रयोग है। जब मैं अपनी भटकी हुई सजगता को मन में वापस ले आता हूँ तो इसके बाद अपनी एकाग्रता शक्ति का प्रयोग करते हुए उस चीज़ पर केंद्रित कर देता हूँ, जिस पर इसे केंद्रित होना चाहिए।

जब एक बार हम सजगता को एकाग्रता की कला में साध लेते हैं तो सकंल्पशक्ति की अलग ही भूमिका हो जाती है। यह एक अभिभावक और संरक्षक के तौर पर अपनी नई भूमिका को स्वीकार करते हुए सजगता की प्रहरी हो जाती है।

कोई व्यक्ति अपनी संकल्प शक्ति से जितना अधिक परिचित होगा, वह उस पर उतना ही अधिक प्रभुत्व रख सकेगा। किसी मास्टर पेंटर का हाथ उससे अजनबी नहीं होता, वह किसी वफ़ादार नौकर की तरह पूरे आदर से उसकी बात का मान रखता है, आज्ञा का पालन करता है। संकल्प शक्ति और रहस्यवादी के साथ भी यही होता है। वह मास्टर पेंटर के कौशल और सूक्ष्मता के साथ अपनी इच्छाशक्ति का प्रयोग करता है।

उसका अपनी इच्छाशक्ति पर स्वामित्व ही, सजगता पर स्वामित्व है। वह मन की अबूझ गहराइयों में उतर कर, महाचेतना के परिष्कृत लोक में जाकर, अपने अस्तित्व के सार का अनुभव पाता है। इस यात्रा के दौरान उसे मर्यादित रूप में, अपनी नकारात्मक सजगता को अपनी अदम्य इच्छाशक्ति से निर्देशित करना चाहिए। अपने मन के विविध आकर्षणों और संवेदनाओं से भरे क्षेत्रों के प्रलोभनों से बचना चाहिए जो सजगता को एक अंतहीन दिशा में ले जाने के लिए संघर्ष करने को प्रस्तुत हैं। भले ही बाहरी संसार कितना भी बाधाओं से भरा क्यों नहीं लगे, भीतर का संसार अनंत बाधाओं का घर है।

और जब सजगता अतिचेतना के परिष्कृत लोकों में पहुँचती है तो रहस्यवादी जिस निपुणता से अपनी संकल्प और एकाग्रता शक्ति का प्रयोग करेगा, वही उसे अनुमति देंगे कि वह अतिचेतन मन के गहरे अनुभवों से नहीं चौंके। यदि उसे एक पल को भी लगे कि सजगता से पकड़ छूट रही है तो वह उसे चेतन मन में वापस खींच लाएगी। अतिचेतन के शून्य कक्ष में ही सजगता को हमारे अस्तित्व के महानतम लोकों का अनुभव होता है – जो सबके लिए उपलब्ध हैं, परंतु बहुत कम ही उन तक पहुँच पाते हैं और इसका अनुभव भी केवल उन्हें ही मिलता है, जो अदम्य संकल्प शक्ति रखते हों, अटल केंद्र और स्वयं को जानने की कभी पूरी नहीं होने वाली पिपासा के साथ जीते हों।

7.2

संकल्प शक्ति विकसित करने के तीन उपाय

संकल्प शक्ति क्या है, यह समझना, इसे विकसित करने के उपाय और जीवन के लक्ष्यों को प्रकट करने के लिए इसके उपायों को लागू करना प्रत्येक मनुष्य को सिखाया जाना चाहिए। मन, केंद्र और संकल्प शक्ति की सुप्त शक्ति स्वर्गिक उपहार हैं; यद्यपि ये सबको उपलब्ध हैं, परंतु फिर भी ये अनेक लोगों के लिए ओट में ही छिपे रह जाते हैं।

गुरुदेव ने मुझे तीन सरल, किंतु असरदार उपाय सिखाए, जिनकी मदद से संकल्प शक्ति को विकसित कर सकते हैं। वे हैं :

1. जो काम चालू किया हो, उसे पूरा करें;
2. इसे अच्छी तरह, अपनी अपेक्षाओं से परे जाकर पूरा करें, भले ही इसे पूरा करने में कितना भी समय क्यों नहीं लगे;
3. आप अपनी क्षमता से जितना कर सकते हों, उससे थोड़ा अधिक ही करें;

इन तीनों उपायों के लिए आपको प्रयासों की आवश्यकता होगी और आपके प्रयास का वह अभ्यास ही आपकी संकल्प शक्ति का अभ्यास है। आइए, इन उपायों पर एक-एक कर चर्चा करें ताकि इन्हें बेहतर तरीक़े से समझ सकें और देखें कि ये संकल्प शक्ति को विकसित करने में कैसे सहायक हो सकते हैं।

पहला उपाय : जो काम चालू किया हो, उसे पूरा करें

जब हम किसी काम को आरंभ करते हैं, उसे आरंभ करने से जो आनंद आता है; वह उसे पूरा करने के बाद मिले आनंद से कहीं गुना होता है और इसके लिए संकल्प शक्ति पर सजग नियंत्रण की आवश्यकता होगी। इसका अनुभव तभी हो सकता है, जब हम अपने हाथ में लिए गए कार्य को पूरा करें। एक नए विचार की ऊर्जा का जन्म मन के लिए ताज़ी हवा के झोंके की तरह होता है। इसका उल्लास इसे तब तक आगे ले जाता है, जब तक वह अनियंत्रित ऊर्जा यानी उत्साह, अपनी उमंग नहीं खो देता।

एक विजयी अंत का मार्ग अपने-आप में एक घुमाव पर समाप्त होता है। परियोजना के आरंभ में सामने आने वाला आनंद और उछाह और अंत तक जाने के लिए किए जाने वाले परिश्रम की यात्रा की उमंग मंद होने लगते हैं। जब ऊर्जा, प्रेरणा या उत्साह नहीं बचें तो संकल्प शक्ति ही विज़न को साकार कर सकती है।

किसी भी काम को संपूर्णता तक लाने के लिए संकल्प शक्ति की आवश्यकता होगी।

अधिकतर बातचीत के दौरान, अधिकतर विषय किसी भी तरह से प्राकृतिक निष्कर्ष तक नहीं आ पाते। एक बातचीत आकाश में उड़ते गुब्बारे की तरह अपना दिशा भूल कर गुमराह हो सकती है। हालाँकि यह बात छोटी लग सकती है कि हमें हर बात को पूर्णता तक लाना चाहिए, परंतु अधिकतर लोगों को अहसास नहीं होता कि अवचेतन मन में एक ढाँचा बनता है, जो इस धारणा को पैदा करता है कि किसी काम की असफलता, चाहे वे किसी बातचीत के विषय की तरह छोटे ही क्यों नहीं हों, वे जीवन और मन पर अपना असर छोड़ते हैं।

इस तरह कामों को पूरा नहीं कर पाने का यह ढाँचा रोज़मर्रा के जीवन में भी आ जाता है। शुरुआत में, हम अपने दैनिक जीवन के उन कामों को समय की बरबादी कह कर टालने लगते हैं जो हमारे अस्तित्व के लिए जरूरी हैं, जैसे बर्तन साफ़ करना, कपड़े धोना और घर की सफ़ाई आदि। इस तरह यही सोच जीवन के अन्य पक्षों पर भी आने लगती है, जो हमारे लिए कहीं ज़्यादा महत्त्वपूर्ण निष्कर्ष रखते हैं। इस तरह किसी काम को चालू करने का आनंद लेने की इच्छा बढ़ती जाती है और व्यक्ति काम को पूरा नहीं करना चाहता, इस तरह वह एक से दूसरे अधूरे काम पर भटकता रहता है। यहीं से संकल्प शक्ति का क्षय होना आरंभ होता है।

संकल्प शक्ति को सजगता से साधते हुए वस्तुओं के प्राकृतिक निष्कर्ष तक ले जाना होता है। ऐसा करने की योग्यता से अवचेतन का यह अनुभव सशक्त होता है कि यह उन कामों को पूरा कर सकता है, जो इसने शुरू किए हैं। यह बहुत ही शक्तिशाली है। किसी विचार को भौतिक रूप में बदलना ही उसकी पूर्णता है। जब

ये अनुभव होते हैं तो चाहे ये कितने भी छोटे क्यों नहीं हों, आपके अवचेतन को छाप मिलती है और विश्वास होता है, ''मैं कुछ भी बना और प्रकट कर सकता हूँ।'' इस तरह यही सोच मज़बूत होती चली जाती है।

जो भी काम शुरू करें, उसे पूरा करें, चाहे वह कितना भी छोटा, मामूली या नीरस क्यों नहीं हो। जब भी आप ऐसा करते हैं, तो आप अपनी संकल्प शक्ति, अपनी मानसिक मांसपेशी विकसित कर रहे हैं।

दूसरा उपाय : इसे अच्छी तरह, अपनी अपेक्षाओं से परे जा कर पूरा करें

आपने जो काम चालू किया, उसे पूरा करना पूर्णता का पहला चरण है पर आपको यहीं रुकने की आवश्यकता नहीं है। जो लोग संकल्प शक्ति को विकसित करने का दृढ़संकल्प रखते हों, वे यह जान कर प्रसन्न होंगे कि उनके पास ऐसा करने के और भी अवसर हैं।

आप अपने काम को पूरा करके वहीं बंद कर सकते हैं या आप उसे अपनी अपेक्षाओं से परे जाकर पूरा करने का चुनाव कर सकते हैं। यह आपकी संकल्प शक्ति विकसित करने का दूसरा चरण होगा। अपनी अपेक्षाओं से परे जाकर, किसी काम को पूरा करने में प्रयास लगता है और वह प्रयास ही मेरी संकल्प शक्ति है।

मैं आपके साथ इस विषय में गुरुदेव से मिली पहली शिक्षा को बाँटना चाहूँगा। हर रोज़ संन्यासियों को मठ में तीस मिनट का समय किसी हिस्से की सफ़ाई के लिए दिया जाता था। मुझे कुछ समय के लिए ध्यान कक्ष की सफ़ाई का काम दिया गया। मैं दिए गए समय में उस जगह को साफ़-सुथरा रखने की पूरी कोशिश करता।

एक दिन मेरा काम जल्दी पूरा हो गया, कमरा साफ़ ही लग रहा था। मैं कमरे से बाहर निकला तो गुरुदेव मिल गए। उन्होंने पूछा, ''क्या तुम्हारा काम पूरा हो गया?'' उन्होंने पूछा।

मैंने उत्तर दिया। ''जी हाँ।''

''तुम इसे और बेहतर कर सकते थे?''

''जी, पर कमरा साफ़ ही लग रहा है।''

''चलो, चल कर देखते हैं।'' उन्होंने कहा और आँगन में तेज़ी से बढ़े। उन्होंने दरवाज़ा खिसकाया और ध्यान कक्ष में प्रवेश किया। मैं उनके पीछे था।

जब भी उस कक्ष में प्रवेश करता तो एक आयाम से निकल कर दूसरे आयाम में क़दम रखने का अहसास मिलता था। उस जगह अलसुबह हम लगभग

बीस-पच्चीस संन्यासी गुरुदेव के साथ मिल कर ध्यान करते। उस पवित्र स्थान के कोने-कोने में, कई दशकों से ध्यानरत संन्यासियों के एकांतवास से उपजे अनकहे आंतरिक अनुभवों की गंध थी, जिससे उस जगह एक अलौकिक से स्पंदन का अहसास होता था।

वह एक सादा सा कमरा था, जिसमें ढलवाँ छत के साथ गहरे रंग की लकड़ी की दीवारें थीं। उसकी उम्र दिखती भले नहीं हो पर उसे महसूस किया जा सकता था। एक बड़े से कालीन ने टाइलों वाले फ़र्श को ढँका हुआ था। काँच के बड़े से स्लाइडिंग दरवाज़े दक्षिणपूर्वी दीवार का बड़ा हिस्सा थे। फ़ायरप्लेस और लावा रॉक से ढँकी चिमनी कमरे के अगले हिस्से में थे। आगे की ओर गुरुदेव के लिए धरती से थोड़ा ऊपर स्थान नियत था। इसके दोनों ओर की दीवारों पर लंबे स्क्रॉल्स थे, जिन पर आंतरिक मन के विस्तृत नक़्शे बने थे, वे ध्यान की भाषा 'शम' में अंकित थे। गुरुदेव ने कई दशक पहले इस रहस्यमयी भाषा को प्रयुक्त किया था ताकि अपने दीक्षित शिष्यों को ध्यान और आत्म-बोध की कला में पारंगत कर सकें। मैंने गुरुदेव के साथ उस कक्ष में घंटों ध्यान किया था और उनकी ओर से अनेक गहरी अंतर्दृष्टियों और अनुभवों का उपहार भी पाया।

जब हम कमरे के बीच खड़े थे, तो वे मुझसे बोले, ''अधिकतर लोग केवल वही कर पाते हैं, जो वे देख सकते हैं। अगर तुम अपने आसपास ध्यान से देखो तो साफ़-सफ़ाई के लिए और चीज़ें खोज सकते हो। मुझे पूरा यक़ीन है कि किसी ने लंबे समय से अलमारी साफ़ नहीं की। पंखे और कोने में लगा जाला भी पोंछ सकते हो।''

हमेशा स्वयं से पूछो, ''मैंने जो किया है, क्या मैं उससे बेहतर कर सकता हूँ? और इससे अधिक क्या कर सकता हूँ?''

इस पाठ ने मेरे मन पर गहरी छाप छोड़ी और मेरा काम करने का तरीक़ा हमेशा के लिए बदल गया। पाठ यही है कि थोड़ा सा प्रयास करने पर, अपनी संकल्प शक्ति के बल से मैं कामों को अपनी अपेक्षा से कहीं बेहतर पूरा कर सकता हूँ। और ऐसा करने से, मैं अपनी सकंल्प शक्ति को विकसित करते हुए, कामों को कहीं बेहतर तरीक़े से पूरा कर पा रहा हूँ, जैसा कि पहले नहीं कर पाता था।

तीसरा उपाय : आप जो कर सकते हैं, उससे थोड़ा सा अधिक करें

आप किसी परियोजना को पूरा कर सकते हैं और अपनी अपेक्षा से परे जाकर कर सकते हैं, अपनी सोच से और बेहतर करने के बाद उसे पूरा मानें। या फिर आप अपनी संकल्प शक्ति के बल पर थोड़ा और करें।

उत्तरी कैलीफ़ोर्निया में एक उद्यमी मेरे परिचित थे, जो लक्ज़री घर तैयार करते थे। जब उनकी कंपनी घर का काम पूरा कर देती तो वे उसे ग्राहक को सौंपने से पहले, कमरों में कुछ फूल रखवा देते। जब घर का मालिक घर में प्रवेश करता तो वे फूल उसके अनुभव को और भी ख़ुशनुमा बनाते। हालाँकि वह सब बिल्डर के अनुबंध में शामिल नहीं था पर वह ऐसा इसलिए करता था ताकि अपने किए जाने वाले काम से थोड़ा ज़्यादा दे सके। अपने काम में तीसरे उपाय को शामिल करने का कितना अच्छा तरीक़ा है। इसके साथ ही संकल्प शक्ति का भी विकास होता है।

दूसरे और तीसरे उपाय के बीच अंतर स्पष्ट करना

पिछले बरसों के दौरान, लोगों ने मुझे बताया कि वे इन दोनों तरीक़ों के अंतर से जूझते रहे हैं। मैं आपको इनके बीच के अंतर को स्पष्ट करने के लिए एक उदाहरण देना चाहूँगा।

मान लेते हैं कि मैं अपने घर का कमरा पेंट करना चाहता हूँ। पहला तरीक़ा मुझे मार्गदर्शन देगा कि पेंट करने की प्रक्रिया को कैसे चालू करके पूरा करना है। दूसरा तरीक़ा सिखाता है कि मुझे अपनी अपेक्षा से परे जाकर पूरा करना होगा। मैं घर पेंट करने की कला नहीं जानता, इसलिए मैं ऑनलाइन वीडियो की मदद ले कर पेंटिंग टिप्स और तरीक़े सीखूँगा ताकि कमरे का पेंट हो सके, जो मेरे मौजूदा विशेषज्ञता स्तर से परे है। निश्चित रूप से मुझे काम पूरा करने में मदद होगी, जिसके लिए मैंने सोचा था कि मैं उसे अपनी जानकारी से परे जाकर पूरा कर सकता था।

तीसरा उपाय मुझे प्रोत्साहित करता है कि मैं अपनी सोच से कहीं ज़्यादा कर सकूँ। कमरा पेंट हो गया है और मेरी सोच से कहीं सुंदर दिख रहा है। तीसरे उपाय को लागू करने के लिए, मैं तय करता हूँ कि एक स्थानीय स्टोर से ऐसा सुंदर फूलदान ले आऊँ, जो कमरे की सुंदरता निखार सके। इसके साथ ही कमरे की दीवारों को सजाने के लिए दो पेंटिंग्स भी ले लूँगा। इस तरह आप इन पेंटिंग्स और फूलदान को मेरे किए जाने वाले काम से थोड़ा और अधिक करना मान सकते हैं।

आप ऐसे इंसान नहीं बनें, जो कम से कम काम में ही संतुष्ट रहे, जो केवल किसी तरह काम पूरा करके उसे रफ़ा-दफ़ा करना चाहे। आपको ऐसा इंसान बनना होगा, जो हर अवसर का पूरा लाभ लेते हुए अपनी संकल्प शक्ति से और अधिक काम करने की इच्छा रखता हो।

7.3

जीवन में संकल्प शक्ति को शामिल करना

जिस तरह भिखारी के लिए चावल का एक दाना भी क़ीमती होता है, उसी तरह एक बुद्धिमान व्यक्ति के लिए दिन का एक क्षण भी अनमोल है। वर्तमान में सजगता को केंद्रित करने के लिए, जिस तरह घड़ी की सुईयाँ चलती हैं, उन्हें देख कर जानें कि मनुष्य के लिए समय कितना अनमोल है।

हर क्षण एक अवसर है। यदि हमें इसे इसी रूप में देखने का सौभाग्य मिल सके तो हम इन क्षणों का लाभ उठा सकते हैं, जिस तरह हमने संकल्प शक्ति विकसित करने के लिए एकाग्रता का प्रयोग किया। व्यक्ति को इसे बोझ की तरह नहीं लेना चाहिए। जैसा कि मैंने पहले भी कहा, हम दिन के प्रत्येक क्षण में कोई न कोई काम करते हैं, तो क्यों ना सोचकर चुनाव करें कि हम उन कामों को किस तरह करेंगे? जब आप हर क्षण का सोचकर प्रयोग करते हैं तो जीवन बहुत ही उल्लेखनीय और भरपूर हो जाता है।

संकल्प शक्ति का विकास, जीवन के प्रत्येक आयाम का हिस्सा होना चाहिए। ऐसा नहीं कि आपने दिन में दस मिनट तक संकल्प शक्ति का अभ्यास कर लिया और उसके बाद पूरे दिन में इसके विरुद्ध जाने वाले कार्य करते रहे। इस तरह आप कोई विशेष प्रगति नहीं कर सकते।

निरीक्षण के माध्यम से आप अपने पूरे दिन को संकल्प शक्ति विकसित करने के अवसरों में बदल सकते हैं। एकाग्रता की तरह, आप चाहें तो एक औसत दिन में बार-बार घटने वाली घटनाओं को अवसरों में बदल सकते हैं। एक व्यक्ति धन की बचत करता है ताकि आने वाले समय में किसी काम के लिए उस बचत को प्रयोग में ला सके या ज़रूरत पड़ने पर उसके पास धन हो। संकल्प शक्ति भी इससे

अलग नहीं है। आप जितनी अधिक संकल्प शक्ति विकसित करेंगे, आपके पास आवश्यकता पड़ने पर इसकी उतनी ही अधिक मात्रा उपलब्ध होगी।

पहला चरण यही होगा कि आप एक औसत दिन में होने वाली घटनाओं को पहचानें, जो दोहराव रखती हों। एक बार जब यह हो जाए, तो अगला चरण यह होगा कि आप इनमें से प्रत्येक घटना के लिए संकल्प शक्ति विकसित करने के अगले चरण को लागू करें।

स्वयं से ये प्रश्न करें : ''मेरे औसत दिन में घटने वाली ऐसी कौन सी घटना है, जो दोहराव रखती है? और मैं संकल्प शक्ति विकसित करने के तीनों उपायों को इसमें शामिल कैसे कर सकता हूँ?''

गुरुदेव ने नींद को ऐसी ही एक घटना के तौर पर पहचाना और मेरे संन्यस्त जीवन के आरंभ में सिखाया कि नींद को भी संकल्प शक्ति विकसित करने के अवसर के तौर पर जाना जा सकता है। हमें कहा गया कि हमें सुबह बिस्तर से उठकर, अपना बिस्तर लगाना होगा। सुबह बिस्तर लगाने का मतलब था कि हम सोने की प्रक्रिया पूरी कर रहे हैं।

उसके बाद दो दशकों से अधिक समय हो गया, मैंने आज तक यही सिलसिला जारी रखा हुआ है। जब मैं रात को सोने का निश्चय करता हूँ तो नींद लेने की प्रक्रिया आरंभ होती है। मैं अपने दाँत साफ़ करता हूँ और बिस्तर में आ जाता हूँ। इसके बाद मैं अपने चेहरे पर मालिश करवाने का इंतज़ार करता हूँ, जो मेरा छोटा बच्चा, सारी रात अपने पैरों से मेरे चेहरे को घिसते हुए देखना पसंद करता है। रात को सोते हुए जिस चादर और कंबल को सलीके से रखा गया था, उसे सारी रात बिस्तर पर गोल घूमने वाला मेरा बच्चा सुबह तक बुरी तरह से उलझा देता है। अगर कहीं गोल-गोल घूम कर दिखाने का प्रदर्शन हो रहा हो तो वह यक़ीनन किसी भी गोल-गोल घूमने वाले दरवेश को प्रभावित कर सकता है।

वे दिन गए, जब मैं अपने आश्रम स्थित कमरे में उठने के बाद, आधे मिनट में अपने पलंग की चादर और पलंग समेट दिया करता था। पारिवारिक जीवन ने प्रयास और कपड़ों की गिनती की परतें बढ़ा दी हैं : चादरों को समेटना, अपनी पत्नी से मिली सीख के हिसाब से तकिए सहेजना और यह देखना कि कौन सा तकिया, किस क्रम में, किस ओर लगाना है। जी हाँ, पलंग पर एक से अधिक तकिए हैं।

बिस्तर बनाने से उस काम का पहला चरण पूरा होता है, जो मैंने आरंभ किया था। दूसरे और तीसरे चरण में मुझे यह ध्यान देना है कि इसे अपनी अपेक्षा से बेहतर करना है और मैं अपनी ओर से जितना बेहतर कर सकता हूँ, उससे भी थोड़ा और ज़्यादा बेहतर करना है। मैं यह देखता हूँ कि पलंग की चादर सही तरह से बिछी हो और रजाई भी तहा कर रखी जाए। फिर मैं अपनी रचनात्मकता दिखाते हुए रजाई

को इस तरह कोने से मोड़ देता हूँ, जैसे कुछ लोग होटलों में करते हैं। इसके बाद तकियों को रचनात्मक तरीक़े से सैट करता हूँ।

आख़िर में, मेरे पास एक ऐसा पलंग होता है, जो पूरी तरह से साफ़-सुथरा और प्यारा लग रहा है और सोने के कमरे में एक प्यारा सा अहसास भर रहा है। जब किसी कमरे में कोई ऐसा फ़र्नीचर हो, जो अपने-आप में संपूर्ण हो तो उसका पूरे कमरे के कुल स्पंदनों पर गहरा असर होता है। वह उस स्थान को उन्नत करता है, जो सहज भाव से सजगता को मन के उच्चतम क्षेत्रों तक ले जाता है। इससे भी महत्त्वपूर्ण बात, मैंने अपना दिन अपनी संकल्प शक्ति को विकसित करते हुए आरंभ किया है।

कभी-कभी ऐसे भी दिन होते, जब मेरे जीवन में बहुत कुछ चल रहा होता या मैं ज़रूरत से ज़्यादा सो लेता, तब मेरे मन में इच्छा होती कि मैं बिस्तर नहीं लगाऊँ और दिन के बाक़ी ज़रूरी काम पूरे कर लूँ। लालच तो होता था पर मैंने हमेशा ख़ुद को ऐसा करने से रोका। चाहे कोई भी बाधा क्यों ना आई, जो कि मेरे मन में होती थी। मैं ख़ुद को बिस्तर लगाने के लिए विवश करता ताकि अपने लिए बनाया गया नियम नहीं टूटे। बिस्तर लगाने का काम मुश्किल नहीं होता पर लोग अक्सर लगातार ऐसा करने से चूक जाते हैं।

बिस्तर क्यों लगाना चाहिए?

मैं अपनी निजी कार्यशालाओं और नोट्स में बार-बार इस बात का उल्लेख करता हूँ और अधिकतर लोग इससे अपना जुड़ाव दिखाते हैं। शायद यह एक सरल अभ्यास है, जिसे चाहने पर जीवन में लागू किया जा सकता है। हम सभी रात को सोते हैं और अधिकतर लोग सुबह समय पर उठते भी हैं। हमारे सामने सुबह उठते ही बिखरा हुआ बिस्तर होता है और हम आसानी से अपना बिस्तर लगा सकते हैं।

बिस्तर लगाने के उत्साही कई लोग अक्सर अपना बिस्तर लगाने के बाद तसवीर लेते हैं और उसमें मुझे टैग करके सोशल मीडिया पर पोस्ट करते हैं। कई लोगों ने तसवीरें मेल भी कीं और कइयों ने बड़े ही उत्साह से बताया कि उन्होंने ना केवल यह अभ्यास अपनाया, बल्कि प्रतिदिन उसे पूरा भी करते आ रहे हैं।

मेरे लिए किसी इंसान के मुख से पूरे गर्व से सुनना भी किसी उपहार से कम नहीं था, ''दंडपाणि! जब मैंने आपको इस बारे में बोलते सुना, तब से मैं प्रतिदिन अपना बिस्तर लगाता आ रहा हूँ।''

मैं उनकी सफलता पर प्रसन्न होकर उत्तर देता, ''बधाई हो! कितनी बड़ी उपलब्धि है! सचमुच! आपको स्वयं पर गर्व होना चाहिए, आप निरंतर इस अभ्यास को पूरा कर पा रहे हैं।''

फिर मैं उनसे आग्रह करता हूँ, ''कृपया मुझे यह बताएँ कि मेरी बात सुनने के बाद आपने सुबह के समय अपना बिस्तर लगाने का निर्णय क्यों लिया?''

इस प्रश्न का उत्तर लगभग एक सा ही होता है, ''इससे मुझे सुबह उठते ही उपलब्धि का अहसास होता है।'' या फिर ''मैं अपना दिन एक जीत के साथ शुरू करता हूँ।''

ये उत्तर ग़लत नहीं हैं, परंतु इनमें वह भाव नहीं है, जिस भाव से मैंने कहा है कि हमें प्रतिदिन सुबह उठते ही अपना बिस्तर लगाना चाहिए। जी, इससे आपको उपलब्धि का भाव मिलता है, एक जीत का अहसास होता है, परंतु मैंने जो कहा, उसका अर्थ यह नहीं था।

आप संकल्प शक्ति विकसित करने के लिए सुबह बिस्तर लगाने का अभ्यास करते हैं। इस अवसर पर तीनों उपायों के मेल को लागू करते हुए अपनी संकल्प शक्ति का विकास कर सकते हैं। हम संकल्प शक्ति इसलिए विकसित करते हैं ताकि अपनी मानसिक मांसपेशी के बल पर मन में अपनी सजगता को संवार कर निर्देशित कर सकें। जब हम मन में अपनी सजगता को निखारते हैं तो हम अपनी ऊर्जा के प्रवाह का मार्गदर्शन कर सकते हैं। और हमारी ऊर्जा जिस ओर प्रवाहित होती है, जीवन में वही प्रकट होने लगता है। यही वजह है कि हम सुबह उठकर अपना बिस्तर लगाते हैं। यह हमारे लिए एक बड़ा उद्‌देश्य पूरा करता है, जीवन को बेहतर तरीक़े से प्रकट होने में सहायक होता है।

यह *संकल्प* है। संस्कृति में हम उद्‌देश्य और अभिप्राय को इसी शब्द से प्रकट करते हैं। अभिप्राय की स्पष्टता बहुत मायने रखती है। आपका उद्‌देश्य ही हर चीज़ को संचालित करता है। अगर आप इस विषय में स्पष्टता रखते हैं आपको सुबह उठ कर बिस्तर क्यों लगाना चाहिए तो यह आपके लिए बहुत महत्त्व रखता है। केवल संकल्प शक्ति का विकास करना काफ़ी नहीं होता। हमें यह भी समझना होगा कि हम ऐसा क्यों कर रहे हैं और अंततः हम उस संकल्प शक्ति का क्या करेंगे।

अब से, जब से आप सुबह के समय बिस्तर लगाएँ, अपने-आप से कहें कि आप एक ऐसा अभ्यास पूरा कर रहे हैं, जो आपकी संकल्प शक्ति विकसित करने पर केंद्रित है। अपने मन में इस बात पर बल दें कि आप जिस संकल्प शक्ति को विकसित कर रहे हैं, वह आपके काम आएगी कि आप मन में भटकने वाली सजगता को नियंत्रित कर सकें। इस प्रकार, आपकी ऊर्जा जिस ओर जाती है, वही तय करती है कि आपके जीवन में क्या प्रकट होगा। दोहराव की शक्ति से इसी क्रम को अपने अवचेतन में अंकित करें और इसके साथ आपके पास अपने अभिप्राय या मंशा की स्पष्टता भी होनी चाहिए।

एक व्यक्ति अपना बिस्तर लगा सकता है, पर हो सकता है कि वह उससे बेहतर न लग रहा हो, जैसा पहले दिख रहा था। या फिर कोई व्यक्ति अपनी ओर से कोशिश करते हुए बिस्तर को और ख़ूबसूरत तरीक़े से लगा सकता है। अगर आप किसी व्यक्ति के जीवन को निकट से देखें, उनके आसपास के माहौल या काम करने के तरीक़े को देखें तो इसी बात से अनुमान लगा सकते हैं कि वह कौन है, वह कैसे काम करता है और उसके पास कितनी संकल्प शक्ति है।

सुबह के समय उठकर अपना बिस्तर लगाने का अभ्यास एक और महत्त्वपूर्ण लाभ भी देता है। जब आप सुबह उठकर ऐसा करते हैं तो आप अपने मन को निर्देश दे रहे हैं कि आप इस बात का पूरा नियंत्रण रख रहे हैं कि आपकी सजगता मन के किस हिस्से में रहेगी, इस तरह आपके सामने पूरे दिन का स्पष्ट ख़ाका आ जाता है। अगर आप अपनी सजगता की डोर आसपास के माहौल को सौंप देंगे तो हो सकता है कि आप उसके वश में हो जाएँ। अपनी संकल्प शक्ति विकसित करें ताकि आप नियंत्रित कर सकें कि संकल्प शक्ति किस ओर जा रही है, अपने बाहरी माहौल को सजगता को नियंत्रित नहीं करने दें। जब आप अपनी सजगता को नियंत्रित करेंगे, तभी यह भी नियंत्रित होगा कि आपकी ऊर्जा किस दिशा में जाएगी और इस तरह आपके लिए यह नियंत्रित करना भी सरल होगा कि आपके जीवन में क्या प्रकट होना है।

सुबह उठते ही बिस्तर लगाने के अभ्यास के साथ ही आप अपने मन, भावों और शरीर को यह दिखा रहे हैं कि आप अपनी सजगता को वश में रखे हुए हैं और आप जानते हैं कि उसे किस ओर लगाना है। जब आप इन्हें प्रशिक्षित करेंगे तो ये आपकी सजगता को अपने बस में करने की कोशिश नहीं करेंगे। ये सब आपकी सेवा के लिए हैं, आप इनकी आज्ञा मानने के लिए नहीं बने। उन्हें अपनी सजगता का नियंता नहीं बनने दें, आप इनके स्वामी हैं। अपना बिस्तर लगाने के अभ्यास के साथ इन पर वर्चस्व रखने का भी अभ्यास करें।

7.4

संकल्प शक्ति विकसित करने से जुड़े रिवाज़

दिन भर में ऐसी अनेक घटनाएँ होती हैं, जिनमें आपको अपनी संकल्प शक्ति के विकास का पूरा अवसर मिल सकता है। हमने इन कभी नहीं बदलने वाली घटनाओं को अपने जीवन के सहज हिस्से के तौर पर स्वीकार कर लिया है, तो उन्हें जीवन को बेहतर बनाने के अवसर की तरह क्यों नहीं लिया जा सकता।

पहले के पाठ में हमने एक उदाहरण लिया था, बिस्तर लगाने का। मैं कुछ और उदाहरण देना चाहूँगा ताकि आप संकल्पशक्ति विकसित करने के और मौक़ों का लाभ उठा सकें।

भोजन की तरह नींद भी कभी नहीं बदलने वाली घटना है। भोजन के माध्यम से आप संकल्प शक्ति के विकास के तीनों तरीक़े शामिल कर सकते हैं क्योंकि हम सभी प्रतिदिन भोजन करते हैं। हर सुबह, मैं नाश्ता करता हूँ। अगर मेरे पास नाश्ता बनाने का समय है तो निश्चित रूप से नाश्ता करने के बाद बर्तन धोने का समय भी होगा। मुझे उस समय इस लालच में नहीं आना कि मेरे दिन में किए जाने वाले कामों की सूची लंबी है, "ओह, आज तो बहुत काम है। बर्तन बाद में साफ़ कर लेंगे।"

जब मैं फलों से भरा कटोरा खा लेता हूँ तो उस कटोरे को साफ़ करता हूँ और उसे वहीं रैक पर सूखने के लिए रख देता हूँ। फिर जब दो घंटे बाद रसोई में आता हूँ (मैं घर से ही काम करता हूँ), तब प्रकृति माता उस कटोरे को सुखाने में मेरी मदद कर चुकी होती है तब मैं बर्तन को जगह पर रख देता हूँ। अब मैंने नाश्ता करने की प्रक्रिया पूरी कर ली है। मैंने जो शुरू किया था, उसे पूरा कर दिया है।

आप यह भी तय कर सकते हैं कि आपने जिस बर्तन में नाश्ता किया है, उसे उसी समय धो और सुखा कर, वापस अपनी जगह रख देंगे। या फिर आप

चाहें तो बर्तन को डिशवाशर में लगा कर, काउंटर पर होने वाली गंदगी को कपड़े से साफ़ कर सकते हैं। आपके लिए यह जानना ज़रूरी है कि आप अपने लिए इस संकल्प को हमेशा परिभाषित करें, ''जो भी काम चालू करो, उसे पूरा करो।'' जब आप इसे परिभाषित कर लें, तो उसे हमेशा अपने साथ लेकर चलें। अगर आप इस प्रक्रिया को चालू करने की योग्यता रखते हैं तो आपकी संकल्प शक्ति अपना काम कर रही है।

अगर आप ''जो भी काम चालू करो, उसे पूरा करो'', को परिभाषित नहीं करते तो आपका पूरा दिन रसोई की सफ़ाई में बीत सकता है। इसी तरह, ''मैं जो कर सकता हूँ, उससे थोड़ा ज़्यादा करना'', या ''अपनी सोच से कहीं बेहतर करना।'' आदि भी आपके कामों के साथ मायने रखते हैं। अगर मैं ऐसा नहीं करता, तो सुबह दो घंटे तो बिस्तर तैयार करने में ही लग सकते हैं। मैं चादरें धोकर सुखा सकता था, तकिए के खोल धूप में डाल सकता था या भगवान जाने अपनी संकल्प शक्ति को विकसित करने के लिए क्या-क्या जतन करता। ऐसा करना जायज़ और व्यावहारिक नहीं होगा। हमेशा इस सिद्धांतों और साधनों को प्रयोग में लाते हुए समझदारी से काम लें। तर्कणा का साथ नहीं छोड़ें।

कई लोग कम से कम एक भोजन अपने घर में करते हैं। इस दौरान भी आप संकल्प शक्ति के विकास के तीनों उपाय अपना सकते हैं, जिसमें खाना पकाने की तैयारी से लेकर खाना परोसने से पहले और खाने के बाद की सफ़ाई भी शामिल है। अगर आप संकल्प शक्ति के विकास के लिए संकल्पबद्ध हैं तो प्रतिदिन सामने आने वाले इस अवसर का लाभ लें। इसका सावधानी से निरीक्षण करें और आपको तीनों उपायों को लागू करने के कई अवसर मिलेंगे। असल में, जब भी आप कुछ खाते या पीते हैं तो आप तैयार करने, खाने और ख़त्म करने की प्रक्रिया के दौरान अपनी संकल्प शक्ति का विकास करते हुए एकाग्रता का अभ्यास भी कर सकते हैं।

कई कार्यालयों में खाने के लिए अलग जगह बनी होती है या आप अपने लिए कोई पेय पदार्थ भी बना सकते हैं। जब आप उस जगह का इस्तेमाल कर लें तो संकल्प शक्ति के विकास के लिए तीन उपाय लागू करें। काउंटर साफ़ करें। कॉफ़ी मग धो कर सुखा दें और उसे उसकी जगह पर रखें। अपने कार्यस्थल पर भी संकल्प शक्ति के विकास का अवसर नहीं छोड़ें।

गुरुदेव अपने शिष्यों को सलाह देते थे, ''आपको कोई कमरा जिस हाल में मिला, उसे उससे बेहतर हाल में छोड़ो।'' जब हम किसी कमरे से बाहर जाते हैं तो अपनी ओर से पूरी कोशिश करते हैं कि वह हमारे आने से पहले जितना अच्छा लग रहा था, उससे थोड़ा और बेहतर लगे। मैं बार-बार इस दिशानिर्देश को प्रयोग में लाता रहा हूँ, इसलिए यह अहसास हो चुका है कि ऐसा करने पर एक प्रशंसनीय बदलाव देखा जा सकता है।

मैं और मेरा परिवार घर में नंगे पैर रहते हैं और इस तरह अपने घर में प्रवेश से पहले ही जूते बाहर उतार देते हैं। जब हम घर वापस आते हैं तो सबसे पहला काम यही होता है कि जूते उतार कर सही जगह पर रखें। और अधिक और बेहतर तरीक़े से काम करने के कारण सभी जूते अपनी जगह पर सही तरह से रखे रहते हैं – यह इतना छोटा सा काम है, जिसे हमारे घर के सबसे छोटे बच्चे ने भी आसानी से अपना लिया है।

अपने कोट को उतार कर अलमारी में टाँगने के बजाए वहीं काउच पर पटकना कहीं आसान है, और मैले कपड़े किसी तयशुदा जगह रखने के बजाए कमरे के फ़र्श पर छोड़ना भी आसान है। पूरा दिन ऐसे अनेक अवसरों से भरा है, जब हम अपनी संकल्प शक्ति का विकास कर सकते हैं, बस हमें चीज़ों को उस रूप में देखना आना चाहिए। जब हम अपने चेतन और अवचेतन मन को इन कामों को करने का उद्देश्य समझा देंगे तो वे इन अवसरों को बोझ या काम समझने के बजाए सहर्ष अपना लेंगे।

ये अवसर ही धीरे-धीरे आदत में बदल जाते हैं। तब आपको इन्हें करने के लिए कोई विशेष जतन नहीं करना पड़ता। बस आप वैसे ही काम करने लगते हैं।

आप किसी बातचीत के दौरान विचारों को पूरी तरह प्रकट करते हैं। आप हमेशा बर्तनों को धोकर सही जगह रखते हैं। अपने जूते सही जगह उतार कर सहेजते हैं। आपका कोट अलमारी में टँगा दिखाई देता हैट। जब आप मेज़ से उठते हैं तो कुर्सी को उसकी सही जगह खिसका देते हैं। आप अपना जीवन जिस तरह जीते हैं, उससे आपकी मानसिकता झलकती है – एक ऐसी सोच जिसे संकल्प शक्ति के विकास और केंद्रित करने की योग्यता के लिए ही आकार दिया गया है। ये रिवाज आपके जीवन की लय का हिस्सा हो जाते हैं, किसी निश्चित उद्देश्य को पूरा करने के लिए एक तयशुदा अवचेतन नमूने के रूप में आपके जीवन बल का सतत प्रवाह।

संकल्प शक्ति का विकास

मैं चाहूँगा कि आप रोज़मर्रा के जीवन में घटने वाली उन पाँच घटनाओं के बारे में लिखें, जिन्हें आप संकल्प शक्ति के विकास के लिए प्रयुक्त कर सकते हैं। मैंने इस अध्याय और पिछले अध्याय में आपको ऐसे उदाहरण दिए हैं, जिन्हें आप अवसरों की तरह प्रयुक्त कर सकते हैं या फिर आप अपनी ओर से कोशिश कर सकते हैं। एकाग्रता के अभ्यास के साथ, यह भी महत्त्व रखता है कि वे घटनाएँ आपके औसत जीवन में बार-बार आने वाली होनी चाहिए।

उन अवसरों को एक से पाँच के क्रम में लिखें, जिन्हें आप लागू करना चाहेंगे, फिर उनमें से पहले अवसर का प्रयोग करें। पहला अवसर लें और उसे पूरे

एक महीने तक अपने जीवन का हिस्सा बना लें। उस समय बाक़ी चार अवसरों पर काम नहीं करें।

अगर आप पहले अवसर के तौर पर, सुबह उठकर अपना बिस्तर लगाने जा रहे हैं तो आपको रोज़ यह काम करना होगा। जब आप यह काम करें तो आपको संकल्प शक्ति के विकास के तीनों उपाय भी लागू करने होंगे। अगर एक महीने बाद आपको लगे कि आप इस काम को सही तरह से लगातार करते आए हैं तो काम को तब तक जारी रखें, जब तक आपको यह नहीं लगने लगे कि आप उसे और भी बेहतर तरीक़े से करने लगे हैं।

इस अध्याय के अंत में, आपको वही आत्म-मूल्यांकन सूची दी गई है, जो एकाग्रता वाले अध्याय में भी थी। आप उन्हीं निर्देशों का पालन करते हुए, संकल्प शक्ति के विकास के अभ्यास का मूल्यांकन कर सकते हैं। मैं उन सभी निर्देशों को फिर से इस जगह नहीं दोहरा रहा। दंडपाणि एप में आपको ''रिचुएल्स'' नामक भाग में इनका डिजिटल संस्करण भी मिल जाएगा।

जब आप संतुष्ट हों कि आप सही तरह से बिस्तर लगाना सीख गए हैं, तो फिर अपने दैनिक रूप से किए जाने वाले कामों की सूची में दूसरे अवसर को शामिल करें। शायद दूसरा अवसर यह हो सकता है कि आप नाश्ता करने के बाद अपने बर्तन धोकर रखेंगे। हर सुबह ऐसा करने पर केंद्रित रहें और जब आप सुबह के समय, ये दोनों ही काम सही तरह से करने लगें, तो अपने दैनिक कामों में तीसरे अवसर को शामिल करने की बारी आएगी।

याद है कि मैंने आपको उत्तरोत्तर क्रम में बेंच-प्रेसिंग और वेट शामिल करने के बारे में क्या बताया था? हम अपनी संकल्प शक्ति के विकास के लिए उसी दर्शन को अपनाना चाहेंगे। यह बहुत मायने रखता है कि अपनी इस योग्यता का विकास करते हुए अपना धीरज बनाए रखें। जल्दबाज़ी और अधीरता से असफलता सुनिश्चित है।

हो सकता है कि इनमें से कई काम आपको गैर-ज़रूरी और नीरस लगें पर मैं उन्हें उस रूप में नहीं देखता। मैं हर दिन किए जाने वाले काम को अपने लिए सजग निर्णय के तौर पर देखता हूँ; इस तरह ये सभी काम मेरा पूरा ध्यान और देखरेख चाहते हैं। ये छोटे दिखने वाले काम मेरे जीवन का बहुत ही अहम हिस्सा हैं। ये अहम इसलिए हैं, क्योंकि ये प्रतिदिन होते हैं और इनकी यही निरंतरता मेरे जीवन को आकार देने की असाधारण शक्ति रखती है।

मैं यह जानता हूँ कि संकल्प शक्ति के विकास के साथ ही, मैं इस चीज़ को नियंत्रित कर सकता हूँ कि मेरे मन में सजगता का प्रवेश किस ओर होगा। इतना जानना ही काफ़ी है और तब मेरे लिए अपने दिन को इस शक्ति के अभ्यास के लिए

समर्पित करना सरल हो जाता है। मैं संकल्प शक्ति के बल पर, अपनी सजगता को मन के और परिष्कृत हिस्सों की ओर ले जा सकता हूँ। उसे महाचेतना की ओर ले जाते हुए, चेतना के उच्चतम स्तरों का अनुभव पा सकता हूँ - ये सभी अवस्थाएँ हम सबके भीतर बसी हैं, जो बड़े ही धीरज से हमारी सजगता के उपस्थित होने की प्रतीक्षा कर रही हैं। अंततः मेरे लिए, संकल्प शक्ति का विकास करना, केवल मनचाहे जीवन को प्रकट करने का माध्यम ही नहीं, उससे भी महत्त्वपूर्ण बात यह है कि मैं इसके माध्यम से चेतना के उच्चतम स्तरों का अनुभव पाते हुए, अंततः आत्म-बोध पा सकता हूँ।

संकल्प शक्ति के अभ्यास के अवसर	दिन														कुल
	1	2	3	4	5	6	7	8	9	10	11	12	13	14	

7.5

संकल्प शक्ति का स्रोत

सब्ज़ियाँ उगाने वाले एक किसान के पास बीस एकड़ की भूमि है, जिस पर वह कई तरह की सब्ज़ियाँ उगाता है। उसकी फ़सलों का जीवन काफ़ी हद तक उनकी सिंचाई पर निर्भर करता है। एक अनुभवी किसान होने के नाते, उसने सिंचाई का ऐसा सिस्टम तैयार किया है कि उसके कुएँ से निकला पानी, सभी सब्ज़ियों की क्यारियों में सही तरह से सिंचाई करता है। एक साल बाद, वह चार एकड़ ज़मीन और ले लेता है और उस हिस्से को भी खेत में बदलना चाहता है। उसे अपने जल के स्रोत का पता है; इसलिए वह जानता है कि अपने नए खेत के लिए और पानी की पूर्ति किस जगह से होगी।

सप्ताह के बीच में, सार्वजनिक अवकाश का दिन है और आप अपने काउच पर पड़े कोई उपन्यास पढ़ने का आनंद ले रहे हैं। जब आप अपने थ्रिलर का पन्ना पलटते हैं तो आपका अवचेतन आपको याद दिलाता है कि आज सुबह तो आपने जिम जाने का सोचा था।

आप अपने-आप से किए गए वादे को याद करते हुए आह भरते हैं, जो आपने पिछली रात डिनर के बाद किया था। ''तुमने कहा था, कहा था ना?'' आप अपने-आप से कहते हैं।

उस योजना को पूरा करने के लिए आपको पूरी तरह से सजग होना होगा। आपका पूरा ध्यान इस समय किताब में लगा है और आप जानने को बेताब हैं कि आगे क्या होगा। आप अपनी ओर से सजगता को दूसरी ओर ले जाने की हल्की सी कोशिश करते हैं, जो पूरी तरह से नाक़ाम हो जाती है। इस क्षण में आप ख़ुद को उस आरामदेह जाल से बाहर नहीं लाना चाहते, जो आपने अपने लिए बुना है। असल में, आपको अपने जिम जाने वाले कपड़े बदलने या जिम तक जाने के लिए गाड़ी चलाने की बात सोचकर ही डर लग रहा है।

इस बिंदु पर आपको अहसास होता है कि इस समय जिम जाने का एक ही उपाय होगा कि आप उस संकल्प शक्ति का सहारा लें, जिसे आप कई बरसों से विकसित करते आए हैं। क्या आप भी उस किसान की तरह जानते हैं कि आपको अपनी संकल्प शक्ति पाने के लिए किस ओर जाना होगा? क्या आपको अपनी संकल्प शक्ति का स्रोत पता है?

मैं कई दशकों से, अपना ही बेहतर संस्करण बनने की कोशिश करता आया हूँ। इस दौरान मुझे कई भावात्मक और मानसिक खाइयों को पार करना पड़ा और अपने व्यक्तित्व में कई गुणों को शामिल किया ताकि हर हालात के साथ अनुकूलन कर सकूँ। मुझे एक दिन की बात याद है, एक युवा संन्यासी के तौर पर, मैं स्वयं को मानसिक रूप से क्लांत पा रहा था, क्योंकि मैं बहुत गहराई तक जड़ें जमा चुके अवचेतन के ढाँचे को बदलना चाहता था, जिसके साथ समायोजन करना था।

मैं अपने ही सहज स्वभाव से हारा हुआ महसूस कर रहा था। मैं अपने गुरु से भेंट करने गया। वे अपने कमरे में कुर्सी पर बैठे थे। खिड़की से आने वाली रोशनी काँच से छनकर आ रही थी, जिससे कमरे में एक हल्का सा ठंडा प्रकाश छाया हुआ था। मैं विनीत भाव से उनके आगे झुका और परंपरा के अनुसार, उनके आगे आलथी-पालथी लगा कर बैठ गया। उनकी उपस्थिति ने ही मुझे आशा से भरपूर कर दिया। मैं देख सकता था कि उन्होंने मेरी पराजय को भाँप लिया था।

किन्हीं शब्दों का लेन-देन नहीं हुआ। अंत में, उन्होंने ख़ामोशी तोड़ते हुए कहा, ''तुम्हारे प्रश्न का उत्तर संकल्प शक्ति में है।'' इसके बाद लंबा अंतराल रहा ताकि मैं उनके कहे शब्दों को आत्मसात् कर सकूँ। फिर वे बोले, ''तुम्हें संकल्प शक्ति के स्रोत के पास जाना होगा और अपनी संकल्प शक्ति वहीं से प्राप्त करनी होगी। वह स्रोत तुम्हारे भीतर ही है।''

मैंने उनकी बात पूरे ध्यान से सुनी, वे हमेशा मेरी बातें ऐसे ही सुनते थे, और फिर मैंने पूछा, ''मेरे भीतर संकल्प शक्ति का स्रोत कहाँ है?''

वे हँस कर बोले, ''मैं तुम्हें नहीं बताने वाला। वह तो तुम्हें स्वयं ही खोजना होगा।'' और उनके साथ उस विषय में बात पूरी हो गई।

अगर इस किताब में हर चीज़ को विस्तार से दे दिया तो मैं आपसे चाहने, खोजने, अनुभव करने और अहसास पाने का आनंद छीन लूँगा, जो आप अपने लिए स्वयं कर सकते हैं। मैं आपसे जो कहूँगा, वही जानकारी अगर आपके अनुभव से निकलेगी तो उसका प्रभाव कहीं अधिक होगा और पूरी तरह से अलग होगा। जब आप संकल्प शक्ति के स्रोत को खोज सकते हैं तो आप हमेशा उसके पास लौट कर, वह सब पा सकते हैं, जो आप जीवन से पाना चाहते हैं।

संकल्प शक्ति के स्रोत की खोज की जिज्ञासा अपने-आप में एक बड़ा अभियान है। किसान कुएँ के बारे में जानता है, इसलिए वह अपने खेत की सिंचाई के लिए पर्याप्त मात्रा में जल ले लेता है। आपकी संकल्प शक्ति के स्रोत की खोज आपको इतना सशक्त करेगी कि आप सोच भी नहीं सकते। मैं आपको इस जिज्ञासा की पूर्ति के लिए शुभकामनाएँ देता हूँ।

7.6

गहराई में उतरें

जैसा कि मैंने पहले भी कहा, मैं इस किताब के माध्यम से आपको ऐसे लक्ष्य नहीं देना चाहता, जिन्हें पूरा करना तो दूर रहा, उनके अभ्यास के बारे में पता तक नहीं लगाया जा सके। आपमें से जो लोग संकल्प शक्ति के विकास के लिए गहराई में उतरना चाहें, उनके लिए दो दीर्घकालीन अभ्यास दिए जा रहे हैं, जिन्हें आप अपना सकते हैं।

मेरा परामर्श यही है कि आप इन दीर्घकालीन अभ्यासों पर तभी काम करें, जब आप औसत दिन में मिलने वाले उन पाँचों अवसरों के अभ्यास को जीवन में लागू कर चुके हों।

दीर्घकालीन अभ्यास : पहला

मैं चाहूँगा कि आप हाल ही के वर्षों में उन पाँच परियोजनाओं को पहचानें, जिन्हें आपने आरंभ तो किया, परंतु पूरा नहीं कर सके। शायद आपने बहुत उत्साह और प्रेरणा के साथ उन परियोजनाओं पर काम करना शुरू किया था, परंतु परियोजना के बीच में ही, किसी न किसी वजह से, आपने उन पर काम करना बंद कर दिया और इस तरह वे कभी पूरी नहीं हो सकीं।

> अपने हाथ में पहले से बहुत सारी अधूरी परियोजनाओं के बावजूद धमाके से एक नई परियोजना का आरंभ करने और फिर उसे भी बीच में छोड़ देने से आपकी संकल्प शक्ति विकसित नहीं होगी।
>
> **–गुरुदेव**

मैं इस उदाहरण के बारे में और विस्तार से बताने की कोशिश करता हूँ। हो सकता है कि आपमें से कई लोगों को पिछले बारह महीनों में आरंभ हुई अधूरी परियोजनाओं का पता चल जाएगा, जो पूरी नहीं हो सकीं। कुछ लोग ऐसे भी होंगे, जो अपने शुरू हुए कामों को पूरा कर पाते हैं, हो सता है कि उन्हें ऐसी अधूरी परियोजनाओं को खोजने के लिए अतीत के पुराने पन्ने खंगालने पड़ें।

सभी परियोजनाओं को अभी इसी समय पूरा नहीं कर सकते। उदाहरण के लिए, मैंने और मेरी पत्नी ने 2013 में, कोस्टा रिका के नोसारा में एक आध्यात्मिक आश्रम और जैविक उद्यान बनाने की परियोजना आरंभ की थी। इस आश्रम का नाम 'शिवा आश्रम' है, इस जगह काम चालू है और बगीचों को तैयार होने में कई वर्ष लगेंगे, ऐसा संकल्प शक्ति के अभाव की वजह से नहीं है, प्रकृति फलने-फूलने के लिए अपना समय लेती है।

इससे कोई फ़र्क़ नहीं पड़ता कि आपकी सूची की परियोजनाएँ छोटी हैं या बड़ीं। उन्हें लिखें और पहचानें कि आप उनमें से पहले किन्हें पूरा करना चाहेंगे। यह तय करें कि वे पूरे होने पर कैसे दिखेंगे और आप उन्हें अगले स्तर तक ले जाने के लिए दूसरे और तीसरे तरीक़े को कैसे लागू करेंगे। मैंने पिछले अध्यायों में एकाग्रता और संकल्प शक्ति के विकास के लिए भी इसी पहल का प्रयोग किया था। किसी एक परियोजना के साथ आरंभ करें और अगली परियोजना पर जाने से पहले, इस पर ही केंद्रित रहें। इससे पहले कि आप अपनी पहली परियोजना शुरू करें, आपको इसके पूरे होने की तिथि निश्चित करनी होगी। फिर अपनी संकल्प शक्ति के बल पर, अपने लिए तय की गई समयसीमा के हिसाब से काम पूरा करें।

जब आप हर परियोजना पर काम करें तो यह याद करने की कोशिश करें कि आपको उसे बीच में क्यों छोड़ना पड़ा था। यह देखें कि क्या आप इसकी वजह जान सकते हैं, उसे कहीं लिख लें। प्रायः कोई न कोई सबक़ सीखने का अवसर मिलता है।

परियोजना पूरी होने पर, स्वयं को बधाई देने का समय निकालें और अपनी जीत का जश्न मनाते हुए याद रखें कि आपने अपनी संकल्प शक्ति के बल पर काम पूरा कर दिया है। आपको पता होना चाहिए कि ऐसा करने से आपके अवचेतन पर सकारात्मक छाप पड़ेगी, एक ऐसी छाप कि आपको अपने कामों को आरंभ से अंत तक पूर्ण करना आता है। जब आप एक-एक कर परियोजनाओं को पूरा कर रहे होंगे तो यह छाप और प्रबल होती जाएगी और आप जीवन में अनेक महान वस्तुओं को प्रकट करने का माध्यम बनेंगे।

जब आप इन पाँचों परियोजनाओं को पूरा कर चुके हों, तो आप पीछे मुड़ कर अपने जीवन की सभी अधूरी परियोजनाओं की सूची तैयार कर सकते हैं, ताकि उन्हें

भी पूरा किया जा सके। जब आप इन परियोजनाओं की सूची बना लें तो आपको यह दृढ़ निर्णय लेना होगा कि आप इनमें से किन परियोजनाओं को निश्चित रूप से पूरा करना चाहते हैं। आप जिन परियोजनाओं को पूरा करना चाहते हों, संकल्प शक्ति के विकास के तीनों तरीक़े लागू करते हुए, परियोजना को पूरा कर लें। आप जिन परियोजनाओं को पूरा नहीं करना चाहते, आप चाहें तो उनका त्याग कर सकते हैं। आप अपने विवेक से यह निर्णय लेंगे कि अब उन परियोजनाओं पर अपना समय और ऊर्जा निवेश करने का कोई लाभ नहीं रहा।

दीर्घकालीन अभ्यास : दूसरा

मैं चाहूँगा कि आप पहले दीर्घकालीन अभ्यास की तरह ही पिछले बारह महीनों को देखते हुए ऐसे पाँच मौक़ों को पहचानें, जब आपने किसी से कुछ करने के बारे में कहा था पर उसे पूरा नहीं किया।

मिसाल के लिए, आपने किसी दोस्त को कुछ महीने पहले कहा था, ''मैं तुम्हें अपनी मनपसंद किताब ख़रीद कर उपहार में देने वाला हूँ।'' पर आपने अभी तक ऐसा नहीं किया।

ऐसे कई मौक़े रहें होंगे, जब आपने कुछ करने को कहा और फिर उसे पूरा नहीं कर सके। उन्हें विस्तार से लिखें। जब आप दूसरों से कही इन बातों को लिख कर इनकी समीक्षा करें तो यह देखें कि आप इन्हें पूरा करेंगे या नहीं। हो सकता है कि आपको लगे कि इनमें से कुछ बातों को पूरा करना सही नहीं होगा। फिर आपको अपने दिमाग़ की बात सुननी चाहिए।

जिन आश्वासनों को पूरा करने का मन हो, उन्हें पूरा करने के लिए वहीं से आरंभ करें, जहाँ उन्हें छोड़ा था। यदि लागू होता हो, तो दूसरा और तीसरा उपाय भी लागू करें। तिथि सुनिश्चित करें कि आप उस काम को कब तक पूरा कर देंगे।

यह देखें कि आप अपनी कही बातों को पूरा क्यों नहीं कर पाते। क्या ऐसा इसलिए है कि आप ज़रूरत से ज़्यादा बड़े दावे कर देते हैं? या फिर बिना सोचे ऐसे काम करने की हामी भर देते हैं, जिन्हें आप पूरा नहीं कर सकते? इस जगह भी एक सबक़ सीखने को मिलेगा और अगर वह आपको समझ आ गया, तो यह आपकी संकल्प शक्ति को सकारात्मक रूप से आकार दे सकता है।

जब आप पाँच आश्वासनों की अधूरी सूची पर काम कर लें, तो आप अपने जीवन में मुड़ कर उन वादों को भी देखना चाहेंगे, जिन्हें आप चाह कर भी पूरा नहीं कर सके। यह पहचानें कि आप किन वादों को पूरा करना चाहते हैं और किन्हें अधूरा छोड़ना ही ठीक होगा। फिर जिन वादों को पूरा करना चाहते हों, उन पर काम करना चालू कर दें।

आगे बढ़ते हुए, दूसरों से कही गई बात के लिए सजग रहना सीखें। जब भी किसी से कहें कि आप उनके लिए कुछ करने जा रहे हैं, तो अपनी संकल्प शक्ति के बल पर उसे पूरा करें। यह याद रहे कि इसका दूसरों के आगे स्वयं को प्रमाणित करने से कोई संबंध नहीं है। इस तरह आपकी संकल्प शक्ति मज़बूत होगी। अगर आप हर बार किसी काम को करने के बारे में कहते हैं और उसे पूरा नहीं करते तो आपकी अपनी संकल्प शक्ति क्षीण होगी और ऐसे ढाँचे पैदा होंगे, जब आपका अवचेतन आपकी संकल्प शक्ति के विकास में अपना सहयोग नहीं देगा।

आपको ना केवल दूसरों के लिए, बल्कि अपने लिए भी इस पहल को अपनाना चाहिए। अगर आप स्वयं से कहते हैं कि आप कोई काम करने जा रहे हैं तो आपको आगे आ कर, अपनी पूरी योग्यता के साथ थोड़ा और प्रयास करते हुए काम को पूरा करना चाहिए। उस काम को पूरा करने की समयसीमा तय करने से आपको उसे समय पर पूरा करने का प्रोत्साहन मिलेगा और आप विलंब की आदत से बचाव कर सकेंगे।

कड़ी मेहनत करो, कुछ पाने के लिए डटे रहो
संकल्प शक्ति के प्रयोग से संकल्प शक्ति को मज़बूत करो।

–गुरुदेव

अध्याय 8

ध्यान पर चिंतन

8.1

तकनीक और एकाग्रता

मेरी आधा दिन चलने वाली वर्कशॉप में अनिवार्य बाथरूम ब्रेक का समय था। यह मेरे सिवा बाक़ी सबके लिए अनिवार्य होता है। मैं ऐसे ब्रेक के दौरान बाथरूम जाने की किसी भी तरह की सोच को त्याग चुका हूँ। ऐसे ब्रेक के दौरान मेरे पास हमेशा एकाध उत्साही जन बने रहते हैं, जो मुझे कुछ बताने या पूछने के लिए उत्सुक रहते हैं। आज का दिन भी कुछ अलग नहीं था। जब ब्रेक की घोषणा हुई तो हॉल में काफ़ी पीछे की ओर बैठी एक महिला अपनी सीट से उछल कर उठी और मंच की ओर आने के लिए लगी क़तार में लग गई। उसने अपनी संकल्प शक्ति के बल पर बाथरूम की ओर जा रही भीड़ के प्रवाह को काटते हुए रास्ता बनाया और मेरे एक घूँट पानी पीने से पहले ही मंच पर आ पहुँची।

उसने मेरी ओर देखा, इसके बाद वह अपने मन में घुमड़ रहे विचारों को बस में नहीं कर सकी और अचानक बोल पड़ी, ''आपने फ़ोकस के बारे में जो भी कहा, वह मुझे बहुत अच्छा लगा। हमें सच में सभी को और ख़ासतौर पर बच्चों को सिखाना चाहिए कि वे केंद्रित कैसे हों।'' मैंने उसके शब्दों को सुनते हुए आराम से पीछे की ओर टेक लगा ली। अभी उसके मुँह से ये शब्द पूरी तरह से बाहर निकले भी नहीं थे कि उसका हाथ हरकत में आया और वह अपना स्मार्ट फ़ोन हवा में नचा कर बोली, ''ये सब हमारी ज़िंदगी बरबाद कर रहा है! इनसे ही हमारे हर काम में बाधा आती है।'' एक ऐसी चीज़ जो उसके हिसाब से दुनिया को बरबाद कर रही थी और जिसे मन भर कर कोसा जा रहा था, उसे ही उसने इस तरह पकड़ा हुआ था, जैसे कोई माँ अपना बच्चा सँभालती है।

मैंने कई लोगों को तकनीक को, और ख़ासतौर पर स्मार्ट फ़ोन्स को कोसते सुना है, वे कहते हैं कि फ़ोन उनका ध्यान भटका देता है। मेरी ऐसी राय नहीं है। स्मार्टफ़ोन हमारे जीवन बरबाद नहीं कर रहे। दरअसल, लोग स्मार्टफ़ोन के इस्तेमाल

के साथ अनुशासन लागू नहीं कर पा रहे और यही उनकी ज़िंदगी बरबाद करने की वजह बन रही है।

स्मार्टफ़ोन तो अपने-आप में कमाल के यंत्र है। जो कई अनमोल क्षमताओं से युक्त हैं, जिनमें से एक यह भी है कि आप एक ही क्षण में, संसार के किसी भी हिस्से में बैठे व्यक्ति को देखते हुए बात कर सकते हैं। यह यंत्र जिसे एक औसत बच्चे से भी ज़्यादा पकड़ा जाता है, यह आपको इंटरनेट पर उपलब्ध सूचना का भंडार दे सकता है, जटिल समस्याओं को हल कर सकता है और व्यक्ति के भीतर की रचनात्मकता को सामने ला सकता है। इसका सामने वाला कैमरा – हमारे अहं का निजी ''मिरर, मिरर ऑन द वॉल'' है – जिससे आप बिना किसी ख़ास कोशिश के बार-बार अपनी सेल्फ़ीज़ खींच कर डिलीट कर सकते हैं। इसका पतला सा एरोडायनैमिक डिज़ाइन आपके लिए बचाव का काम करने वाला हथियार भी बन सकता है, आप इससे अपने हमलावर पर किसी बूमरैंग की तरह वार कर सकते हैं। मैं इन्हीं कारणों से अपने स्मार्टफ़ोन को बहुत पसंद करता हूँ। यह एक ऐसा ज़रूरी साधन है, जिसने इतिहास की दिशा बदली है, जैसे कोई चाकू या वाहन – अगर सही तरह से इस्तेमाल नहीं करें तो यह आपके लिए विनाशक हो सकता है।

विश्व स्वास्थ्य संगठन (डब्ल्यूएचओ) का कहना है कि हर वर्ष लगभग 1.3 मिलियन लोग सड़क दुर्घटनाओं में मारे जाते हैं। क्या हमें यह सुनकर निष्कर्ष निकालना चाहिए कि वाहन बुरे होते हैं? अगर हम ऐसा करते हैं तो शायद यह कोई अक्लमंदी नहीं होगी। एक बेहतर नतीजा यही होगा कि अप्रशिक्षित वाहनों की वजह से नुकसान करने वाले नतीजे सामने आते हैं, जैसे लोग घायल होते हैं या मारे जाते हैं।

इसी तरह, यह भी कह सकते हैं कि जिस तकनीक से आपका ध्यान भटकता है, वह सही तरह से निर्देशित नहीं है। तकनीक में आपका ध्यान भटकाने की क्षमता है और इनमें से कुछ साधन तो जानकर ऐसे ही बनाए जाते हैं कि वे आपको अपने साथ उलझाए रखें पर आख़िरकर, आपके पास अपनी सजगता का नियंत्रण होना चाहिए। आपके पास हमेशा यह निर्णय करने की शक्ति है कि आप तकनीक को अपनी सजगता पर हावी होने देना चाहते हैं या आप अपनी सजगता को पूरी तरह से बस में करना चाहेंगे।

हमारे जीवन में तकनीक का आगमन और उसकी संख्यात्मक वृद्धि, जिसके साथ ही उपयोगकर्ताओं पर इसके प्रभाव के महत्त्वपूर्ण अध्ययन और उचित उपयोग की शिक्षा के अभाव को, मानवजाति की सबसे भारी भूलों में से एक माना जाना चाहिए।

तकनीक एक साधन है, और यह एक ऐसा साधन है, जिसे हमें सही तरह से संचालित करना होगा।

तकनीक के कुछ ऐसे पहलू हैं, जो सहज रूप से ध्यान में बाधा देते हैं और अंतत: आपकी सजगता को बाधित रहने का प्रशिक्षण दे देते हैं। टी.वी. पर आने वाले समाचार इसका एक अच्छा उदाहरण हो सकते हैं। जब आप टी.वी. ऑन करते हैं तो आप देखते हैं कि एंकर आपको दुनिया भर के समाचार दे रही है। आपका पूरा ध्यान उसकी बातों पर लगा है। वह कहती है, ''आज अफ़गानिस्तान में एक कार को बम से उड़ा दिया गया। तीस लोग मारे गए और पंद्रह लोग घायल हुए।'' उसका वाक्य पूरा होते ही उसके दाईं ओर धमाके में उड़ी कार का वीडियो दिखाया जाता है। वह उस विनाशकारी दुर्घटना के बारे में और अधिक जानकारी देने लगती है और जब वह ऐसा करती है तो वीडियो साथ-साथ चलता रहता है। अब आपकी सजगता उसके वाक्यों और वीडियो के बीच भटक रही है।

इस परिदृश्य में, आपकी सजगता को कैसा प्रशिक्षण दिया जा रहा है? इसे एंकर के समाचार और दिखाए जा रहे वीडियो के साथ ध्यान भटकाने का प्रशिक्षण मिल रहा है। इस जगह एक बाहरी बल यानी समाचार तय कर रहा है कि आपकी सजगता किस ओर जाएगी।

मानो इतना ही काफ़ी नहीं, स्क्रीन पर नीचे की ओर लगातार ब्रेकिंग न्यूज़ की हेडलाइन्स चल रही हैं। कहना नहीं होगा कि इसमें अक्सर दुनिया भर की सबसे दिल दहला देने वाली ख़बरें दी जाती हैं : ''बांग्लादेश में आए तूफ़ान में 255 लोग मारे गए।'' इस ख़बर के हटते ही एक और समाचार आ जाता है : ''ग्रीन बे, विस्कॉनसिन में मॉल शूटिंग के दौरान 12 लोग मारे गए।'' और इसी तरह धरती पर जीवन के नष्ट होने की ख़बरें इस तरह दिखाई जाती रहती हैं, जैसे कोई न्यूज़ चैनल ही दिखा सकता है।

अब सजगता एंकर, उसके दाईं ओर चल रहे वीडियो और बैनर में दिख रही ब्रेकिंग न्यूज पर भटक रही है। इस जगह आपको ध्यान भटकाने की मास्टर क्लास मिल सकती है।

आप मानें या नहीं मानें, इस स्क्रीन पर और भी बहुत कुछ घट रहा है। ब्रेकिंग न्यूज़ हैडलाइन्स की स्क्रॉलिंग के साथ ही स्टॉक मार्केट की ख़बरें आ रही हैं। अब आपकी बेचारी सजगता को इन चारों चीज़ों के बीच तालमेल बिठाना है। पर सचमुच, यह सब यहीं नहीं थमता? स्क्रीन के नीचे दाईं ओर, सूरज का एक निशान बना है, जिसके साथ ही आपको बताया गया है कि रियो डि जिनेरियो में तापमान 28 डिग्री सेल्सियस है और धूप निकली हुई है। दुनिया भर के शहरों के तापमानों के अपडेट, समाचारों के दौरान लगातार आते रहते हैं।

पूरे बीस मिनट तक इसी तरह समाचार देखने का मतलब होगा कि आपकी सजगता किसी जिम में वर्कआउट कर आई है। इस दौरान, सजगता स्क्रीन पर दिए

गए पाँच सूचना बिंदुओं पर मंडराती रहती है, जो लगातार बदलते हुए आपका ध्यान भटका रहे हैं। इस दशा में, आप कह सकते हैं कि तकनीक आपके लिए विचलन का कारण है। मीडिया के चर्च और फ़्लैट स्क्रीन की वेदी पर जाने कितने लोग अपने मन की शांति की कुर्बान कर चुके हैं।

आप पूछ सकते हैं कि मैं इनका प्रबंधन कैसे करता हूँ? मैं टी.वी. पर समाचार नहीं देखता। अगर मुझे किसी ताज़ा समाचार के बारे में जानकारी चाहिए तो मैं ऑनलाइन जा कर, वेबसाइट या एप पर, उस ख़ास विषय से जुड़े आलेख पढ़ लूँगा।

अगर आपके पास सजगता की पर्याप्त शक्ति नहीं होगी तो इंटरनेट भी किसी हद तक आपके लिए विचलन की वजह बन सकता है। यूट्यूब, सजगता के लिए किसी ब्लैक होल की तरह है और यह आपको लगातार अपनी जकड़ में रखता है। जब आप एक वीडियो देख लेते हैं तो यह आपको एक और वीडियो देखने का सुझाव देता है, इसके साथ ही दाईं ओर लुभावने थम्बनेल दिखाई देते रहते हैं। इनमें से एक थम्बनेल हमेशा ऐसा होता है, जो आपको ब्लैकहोल में दोबारा ले जाने में देर नहीं करता। "इंडोनेशिया में पाँच सिर वाला साँप।" अच्छा ऐसा भी हो सकता है? क्लिक!! और इस तरह आपकी सजगता विचलन के यूनीवर्स की यात्रा पर निकल पड़ती है।

स्मार्टफ़ोन, सजगता के लिए पॉकेट ब्लैक होल की तरह है, यह उनके लिए बहुत ध्यान भंग करने वाला हो सकता है, जो मन की नकारात्मक सजगता से जूझ रहे हैं। यह आपको रंभाने वाले बछड़े की तरह पुकारता है और आप एक स्नेही माँ की तरह इसकी ओर दौड़े जाते हैं। अगर आप सजगता को बस में नहीं कर पाते, तो वही सजगता एक अंतहीन यात्रा पर निकल पड़ती है और सोशल मीडिया एप्स, टैक्स्ट मैसेज, ई-मेल, फ़ोन कॉल्स, इंटरनेट की ब्राउज़िंग और स्मार्टफ़ोन के दूसरे फीचर्स में उलझ कर रह जाती है।

आपके ध्यान को भटकाने के लिए लगातार चतुराई से भरे उपाय किए जा रहे हैं, इस दुनिया में सामने वाले का ध्यान अपनी ओर खींचना ही सबसे बड़ा लक्ष्य है, जिसने इस लालसा को पूरा करने के लिए कई परिष्कृत उपाय भी कर लिए हैं।

अगर आप अपने साथ सारा दिन ऐसा होने देते हैं तो आप अपने स्मार्टफ़ोन को यह अनुमति दे रहे हैं कि वह आपका ध्यान भटकाए। आप जो अभ्यास करते हैं, उसमें ही निपुण हो जाते हैं। आपका फ़ोन हमेशा आपसे आपका ध्यान चाहेगा। अगर आप प्रतिक्रिया की अवस्था में जीते हैं, जो अनियंत्रित सजगता की अवस्था है तो आप अपने फ़ोन के हर नोटिफ़िकेशन पर प्रतिक्रिया देंगे। आपको यह चुनाव करना होगा कि आप तकनीक के साथ कैसे पेश आने वाले हैं। ध्यान भटकाने के

लिए तकनीक को दोष नहीं दें। इसका सबसे बड़ा सच यही है कि लोग ख़ुद को ध्यान भटकाने की अनुमति देते हैं।

इसके विपरीत, अगर आपने मन की सजगता पर महारत हासिल कर ली है तो आप फ़ोन उठा कर कुछ मिनटों के लिए इंस्टाग्राम फ़ीड स्क्रॉल करेंगे और फिर छोटा ब्रेक लेते ही उसे वापस रख कर अपने काम को दोबारा चालू कर देंगे। क्या इसे ध्यान का भटकना माना जाएगा? बिलकुल नहीं। इस जगह आपका ध्यान नहीं भटक रहा, क्योंकि आपने ही ब्रेक लेने का सजग चुनाव किया है और आप उन मिनटों को केवल इंस्टाग्राम को देना चाह रहे हैं। जब आपको लगता है कि आपने ब्रेक ले लिया है तो आप अपनी सजगता फिर से अपने काम पर वापस ले आते हैं। आप अपने फ़ोन के दूसरे एप्स पर अपना ध्यान नहीं जाने देते। यही एक्शन के बीच सजगता का प्रदर्शन है।

अगर आपने तकनीक को यह अनुमति दे दी कि वह आपके मन की सजगता के साथ चले तो आप जल्द ही इसके गुलाम होंगे। यह तकनीक ना केवल आपकी सजगता को अपने नियंत्रण में रखेगी, बल्कि यह इस बात को भी नियंत्रण में रखेगी कि आपकी ऊर्जा किस ओर जा रही है। इस तरह आपके दिमाग़ के वही हिस्से विकसित होंगे, जिनमें ऊर्जा का प्रवाह हो रहा है। तब ये हिस्से सशक्त होंगे और ऊर्जा के निरंतर प्रवाह से चुंबकत्व पा लेंगे और इनके पास इतनी ताक़त होगी कि ये आपकी सजगता को बार-बार अपनी ओर खींच सकेंगे।

अगर आप किसी को मशीनी अंदाज़ में बार-बार, हर घंटे के बाद अपना फ़ोन उठा कर फ़ेसबुक एकाउंट देखते पाते हैं तो मिसाल के लिए, आप जानते हैं कि ये क्या हो रहा है। वे बार-बार अपने मन की सजगता को मन के उस हिस्से में जाने की अनुमति दे रहे हैं, नतीजतन वे उसमें एक गहरा मानसिक खाँचा बना रहे हैं और उसे चुंबकीय शक्ति से लैस कर रहे हैं, ऐसी शक्ति जो अब उनकी सजगता को अपनी ओर खींचने का गहरा खिंचाव रखती है।

तकनीक आपका ध्यान तभी भटका सकती है, जब आप उसे ऐसा करने की अनुमति देते हैं। इसमें कोई संदेह नहीं कि तकनीक तो हमेशा रहेगी और हमारे जीवन में इसका योगदान बढ़ता ही जा रहा है। इससे बच कर भागने का कोई उपाय नहीं है। आप ऐसी बस पर सवार हैं, जो तकनीक से भरपूर भविष्य की ओर जा रही है, चाहे आप इसे पसंद करें या नहीं करें। यही वजह है कि असल में आपको अपने मन पर सजगता हासिल करने में महारत क्यों पानी चाहिए या फिर आप उनकी गुलामी करते रहेंगे, जिन्होंने तकनीक को विकसित किया है।

तकनीक आपकी सेवा के लिए है, आपको इसे अपनी सेवा नहीं देनी। आपको इस बारे में स्पष्ट तौर पर पता होना चाहिए।

तकनीक से लाभ

अब तक मैंने सजगता या एकाग्रता के संबंध में तकनीक को अनुकूल रूप से प्रस्तुत नहीं किया। ऐसा नहीं हो सकता। मैं तकनीक के बड़े समर्थकों में से हूँ और मेरा मानना है कि तकनीक की मदद से हम अपने फ़ोकस और संकल्प शक्ति को विकसित कर सकते हैं और इसके लिए हमें किसी भी तरह के सॉफ़्टवेयर या एप की ज़रूरत नहीं होगी।

पिछले अध्यायों में, मैंने आपके साथ एक दिन में अपनी कुछ ख़ास गतिविधियों को पूरे दिन में दोहराने की बात की थी। हममें से कई लोग तकनीक के साथ पूरा दिन बिताते हुए अपने स्मार्टफ़ोन्स में खोए रहते हैं। चूँकि ऐसा बार-बार होता है तो हम इसी अवसर का लाभ उठाकर, इस समय के दौरान अपनी संकल्प शक्ति, एकाग्रता और अन्य विशेषताओं को बढ़ाने का अभ्यास कर सकते हैं, जिनके बारे में पहले बताया जा चुका है। इस जगह स्मार्टफ़ोन के उपयोग से जुड़े कुछ अभ्यास दिए जा रहे हैं, हालाँकि यह आपको दिखने में सरल लग सकते हैं, परंतु ये बहुत ही प्रभावशाली हैं :

1. ***संयम :*** आपको अपना फ़ोन उठाने में संयम बरतना होगा। यह आपकी संकल्प शक्ति को विकसित करने का अच्छा अभ्यास हो सकता है। आपने पूरे दिन में जितनी भी संकल्प शक्ति विकसित की हो, उसका प्रयोग इस जगह करें। और जब आप इसे इस जगह लागू कर रहे हैं तो आप अपनी संकल्प शक्ति को और विकसित कर रहे हैं। जब भी आपका ध्यान अपने किए जाने वाले काम से हट कर, मेज़ पर रखे फ़ोन की ओर जाए और आपके अंदर अपना फ़ोन उठाने की इच्छा पैदा हो, तो अपनी संकल्प शक्ति के बल पर बहुत प्यार और कोमलता से अपनी सजगता को किए जा रहे काम पर वापस ले आएँ।
2. ***उद्देश्य :*** अंधाधुंध तरीक़े से काम करने के बजाए सोच-समझ कर हर काम करें। आपके हर काम के पीछे एक मक़सद होना चाहिए। अगर आप फ़ोन उठाने जा रहे हों तो पहले ही तय कर लें कि आपको उसमें क्या काम करना है। ऐसा करने से आप स्वयं को प्रशिक्षित कर रहे हैं कि आप अपनी मर्ज़ी लागू कर सकें। इस तरह आपको जीवन में और कामों व बातों में भी और अधिक स्पष्टता विकसित करने में मदद मिलेगी।
3. ***केंद्र :*** आपकी मंशा के साथ ही केंद्र या फ़ोकस सामने आते हैं। आप वही एप खोलें, जिसमें काम करना है और फिर उसी पर पूरा ध्यान

दें। एक डिजिटल बंदर बनने से बचें, जो लगातार एक से दूसरे एप पर छलांग भरता रहता है वरना आप स्वयं को बाधाओं और विचलनों के बीच घिरा ही पाएँगे। नेवी सील की तरह सोचें (मैं इसके बारे में कुछ नहीं जानता) : आप जाते हैं, अपना काम करते हैं और वापस आ जाते हैं। आप उस जगह लोगों से घुलने-मिलने या दोस्त बनाने नहीं गए। अपना फ़ोन हाथ में लें, जो काम करना है, उसे पूरा करें और फ़ोन नीचे रख दें।

4. ***समय :*** समय अवधि परिभाषित करें। समय सीमा तय करें और अपनी संकल्प शक्ति का प्रयोग करते हुए उस पर डटे रहें। मिसाल के लिए, मैं समय-समय पर, दिन में पाँच-पाँच मिनट के सोशल मीडिया ब्रेक लेता हूँ। मैं इंस्टाग्राम पर नियमित रूप से रहता हूँ और इस दौरान अपनी फ़ीड को स्क्रॉल करते हुए उन्हीं एकाउंट्स को फ़ॉलो करता हूँ, जिन्हें मैंने बड़ी सावधानी से चुना है। जब समय पूरा होता है तो फ़ोन उसी समय नीचे रख देता हूँ। अपने ध्यान को स्क्रीन से हटा कर किए जाने वाले काम पर लगाने के लिए संकल्प शक्ति की आवश्यकता होती है।
5. ***ऊर्जा का प्रबंधन :*** अगर आप सोशल मीडिया पर हैं तो ध्यान रहे कि आप क्या देख रहे हैं या आपका ध्यान किस ओर है। अगर आप अल्गोरिदम को यह अनुमति देते हैं कि वह आपके अनुभवों से खिलवाड़ करे - यानी यह संचालित करे कि आपका ध्यान किस ओर जाएगा - तो आप उसे यह अनुमति भी दे रहे हैं कि वह आपकी ऊर्जा भी संचालित करेगा। अल्गोरिदम आपकी ऊर्जा को छीनने और आपको ऊर्जा प्रदान करने, दोनों तरह का काम कर सकते हैं। ये आपको भावात्मक तौर पर परेशान करते हुए, मन की शांति छीन सकते हैं या फिर बेवजह आपकी सजगता को हिला सकते हैं। चुनाव करें कि आपकी सजगता किस ओर जाएगी।

अंततः तकनीक का इस्तेमाल पूरी तरह से सोच-समझ कर, एक मक़सद के साथ किया जाना चाहिए। अगर यह पहल अपनाई गई तो आप तकनीक के बल पर एक सुंदर और उल्लेखनीय जीवन पा सकते हैं।

8.2

मन के पहिए

मन के पहिए पाठ में बताया गया है कि किस तरह चेतन और अवचेतन मन मिलकर मन के अंदर ढाँचों को बल देते हैं। हम इसके साथ ही अपना अध्ययन आरंभ करते हैं।

जब सजगता चेतन मन में इधर-उधर ऐसे ही भटकती है, तो अवचेतन मन में भी वैसा ही प्रतिबिंब ढाँचा बनता है। जैसा कि आपको पुस्तक में दिए गए पिछले एक पाठ से याद होगा, अवचेतन मन, चेतन मन में हो रही बातों को दर्ज करता है। जब हम अपनी सजगता को दिए गए काम से भटकने की अनुमति देते हैं और समय-समय पर हमारा मन इधर-उधर भटकता है तो हम अपने अवचेतन में भी यही विचलन से भरा ढाँचा तैयार कर रहे हैं। जब यह प्रक्रिया बार-बार दोहराई जाती है तो हम अवचेतन में बसे ढाँचे को और भी मज़बूत कर देते हैं।

हम कौन सा ढाँचा बना रहे हैं? यह ढाँचा सजगता से कहता है, ''जब भी किसी एक काम पर ध्यान केंद्रित करना हो तो तुम अपनी मर्ज़ी और ख़ुशी से अपने ध्यान को किसी भी ओर ले जा सकते हो।''

धीरे-धीरे विचलन से भरा यही ढाँचा इतना मज़बूत होता जाता है कि यह सजगता पर हावी हो जाता है। यहीं से असली परेशानी चालू होती है।

मैं एक आदमी को जानता था, जिसने अपने घर के पास *इलायोकारपस जेनीट्रस* (रुद्राक्ष) नामक पेड़ लगाया था, यह वही पेड़ था, जिसके बीज हिंदू संन्यासी और पंडित पहनते हैं। उसे इस पेड़ से बहुत प्यार था, वह अपने बच्चों की तरह उसकी देख-रेख करता था। वह उसका पूरा ध्यान रखता और देखते ही देखते पेड़ बड़ा हो गया। उस पेड़ की जड़ें इतनी बड़ी हो गईं कि वे उसके घर के पास तक आ गईं और उसके ढाँचे को नुक़सान करने लगीं। अब उसके लिए उस

विशाल पेड़ को सँभालना भारी हो गया। उस बड़े पेड़ की वजह से दैनिक जीवन बहुत अस्त-व्यस्त होता चला गया।

इसी तरह जब आपके अवचेतन मन में वह ढाँचा पेड़ की तरह विशाल हो जाता है तो वह इतना ताक़तवर हो जाता है कि वह मन के भीतर सजगता की यात्रा को प्रभावित करने लगता है। जब आपकी संकल्प शक्ति सजगता को वश में नहीं रख पाती तो यह ढाँचा हावी हो जाता है। यह सजगता को आपसे छीन ले जाता है और आपका मन भटकने लगता है, क्योंकि यह ढाँचा आपके लिए यही काम करता है।

यह सब चेतन मन में सजगता की अनियमित गतिविधि से आरंभ होता है, जो अवचेतन मन में उसका प्रतिबिंब ढाँचा तैयार करता है। फिर अवचेतन मन में बना ढाँचा ही, चेतन मन की सजगता में बाधा देने लगता है। जब सजगता इस ढाँचे की वजह से चेतन मन में इधर-उधर भटकती है तो इसी वजह से अवचेतन में ढाँचे को और बल मिलता है।

इस तरह एक बहुत ही बड़ा दुष्चक्र चालू हो जाता है, जिसे मैं बाधा का चक्र कहता हूँ। आप देख सकते हैं कि ये ढाँचे इतने ताक़तवर हो जाते हैं कि इन्हें तोड़ना कठिन हो सकता है। जो लोग सारा दिन बाधा के बीच हैं, वे बाधा के चक्र पर घूम रहे हैं। पहले एक ढाँचा बनता है और फिर उसे इतना मज़बूत बनाया जाता है कि वह एक दिन हम पर हावी हो जाता है। यह अपने-आप में लगातार दोहराया जाने वाला दुष्चक्र बन जाता है।

यदि मैं जा कर फ्रिज खोल कर देखता हूँ कि उसमें मेरे खाने के लिए कुछ मिलता है या नहीं तो इससे मेरे मन में कोई ढाँचा नहीं बनेगा। पर अगर मैं प्रतिदिन, दिन में पाँच बार, सप्ताह दर सप्ताह ऐसा करता रहा तो मेरे मन में एक सशक्त ढाँचा बन जाएगा।

अब जब मैं डेस्क पर काम कर रहा हूँ तो यही ढाँचा मेरी सजगता को फ्रिज की ओर ले जाएगा कि मैं बार-बार उसकी ओर जाता रहूँ। इस तरह करने से मेरे इस ढाँचे को और बल मिलेगा और फिर एक दुष्चक्र आरंभ हो जाएगा।

लोग एकाग्र नहीं हो पाते, इसकी एक वजह यह भी है कि उनके अवचेतन मन में बाधाओं के ढाँचे मज़बूत होते हैं और धीरे-धीरे मज़बूत होते चले जाते हैं, ढाँचा ही उन्हें और सशक्त बनाता है और उनका वह व्यवहार बार-बार दोहराया जाता है।

यह सब जानने के बाद, आशा करता हूँ कि आप यह देख सकेंगे कि आपको इस बारे में सावधान क्यों रहना चाहिए कि आप जाने-अनजाने में क्या दोहरा रहे हैं। नतीजन अवचेतन में बने ये ढाँचे इतने चुनौती भरे हो सकते हैं कि इनसे पार पाना कठिन हो जाए।

आपको इस बारे में भी सावधान रहना चाहिए कि आप अपने चेतन मन को कौन से अनुभव लेने दे रहे हैं, यानी आपकी सजगता सारा दिन मन के किस हिस्से की यात्रा करेगी, क्योंकि सारे अनुभव; चाहे वे आपको याद हों या नहीं हों, आपके अवचेतन में दर्ज होते हैं। यदि इनमें से किसी भी अनुभव को लगातार दोहराया जाए तो ये अवचेतन में ढाँचे बनाने लगते हैं, जो चेतन मन में आपकी सजगता को प्रभावित करेंगे।

जो संगीत सुनने पर आप उदास हो जाते हैं, वह आपको मन के उदासी वाले क्षेत्र में ले जाता है और उदासी का एक ढाँचा तैयार करता है, जो अपनी चुंबकीय शक्ति से सजगता को बार-बार अपनी ओर खींचता है, इस तरह एक चक्र बनता है - उदासी का चक्र। इसके विपरीत भी उतना ही सत्य है। अगर आप अपना हर दिन ध्यान, सकारात्मक अभिकथन या फिर ग्रंथ पढ़ने से करते हैं तो यह आपको मन की उन्नत अवस्थाओं की ओर ले जाता है, आप अवचेतन मन में ढाँचे बनाते हैं, जो अपने-आप में इतने सशक्त होते हैं कि वे सजगता को मन के उन्नत हिस्सों की ओर ले जाते हैं। पूरा दिन आपकी सजगता चेतना की उच्चतम अवस्थाओं में रहेगी। जब यह इस ओर जाएगी तो इससे बने ढाँचों को बल मिलेगा। इस तरह उन्नति का चक्र गतिशील होगा।

एकाग्रता का चक्र

बाधा का चक्र तब होता है, जब आपकी सजगता सजग मन में इधर-उधर भटकती है और इस तरह अवचेतन में भी बाधा के वैसे ही ढाँचे बनने लगते हैं, फिर वे सजग मन में सजगता को बाधित तरीक़े से संचालित करते हैं।

एकाग्रता का चक्र भी ठीक इसी तरह काम करता है। अगर सजगता चेतन मन में एकाग्रता की अवस्था में होगी तो यह अवचेतन में एकाग्रता का ही ढाँचा तैयार करेगी, जो चेतन मन में सजगता को पूरी एकाग्रता के साथ ही संचालित करेगा।

मैं इसे और विस्तार से बताना चाहूँगा। जब आप सचेतन मन में होने वाली गतिविधियों के बल पर सजगता पर एकाग्रता बनाए रखते हैं तो अवचेतन मन में केंद्र के ढाँचे विकसित होते हैं। याद रहे, अवचेतन इस बात को ध्यान में रखता है कि चेतन मन में क्या हो रहा है। केंद्र के ये ढाँचे ही अपनी एकाग्रता के साथ, चेतन मन में भी सजगता को उसी तरह संचालित करेंगे।

जब सजगता चेतन मन में एकाग्र अवस्था में होगी तो ये अवचेतन पर केंद्र के ढाँचे की छाप छोड़ेगी। इस तरह एक चक्र आरंभ होगा। पर इस बार, बाधा के दुष्टता से भरे चक्र के बजाए, केंद्र का सकारात्मक चक्र सामने होगा। नतीजतन, जब

भी आप चेतन मन में सजगता पर ध्यान नहीं देंगे तो आपका अवचेतन सजगता पर ध्यान देते हुए, इसे केंद्रित भाव से दिशा देगा और इसे एकाग्रता के उन गहरे अंकनों का मार्गदर्शन मिलेगा, जिन्हें एकाग्रता के चक्र ने रचा था।

इस अवधारणा को प्रकट करने के लिए सरल सा उदाहरण यह होगा कि हम सजगता और मन को उसी तरह देखें, जैसे हम किसी विमान को देखते हैं। मैं कोई पायलट नहीं, पर मैं यह मानने वाला हूँ कि किसी भी दिए गए समय में, चाहे विमान ऑटोपायलट पर है या उसे पायलट चला रहा है।

इस उदाहरण में सजगता विमान है। अगर यह चेतन मन में है और आपने इसे बस में कर रखा है तो आप एकाग्रता में हैं – आप वह पायलट हैं, जो विमान चला रहा है। अगर आपने सजगता को बस में नहीं रखा हुआ तो आपका माहौल या अवचेतन सजगता को नियंत्रित कर रहे हैं। इस बिंदु को विस्तार से समझाने के लिए, हम आपके वातावरण के बजाए, अवचेतन को संचालित बल के रूप में प्रयुक्त करेंगे। तब यह उसके समान होगा, जब विमान अपने-आप उड़ रहा होता है।

यदि सजगता आपके बस में नहीं होगी तो अवचेतन तय करेगा कि सजगता किस ओर जाएगी। अगर आपके अवचेतन में बने ढाँचे केंद्रित होंगे तो आपका अवेचतन सजगता को एकाग्रता से संचालित करेगा। अगर वे ढाँचे बाधाग्रस्त हुए तो आपकी सजगता भी बाधाग्रस्त तरीक़े से संचालित होगी। मेरे हिसाब से ऑटोपायलट भी विमान को उसी तरह चला सकता है, जैसा कि उसे प्रोग्राम किया जाता है।

सरल शब्दों में, बाधा और एकागता का चक्र, दोनों ही एक तरह से काम करते हैं। अंतर केवल इतना है कि इनमें से एक बाधा के ढाँचे बनाता है और दूसरा केंद्र के ढाँचे विकसित करता है।

यदि आपने एकाग्रता शक्ति के विकास के लिए समय दिया है तो आप जानते हैं कि इससे आपके अवचेतन में भी केंद्र के ही ढाँचे बने होंगे। ये ढाँचे आपको पूरा दिन सकारात्मक रखेंगे। आप यह देखेंगे कि जब आप सजगता को सचेतन रूप से संचालित नहीं करते तो अवचेतन उसे सही तरह से संचालित करता है, क्योंकि उसके पास केंद्रित प्रकृति के ढाँचे हैं।

विश्रांत अवस्था में भी, सजगता हर ओर नहीं भटकती। ये एक स्थान पर बनी रहती है। अगर हम सजगता और श्वान वाला उदाहरण लें तो उस दशा में कुत्ते को प्रशिक्षित किया गया है कि वह जिस जगह है, वहीं रहे। आप पार्क में कुत्ते को घुमाने ले जा रहे हैं और कुछ देर सैर के बाद आप पार्क में बैठने का निश्चय करते हैं। आपका कुत्ता आपके साथ बैठा है, वह पूरे पार्क में दौड़ नहीं लगा रहा। जब आप एकाग्रता का अभ्यास करते हैं और उसमें निपुण हो जाते हैं तो आपकी

सजगता भी ऐसे ही करती है। अवचेतन में बसे केंद्रित ढाँचे, सजगता को सचेतन मन में बनाए रखते हैं।

जब ऐसा होने लगता है तो एकाग्रता प्रयासहीन होकर आदत बन जाती है। एकाग्रता ही आपकी सजगता के लिए डिफ़ॉल्ट स्थिति हो जाती है और तब आपके लिए विचलित होना मुश्किल होता है। आप स्वयं को पूरा दिन एकाग्र अवस्था में पाते हैं – आप हर अनुभव में पूरी तरह से उपस्थित होते हैं। ऐसा सुंदर मन पाना भी किसी सौभाग्य से कम नहीं है।

8.3

केंद्र पर कुछ मनन

मन और उसके केंद्र नामक विषय पर बात करते हुए कुछ क्षेत्र ऐसे हैं, जिन पर हम प्रकाश डाल सकते हैं।

विवेक

मेरे गुरुदेव से मिले प्रशिक्षण वर्षों के दौरान, एक नियम था, जिसे वे मुझे बहुत कड़ाई से सिखाना चाहते थे। वे मुझे फटकारते, "विवेक एकमात्र कड़ा नियम है।" इसे जीवन के हर पहलू में शामिल होना चाहिए। इसी तरह हमेशा विवेक के बल पर तय करें कि जीवन में, इस पुस्तक में दिए गए साधन और शिक्षाओं को कैसे लागू करेंगे।

वे विवेक को ज्ञान के सामयिक उपयोग के रूप में परिभाषित करते थे। उचित समय ही सब कुछ है। ज्ञान किसी व्यक्ति के लिए तब तक बहुत कुछ नहीं कर सकता, जब तक आप उसे सही समय पर लागू नहीं करते। उसे सही तरह से लागू करने पर ही सकारात्मक नतीजे आ सकते हैं। तभी यह आपको प्रभावित कर सकता है।

कई लोगों का यह मानना है कि ज्ञान पाने का अर्थ होगा कि एक व्यक्ति सीखते हुए विकसित हो रहा है। इसका यह मतलब बिलकुल नहीं है। इसका अर्थ है कि आप और अधिक जानकारी जमा कर रहे हैं। उस ज्ञान का सही समय पर उपयोग ही दिखाता है कि एक व्यक्ति ने कितनी अच्छी तरह से जानकारी का संग्रह किया है।

उदाहरण के लिए, एकाग्रता पर दिए गए पाठ में, मैंने एक बार में एक काम करने के अभ्यास पर बल दिया। इसका मतलब यह नहीं कि अगर आप कार चला रहे हैं तो आप साथ बैठे व्यक्ति से बात नहीं कर सकते। अगर किसी को यह बात माननी हो, ''विवेक एकमात्र कड़ा नियम है।'' तो आप विवेक के बल पर तय कर सकते हैं कि आपको इस दौरान किसी से बात करनी है या नहीं। विवेक आपको सलाह देगा कि जब आप किसी व्यस्त चौराहे पर मोड़ काटने जा रहे हों तो उस समय किसी से बात करना उचित नहीं होगा। हालाँकि अगर आप लंबी दूरी तक ख़ाली पड़ी सड़क पर कार चला रहे हों तो उस दौरान थोड़ी-बहुत बातचीत की जा सकती है। विवेक इसे एक और क़दम आगे ले जाएगा और गाड़ी चलाने से जुड़ी सभी परिस्थितियों पर एक सामान्य नियम लागू करेगा : गाड़ी चलाते हुए गंभीर या भावात्मक बात नहीं करनी चाहिए। इस तरह सजगता सड़क से हटकर मन के भावुक रहने वाले हिस्से में चली जाएगी।

अंतत: विवेक ही एकमात्र कड़ा नियम है। विवेक ही आपको सिखाएगा कि आप मेरी पुस्तक में दी गई शिक्षाओं को अपने जीवन में कैसे उतारेंगे।

सजगता को मुक्त करना

अगर हम एक बार में एक काम करने का अभ्यास करते हैं, तो इसका क्या अर्थ होगा कि हम अपनी सजगता को कभी इधर-उधर भटकने की अनुमति नहीं देंगे? कई बार ऐसा होता है, जब मेरा दिल चाहता है कि मैं अपनी बैठक में रखे कालीन पर लेटकर आँखें बंद कर लूँ और कोस्टा रिका में बन रहे हमारे आध्यात्मिक आश्रम के बगीचों के बारे में विचार करूँ। तब मैं अपनी सजगता को अनुमति देता हूँ कि वह मन के अलग-अलग हिस्सों में जा कर बगीचे की परिकल्पना करे।

कई बार मैं अपनी सजगता को अनुमति देता हूँ कि वह कुछ देर तक इधर-उधर भटके ताकि मुझे पता चल सके कि मेरे मन में क्या चल रहा है। ऐसा करना रोचक होता है, क्योंकि इससे पता चलता है कि मेरे मन में क्या चल रहा है और अवचेतन में क्या घट रहा है। परंतु मैं अपनी सजगता को बहुत कम अंतराल के लिए ऐसा करने की अनुमति देता हूँ। अगर आप इस मानसिक उड़ान के लिए समय सीमा तय कर लेंगे तो यह अपनी सीमा में रहेगी। याद रहे, हम नहीं चाहते कि सजगता को अकारण ही मन में भटकने का प्रशिक्षण मिले, अन्यथा यह एक प्रबल ढाँचा बन जाएगा।

इसके बाद कई बार ऐसा भी होता है, जब मैं अपने लिए समय तय कर लेता हूँ कि मैं दस मिनट तक सोशल मीडिया और वेब पर रहूँगा और मेरी सजगता उसी तरह यात्रा करेगी, जैसे मूवी देखते हुए कर रही थी। परंतु यदि मुझे लगे कि सर्फ़िंग

के दौरान सजगता मन के ऐसे हिस्से में जा रही है, जिसमें मैं उसे नहीं भेजना चाहता तो मैं उसे तत्काल वापस ले आता हूँ। मैं इस विषय में सजग हूँ कि मेरी सजगता को दिमाग़ के किस हिस्से में जाना चाहिए और मैंने इस कला का भरपूर अभ्यास किया है।

अंतत: मेरा लक्ष्य यही है कि मैं इस विषय में नियंत्रण रखूँ कि सजगता मन के किस हिस्से में जाएगी। परंतु एक नियंत्रित वातावरण में सजगता को भटकने दिया जा सकता है। अगर आप कुत्ते को कुत्तों के लिए बने पार्क में ले जाते हैं तो आप उसे आराम से खुला छोड़ सकते हैं, क्योंकि आपको पता है कि वह एक नियंत्रित स्थल है। आप किसी बिना चारदीवारी की जगह पर ऐसा नहीं कर सकते थे, उस जगह कुत्ता भीड़ भरी सड़क पर जा सकता था। इसी तरह आपके विवेक को ही तय करने दें कि सजगता को विवेक से परे कब और कहाँ रखा जा सकता है।

जब मैं अपने सबसे भरोसेमंद दोस्तों के बीच रहता हूँ तो उस समय मेरी सजगता नियंत्रित नहीं होती। मैं ऐसा करते हुए आश्वस्त हूँ, क्योंकि मैं जानता हूँ कि मेरी सजगता मन के किसी भी ऐसे हिस्से में नहीं जा सकती, जिसमें मैं उसे भेजना नहीं चाहता। मैं हमेशा सजगता के किसी ग़लत हिस्से में जाते ही उसे वापस अपने ठिकाने पर लाने के लिए तत्पर रहता हूँ।

प्रेम, अनुशासन, केंद्र व प्रसन्नता

प्रेम एकाग्रता के अनुशासन को जन्म देता है। मेरा यह कहने का क्या अर्थ है?

जब आप किसी चीज़ से प्रेम करते हैं तो आप उसके साथ और अधिक समय बिताना चाहते हैं। आप जिससे प्रेम करते हैं, यही उस व्यक्ति पर भी लागू होता है। अपने प्रेम पात्र या वस्तु के साथ अधिक समय बिताने के लिए आपका एकाग्र होना आवश्यक है।

जिसे गिटार बजाना पसंद हो, वह दिन के अधिकांश समय में गिटार बजाना चाहता है। ऐसा करने के लिए, गिटार प्रेम जीवन में अनुशासन का उपहार लाएगा। वह व्यक्ति जितना बेहतर केंद्रित होगा, उसकी संकल्प शक्ति पहले से उतनी बेहतर होती जाएगी। वह अनुशासन को विकसित करने के लिए इन योग्यताओं का जितना प्रयोग करेगा, वह पूरे दिन में गिटार बजाने के लिए उतना अधिक समय निकाल सकेगा।

गिटार बजाने के लिए सफलतापूर्वक समय निकालने के बाद, अपने काम में पूरी तरह से केंद्रित होने की योग्यता ही गिटार बजाने के अनुभव को संतोष से भर देगी। इसी तरह, अगर आप किसी से प्रेम करते हों तो आप उसके साथ अधिक से

अधिक समय बिताना चाहेंगे, आपकी केंद्रित रहने की योग्यता ही तय करेगी कि वह अनुभव कितना गहरा होगा। कई लोग अपने प्रेम पात्र के साथ समय बिताते हैं, परंतु केंद्रित नहीं होने की अयोग्यता ही उनके अनुभवों को झूठा और खोखला बना देती है।

आप जिससे प्रेम करते हों, उसे गहराई से अनुभव करने के लिए आपको एकाग्रता विकसित करनी होगी। आप जिसे दिल से प्रेम करते हैं, उसे प्रेम करने पर आपको प्रसन्नता का अनुभव होता है, यह उसका उपोत्पाद है।

याद रहे, आपको प्रसन्नता की खोज नहीं करनी। ऐसी जीवनशैली विकसित करें कि प्रसन्नता उसका एक हिस्सा हो। संकल्प शक्ति और एकाग्रता का अभ्यास करें ताकि आप सजगता को निखार कर उसमें लीन हो सकें – पूरी तरह से वर्तमान में हो – ऐसा अनुभव जो आपकी मनचाही जीवनशैली को आपके पास ला सके। इसके परिणामस्वरूप ही आपको प्रसन्नता प्राप्त होगी।

सुनना और समझना

तेज़ी से कम हो रहे मानवीय गुणों की सूची में सुनने की योग्यता का नाम सबसे आगे है।

अगर आप लंबे समय तक किसी चीज़ पर अपनी सजगता को केंद्रित नहीं रख पाते, तो आप सुनने की प्रक्रिया का आरंभ भी कैसे कर सकते हैं? अगर आप की सजगता किसी चीज़ पर सात सेकेंड से ज़्यादा नहीं टिकती तो आप अपने ध्यान को भटकाए बिना किसी की बात कितनी देर तक सुन सकेंगे?

लोगों के साथ बेहतर संबंध बनाने के लिए सुनने की कला विशेष रूप से मायने रखती है। परंतु यदि आप एकाग्र नहीं हो सकते, तो आप सुन नहीं सकते और बहुत से लोग अच्छे श्रोता नहीं होते, क्योंकि उनका ध्यान हमेशा भटका हुआ रहता है। एक व्यक्ति जितना बेहतर एकाग्र रहता है, वह उतना ही बेहतर सुन सकता है। नतीजतन, ऐसा व्यक्ति अधिक जानकारी पाने के बाद उस पर मनन कर सकता है और इस तरह उसे श्रोता के बारे में बेहतर समझ मिल सकती है।

संबंधों में कई बार इसी वजह से ग़लतफ़हमियाँ भी हो जाती हैं, क्योंकि हम सामने वाले की बात अच्छी तरह सुन नहीं पाते। हम सुन इसलिए नहीं पाते, क्योंकि हमारे पास एकाग्रता शक्ति नहीं होती। जब मैं संबंधों की बात करता हूँ तो इसमें सभी प्रकार के संबंध आ जाते हैं।

यह बहुत महत्त्व रखता है कि हम एक-दूसरे को समझें, क्योंकि आपस समझ से ही समानुभूति का भाव पैदा होता है, समानुभूति से करुणा आती है और करुणा

से प्रेम उपजता है। प्रेम हमें शांति का उपहार देता है। हम किसी ऐसे इंसान को प्रेम नहीं कर सकते, जिसे हम समझते नहीं हों। भले ही बहुत से लोग सहमत नहीं होंगे पर आपसी समझ से ही प्रेम पैदा होता है। संक्षेप में फिर से कहूँगा : एकाग्रता, सुनना, मनन, समझना, समानुभूति, करुणा, प्रेम व शांति।

सुनने से आपको जानकारी भी मिलती है। मैंने पाया है कि मेरी केंद्रित रहने की योग्यता ने मुझे सुनने की बेहतर योग्यता दी है और इस तरह बेहतर सुनने से बेहतर जानकारी मिलती है, जो एक उद्यमी के रूप में अमूल्य संपत्ति है। मेरे पास जितनी अधिक जानकारी होगी, तो उस जानकारी के बेहतर संसाधन के साथ मेरे पास बेहतर निर्णय लेने के अवसर होंगे। मैं सुनकर और देखकर जानकारी जमा करता हूँ और मैं अपनी एकाग्र होने की योग्यता के साथ भी यही करता हूँ। कई कंपनियों में यथासंभव तरीक़े से जानकारी जमा करने पर बल दिया जाता है और उन आंकड़ों के बल पर सफलता और संपन्नता अर्जित की जाती है।

जब हम अपना पूरा ध्यान देते हैं तो हम अच्छी तरह से निरीक्षण कर सकते हैं और जब ऐसा होता है तो एक ऐसा संसार हमारे सामने होता है, जिसकी हमने कभी कल्पना तक नहीं की होती।

8.4

केंद्र के परिणाम

एकाग्रता के बहुत सारे परिणाम या संतानें हैं, जिनमें से दो बहुत ही असाधारण हैं, ये आपको अविभाजित ध्यान और निरीक्षण शक्ति का उपहार देता है। आइए, इन दोनों को और गहराई से देखें।

अविभाजित ध्यान

अभी सुबह भी नहीं हुई थी कि मेरी छोटी सी बैटरी संचालित अलार्म घड़ी बजने लगी। मैंने आगे आ कर उसे बंद किया। शरीर कराहा पर मन चिंतित था और मेरी संकल्प शक्ति जाग रही थी। मैं अपने गद्‌दे पर उठ बैठा और उठने से जुड़े कुछ दैनिक अनुष्ठान पूरे किए और फिर अपनी कुटिया से बाहर आ गया। मैं कुछ देर बरगद तले खड़ा रहा, जिसने मेरे सादे से कमरे को आसरा दे रखा था। हल्की हवा में झूमते पत्तों के बीच इक्का-दुक्का बादल झाँक जाते। हवाई के आसमान में चाँद विहीन रात में तारे हमेशा जगमगाया करते।

हवा में हल्की खनक थी। मैं फलों के वृक्षों के झुरमुट से निकला और आश्रम जाने वाली असमतल पगडंडी से होते हुए मुख्य इमारत की ओर चल दिया ताकि स्नान के बाद पोशाक बदली जा सके। मैं स्नान के बाद अपनी कुटिया में आध्यात्मिक अभ्यास करता और फिर हम सभी संन्यासी भाई दैनिक अनुष्ठानों के लिए जमा होते।

जब मैं कुटिया में वापस आ रहा था तो गुरुजी के आश्रम की बत्ती जलती दिखाई दी। मैंने अंदर जा कर देखने की सोची। उन्होंने हमेशा की तरह महोगनी कक्ष में मेरा स्वागत किया। मैंने उन्हें साष्टांग दंडवत किया और उनके मेज़ के सामने रखी कुर्सी की ओर बढ़ा। कभी-कभी वे दूसरे शिष्यों के साथ होते थे पर आज केवल हम दोनों ही थे।

जब मैं उनके साथ अकेला होता तो वह मेरे लिए बहुत ही अमूल्य समय होता। हम एक साथ मौन में बैठते या आपस में बात करते। दोनों ही तरह से, मुझे उनका अविभाजित ध्यान मिलता। वह उनका बेशर्त प्रेम था। उनके पास अपने मन की सजगता और केंद्रित करने की योग्यता के लिए असीम शक्ति थी, जिसका कोई पार नहीं था। मेरे लिए उनका वह मौन प्रेम शब्दों से कहीं ज़्यादा भारी था। उनकी उपस्थिति में समय जैसे कहीं थम जाता। उस अटल केंद्र की अस्था में, हम एक ही क्षण में अनेक क्षणों का अनुभव लेते।

उनकी गहन एकाग्रता शक्ति में इतनी ताक़त थी कि वे मुझसे कुछ कहे बिना ही यह जता सकते थे कि मैं उनके लिए मायने रखता था और उन्हें मेरी बहुत परवाह थी। वे मेरी कही जाने वाली बात का आदर करते थे। यह हमेशा से सशक्त करने वाला अनुभव होता। उनकी संपूर्ण उपस्थिति के बीच कई बार मैं अपने मन की बात नहीं कह पाता। मैंने उनके साथ ऐसी ही कई सुबह बिताई थीं।

दो दशकों के बाद, जब मैंने संन्यस्त जीवन को छोड़ा तो मैंने स्वयं को कोस्टा रिका में हमारे आध्यात्मिक आश्रम और जैविक उद्यान में पिकनिक मैट पर अपनी बेटी के साथ पाया। जब हम बहुत स्वादिष्ट नाश्ते और जूस का मज़ा ले रहे थे तो गुलमोहर के पत्तों से छन कर आती सूरज की रोशनी हमारे ऊपर पड़ रही थी। वह तीन साल की है पर जब उसे उसका जन्म हुआ है, मैंने हमेशा उसे अपना पूरा ध्यान दिया है। जब मैंने अपने गुरु से असंख्य बार अविभाजित ध्यान पाया तो क्या मैं वही अपनी बेटी को नहीं दे सकता था। मैं जानता था कि उस अनुभव ने मेरे जीवन को कई तरह से बदला था और मैं भी बेटी के जीवन को बदलना चाहता था।

मैंने अपने जीवन में यह नियम बना लिया था कि मैं जिन लोगों के बीच रहूँगा, उन्हें अपना पूरा ध्यान दूँगा। दूसरों को अपना अविभाजित ध्यान देना ही मेरी ओर से उनके लिए स्नेह और आदर का परम उपहार होगा।

जब मैं आपकी ओर पूरा ध्यान दे रहा हूँ तो मैं आपको बता रहा हूँ कि इस ग्रह पर सीमित समय और ऊर्जा के साथ मैं जिन वस्तुओं और व्यक्तियों पर ध्यान देने के लिए चुनाव कर सकता हूँ, उसमें मैंने आपको भी चुना है। मैं आपको अपना अमूल्य संसाधन देना चाहता हूँ। मैं कहना चाहता हूँ कि मुझे आपकी परवाह है और आप मेरे लिए मायने रखते हैं और आपकी कही हर बात मेरे लिए मायने रखती है।

जब मैं आपको अपना अविभाजित ध्यान देता हूँ तो मैं आपको यह भी बता रहा हूँ कि मैं आपके सीमित समय और ऊर्जा की क़द्र करता हूँ। मैं इस बात को मान दे रहा हूँ कि मैं सजग हूँ कि आपने भी मुझे अपने दो क़ीमती संसाधन समय और ऊर्जा देने के लिए चुना है। आप मेरी ओर से जो अविभाजित ध्यान पाने वाले हैं, वह मेरी ओर से आपके क़ीमती समय और ऊर्जा के लिए आंशिक आभार के रूप में लें।

जब कोई आपसे बात करे तो उसकी बात ध्यान से सुनें। आप ऐसा कैसे कर सकते हैं? आप अपनी सजगता उनकी ओर रख सकते हैं। अगर आपकी सजगता का प्रकाशमान वृत्त इधर-उधर जाना चाहे तो उसे प्यार से वापस ले आएँ। अगर वह फिर भटके तो उसे फिर कोमलता से वापस ले आएँ। ऐसा तब तक करते रहें, जब तक आपकी सजगता किसी एक चीज़ पर बिना हिले बनी रहने को प्रशिक्षित नहीं हो जाए। इस तरह आप एकाग्रता का अभ्यास कर सकते हैं। इस तरह आप किसी को अपना अविभाजित ध्यान देना सीख सकते हैं।

जब आप किसी को पूरा ध्यान देते हैं तो यह सही मायनों में प्रेम और आदर भाव है, जिसका उपहार आप किसी को दे सकते हैं।

विचलन के लिए सहनशक्ति नहीं होना

लगभग दो सहस्राब्दी पूर्व, दक्षिण भारतीय जुलाहे संत तिरुवल्लुवर ने इस कहावत में हर चीज़ के अस्थायित्व के लिए कहा था, : ''हालाँकि यह दिखने में समय का हानिरहित पैमाना है, परंतु जो इसकी कल्पना कर सकते हैं, एक दिन धीरे-धीरे आपके जीवन के वृक्ष को काट रहा है।''

जब एक व्यक्ति अच्छी तरह समझ लेता है कि उसके पास सीमित जीवन है और उसके जीवन का एक स्पष्ट और सुनिश्चित अंत है तो वह सजग भाव से निर्णय लेता है कि वह अपने लिए किसी भी तरह के विचलन को सहन नहीं करेगा। समय एक अमूल्य उपहार की तरह हम सबको मिला है और हम इसका कैसे प्रयोग करेंगे, यह पूरी तरह से हम पर ही निर्भर करता है।

यदि हम अपने समय को नष्ट करने से बचेंगे तो यह हमारी ओर से इस अमूल्य संसाधन के लिए आभार प्रकट करने की तरह होगा। यह हमारे जीवन के ख़ास लोगों के लिए स्नेह का प्रदर्शन भी है। जब हम एक मिनट के लिए भी समय नष्ट करते हैं तो हमने उस एक मिनट में अपने और अपनों के प्रति स्नेह और देख-रेख में बीतने वाले समय को नष्ट किया है।

जब मैंने तय किया कि संन्यस्त जीवन को त्याग कर गृहस्थ जीवन में प्रवेश करना है तो मैं हवाई स्थित आश्रम छोड़ कर न्यू यॉर्क आ बसा। शहर में आने के दो साल बाद, किसी के साथ कैफ़े में मुलाक़ात थी, जो मुझे आज भी अच्छी तरह याद थी। हमने मेज़ पर अपनी जगह ली और ऑर्डर करने के बाद बातचीत करने लगे। वह व्यक्ति हर कुछ मिनट बाद अपना फ़ोन देखकर बात करने लगता।

ऐसा तीस मिनट तक चलता रहा और तब मुझे अहसास हुआ कि मैं उसके पास बैठ कर अपना जो समय नष्ट कर रहा था, वह मुझे दोबारा कभी नहीं मिलने वाला था और मुझे उसे दूसरों से बात करते देखने में कोई रुचि नहीं थी।

मैंने तेज़ सुर में उसका नाम पुकारा ताकि उसका पूरा ध्यान मेरी ओर आ सके। फिर मैंने उसे देखकर कहा, ''इस समय दो में से एक बात होगी। या तो आप फ़ोन नीचे रख दें और उसकी ओर नहीं देखें या मैं इस मीटिंग को छोड़ कर जा रहा हूँ।'' आप लगातार मीटिंग के दौरान फ़ोन ही देखते रहे तो यह मेरे लिए समय और ऊर्जा की पूरी तरह से बरबादी होगी और यह मेरे लिए किसी अपमान से कम नहीं है। मैं आपको तय करने देता हूँ कि आप क्या करना चाहते हैं।''

मैं उसकी प्रतिक्रिया से देख सकता था कि वह रंगे हाथों पकड़ा गया था। उसने किसी तरह ख़ुद को सँभाला और विनीत सुर में कहा, ''आपने ठीक कहा। माफ़ करें, मेरा ध्यान भटका हुआ था। मेरे लिए यह मीटिंग मायने रखती है और मैं अपना फ़ोन पीछे रख कर आपके साथ वर्तमान में पूरी तरह से उपस्थित रहूँगा।''

उस एक घटना के बाद से मैंने तय किया मैं कभी समय और ऊर्जा की बरबादी को सहन नहीं करूँगा। इस नीति को अपनाने का अर्थ होगा कि मेरे पास विचलन करने वाले व्यवहार पर आपत्ति करने का साहस है। यह काम पूरी दृढ़ता और दयालुता से किया जाना चाहिए। मेरे पास दयालुता नहीं दिखाने का क्या बहाना है? कोई नहीं। मुझे इस नीति को जीवन में उतारने के लिए बहुत मेहनत करनी पड़ी और आज भी इस पर काम करता आ रहा हूँ, क्योंकि बीतते समय के साथ मेरे मन में विचलन के लिए सहनशक्ति घटती जा रही है।

यदि सभी नहीं तो वे अधिकतर लोग, जिनके साथ मेरा समय बीतता है, वे जानते हैं कि मुझे उनका अविभाजित ध्यान चाहिए। ऐसा नहीं कि मैं ध्यानाकर्षण चाहता हूँ, दरअसल उन्हें यह समझना होगा कि मैं उनके और अपने समय और ऊर्जा क़द्र करता हूँ। मेरे पास जीवन में सीमित समय है। अगर आप उन मिनटों में अपना हिस्सा चाहते हैं तो कृपया उन्हें नष्ट नहीं करें। उनके साथ आदर से पेश आते हुए, मुझे अपना पूरा ध्यान दें, क्योंकि काल की कुल्हाड़ी धीरे-धीरे मेरे जीवन रूपी वृक्ष को काट रही है।

जब आप इस अटल केंद्र के पथ पर अग्रसर होंगे तो आपके लिए आसपास के लोगों को बताना और भी महत्त्वपूर्ण हो जाएगा कि आप एकाग्रता की कला सीखने पर काम कर रह हैं और अपने सभी कार्यों पर इसे लागू करना चाहते हैं। इसके अलावा, आप चाहें तो ऐसा करने का कारण भी बता सकते हैं, क्योंकि आपने उन्हें अपना अविभाजित ध्यान दे कर आप अपने स्नेह और आदर का प्रदर्शन कर रहे हैं।

आपको उन्हें समझाना होगा कि उपस्थित होने का क्या अर्थ है और इसे कैसे पाया जा सकता है। आप चाहें तो उनके साथ कुछ उदाहरण दे सकते हैं, जैसे अगर आप साथ हों तो उन्हें अपना फ़ोन एक ओर रखना होगा ताकि आप लोग बिना किसी बाधा के आपस में बात कर सकें। परस्पर समय और ऊर्जा का निवेश कर सकें।

निरीक्षण की शक्ति

निरीक्षण अवचेतन मन की जाग्रति का पहला चिन्ह है।

–गुरुदेव

निरीक्षण लंबे समय तक बनी रहने वाली एकाग्रता शक्ति का उपोत्पाद है। आप जितना अधिक एकाग्र होंगे, आपके अंदर निरीक्षण की उतनी ही शक्ति विकसित होगी। अगर मैं जिम में जाकर लगातार वेट लिफ़्ट करूँ तो मेरी मांसपेशियाँ विकसित होंगी। यह भार उठाने का सहज उपोत्पाद है। इसी तरह, आप एकाग्र होने की योग्यता का जितना विकास करेंगे, उतने अधिक निरीक्षक होंगे।

तो निरीक्षण क्या है? मरियम वेबस्टर्स डिक्शनरी में गई परिभाषा के अनुसार, ''सूचना पाने के क्रम में किसी व्यक्ति या किसी चीज़ पर बारीकी से ध्यान देने की गतिविधि को ध्यान से देखने और सुनने की क्रिया।'' मेरे गुरु अक्सर अवलोकन को ''पर्वत शिखर के परिप्रेक्ष्य'' के रूप में संदर्भित करते थे। जब आप पर्वत के शिखर पर होते हैं तो आप नीचे की हर चीज़ को अच्छे से देख सकते हैं। इस जगह आपको एक सरल सा उदाहरण दिया जा रहा है। कल्पना करें कि आप घर में अपने मित्रों के साथ बैठ कर फुटबॉल का खेल देख रहे हैं। एक खिलाड़ी गेंद को विपक्षी के पाले की ओर ले कर दौड़ रहा है। अगर वह उस गेंद को अपने उस खिलाड़ी साथी को दे पाया, जो गोल करने की पोज़ीशन में है तो यह उसकी टीम के लिए एक बड़ा अवसर होगा। कमरे में सभी चिल्लाते हैं, ''गेंद उसे पास करो! गेंद उसे पास करो!'' पर वह किसी और को गेंद पास कर देता है, जो गोल करने की पोजीशन में नहीं है। सभी दर्शक उसकी इस हरकत को देखकर भौंचक्के रह जाते हैं और अपना सिर हाथों में थाम लेते हैं। ''अरे बेवकूफ़! वह आराम से गोल कर देता, उसे गेंद नहीं दी।'' आपका एक मित्र कहता है। ऐसा क्या है कि आप और आपके मित्र उस पेशेवर खिलाड़ी से बेहतर निर्णय ले सके, जिसे उस दिन और ऐसे बाक़ी दिनों में खेलने के लिए करोड़ों डॉलर मिलते हैं? यह नज़रिए का अंतर है। भले ही खिलाड़ी कितना भी प्रतिभावान क्यों नहीं हो, वह केवल अपने आगे देख पा रहा है। आप स्टेडियम में ऊपर लगे कैमरे से खेल देख रहे थे। उस बिंदु से आपके लिए देखना आसान था कि एक बेहतर पास किस जगह से हो सकता था।

इसी तरह, धरती की सतह से ऊपर मँडराते सैटेलाइट और स्टेडियम में लगे ऊँचे कैमरे की तरह, जब आपकी केंद्रित होने की क्षमता बढ़ती है तो आप और अधिक केंद्रित होते हैं। आपके पास जितनी अधिक जानकारी होती है, आपके लिए बेहतर निर्णय करने की संभावना बढ़ती है। बेहतर निर्णय लेने की योग्यता आपके पास जमा सूचना पर आधारित नहीं होती, यह आपकी उस सूचना को पूरी

समझदारी और विवेक से ग्रहण करने की योग्यता है, जिसे आप सही समय पर लागू करते हैं। उपग्रह की बड़ी तसवीर देखने की क्षमता का मतलब है कि यह आपको बता सकता है कि आगे क्या होने वाला है।

स्टेडियम के शीर्ष पर लगे कैमरे और धरती की परिक्रमा कर रहे उपग्रह की तरह, जैसे-जैसे आप ध्यान केंद्रित करने की बढ़ती क्षमता से अधिक चौकस होते जाते हैं, आपकी जानकारी अधिक स्पष्ट होती जाती है। आपके पास और अधिक जानकारी होती है, आप और अधिक सूचित होते हैं और बेहतर निर्णय करने की संभावना बढ़ जाती है। जैसा कि कहा गया है कि बेहतर निर्णय लेने की क्षमता आपके पास मौजूद जानकारी की मात्रा पर आधारित नहीं है, बल्कि आपकी उस सूचना का बुद्धिमानीपूर्वक उपयोग करने और उसे समय के अनुरूप लागू करने की आपकी क्षमता पर निर्भर है। बेहतर निरीक्षक के तौर पर जीवन के अवसरों को पहचान सकते हैं और गर्त में गिरने से बच सकते हैं। हमेशा अवसरों का लाभ उठाना या असफल होने से बचना संभव नहीं होगा पर अगर आपने इन चीज़ों का अच्छी तरह निरीक्षण किया तो आपके पास असंख्य संभावनाएँ होंगी, जिनसे आपको बेहतर नतीजे मिलेंगे। मैं आपको बता नहीं सकता कि मैंने कितनी बार जीवन के गर्त देखने के बाद भी अपनी मर्ज़ी से उन अनुभवों में स्वयं को शामिल किया है। यह काफ़ी हद तक हमारे अवचेतन ढाँचों की वजह से होता है, जिन पर काम करना पड़ता है।

समस्याएँ, समस्याएँ नहीं होतीं। वे ऐसे अवचेतन ढाँचे हैं,
जिनका समायोजन करना पड़ता है।

–गुरुदेव

आपके अवचेतन में इन ढाँचों के समायोजन की ओर पहला क़दम यह होगा कि आप इनका निरीक्षण करें। आप जिस चीज़ के निरीक्षक नहीं होते, उसे बदल नहीं सकते। यह एक और कारण है कि एकाग्रता को सीखना इतना महत्त्व क्यों रखता है : यह आपको निरीक्षण के योग्य बनाता है, इस तरह आप अपने भीतर के ढाँचों को देख पाते हैं, जिनका समायोजन करना है और इस तरह आप यह प्रक्रिया आरंभ कर सकते हैं।

निरीक्षण की मदद से मुझे बड़ी तसवीर देखने का अवसर मिला और चूँकि मैं बड़ी तसवीर देख सकता हूँ, इसलिए मेरे पास जीवन में बेहतर निर्णय लेने की संभावना भी अधिक हो जाती है। जब मैं बेहतर निर्णय लेता हूँ तो मेरे पास बेहतर निर्णय होते हैं। प्रसन्नता भी इसका एक उप-उत्पाद है, क्योंकि मैं अपने लिए ऐसी जीवनशैली रच रहा हूँ, जो मेरे लिए प्रसन्नता का भाव पैदा करती है। निरीक्षण की शक्ति एकाग्रता के महानतम लाभों में से एक है।

8.5

केंद्र का रहस्य प्रकट करना

केंद्र के साथ इतनी ग़लतफ़हमियाँ इसलिए विकसित हो गई हैं, क्योंकि लोग यह नहीं समझते कि केंद्र क्या है? इसी वजह से वे केंद्र के बारे में उचित नज़रिया नहीं रखते और उसे ऐसी योग्यता के रूप में नहीं देख पाते, जिसे जीवन में विकसित किया जाना चाहिए। आइए, उन कुछ ग़लतफ़हमियों को दूर करें ताकि आप समझ सकें कि सही मायनों में केंद्र क्या होता है।

केंद्रित रहना थका देता है

एक बार एक सज्जन ने कहा था, ''सारा दिन केंद्रित रहने में बहुत ऊर्जा लगती है और कोशिश करनी पड़ती है। यह थका देता है।''

मैंने उन्हें उत्तर देते हुए पूछा, ''आपको सारा दिन ध्यान भटकाने के लिए कितनी ऊर्जा और प्रयास का निवेश करना पड़ता है?''

उन्होंने बेहिचक कहा, ''बिलकुल भी नहीं। असल में, मैं तो बिना किसी कोशिश के सारा दिन ऐसा कर सकता हूँ।''

''आप चाहें तो सारा दिन ध्यान भटकाने का अभ्यास कर सकते हैं, क्योंकि आपने अपने अवचेतन में बरसों इसी ढाँचे को विकसित करने का काम किया है। यही वजह है कि आपको इसके लिए अपनी ओर से कोई कोशिश नहीं करनी पड़ती और आपको थकान भी नहीं होती। जिस इंसान ने बरसों एकाग्रता की कला साधी हो, जिसने एकाग्रता के प्रति समर्पण भाव से अवचेतन में उसकी छाप अंकित हो, जिसकी सजगता उसकी संकल्प शक्ति के अधीन हो, उसके लिए सारा दिन केंद्रित रहना आसान होता है। उसे कोई प्रयास नहीं करना पड़ता और ना ही कोई थकान अनुभव होती है।''

जिस भी व्यक्ति को एकाग्र रहने का प्रशिक्षण नहीं मिला होगा, उसे लंबे समय तक एकाग्र रहने से थकान होगी। अगर आप मन से कुछ ऐसा करने के लिए कहते हैं, जिसके लिए उसके पास गहरे अंकन नहीं हैं या उसे प्रशिक्षित नहीं किया गया तो सहज ही उसे वह काम करने के लिए अधिक ऊर्जा का निवेश करना होगा।

पेड़-पौधों का विशेषज्ञ घंटों पौधों की छंटाई कर सकता है, क्योंकि उसकी मांसपेशियों को उस काम की आदत हो गई है, परंतु कोई पहली बार ऐसा काम करेगा तो बहुत थकान महसूस होगी। मन के साथ भी यही होता है। मन जिसे करने का आदी नहीं होता, उसे उस काम को करने में बहुत सी ऊर्जा और प्रयास का निवेश करना पड़ता है, जो उसके लिए वाक़ई थका देने वाला हो सकता है।

और अगर थकान की बात करें, तो इस ओर ध्यान देना होगा कि एक केंद्रित व्यक्ति किसी ऐसे व्यक्ति के साथ समय नहीं बिता सकता जिसका ध्यान एक जगह नहीं टिकता हो। जिस इंसान की सजगता मन के अलग-अलग हिस्सों की यात्रा पर रहे, उसके साथ चलना बहुत क्लांत कर देगा। सहज सजगता रखने वाले का साथ मन को शांत करता है। केंद्रित सजगता से ऐसा काम करने को कहा जा रहा है, जो उसने पहले कभी नहीं किया और यही काम उसे बुरी तरह से थका देगा। सजगता हर ओर जाती है तो हर ओर ऊर्जा प्रवाहित होती है, जिससे ऊर्जा की भारी हानि होती है।

छूट जाने का भय

एक बार एक व्यक्ति ने अपने हाथ को चेहरे के दोनों ओर ले जाकर इशारा करते हुए कहा था, ''मैं अपने चेहरे पर इस तरह पट्टी नहीं लगा सकता कि आसपास कुछ दिखाई ही नहीं दे।''

कई लोग ऐसा मानते हैं कि अगर वे केंद्रित रहेंगे तो उनका नज़रिया संकुचित हो जाएगा। यह सच है कि उनकी सजगता किसी एक चीज़ पर टिकी होगी पर जैसा कि अब आप जानते हैं, केंद्र निरीक्षण को जन्म देता है। जो इस लोकप्रिय मान्यता के विपरीत है कि केंद्रित रहने से आपके जीवन में बहुत कुछ छूट जाता है, जबकि असल में ऐसा नहीं होता। असल में केंद्र ही आपको निरीक्षण के योग्य बनाता है, जिसका मतलब है कि आप आसपास की हर चीज़ के लिए और सजग होते हैं।

हर चीज़ को अपने से परे करना

खिलाड़ी प्राय: कहते हैं, ''मैं अक्सर हर चीज़ को परे करके, खेलों पर ध्यान केंद्रित करता हूँ।'' आइए, इस कथन का विश्लेषण करें। अगर आप किसी चीज़

में अवरोध उत्पन्न करते हैं तो आपकी सजगता उसी ओर जाएगी, जिस जगह से इसे अवरोध दिया गया है। उदाहरण के लिए अमेरिकी फुटबॉल डिफ़ेंस लाइनबेकर को ही लें। उसे डिफ़ेंसिव लाइन को पार करने वाले व्यक्ति को रोकना भी होता है। ऐसा करने के लिए उसे उसके पास जाना होगा। अगर एक लाइनबेकर होगा तो उसे हर खिलाड़ी के पास जा कर व्यक्तिगत रूप से उसे रोकना पड़ेगा। इसी तरह, अगर आप कहते हैं कि आप किसी चीज़ को रोकना चाहते हैं तो इस पुस्तक के संदर्भ के अनुसार आप कहना चाह रहे हैं कि आपकी सजगता लाइनबेकर की तरह एक बार में एक व्यक्ति के पास जा रही है ताकि उसे ब्लॉक कर सके। अनिवार्य तौर पर जब कोई व्यक्ति कहता है, ''मैं हर चीज़ को परे कर देता हूँ।'' तो इसे केंद्रित होना नहीं मान सकते।

हमारे लिए स्वयं को इस बात के लिए प्रशिक्षित करना बहुत मायने रखता है कि मन कैसे काम करता है। ऐसा करने के लिए एक प्रमुख कारक यह होगा कि आप उचित शब्दावली और शब्दों का प्रयोग करें। इसके लिए आपके पास सजगता और मन की गहरी समझ होनी चाहिए। मैंने पुस्तक के आरंभिक अध्यायों में बार-बार इसी बात पर बल दिया है।

बेहतर होगा कि खिलाड़ी यह कहे, ''मैं खेल पर पूरी तरह से केंद्रित होने जा रहा हूँ।'' ऐसा करने से वह यह निरीक्षण कर सकेगा कि उसके आसपास क्या घट रहा है। परंतु उसकी सजगता आसपास के वातावरण में मग्न नहीं होगी। उसकी सजगता पूरी तरह से उसके खेल में केंद्रित रहेगी।

अटल केंद्र पाने की राह में आपको किसी भी चीज़ को रोकने की आवश्यकता नहीं है।

आनंद की अनुपस्थिति

अगर कोई किसी व्यक्ति को केंद्रित करते हुए मानसिक चित्रण करना चाहे तो वह यही देखेगा कि उक्त व्यक्ति आँखें सिकोड़े उस वस्तु को ध्यान से देख रहा है, उसके माथे पर बल हैं और चेहरे पर बहुत गहरे ध्यान और तल्लीनता के भाव हैं। ऐसे मानसिक चित्रण के साथ आप यह नहीं मान सकते कि उक्त व्यक्ति विश्रांत भी है या नहीं।

अगर किसी विश्रांत व्यक्ति का मानसिक चित्रण करना हो तो वह इसके विपरीत होगा, शायद उनका मानसिक चित्रण करते हुए यही देखा जाएगा कि कोई व्यक्ति बेपरवाह हो कर समंदर किनारे दौड़ रहा है, दोनों बाँहें फैली हुई हैं, हवा से सारे बाल चेहरे पर बिखरे हुए हैं। इस मानसिक चित्रण के साथ निष्कर्ष निकाल सकते हैं कि उक्त व्यक्ति विश्रांत, मुक्त और आनंदमग्न है।

यदि दोनों मानसिक चित्रण एक साथ हों तो उन्हें देखकर कोई यही कहेगा, ''मैं केंद्रित नहीं होना चाहता, क्योंकि तब मैं जीवन का आनंद नहीं ले सकता। मैं केंद्रित हो कर गंभीरता नहीं ओढ़ना चाहता। मैं अपने जीवन में विश्रांति और आनंद को प्राथमिकता देता हूँ।''

यह ग़लतफ़हमी भी इसी तथ्य से उपजी है कि लोग इस बात को नहीं समझते कि केंद्र क्या है। जिस व्यक्ति को केंद्रित रहने का प्रशिक्षण दिया जाता है, वह चेहरे पर गंभीरता ओढ़े और माथे पर बल डाले नहीं चलता। केंद्रित रहना उसकी सहज मानसिक अवस्था होती है। उसे केंद्रित रहने के लिए कोई मेहनत नहीं करनी पड़ती। केंद्रित रहने के कारण वह जीवन में सब पर पूरा ध्यान देता है, जिससे उसके हर काम में एक भरपूर सा अहसास आता है। संतोष, आनंद और प्रसन्नता का भाव बना रहता है।

माइंडफुलनेस

मैं यह बात स्वीकार करना चाहूँगा कि इस शब्द को सुनते ही मेरे अंदर ऐसी ही प्रतिक्रिया पैदा होती है, जो ब्लैकबोर्ड पर नाख़ूनों को खुरचने से पैदा होने वाली ध्वनि सुनकर होती है। कहना नहीं होगा कि मैं भी एक इंसान हूँ और कई बातों से खीझ जाता हूँ। इस शब्द का आवश्यकता से अधिक दुरुपयोग हो चुका है।

मैं अपनी सजगता को विषय पर दोबारा ले जाता हूँ कि मैंने इस शब्द का प्रयोग क्यों किया। चलिए माइंडफुलनेस को परिभाषित करते हैं, ''*ऑक्सफ़ोर्ड इंग्लिश डिक्शनरी* के अनुसार माइंडफुलनेस एक ऐसी मानसिक अवस्था है, जिसे आप वर्तमान क्षण पर केंद्रित रहते हुए पा सकते हैं।'' इस परिभाषा के सावधानीपूर्वक किए गए निरीक्षण से स्पष्ट होगा कि माइंडफुलनेस एकाग्रता का उपोत्पाद है : एक मानसिक अवस्था जो केंद्रित रहने से उपजती है।

मरियम वेबस्टर डिक्शनरी के अनुसार माइंडफुलनेस का अर्थ है, ''कोई परख़ नहीं करने वाली उन्नत मानसिक अवस्था बनाए रखना या फिर क्षण प्रति क्षण व्यक्ति के विचारों, भावों व अनुभवों के लिए पूर्ण सजगता।'' मैं शब्दों के अर्थ को ज्यों का त्यों रखते हुए इसका संक्षिप्त रूप प्रस्तुत करना चाहूँगा, ''क्षण-प्रतिक्षण के आधार पर एक व्यक्ति द्वारा अपने अनुभवों के लिए पूर्ण सजगता।'' (ध्यान दें कि उन्होंने सजगता शब्द का प्रयोग, मेरे अर्थ से विभिन्न किया है।)

दोनों परिभाषाओं के आधार पर मैं निष्कर्ष निकाल सकता हूँ कि यदि हम एकाग्र होते हुए, लंबे समय किसी एक चीज़ पर अपनी सजगता बनाए रखें, तभी हम इस बात के लिए सजग या माइंडफुल हो सकते हैं कि हम किस बात के लिए केंद्रित हैं।

इस तरह निष्कर्ष निकाल सकते हैं कि हम माइंडफुलनेस का अभ्यास नहीं करते। हम निरीक्षक होने का अभ्यास नहीं करते। हम एकाग्रता का अभ्यास करते

हैं। माइंडफुलनेस और निरीक्षण ऐसी मानसिक अवस्थाएँ हैं, जो उस सजगता का उपोत्पाद हैं, जिसे लंबे समय तक एकाग्र रहने का प्रशिक्षण दिया जाता है। दूसरे शब्दों में, माइंडफुलनेस अवस्था या निरीक्षण का अनुभव पाने के लिए एकाग्रता आवश्यक है।

जब आप किसी से कहते सुनते हैं, ''माइंडफुलनेस का अभ्यास करो।'' तो वे तकनीकी तौर पर ग़लत कह रहे हैं। आप एकाग्रता का अभ्यास कर सकते हैं, जिसके बाद माइंडफुलनेस अवस्था आती है। एकाग्रता से माइंफुलनेस की मानसिक अवस्था आती है, जिसके बिना उसका जन्म नहीं हो सकता।

यदि किसी व्यक्ति का ध्यान बाधित होगा तो इसका अर्थ होगा कि उसकी सजगता अनियंत्रित रूप से इधर से उधर भटक रही है, तब वह क्षण-प्रति-क्षण अपने अनुभवों के प्रति पूर्ण सजगता की अवस्था कैसे बनाए रख सकेगा? वह ऐसा कर ही नहीं सकता। जिसका ध्यान बाधित हो, उसे माइंडफुलनेस का अभ्यास करने के लिए सजगता को बस में करना होगा।

किसी को उन्हें पहले कहना होगा कि वे एकाग्रता का अभ्यास करें। जब वे लंबे समय तक अपनी सजगता को किसी एक चीज़ पर केंद्रित रख सके तो वे क्षण-प्रति-क्षण मिलने वाले अनुभवों पर केंद्रित हो सकेंगे। फिर वे माइंडफुल या निरीक्षक होने का अनुभव पा सकते हैं।

इसी तरह, आप प्रसन्न होने का भी अभ्यास नहीं करते। आपको प्रसन्नता का अनुभव होता है। यह एक मानसिक अवस्था है। प्रसन्नता आपके किसी अनुभव का उपोत्पाद है या मन के किसी विशेष हिस्से में सजगता का नतीजा है।

लोगों को माइंडफुलनेस का अभ्यास करने के लिए कहने के बजाए एकाग्रता का अभ्यास करने को कहें। और माइंडफुलनेस एक ऐसी मानसिक अवस्था है, जिसे उस वस्तु पर एकाग्र हो कर पाया जा सकता है, जिसे वे पाना चाहते हैं। यही माइंडफुलनेस शब्द का सही उपयोग और समझ होंगे।

मल्टीटास्किंग की समझ

कई सारे कामों को करने का छोटा तरीक़ा यही होगा कि
आप एक बार में एक ही काम करें।

–वूल्फ़गैंग एमाड्यूस मोज़ार्ट

ध्यान भटकने की तरह, कई काम एक साथ करना केंद्रित होने से विपरीत है। एक साथ काम करने की समझ के लिए इसे परिभाषित करना बेहतर होगा। मरियम

वेबस्टर डिक्शनरी के अनुसार मल्टीटास्किंग का अर्थ है, ''एक ही समय में कई सारे काम एक साथ करना।'' किसी व्यक्ति के संदर्भ में यह परिभाषा इस तरह दी जा सकती है कि यह एक समय में एक से अधिक कामों को करने की योग्यता है; कंप्यूटर के संदर्भ में इसकी परिभाषा होगी, ''यह एक से अधिक काम या प्रोग्राम एक साथ पूरे करने की योग्यता रखता है।'' ये बहुत सारे काम एक साथ करने की स्पष्ट परिभाषाएँ हैं।

जब कोई इंसान ''एक साथ कई काम'' करता है, तो उस समय उसकी सजगता दो हिस्सों में बार-बार आ-जा रही है। सजगता एक समय में दो जगह नहीं हो सकती।

गाड़ी चलाते हुए बात करने वाला व्यक्ति, एक ही समय में अपनी सजगता या ध्यान को गाड़ी या फ़ोन पर एक साथ नहीं रख सकता। यह ना केवल ख़तरनाक होगा, बल्कि समय और ऊर्जा की भी बरबादी है। आपको याद ही होगा कि जिस ओर सजगता जाती है, ऊर्जा उस ओर ही प्रवाहित होती है।

मैं आपको एक उदाहरण से समझाना चाहूँगा कि बहुत सारे काम एक साथ करने से किस तरह ऊर्जा की बरबादी हो रही है। कल्पना करें कि सजगता एक कार की तरह है और उस कार को एनर्जी के ईंधन से चला सकते हैं। अगर कार लगातार दो शहरों में आती-जाती रहेगी तो यह केवल एक जगह खड़ी कार से ज़्यादा गैस ख़र्च करेगी। सजगता के साथ भी यही होता है। दो चीज़ों के बीच बार-बार आने-जाने वाली सजगता बहुत सी ऊर्जा ले लेती है। सजगता को दोनों के संपर्क में आना पड़ता है। यह कुछ देर एक वस्तु के साथ है और अगले ही क्षण दूसरी वस्तु के साथ है। फिर यह पहली वस्तु पर आ जाती है और फिर दो क्षण बाद दूसरी वस्तु पर चली जाती है। एक से दूसरी चीज़ पर बार-बार आने-जाने से इसे लगातार बातचीत या गतिविधि के सिरे से स्वयं को जोड़ना पड़ता है।

यह सब भारी मात्रा में ऊर्जा की खपत करता है। एकाग्र मन की अवस्था में हमारी उत्पादकता और सक्षमता जिस स्तर पर हो सकते थे, वे उस स्तर से कहीं ज़्यादा नीचे उतर आते हैं।

कई लोग यह सोचकर कई सारे काम एक साथ करते हैं कि वे उत्पादकता के बीच बहुत सारे काम निपटा रहे हैं। इसके विपरीत, वे अपने दो सबसे अधिक अनमोल संसाधन नष्ट कर रहे हैं - उनका समय और ऊर्जा।

कई सारे काम एक साथ करने से क्या होता है, इस बारे में मेरा नज़रिया वैज्ञानिक और मनोवैज्ञानिक शोध का नतीजा नहीं है। यह सजगता और मन के आंतरिक अनुभव से जुड़ा है। अगर आप बहुत सारे काम एक साथ करने के

वैज्ञानिक शोध को पढ़ना चाहें तो मैं आपको ऑनलाइन सर्च करने का सुझाव दूँगा, इस जगह आपको बहुत सारे स्नायु संबंधी और मनोवैज्ञानिक अध्ययन मिलेंगे, जो आपको बता सकते हैं कि ''कई सारे काम एक साथ करना'' एक मिथ है।

भाग – 4

मन के लिए रामबाण

अध्याय 9

चार शत्रु

9.1

वर्तमान में उपस्थित रहना - उपचार

यदि मन को वश में नहीं रखा जाए तो यह कई कष्टों का माध्यम बन सकता है। यदि हमारे पास मन की सजगता की गहरी समझ हो तो हम कई रोगों और परेशानियों का बेहतर प्रबंधन और उपचार कर सकते हैं और यह भी अच्छी तरह संचालित कर सकते हैं कि हमारे मन की सजगता किस ओर जाएगी। इस अध्याय में, मैं उन चार शत्रुओं की बात करना चाहूँगा, जिन्होंने बहुत सारे मन आतंकित कर रखे हैं। वे हैं - चिंता, भय, उद्वेग और तनाव।

इन पर अलग-अलग बात करने से पहले, हमें पहले सजगता को केंद्रित करने की योग्यता पर ध्यान देना होगा - वर्तमान में उपस्थित रहना। मैं एक कहानी के साथ आगे बढ़ता हूँ, जो मुझे एक उद्यमी ने सुनाई थी।

''हम एक निजी बोट में गहरे नीले समंदर को पार करते हुए वीरान द्वीप की ओर जा रहे थे, मैंने अपने फ़ोन से सिर उठा कर देखा कि मेरी पत्नी और बच्चे उस मन मोह लेने वाले दृश्य में पूरी तरह से मग्न थे। मैंने ही परिवार के लिए उस अवकाश की योजना बनाई थी। उस एक क्षण में मुझे अहसास हुआ कि मैं पिछले पंद्रह मिनट से अपने फ़ोन से चिपका हुआ था। उसने मुझे मायूसी से बताया और कहा कि वह उस अनुभव के बीच वर्तमान में उपस्थित नहीं था। परिवार के साथ मेरा वह अनुभव हमेशा के लिए खो चुका था।'' उसने ख़ुद को उलाहना दिया।

लोग प्राय: आजीवन ऐसी कमाई करने में लगा देते हैं, जिससे वे अपने लिए ऐसे अनुभव रचने के अवसर पा सकें। इन अनुभवों में एक दोस्त के साथ किसी जगह खड़े हो कर खाना खाने से लेकर परिवार के साथ निजी बोट पर घूमना तक शामिल हो सकता है। अनुभव चाहे जो भी हो, एक बात यह तय करेगी कि आपको उस अनुभव से क्या मिलेगा, वह आपकी वर्तमान में रहने की योग्यता है। खेद से

कहना पड़ता है, अनेक लोग अपने विचलित मन की वजह से ऐसे अनुभवों को साकार नहीं कर पाते।

जब मेरी सजगता इस बात से पूरी तरह से जुड़ी हो कि मैं किसके साथ हूँ, मैं कौन हूँ या मैं कौन सा अनुभव ले रहा हूँ। वर्तमान में उपस्थित होना ही एकाग्रता की अवस्था के अनुरूप है।

माइंडफुलनेस की तरह, वर्तमान में उपस्थित होना तभी संभव है, जब कोई व्यक्ति एकाग्र हो सके। और इसी तरह, आप उपस्थित होने का अभ्यास नहीं करते, आप एकाग्रता का अभ्यास करते हैं, क्योंकि जब आप एकाग्र होते हैं तो आप पूरी तरह से इस बात में रमे हैं कि आप किसके साथ हैं और नतीजा यह होगा कि आप उस अनुभव में उपस्थित हैं।

किसी को वर्तमान में उपस्थित होने के लिए कहना ग़लत होगा। बेहतर और सटीक यही होगा कि किसी को केंद्रित रहने को कहें, तब उनके लिए वर्तमान में उपस्थित रहना आसान होगा, बशर्ते उन्हें केंद्रित रहना सिखाया गया हो। अगर आप केंद्रित नहीं रह सकते तो आप उपस्थित कैसे हो सकते हैं। केंद्र के साथ ही आप उपस्थित होते हैं। वर्तमान में होना ही केंद्रित होने का प्रयास है। यदि कोई मन और सजगता की गहरी समझ रखता है और उसे पता है कि एकाग्रता किसे कहते हैं तो उसे वर्तमान में उपस्थित रहने के लिए अधिक नहीं कहना होगा।

क्या आपको कभी अनुभव हुआ कि आप किसी से बात करते हुए महसूस करें कि आप उसके साथ अनुभव में शामिल नहीं हैं। वे आपसे पूछते हैं, ''आप किधर हैं?'' इसका सही उत्तर होगा, ''मैं यहीं हूँ।'' इस उत्तर पर बहस नहीं हो सकती।

इस पुस्तक के संदर्भ में, तकनीकी तौर पर उचित प्रश्न होगा, ''आपकी सजगता या ध्यान किधर है?'' भौतिक रूप से, मुझे पता है कि आप इधर हैं, मेरे सामने खड़े हैं। यह दिन की तरह स्पष्ट है। आपका भौतिक शरीर सदा यहीं और अभी है। परंतु आपकी सजगता वर्तमान से ग़ायब है और नतीजतन आप भी वर्तमान में उपस्थित नहीं हैं।

अब कोई यह कैसे जान सकता है कि कोई व्यक्ति वर्तमान में उपस्थित नहीं है। क्या आप इस पर कुछ मिनट विचार करके देख सकते हैं कि आपके पास इस पुस्तक से मिली शिक्षाओं के आधार पर कोई उत्तर है?

उत्तर यह है कि आप उनकी ऊर्जा को अनुभव नहीं कर पाते। आपको याद है कि मेरे गुरु ने क्या कहा था : ''जहाँ सजगता जाती है, ऊर्जा उसी ओर प्रवाहित होती है।'' अगर एक व्यक्ति की सजगता, आपको मन में किसी दूसरी जगह ले जाती है तो आपकी ऊर्जा भी उस समय उसी ओर प्रवाहित हो रही है। अगर आप

ऊर्जा के प्रति संवेदनशील हैं तो आप जानते हैं कि आप उस बातचीत में केंद्रित नहीं हैं; इसलिए उपस्थिति भी नहीं है। यही सामने वाले के लिए भी सच है। हो सकता है कि वे अवचेतन रूप से आपकी बात की हामी भर रहे हों, परंतु वे वर्तमान से पूरी तरह से अनुपस्थित हो सकते हैं।

उम्मीद करता हूँ कि आपके लिए यह पूरी तरह से स्पष्ट हो गया होगा कि केंद्र की महत्त्वपूर्ण शक्ति क्यों विकसित करनी चाहिए। यह उन सभी योग्यताओं का सार है, जिन्हें हम अपने जीवन में विकसित करना चाहते हैं।

क्षण की नित्यता

वर्तमान में उपस्थित रहने के लिए आपको समय की बुनियादी समझ होनी चाहिए। यदि समय को सरल दृष्टि से देखें तो इसे तीन हिस्सों में विभाजित कर सकते हैं : अतीत, वर्तमान और भविष्य। किसी भी दिए गए समय में सजगता इन तीनों में से किसी भी एक हिस्से में हो सकती है।

यदि सजगता स्वयं को अतीत में खो देती है, तो आप इसे अपने जीवन के अनुभवों में सिर धुनते पाएँगे, जो आपके इस ग्रह पर आने के समय से संजोए गए हैं और अवचेतन के संग्रहालय में जमा हैं। अवचेतन किसी संग्रहालय की तरह काम नहीं करता। अगर आप इसे व्यवस्थित स्मरण शक्ति के लिए संगठित नहीं करते तो यह अनुभवों, आदतों के ढाँचों आदि का अंबार बन कर रह जाता है।

और जब आप सजगता को अतीत में मग्न पाते हैं तो आप स्वयं को कहते सुन सकते हैं : ''आपको वह समय याद है, जब हम सर्दी के समय प्राग में थे और उन्होंने हमें गरम वाइन पिलाई थी!'' यह इस बात की मौखिक स्वीकृति है कि आपकी सजगता किस जगह है। कई लोग अपना अधिकतर समय अतीत में ही बिताते हैं और ऐसा करते हुए, अनजाने में ही वर्तमान उनके हाथों से फिसल जाता है।

अतीत हमारा शैक्षिक संसाधन हो सकता है, यह हमें ऐसी सीख देता है, जिसके बल पर हम वर्तमान में बेहतर निर्णय लेते हुए बेहतर भविष्य बना सकते हैं।

यदि सजगता भविष्य की ओर जाएगी तो आप स्वयं को कहते सुनेंगे : ''अगले सप्ताह कुआलालम्पुर जाने को बेचैन हूँ। वहाँ कमाल का स्ट्रीट फूड मिलता है। बेशक उस जगह जाते ही सबसे पहले रोटी और चने खाना चाहूँगा।'' यह इस बात की मौखिक स्वीकृति है कि आपकी सजगता किस जगह है।

जब आपकी सजगता बहुत देर तक मानसिक कल्पना और दिवास्वप्नों के बीच बिताने लगती है तो इसके बाद निराशा, मायूसी, उदासी और अवसाद घेर

सकते हैं। ऐसा इसलिए होता है, क्योंकि आप मन में जो सोच रहे हैं, उसे असली जीवन में साकार नहीं कर पा रहे। आप जो पाना चाहते हों, भविष्य में उसका एक स्पष्ट मानसिक रूप सामने होना आवश्यक होता है, परंतु उसे अमल में लाने के लिए आपको वर्तमान में जीना होगा। यहीं से भविष्य का निर्माण होता है – यहीं और अभी!

सजगता को अतीत या भविष्य की ओर जाने देने में कुछ बुरा नहीं है, बशर्ते आप यह काम पूरी समझदारी और सजगता से करें। दोनों में से किसी से भी अति लगाव आपके लिए हानिकारक होगा। कुछ लोग अपना समय यह बताने में लगाते हैं कि वे क्या करने जा रहे हैं, परंतु वे कभी वर्तमान में उसे करने का हठ नहीं करते। कुछ लोग अतीत पर सिर धुनते रहते हैं, पुरानी यादों में घुलते हैं और उन्हें याद नहीं रहता कि जीवन कितना आगे आ गया है। यदि आप द्रष्टा होते तो आपके लिए यह देखना आसान होता कि किसी समय में व्यक्ति की सजगता उसकी बातों से कैसे झलकती है।

फिर कुछ लोग ऐसे होते हैं, जिनका अधिकतर समय वर्तमान में अपने कामों पर केंद्रित रहता है। वे सर्जक हैं। वे सपने साकार करते हैं। वे नेता हैं। वे जानते हैं कि सब कुछ यहीं और अभी होता है, इसी क्षण की नित्यता में।

मेरे गुरु ने मुझे इस बात को बहुत अच्छी तरह समझा दिया था, ''अभी ही एकमात्र यथार्थ है।'' उन्हें इसके लिए प्रयास करना पड़ा और उनकी पहल, मेरे मन की परतों के आधार पर बदलती थी, जिसे वे इस सूत्र में ढालना चाहते थे। इस जगह उनसे मिली एक उल्लेखनीय शिक्षा के बारे में बताना चाहूँगा।

एक दिन शाम को अपने मेज़ से काम समेट रहा था। शाम के छह बज चुके थे और काम समेटने का समय हो चुका था।

फ़ोन की घंटी बजी और मैंने आगे जा कर फ़ोन लिया।

''दंडपाणि!'' मैंने गुरुदेव को बोलते सुना।

''जी, गुरुदेव।''

''तुम विंडबैल फ़ॉरेस्ट चले जाओ।'' उन्होंने कहा और उसी क्षण मेरे दिमाग़ में बहुत सी बातें कौंध गईं।

विंडबैल फ़ॉरेस्ट, इक्यावन एकड़ आश्रम के मैदानों का जंगल वाला हिस्सा था। उसमें एक बिना नाले वाला पुल पार करने और पगडंडी पर जाने के बाद रहने के लिए कुटिया आती थी, एकांत में बनी एक कुटिया।

उसे टीन की छत और लकड़ी से बनाया गया था। कल्पना करें कि एक ट्यूब को लंबाई में काट कर, अर्ध-सिलेंडरनुमा आकार दे दिया जाए। बस उसका वही आकार था। वह ज़मीन से तीन फ़ीट की दूरी पर चार लकड़ी के खंभों पर टिकी

थी। उसका लकड़ी का फ़र्श और छत लगभग तीन फ़ीट चौड़े और सात फ़ीट लंबे थे। अब कल्पना करें कि उसकी लंबाई वाले हिस्से में धातु की एक चादर लगी थी और उसे दूसरे हिस्से से जोड़ कर मोड़ा गया था। प्रवेश द्वार एक कामचलाऊ दरवाज़े की तरह बनाया गया था।

मैं उसमें रेंग सकता था, बैठ सकता था और अपने सिर और धातु की चादर के बीच विलासितापूर्ण तीन इंच जगह का इस्तेमाल कर सकता था, जिसे लकड़ी के लंबे लट्ठों से टिकाया गया था। यह हवाई का 21 वर्ग फ़ीट का रियल एस्टेट ही अब मेरा घर होने वाला था। मुझे हाल ही में अपने सौ वर्ग फ़ीट के भव्य बंगले को छोड़ने को कहा गया था।

मैंने धीरे से उत्तर दिया, ''ठीक है, कल सुबह चला जाऊँगा।'' दिन ढलने को था और मैं यह काम अंधेरे में नहीं करना चाहता था।

गुरुदेव बोले, ''तुम अब भी जा सकते हो।''

''पर अंधेरा हो रहा है।'' मैंने आराम से अपनी बात कही।

''तुम्हारे पास टॉर्च है, है ना?''

और यह हमारी बातचीत का अंत था। मैंने फ़ोन रखते ही हाथ का काम छोड़ा और अपना सामान बटोरने लगा, जिसे अपने वनवास के दौरान प्रयुक्त किया जा सके।

वह मेरे लिए एक बेहतरीन सबक़ रहा। जाने क्यों हम कामों को टालते रहते हैं। इस मामले में, जंगल में जाना आरामदेह नहीं लगता था और शायद थोड़ा डर भी था। पर गुरुदेव ने उसी समय जाने के लिए बोल कर मेरी सजगता को वर्तमान में उपस्थित कर दिया था। उन्होंने मुझे अनुमति दी कि मैं अपनी असुविधा और संभावित भय का सामना करूँ। उन्होंने उसी समय काम करने को कहते हुए यह भी सिखाया कि यह जीवन में कुछ भी साकार करने की सबसे बड़ी कुंजी है। भविष्य को यहीं और अभी साकार कर सकते हैं। बाद में या आने वाले कल में नहीं।

पहली रात, एक बड़ी छिपकली, मेरे सिर पर लगे लकड़ी के खंभे से फिसली और मेरी छाती पर आ गिरी। ऐसा लगा कि जैसे कुछ गिरा था पर इससे पहले कि मैं कुछ करता। वह हड़बड़ा कर मेरे मुँह पर दौड़ते हुए निकल गई और क्षमा करें, पर आपसे पूछना ही होगा : अगर कोई संन्यासी जंगल में चिल्लाता है और उसे कोई नहीं सुनता, तो क्या वह असल में चिल्लाया था? उस कुटिया में कई माह रहने पर और कई पाठ सीखे, जिनकी मैं कल्पना तक नहीं कर सकता था।

वर्तमान ही यथार्थ है पर हमें अपने विवेक का प्रयोग करते हुए तय करना चाहिए कि हमें कब काम करने हैं या नहीं करने।

मैं आपको क्षण में जीने से जुड़े चरण संक्षेप में बता देता हूँ। पहला, आपको पता होना चाहिए कि मन और सजगता के बीच अंतर है। फिर आपको पता होना चाहिए कि किसी भी क्षण में आपकी सजगता अतीत, वर्तमान या भविष्य में हो सकती है। सजगता को अभी और यहीं रखने के लिए, वर्तमान में लाने के लिए आपको अपनी संकल्प शक्ति और एकाग्रता शक्ति का प्रयोग करना होगा और देखना होगा कि यह किसके साथ और क्यों रमी हुई है। ऐसा करने से आप वर्तमान क्षण में जी सकेंगे और पूरी तरह से वर्तमान में उपस्थित होंगे।

हमारी केंद्रित करने की योग्यता हमें वर्तमान क्षण में जीने की योग्यता देती है, जो हमें यह अनुमति देती है कि हम जीवन के सभी अनुभवों का पूरा आनंद ले सकें। एक भी क्षण व्यर्थ नहीं हो। जीवन को भरपूर जीना चाहिए।

9.2

चिंता का मूल कारण

भय और चिंता ऐसे मानसिक रोग हैं, जो समय की कसौटी पर खरे उतरते आए हैं। इन्होंने लोगों के मन का चैन छीना, उनकी ऊर्जा नष्ट की और अनेक व्यक्तियों के मन में बिन बुलाए मेहमान बने बैठे रहते हैं। इन घुसपैठियों को मन से बाहर करने के सभी उपाय निष्फल रहे और अधिकतर लोगों ने बेमन से ही मान लिया कि ये उनके मन के स्थायी निवासी हैं।

यदि इन्हें इनके हाल पर छोड़ दें तो ये दोनों आपके जीवन के प्रत्येक अंग को विषैला कर सकते हैं, हमारे मन और शरीर से ले कर, उन लोगों तक अपना हानिकारक और सब कुछ नष्ट कर देने वाला प्रभाव दिखा सकते हैं, जो हमारे जीवन में हमसे संपर्क रखते हैं। ये संकल्प शक्ति को विकलांग और सजगता को पक्षाघातग्रस्त बना देते हैं, जीवन धीरे-धीरे थम सा जाता है। परंतु हमें इनका सामना करना होगा ताकि हम इनकी मानसिक गुलामी से अपना बचाव कर सकें। ऐसी मानसिक अवस्था से अपना बचाव करने का एक रामबाण उपाय है, जिससे मन को भय और चिंता की बेड़ियों से मुक्त कर सकते हैं।

मन की सजगता का कौशल ही इसका इलाज है, इस आतंक से निबटने का समय की कसौटी पर खरा उतरने वाला रामबाण - यह उन सबके लिए उपलब्ध है, जो इसे पाना चाहते हैं, यह सर्वसुलभ है, परंतु हर चाहने वाला इसे प्राप्त नहीं कर सकता; यही वजह है कि यह इलाज दुर्भाग्य से कुछ संकल्पबद्ध आत्माओं को ही मिल पाता है। यही लोग सदा मानवता का पूरे साहस से संचालन करते आए हैं।

चिंता

हमने कोकोनट मार्केट के पार्किंग प्लेस में ख़ाली जगह पर कार पार्क की। यह कोआई द्वीप के पूर्वी छोर पर स्थित एक शांत डाइनिंग और शॉपिंग विलेज है। मेरे साथ गुरुदेव और एक वरिष्ठ गुरुभाई भी थे। हम कार से उतर कर, अंदर ले जाने वाले मार्ग पर चलने लगे। जब हम चल रहे थे तो गुरुदेव ने मुड़ कर कहा, ''जब तुम सचेतन मन के साथ हो तो तुम्हें सचेतन मन के नियमों के साथ खेलना चाहिए।''

चिंता सजग मन की संतानों में से है। जब सजगता चेतन मन में होती है तो आप चिंता के अनुभव के लिए इसके दरवाज़े खोल देते हो। यदि आप अपना अधिकतर समय सचेतन मन के साथ बिताते हैं। यदि आपका अधिकतर समय सजग मन के साथ बीतता है तो यह आपको यक़ीन दिला देता है कि चिंता का अनुभव एक संभावना है। मन की सजगता पर आपकी निपुणता का स्तर ही तय करता है कि आप स्वयं को चिंता के कितने हवाले करते हैं।

हालाँकि बहुत से लोग चिंता से अच्छी तरह परिचित हैं पर हम इसे परिभाषित करना चाहेंगे ताकि हम और आप एक ही विषय पर साथ-साथ आगे बढ़ें। इस तरह हमें यह देखने में भी मदद मिलेगी कि हम इस किताब में दी गई जानकारी को अपने लिए कैसे प्रयुक्त कर सकते हैं। मरियम-वेबस्टर डिक्शनरी के अनुसार, ''चिंता एक मानसिक कष्ट या खीझ है, जो किसी विलंबित या प्रत्याशित चीज़ के बारे में सोचने से प्रकट होती है।'' कैम्ब्रिज डिक्शनरी की परिभाषा थोड़ी हजम की जा सकती है : ''ऐसी समस्याओं और असुखद बातों के बारे में सोचना, जो इस तरह से घट सकती हैं, जिससे आप अप्रसन्न और भयभीत महसूस करें।''

मैं आपके लिए चिंता की परिभाषा देते हुए एक कहानी सुनाना चाहूँगा, जो मेरे गुरुदेव ने अपने जीवन के आरंभिक वर्षों से सुनाई थी। 1934 का समय था, भारी बर्फ़बारी हो रही थी। वे उत्तरी कैलिफ़ोर्निया में फालन लीफ़ झील के पास कार में अपने परिवार के साथ यात्रा कर रहे थे। जब बर्फ़ भारी और मोटी होने लगी तो उन्हें चिंता सताने लगी।

''अगर हम बर्फ़ में फँस गए तो? अगर हम समय से घर नहीं जा सके? तब तो मेरा मनपसंद रेडियो शो छूट जाएगा।'' वे चिंता करने लगे।

यह सोचते हुए, उन्होंने निरीक्षण किया कि उनके मन में क्या चल रहा था। उन्होंने देखा कि सजगता वर्तमान क्षण को छोड़ कर भविष्य की यात्रा कर रही थी। ज्यों ही उनकी सजगता भविष्य की ओर गई तो उसने उन्हें दिखाया कि वे परिवार के साथ बर्फ़ में फँस गए हैं। इस मानसिक चित्रण के बाद सजगता वर्तमान में वापस आई और वे चिंता करने लगे। वे मानसिक तौर पर परेशान हो गए और ये परेशानी उस हालात के लिए थी, जो उन्होंने अपने मन में पैदा की थी।

मन के इस सारे खेल को देखने के बाद, उन्होंने स्वयं से पूछा, ''हम अभी तो बर्फ़ में नहीं फँसे ना?'' और उन्हें स्वयं से उत्तर मिला, ''नहीं।'' उन्होंने फिर स्वयं से पूछा, ''क्या हम अब भी समय पर शो देखने घर पहुँच सकते हैं?'' और उन्होंने उत्तर दिया, ''हाँ।''

यह अहसास मन में आते ही, सात वर्षीय गुरुदेव ने ख़ुद को यक़ीन दिलाया कि वे उस समय बिलकुल ठीक थे। उन्होंने दृढ़ शब्दों में स्वयं से कहा, ''मैं इस समय पूरी तरह से ठीक हूँ।'' उन्हें अहसास हुआ कि उस एक क्षण में वे पूरी तरह से ठीक थे। उनकी चिंता भविष्य पर आधारित थी। उन्होंने अपनी सजगता को भविष्य में जाते देखा, ऐसे हालात देखे जो अभी घटे भी नहीं थे और फिर वर्तमान में आ कर उसकी चिंता करने लगे। और कुल मिला कर, यही चिंता है।

उनके इस अनुभव से मुझे चिंता के बारे में एक स्पष्ट बोध मिला। यह सुनने के बाद मैंने तत्काल अपनी कई चिंताओं से मुक्ति पा ली थी। अब मैं चिंता को उसी नज़रिए से नहीं देख पाता। मैं इसे उसी रूप में देखता हूँ, जैसी ये है : अनियंत्रित सजगता, भविष्य में किस्से बुन रही है, जिससे वर्तमान में कष्ट पैदा हो रहा है।

यदि मैं कभी सजगता को भविष्य में जाकर चिंताजनक हालात पैदा करते देखता तो मैं उसे अपनी संकल्प शक्ति के बल पर फिर से वर्तमान में ले आता और अपनी एकाग्रता शक्ति के बल पर उसे वर्तमान से जोड़े रखता। यह वही संकल्प शक्ति है, जिसे मैंने वर्षों के सुदीर्घ अभ्यास से साधा था। मैंने अपनी क्षमता से अधिक काम किया और जितना बेहतर कर सकता था, उससे थोड़ा और बेहतर काम किया। जब भी बिस्तर लगाता तो उसी संकल्प शक्ति को विकसित करता या फिर चप्पल उतारने के बाद उन्हें सही जगह रखते हुए उसी क्षमता का प्रयोग करता या फिर जब बर्तन साफ़ करता या अपने औसत दिन की उन घटनाओं का प्रयोग करता, जिन्हें बदला नहीं जा सकता था और जो बार-बार घटती थीं।

मैंने जितने समर्पण भाव से उस संकल्प शक्ति को तैयार किया था, अब उसे बुलाया जा सकता था कि वह चिंता के अनुभव से मेरी रक्षा करे। आपकी संकल्प शक्ति को विकसित करने के लिए यही कारण बहुत है, हालाँकि आप इसका कहाँ और कितना प्रयोग कर सकते हैं, यह उसका अंश भर है। आशा करता हूँ कि आप चिंतारहित मन पाने के लिए सकंल्प शक्ति को लागू करने के महत्त्व को समझ सकेंगे।

और जब मैं सजगता को भविष्य में चिंता के बीच बिसूरने के बजाए वर्तमान में वापस लाता हूँ तो उसके बाद उसे एकाग्रता शक्ति के बल पर वर्तमान में रखना और भी सरल हो जाता है। ये एकाग्रता शक्ति वही है, जिसे मैंने कई बरसों तक अपने साथी, बेटी और परिचितों को अपना अविभाजित ध्यान दे कर और एक बार में एक ही काम करते हुए विकसित किया था।

मैंने पूरी निष्ठा से प्रतिदिन केंद्रित रहने की योग्यता पर काम किया और अब उस सजगता को वर्तमान में बनाए रखने के लिए प्रयुक्त कर सकते थे ताकि वह भविष्य में जा कर चिंताजनक हालात पैदा नहीं करे।

जब भी आपको चिंता सताए तो यह देखें कि आपके मन में क्या हो रहा है। निरीक्षण करें कि सजगता वर्तमान को छोड़ कर भविष्य की ओर जा रही है। देखें कि यह किस तरह किस्से गढ़ते हुए, हालात पैदा कर रही है, नतीजे निकाल रही है जो केवल निराशा से भरे हैं। यह चाहती है कि आप वर्तमान में लौट कर इनके लिए अपनी चिंता प्रकट करें।

आपने इस पुस्तक से अब तक जो सीखा, वह चिंता को दूर करने की पद्धतिबद्ध पहल है। पहले आपको समझना होगा कि मन और सजगता पूरी तरह से दो अलग चीज़ें हैं। फिर यह देखना होगा कि सजगता गतिशील होती है, मन की गति नहीं होती। आपको यह अहसास भी होना चाहिए कि संकल्प शक्ति और एकाग्रता शक्ति को मन के भीतर सजगता को संचालित करने के लिए निखारा और संवारा जा सकता है। अगर आपकी सजगता मन में चिंताजनक हालात के बीच जाती है तो अपनी संकल्प शक्ति के बल पर इसे वर्तमान में वापस ले कर आएँ और एकाग्रता शक्ति के बल पर वर्तमान में बनाए रखें। यही आपके जीवन से चिंता को दूर करने की कुंजी है।

भविष्य और अतीत

मैं यह नहीं कह रहा कि हमें कभी अपनी सजगता को भविष्य में नहीं जाने देना चाहिए और नकारात्मक परिदृश्य नहीं रचने चाहिए। ऐसा करना कई बार मददगार हो सकता है, यह हमें उन संभावित समस्याओं के हल खोजने में सहायक हो सकता है, जो आगे जा कर सामने आ सकती हैं।

कल्पना करें कि आप एक रेस्त्रां खोलने जा रहे हैं और आपने उसके लिए सारी बुनियादी तैयारी कर ली है। इसके बाद आप अपनी सजगता को भविष्य में जाने की अनुमति देते हैं ताकि वह जा कर संभावित समस्याओं का अनुमान कर सके। एक परिदृश्य में, आपकी सजगता मन में भविष्य में है, आप देखते हैं कि शुक्रवार रात को रेस्त्रां में भारी चहल-पहल है। इस मानसिक चित्रण के बीच आप देखते हैं कि रसोई में अचानक आग लग जाती है। तब आप अपने मानसिक चित्रण को रोक कर सजगता को तुरंत वर्तमान में ले आते हैं।

जब सजगता वर्तमान में वापस आ जाती है तो आप इस संभावित समस्या का हल तलाशते हैं। आप विशेषज्ञों से राय ले कर हल निकालते हैं कि अगर कभी ऐसी घटना हुई तो आपके पास उसके लिए क्या समाधान और प्रबंध होगा।

हालाँकि आपने सजगता को भविष्य में जा कर समस्या पैदा करने का अवसर दिया पर आपने अपने मन को परेशान नहीं होने दिया। आपने समस्या का हल निकाला। यह सजगता के इधर-उधर भटकने से बहुत अलग है। आप समस्या को असल में हल किए बिना ही उसका फिर से अनुभव कर रहे हैं।

वहीं दूसरी ओर, अतीत में चिंता नहीं बसती। आप किसी ऐसी चीज़ की चिंता नहीं कर सकते तो पहले हो चुकी है, क्योंकि वह पहले ही हो गई है। आप उसके लिए कुछ नहीं कर सकते पर आप चाहें तो पिछले कामों के नतीजों के लिए चिंता कर सकते हैं, जो आने वाले समय में आपके सामने होंगे।

मान लेते हैं कि आपने एक स्टोर से सुंदर पेन चोरी किया है। कुछ ही दिन बाद, एक दोस्त के साथ बातचीत के दौरान, आपको पता चलता है कि स्टोर ने एक महीने पहले ही ऐसा सिक्योरिटी सिस्टम लगवाया था, जिसमें कई गुप्त कैमरे भी थे। यह जान कर आप परेशान होते हैं और आपकी सजगता भविष्य की ओर चली जाती है, जिसमें आप देखते हैं कि स्टोर का मालिक कैमरा देखने के बाद पुलिस को बुलवा कर, आपको गिरफ़्तार करवा देता है। यह कहानी बुनने के बाद आपकी सजगता वर्तमान में वापस आ जाती है और फिर इस घटना के घटने की संभावना से चिंता करती रहती है।

कुछ ही समय बाद, सजगता फिर से भविष्य की ओर चल देती है ताकि एक और संभावित परिदृश्य बना सके, आपको चिंता करने के लिए और मसाला दिया जा सके। यही घटना बार-बार अपने-आप को दोहराती है। हर कहानी अपने साथ कष्ट लाती है और फिर सजगता वर्तमान में आ कर उसकी चिंता करती है, इससे आपके मन पर बुरा असर होता है और आप हमेशा चिंता के सागर में डूबे रहते हैं।

अतीत में चिंता के लिए कुछ नहीं रहता पर भविष्य में चिंता रहती है और फलती-फूलती है।

हमारी चिंताओं को प्रकट करना

सजगता का भविष्य में जाना ही चिंता है, इससे हमारे मन में उस घटना के लिए चिंता होती है, जो अभी घटी भी नहीं, यह फिर से वर्तमान पर आती है और समस्या के लिए दुख प्रकट करने लगती है। अगर सजगता बार-बार मन में उसी समस्या की ओर जाएगी, जो कि चिंता है, तो हर बार का मानसिक चित्रण उस चिंता को और मज़बूत करता चला जाएगा। ऐसा इसलिए होगा कि जब भी सजगता उस ओर जाएगी, तो उसी ओर ऊर्जा प्रवाहित होगी और फिर मन में समस्या जड़ पकड़ने लगेगी।

सब कुछ पहले मानसिक तल पर प्रकट होता है और उसके बाद ही भौतिक तल पर आकार लेता है। चिंता के मामले में, इसका स्रोत आपके भीतर है, आप अपनी सजगता को भविष्य में जाने की अनुमति देते हैं और समस्या पैदा होती है। जब सजगता ऐसा करती है तो यह मानसिक तल पर प्रकट होती है। अगर आप सजगता को बार-बार यह अनुमति देते हैं कि वह चिंता के रूप में समस्या के पास जाए तो आप उसमें अपनी ऊर्जा का संग्रह कर रहे हैं, आप मन में उस समस्या को मज़बूत बना रहे हैं। आपके मन में ढाँचे में जितनी अधिक ऊर्जा का संग्रह होगा - चिंता उतनी ही मज़बूत होती चली जाएगी। जब यह प्रक्रिया लगातार स्वयं को दोहराती रहेगी, तो हम उसी चिंता को भौतिक तल पर प्रकट करना आरंभ कर देंगे।

आश्रम से निकलने के कुछ समय बाद, मैंने न्यू यॉर्क शहर में अपनी पहली कार्यशाला आयोजित की। मैंने बताया कि कैसे पहले सब कुछ मानसिक तल पर घटता है और फिर शारीरिक तल पर आकार लेता है। जब कार्यशाला पूरी हुई तो एक व्यक्ति मेरे पास आ कर बोला कि उसे यक़ीन नहीं आता कि हम अपने मन की शक्ति से भी कुछ साकार कर सकते हैं। मैंने उससे पूछा, ''आपका पेशा क्या है?''

उसने कहा, ''मैं वॉल स्ट्रीट पर स्टॉक्स का काम करता हूँ।''

मैंने उससे कहा, ''क्या आप मेरे लिए एक प्रयोग करना चाहेंगे? मैं चाहता हूँ कि आप मन में सोचें कि आपके सारे निवेश फ़ेल हो रहे हैं और आपको हज़ारों-लाखों डॉलर्स की हानि हो रही है। मैं चाहूँगा कि आप एक सप्ताह तक दिन में सात बार इसी अभ्यास को दोहराते रहें। क्या आप ऐसा करेंगे?''

उसने मेरी ओर भावविहीन हो कर देखा और कहा, ''नहीं!'

इसके बाद और कुछ कहने की आवश्यकता नहीं थी। इसी तरह, यदि सजगता को बार-बार चिंता की ओर जाने दिया जाए तो हम उस चिंता को भौतिक तल पर प्रकट करने की प्रक्रिया चालू कर देते हैं। हम मन में जिस भी चीज़ का लगातार निवेश करते हैं, चाहे वह सकारात्मक हो या नकारात्मक, वही हमारे जीवन में प्रकट होने लगेगी।

9.3

भय पर जीत

भय ही सभी निम्नतम भावों का वाहक है। यह एक सहज मन के लिए चेतना की उच्चतम अवस्था है : इसलिए, यही सभी निम्नतम अवस्थाओं का द्वार भी है। अगर चिंता एक मानसिक ठग है तो भय गॉडफ़ादर है, यह सभी निम्न भावों के बॉस की तरह, मन को आतंकित रखता है।

अगर भय को पास से परखें तो पता चलता है कि भय, चिंता की तरह इसी बात की उपज है कि हमारी सजगता वर्तमान से भविष्य की ओर जाती है, मन में उस अवस्था को पैदा करती है, जो अभी घटी भी नहीं, फिर यह वर्तमान में आ कर उससे डरने लगती है। मैं आपको विस्तार से बताता हूँ।

गहरी अंधेरी रात है और आप स्वयं को शहर के सुनसान हिस्से में एक गंदी, सुनसान और अंधेरी गली में पाते हैं। आपको उस सन्नाटे के बीच केवल अपने जूतों की आहट सुनाई दे रही है। आप इस जगह क्यों हैं, हम यक़ीन से नहीं कह सकते। मौसम में ठंडक है और आप अपने दोनों हाथों से बाजुओं को गरमाहट पाने के लिए मल रहे हैं। आप सोचने लगते हैं कि आपको सर्दी लग रही है या आपको डर लग रहा है।

आपकी सजगता मन में आपसे आगे चल रही है, आपसे पचास क़दम की दूरी पर एक गाड़ी सड़क किनारे खड़ी है। एक ही झटके में आपके सामने एक दृश्य आ जाता है कि एक बदहाल सा दिखने वाला इंसान कार के पीछे से आप पर छलांग लगा रहा है। अभी वह दृश्य पूरा भी नहीं देखते कि आपकी सजगता फिर से वर्तमान पर आ जाती है। वह मन ही मन सोचा गया दृश्य अब भी दिमाग़ में ताज़ा है और आपकी रीढ़ की हड्डी में झुरझुरी सी दौड़ जाती है। आप भय की जकड़ में आ जाते हैं। आप अपनी चाल धीमी करते हुए धीरे-धीरे आगे चल देते हैं।

आपको जो भय लगा, वह आपके अवचेतन में उस स्मृति को जाग्रत कर देता है, जो ठीक उसी बारंबारता पर स्पंदित हो रही है। आपकी सजगता अचानक उस मूवी की ओर चली जाती है, जिसमें आपने देखा था कि एक सुनसान सड़क पर महिला को ज़ॉम्बीज़ घेर लेते हैं, जो उसके टुकड़े-टुकड़े कर देना चाहते हैं। उस सीन को देखने से मन में जो डर आया था, वह फिर से जीवित हो जाता है और सजगता फिर से भविष्य की ओर चल देती है। इस बार आप उस डरावनी सड़क पर अपने पीछे से आने वाले ज़ॉम्बीज़ की कल्पना कर रहे हैं, जो आप पर लपकने को तैयार हैं ताकि वही डरावना दृश्य साकार हो सके।

अब आपकी सजगता बिना किसी बाधा के वर्तमान और भविष्य के बीच झूल रही है। इसी डर की वजह से ऐसे भयानक दृश्य याद आ रहे हैं, जो आपका दिमाग़ ख़राब करने के लिए बहुत हैं। आप तय नहीं कर पाते कि आपको भागना चाहिए या वहीं गिर कर रोना शुरू कर देना चाहिए।

इस जगह आपको अपने से जुड़ी इस काल्पनिक कथा में कुछ बातों पर ध्यान देना चाहिए।

सबसे पहले, आपने डर के मारे मन में जो भी देखा, वह चिंता से अलग नहीं है। चिंता की तरह भय भी भविष्य पर टिका है। आप अतीत से नहीं डर सकते। अतीत बीत चुका है और उसके लिए कुछ नहीं किया जा सकता – हालाँकि हम पिछले कामों के कुछ नतीजों को आने वाले समय में साकार होते देख सकते हैं। एक क्षण की नित्यता के भीतर, आप एक विशुद्ध ऊर्जा हैं, जिसे ना तो रचा जा सकता है और ना ही नष्ट किया जा सकता है। इस जगह भय का कोई वजूद नहीं, वह टिक ही नहीं सकता। इस एक क्षण में, आप सदा ''अभी और यहीं'' होते हैं। भय का वास केवल भविष्य में ही होता है।

जब हमारी संकल्प शक्ति और एकाग्र होने की शक्ति सजगता पर अपनी पकड़ नहीं रख पातीं तो हमारी सजगता भटकने पर विवश हो जाती है। हम अपनी सजगता को जितने लंबे समय तक उस वीराने में भटकने देते हैं, जो हमारी संकल्प शक्ति के नियंत्रण से बाहर होती है; उतना ही हम हम उसे अपने अवचेतन और आसपास के परिवेश के रहम पर छोड़ देते हैं। इस कहानी के मामले में, आसपास का माहौल ही तय कर रहा है कि आपकी सजगता मन के किस हिस्से में जाएगी।

जैसा कि आप इस कहानी में देख सकते हैं, आपके मन में उस सुनसान गली की वजह से डर पैदा हुआ और अवचेतन ने मन को भी बुरी तरह से परेशान कर दिया। जब आप अवचेतन में बसे पिछले अनुभवों का निपटारा नहीं करते तो उनकी वजह से सजगता को बार-बार भय का अनुभव होता रहेगा। भय के उन भावों को

फिर से बार-बार जीने पर, वे और प्रबल होंगे और अवचेतन में भय का ढाँचा और प्रगाढ़ होगा। आप चाहें तो इसे भय का दुष्चक्र भी कह सकते हैं। यही धीरे-धीरे आपके मन में सबसे प्रबल हो जाता है और मनुष्य अपने सुरक्षित घेरे से बाहर आ कर कोई भी निर्णय नहीं कर पाता। इसी वजह से, यह बहुत महत्त्व रखता है कि हम इस बारे में सजग रहें कि हम अपने अवचेतन पर क्या छाप दे रहे हैं। मैं दोबारा इस बारे में बात करूँगा।

चिंता की तरह, भय से उबरने के लिए भी आपको अपनी सजगता को वर्तमान में वापस लाना होगा। जब सजगता वर्तमान में होगी तो हमारे पास समस्या को हल करने का अवसर होगा। इस प्रसंग में, जब सजगता यहीं और अभी स्थित होती है, तो शायद आपको कोई वैकल्पिक रास्ता चुनने का अवसर मिल सकता है। आप किसी दोस्त को कॉल कर सकते हैं, कार सर्विस को कॉल कर सकते हैं कि वे आपको लेने के लिए कार भेज दें या फिर ऐसा तरीक़ा खोज सकते हैं कि आपको उस रास्ते से जाना ही नहीं पड़े। लेकिन यदि आप जागरूकता को अनसुना कर देते हैं और अपने मन में ऐसी स्थितियाँ पैदा करते हैं, जिनसे आपको डर लगता है तो आप ख़ुद को डर में डूबे रहने की मानसिकता में डाल देते हैं।

मन की भय से घिरी अवस्था में आप कोई निर्णय नहीं ले सकते। हिंदू तत्त्वमीमांसा के अनुसार, जिसमें मुझे प्रशिक्षण दिया गया और जिसका उल्लेख इस पुस्तक में है; अगर आप मन को एक बहुमंज़िली इमारत की तरह देखें, तो आप देखेंगे कि तर्क भय से दो मंज़िल ऊपर रहता है। अगर आप मन की भयग्रस्त अवस्था में हैं, तो आपके पास कुछ भी सही तरह से सोचने की योग्यता नहीं होगी और पूरी तरह से अपने भय में खोए रहेंगे और उसके अनुसार ही निर्णय करेंगे। अगर आप किसी ऐसे घर में हैं, जिसमें कोई आपसे दो मंज़िल ऊपर रहता हो तो आप उनसे किसी साधन के बिना बात नहीं कर सकते। आप दोनों की मंज़िलों से होने वाले अनुभव पूरी तरह से अलग होंगे। आपके नज़रिए भी अलग होंगे।

भय कोई बुरी चीज़ नहीं होती। हम एक भौतिक शरीर में रहते हैं और शरीर हमारे सहज मन से बँधा है। यह हमारी पाशविक वृत्ति है और यह असली ख़तरे या जोखिम को भाँप सकती है। तो कई बार हमारे अंदर भय भी पैदा करती है। कई बार हम जिस डर को महसूस करते हैं, वह हमारे लिए बचाव तंत्र का हिस्सा भी होता है। अगर हम इस संकेत पर ध्यान दें तो हम स्वयं को हानिकारक अनुभवों से बचा सकते हैं। परंतु यदि हम इस भय को सामने आने दें और इसे अपनी सजगता का हिस्सा बना दें तो वहीं से सब कुछ नरक जैसा होने लगता है।

मन का बचाव

कई ऐसे लोग भी होते हैं, जिन्हें डरावनी मूवीज़ देखना पसंद होता है। उन्हें अपनी सजगता को मन के भयग्रस्त क्षेत्र में ले जाने में आनंद आता है और वे सभी प्रकार के भय का अनुभव लेते हैं। जैसा कि अब आप जानते हैं, ऐसा करने पर मन के भयग्रस्त क्षेत्र की ओर एक पक्का अंकन हो जाएगा, पूरी तरह से तयशुदा मार्ग। उस जगह ऊर्जा भारी मात्रा में जमा होने से वह और अधिक चुंबकीय होगा और आपकी सजगता को अपनी ओर खींचेगा। ज्यों ही कोई स्वयं को सुनसान डरावनी सड़क पर अकेला पाएगा, उसकी सजगता झट से मन के भयग्रस्त क्षेत्र में चली जाएगी, क्योंकि मन का वह हिस्सा अपने चुंबकीय बल से उसे अपनी ओर खींच लेगा। यदि आप मन के उन्नत क्षेत्र में सजगता को रख पाते तो शायद आप उस सुनसान सड़क के लिए भय से जुड़ी प्रतिक्रिया देने से बच जाते।

यदि सजगता भयग्रस्त क्षेत्र से परे होती तो आपको कोई समुचित उपाय देती, परंतु स्वयं भयग्रस्त क्षेत्र में होने की वजह से यह आपके शरीर और स्नायु तंत्र को आतंकित करेगी। इसके साथ ही संकल्प शक्ति का तल होता है। अगर आपकी सजगता इस ओर जाती तो यह पूरे साहस से सड़क पर निर्भीकतापूर्वक चल सकती थी। ठीक एक तल नीचे गुस्सा है और सजगता को स्वयं पर गुस्सा भी आ सकता है कि उसने स्वयं को इस हालात में क्यों डाला।

जब सजगता मन में होगी तो यह हमारा नज़रिया तय करेगी। यह तय करती है कि हम चीज़ों को कैसे देखते हैं। हम अनुभवों के साथ कैसे पेश आते हैं। हम जीवन के लिए कैसे प्रतिक्रिया देते हैं। हम कैसा महसूस करते हैं। यही सब कुछ तय करती है। क्या अब आप देख सकते हैं कि मन और सजगता की समझ इतने मायने क्यों रखती है?

भय से उबरने का पहला चरण यही होगा कि आप सजगता को मन के भयग्रस्त क्षेत्र से बाहर ले आएँ। जिसके लिए आपको अपनी संकल्प और एकाग्रता शक्ति का प्रयोग करना होगा। फिर हमें यह अवसर मिल सकता है कि हम भय के मूल कारण की जाँच कर सकें। आप भयग्रस्त होते हुए, भय की जाँच नहीं कर सकते।

जो लोग मन की अपार शक्ति को जानते हैं, वे इसकी बहुत अधिक रक्षा करते हैं। यदि मन के भयग्रस्त क्षेत्र को पोषित करें तो वह उस डिफ़ॉल्ट स्थान की तरह हो जाएगा, जिसमें कोई भी चुनौती सामने आते ही सजगता जाना पसंद करेगी। वहीं आप ख़राब निर्णय लेते हैं और उनके उतने ही ख़राब नतीजे भी सामने आते हैं, इसलिए आपको ऐसा कोई भी काम करने से बचना चाहिए, जिससे मन के उस हिस्से को पोषण मिले, जैसे डरावनी मूवीज़ देखना। अधिकतर किचन सिंक में

एक जाली लगी रहती है ताकि पानी के साथ कचरा भी नाली में नहीं चला जाए। वह कचरा नाली को जाम कर देता है। अगर हम अपने किचन सिंक के पाइप को साफ़ रखने के लिए ऐसा करते हैं तो क्या हमारे पास ऐसी छलनी नहीं होनी चाहिए, जिससे हम अपने मन में कचरे को जाने से रोक सकें? हर हाल में अपने मन की रक्षा करें। आपका मन ही आपकी सबसे बड़ी संपत्ति है। बहुत सोचकर तय करें कि आप इसमें क्या जाने देंगे और किस चीज़ से इसका बचाव करेंगे।

कई बार दूसरों को सताने वाले और दूसरों को सता कर प्रसन्न होने वाले लोग भी होते हैं, जो बार-बार लोगों की मानसिकता को मन के भयग्रस्त क्षेत्र में ले जाते हैं। वे अपने शिकार के मन में भयग्रस्त क्षेत्र तक का मार्ग दृढ़ कर देते हैं। इनमें से सबसे अज्ञानी दुष्ट, समाज के ऐसे कायर लोग हैं, जो बच्चों के साथ ऐसा करते हैं, उन्हें यह नहीं पता होता कि बच्चों के कोमल मन पर आसानी से गहरी छाप आ जाती है और वे बार-बार अपना व्यवहार दोहराते रहें तो कुछ ऐसे ढाँचे भी बन सकते हैं, जो अक्सर आजीवन बने रहते हैं। भय के ये ढाँचे ही बच्चे की निर्णय लेने की क्षमता और जीवन जीने के तरीक़े को बदल सकते हैं। दुष्ट बच्चे को निम्नतम भावों के गर्त तक ले जाते हैं और उनके अविकसित मन को उनके बुनियादी स्वभाव पर छोड़ देते हैं, जिससे उनके जीवन में निम्नतम चेतना के बीच जीने की संभावना बढ़ जाती है। किसी बच्चे के साथ किए जाने वाले बदतर व्यवहार में इसकी गणना की जा सकती है। मानवीय चेतना को उन्नत बनाने की प्रक्रिया में पहला चरण यही होगा कि लोगों के उनके जीवन में भय के अनुभव से बाहर निकाला जाए।

कुल मिला कर, जब भी आपको लगे कि सजगता भविष्य की ओर जा रही है और आपके मन में ऐसे हालात पैदा कर रही है, जिनसे आपको डर लगेगा तो उसी समय अपनी अडिग संकल्प शक्ति का प्रयोग करते हुए सजगता को वर्तमान में वापस ले कर आएँ और एकाग्रता शक्ति के बल पर सजगता को अभी और यहीं बनाए रखें। किसी भी दशा में, अपनी सजगता को बार-बार उन्हीं हालात को दोहराने नहीं दें, जिससे आपके भीतर का भय कई गुना हो सकता है। यदि आपके मन में छिपे भय के साकार होने की प्रबल संभावना है तो ऐसे कुछ हल खोजें कि वह साकार नहीं हो सके। यदि हो सके तो किसी का सहयोग लें।

स्वयं से वही कहें, जो मेरे गुरु बचपन में कहते थे, "मैं पूरी तरह से ठीक हूँ, ठीक इस समय में!"

9.4

तनाव और बेचैनी से छुटकारा

हमने चिंता और भय को जान लिया है, इसके साथ ही अब हमें अन्य दो साथियों को भी जान लेना चाहिए, जो कई लोगों की ऊर्जा और मन की शांति लूट लेते हैं।

मरियम वेबस्टर डिक्शनरी में उद्वेग को परिभाषित करते हुए कहा गया है कि यह एक तरह की बेचैनी या घबराहट है, जो अक्सर किसी विलंबित या प्रत्याशित बुराई की वजह से होती है। ऑक्सफ़ोर्ड लर्नर्स डिक्शनरी इसे ''नर्वस महसूस करने की स्थिति या कुछ होने के बारे में चिंता'' के रूप में परिभाषित करती है। हम्म... ये दोनों ही परिभाषाएँ यही ध्वनित करती हैं कि इनमें भविष्य के प्रति चिंता है।

आइए, ''विलंबित या प्रत्याशित बुराई'' की जाँच करें। जब सजगता वर्तमान को छोड़ कर भविष्य की ओर जाती है तो इससे मन में नकारात्मक भाव पैदा होता है और फिर वर्तमान में आ कर चिंता करता है कि इसने क्या रच दिया, यह एक अपेक्षित समस्या या परेशानी की चिंता कर रहा है। सजगता जितना ज़्यादा इस प्रक्रिया को दोहराएगी, उतने ही नकारात्मक नतीजे सामने होंगे, व्यक्ति उतना ही बेचैन और चिंतित महसूस करेगा और उसे लगेगा कि उसके साथ कुछ बुरा घटने वाला है। अगर आप इस प्रक्रिया को बार-बार दोहराते हैं तो इस तरह आप हमेशा के लिए एक ऐसी अवस्था में रहने लगेंगे, जिसमें तनाव और उद्वेग के सिवा कुछ न होगा। लंबे समय तक चिंता करने वाला व्यग्र रहने लगता है। इस तरह उद्वेग और व्यग्रता जीवन का अंग बन जाते हैं।

जब सजगता अनियंत्रित तरीक़े से, एक से दूसरे अधूरे काम की ओर जाती है, तब भी ऐसी ही अवस्था पैदा होती है। इसका एक सादा सा उदाहरण दिया जा सकता है। आप एक परियोजना 'अ' पर काम चालू करते हैं और कुछ ही मिनट

के बाद आपका ध्यान परियोजना 'ब' पर चला जाता है। परियोजना 'ब' पर विचार करने के कुछ क्षणों के अंदर, आपको अहसास होता है कि कल जो भुगतान किया जाना था, वह तो रह गया। आप आह भर कर स्वयं से कहते हैं कि अपने हाथ का काम पूरा होते ही उस काम को करेंगे। आपकी सजगता परियोजना 'अ' की ओर लौट आती है।

अभी कुछ और मिनट ही बीते होते हैं कि इस बार आपका ध्यान परियोजना 'स' की ओर चला जाता है। आपको अचानक याद आता है कि परियोजना 'स' के लिए अब तक वित्त विभाग ने बजट पास नहीं किया है। आप स्वयं से कहते हैं, ''मुझे इस बारे में उन लोगों से बात करनी ही होगी।'' आपकी खीझी हुई सजगता अपनी परियोजना 'अ' पर वापस आती है और यह खोजने की कोशिश करती है कि आप ध्यान भटकने से पहले क्या काम कर रहे थे। अभी पूरी तरह से दोबारा परियोजना 'अ' में ध्यान रमता भी नहीं कि आपको परियोजना 'द' की चिंता सताने लगती है और अहसास होता है कि आपने नए ग्राहक के साथ अभी तक अनुबंध पर हस्ताक्षर नहीं किए। आप के मुँह से निकलता है, ''ओह! हो गया कबाड़ा!'' आप मन ही मन दुआ करते हैं कि ग्राहक इस बात से चिढ़ नहीं गया हो।

जब आपकी सजगता आपके दिमाग़ के अधूरे कामों पर बार-बार केंद्रित होती रहती है तो आपको किए जाने वाले कामों का बोझ सा लगने लगता है। आपके मन में सवाल आने लगता है कि क्या आप दिए हुए समय में अपना सारा काम पूरा कर सकेंगे? इस अनिश्चित नतीजे के लिए आपके अंदर चिंता, घबराहट और बेचैनी पनपने लगती है। समाधान यही है कि आप एक बार में एक ही परियोजना पर ध्यान केंद्रित करें। यदि आपका ध्यान भटके तो इसे वापस ले आएँ। अगर आपके मन में परियोजना 'अ' पर काम करते हुए परियोजना 'ब' का ख़याल आ रहा है तो उसके बारे में कहीं लिखें और फिर से अपने काम पर वापस लौटें और तब तक सजगता बनाए रखें, जब तक आप अपनी मर्ज़ी से अपने ध्यान को दूसरी परियोजना पर नहीं ले जाना चाहते।

किसी किए जाने वाले काम के बारे में लगातार और बार-बार सोचने से वह काम पूरा नहीं होगा। अगर आप बार-बार किए जाने वाले काम के बारे में ही सोचेंगे तो इससे आपके अंदर व्यग्रता बढ़ेगी। जब आपकी सजगता इन अधूरे पड़े कामों के बीच भटकेगी तो आपकी बेचैनी और भी बढ़ती जाएगी। लंबे समय तक बनी यह बेचैनी ही आपके अंदर तनाव की वजह होगी।

यू.के. के मेंटल हेल्थ फ़ाउंडेशन ने तनाव को परिभाषित करे हुए कहा है कि मानसिक और भावात्मक दबाव का सामना नहीं कर पाने की भावना। ब्रिटानिका डिक्शनरी के अनुसार यह कुछ ऐसा है, जो चिंता या बेचैनी की गहरी भावनाएँ पैदा

करता है। आपका तनाव का स्तर इस बात का सूचक है कि आपका अपनी सजगता पर कितना कम नियंत्रण है।

सजगता का कौन सा व्यवहार बेचैनी पैदा कर रहा है, वह तनाव और उद्वेग से पार पाने के लिए बहुत मायने रखता है।

मैं इन चीज़ों की समझ पर इतना बल इसलिए देता हूँ कि जब आप एक बार यह समझ लेते हैं कि यह कैसे काम करती हैं तो आप इन्हें आसानी से नियंत्रित कर सकते हैं। अधिकतर लोग अपनी व्यग्रता को बस में नहीं कर पाते, क्योंकि वे मन और सजगता को नहीं समझते, वे व्यवहार के उन ढाँचों को नहीं समझते, जिनकी वजह से किसी को बेचैनी होती है। आपके मन में व्याकुलता कैसे जन्म लेती है, जब आप एक बार इसे सीख लेते हैं तो आप समझने लगते हैं कि यह क्यों हो रहा है और इससे बचाव के लिए क्या कर सकते हैं।

जब आपकी सजगता या चेतना कई बार अनियंत्रित रूप से एक से दूसरे अधूरे काम पर जाती है तो आपकी व्याकुलता बढ़ती है। परंतु ऐसा अधूरे कामों के साथ ही नहीं होता। एक से दूसरे विचार पर भी सजगता को बार-बार भटकने की अनुमति देने से भी व्यग्रता का भाव पैदा होता है।

एक युवती बैठ कर यह सोच सकती है, ''अगर मैं उस इंसान से नहीं मिलती, जिससे मेरी शादी होने वाली है! तब तो मैं हमेशा अकेली ही रहती।'' फिर वह कुछ क्षण बाद स्वयं से कहती है, ''हो सकता है कि मैं इतनी सुंदर नहीं हूँ, इसलिए ऐसा होता।'' फिर वह आधे घंटे बाद कहती है,''शायद मेरा वज़न दस पाउंड ज़्यादा है और तभी लड़के मुझे आकर्षक नहीं मानते।'' वह दिन-रात इसी तरह की बातें सोचने लगती है।

व्याकुलता की एक और परिभाषा पर विचार करते हैं, ''बेचैनी या तनाव की ऐसी अवस्था जिसमें लगता है कि कुछ बुरा घटने वाला है।'' इस मामले में हम निष्कर्ष निकाल सकते हैं कि इस नवयुवती को यही लगता है कि वह हमेशा अकेली रह जाएगी। यही सोच उसके मन में व्याकुलता पैदा करती है। मन और इसकी सजगता को जानने के बाद पता कर सकते हैं कि ऐसा किस वजह से हुआ। उसने अपनी सजगता को अनियंत्रित तरीक़े से मन के एक से दूसरे हिस्से पर जाने दिया जिसकी वजह से उसके मन में व्याकुलता का भाव पैदा हुआ।

हो सकता है कि एक किशोर इंस्टाग्राम पर कुछ पोस्ट करने के बाद घड़ी-घड़ी अपना एकाउंट खोल कर यही देखता रहे कि लोगों ने उसकी पोस्ट लाइक की या नहीं। अगर वह मनचाहे लाइक नहीं पाता या उसका अपनी सजगता पर कोई वश नहीं तो उसकी सजगता अंधाधुंध तरीक़े से मन में चक्कर लगाने लगेगी। ऐसा करने पर मन में व्याकुलता का भाव आएगा और फिर वह उस बिंदु पर आ

जाएगा, जिस जगह वह यह निष्कर्ष निकालेगा कि उसकी पोस्ट अच्छी नहीं थी और वह उसे अपनी वॉल से हटाने का निर्णय कर लेगा। उसने अपनी अतार्किक सोच से यह नतीजा निकाला, जो उसकी सजगता के अनियंत्रित हो कर भटकने की वजह से बना था।

इन दोनों उदाहरणों में दो व्यक्तियों ने ऐसा क्यों सोचा, इसकी गहराई से जाँच करने का काम इस पुस्तक का नहीं है। व्यग्रता या व्याकुलता के हर मामले में उसकी अपनी जड़ें होती हैं। कारण भी अंतहीन हैं। *इस पाठ का उद्देश्य यही है कि आप व्याकुलता और बेचैनी से जुड़े कारणों को समझें, जो सजगता और मन से जुड़े हों।* सजगता की भटकन को विक्षिप्तता का जीता-जागता रूप कह सकते हैं।

बाधाग्रस्त मन हमेशा परेशान रहता है। यदि कोई व्यक्ति अपनी सजगता को बस में नहीं रख सकता तो वह इस बात का ध्यान कैसे रख सकेगा कि सजगता मन के किस हिस्से में प्रवेश करेगी? अगर कोई इस बात को नियंत्रित नहीं रख सकता तो वह अपनी सोच को कैसे नियंत्रित रख सकता है? दोनों ही उदाहरणों में, यही कहा गया है। इसके विपरीत, यदि आप सजगता को नियंत्रित कर सकते हैं तो आप आसानी से तय कर सकते हैं कि यह मन के किस हिस्से में जाएगी और नतीजतन आप तय कर सकेंगे कि आप क्या सोच रहे हैं। यदि आप स्वयं को मन के उस हिस्से में देखें, जिसमें आपकी सोच सही नहीं है तो आपका अपनी सजगता पर इतना बस होना चाहिए कि आप स्वयं को उस हिस्से से बाहर निकाल सकें। इस तरह आप बार-बार ऐसी बातें सोचने से बच सकेंगे, जो आपको चिंता, परेशानी और बेचैनी का उपहार दे सकती हैं।

जब मैं बीसेक साल का था तो गुरुदेव ने यह सब मुझे सिखाया था। मैंने मन और सजगता के अपने आंतरिक अनुभवों के बल पर इन्हें समझा और इसके बाद मेरे जीवन में चिंता, तनाव और व्यग्रता नहीं रहे। ऐसा इसलिए है, क्योंकि मैं जानता हूँ कि किस व्यवहार की वजह से मन में व्यग्रता पैदा होती है और ज्यों ही मुझे दिखाई देता है कि सजगता अलग तरह से पेश आ रही है तो मैं उसे सुधार देता हूँ।

कई बार ऐसा भी होता है, जब मैं अपनी की जाने वाली परियोजनाओं के भार तले दबा हुआ महसूस करता हूँ पर मुझे कोई तनाव या बेचैनी महसूस नहीं होते। दबाव महसूस करने का मतलब है कि एक व्यक्ति दिए गए समय में उससे अधिक कार्य कर सकता है, जितना अभी वह कर रहा है, परंतु सजगता अभी ध्यान में बनी हुई है। सजगता एक से दूसरी परियोजना पर अनियंत्रित तरीक़े से नहीं जा रही और इस तरह कोई तनाव या बेचैनी महसूस नहीं हो रहे। मैं आपको अपनी बात बेहतर तरीक़े से समझाने के लिए एक और उदाहरण देना चाहूँगा, जिससे स्पष्ट होगा कि दबाव महसूस करने और तनावग्रस्त होने में अंतर होता है।

दुनिया के बेहतरीन बास्केबॉल खिलाड़ियों में से एक फ़्री थ्रो लेने जा रहा है। एनबीए फ़ाइनल्स की चैंपियनशिप तय करने वाली घड़ी में केवल तीन सेकेंड का समय शेष है। पूरी तरह से केंद्रित रहने वाले उस खिलाड़ी पर दबाव तो है, परंतु वह तनावग्रस्त नहीं है। वह अपनी टीम और दुनिया भर में फैले प्रशंसकों की प्रत्याशा को समझता है, जो उसे देख रहे हैं पर उसका अपनी सजगता पर पूरा नियंत्रण है। वह दिए गए काम पर अपना पूरा ध्यान बनाए रखता है और अपनी ओर से बेहतरीन करने की कोशिश करता है और गेंद उसके इशारे पर नाचती है।

तनावग्रस्त होने का मतलब होता कि वह अपनी सजगता पर नियंत्रण खो रहा है या खो चुका है। जब वह फ़्री थ्रो लाइन पर खड़ा होता है और शॉट लेने लगता है तो उसकी सजगता हर ओर है। वह भविष्य में जा कर स्वयं को जीत दिलाने वाला शॉट देने के बाद लोगों के साथ जश्न मनाते हुए देख रहा है, उसे टीम और प्रशंसकों का हीरो बनते दिखाई दे रहा है। ज्यों ही यह मानसिक चित्रण पूरा होता है तो सजगता दूसरी अति की ओर चल देती है। वह स्वयं को शॉट मिस करते हुए देखता है। मीडिया उसे बुरी तरह से लताड़ रहा है और यह सब उसके मन में कुछ ही सेकेंड के भीतर होता है। इस बिंदु पर सजगता के अनियंत्रित होने के दौरान ही वह शॉट लेता है और निशाना चूक जाता है।

अगली बार जब भी बेचैनी महसूस हो तो यह देखें कि आपके मन की सजगता के साथ क्या घट रहा है। सजगता उस समय क्या कर रही है, जिसकी वजह से आप इतनी बेचैनी या व्यग्रता अनुभव कर रहे हैं?

मन में सजगता को नियंत्रित रखने की योग्यता और उसे लंबे समय तक बनाए रखने का अटल केंद्र ही जीवन से तनाव और बेचैनी को दूर करने का साधन है। यही आपकी चिंता और भय का उपचार है। यही आपके मन का असली रामबाण है – सभी प्रकार के मानसिक सेहत से जुड़े मामलों के समाधान का चरण।

जब आप एक बार अपनी सजगता को नियंत्रित करने की योग्यता पा लेते हैं तो तनाव और बेचैनी जैसे शब्द आपके परिचित तो रहेंगे और आप दूसरों को उनका अनुभव पाते भी देख सकेंगे, परंतु वे आपके दैनिक जीवन का अंग नहीं रहेंगे।

अध्याय 10

टूल्स इन एक्शन

10.1

खेदजनक प्रतिक्रिया

मैं बुरी तरह से थका हुआ था। मैं अपने वार्षिक आध्यात्मिक दौरे पर, अपने दल के साथ भारत की यात्रा पर था और हमारा दिन बहुत ही लंबा और थकानप्रद रहा। दिन ढलने को था और हमारी गाड़ी, यात्रा के अगले पड़ाव के स्टेशन पर आई थी। भारत को देखना हो तो रेलगाड़ी से बेहतर कोई साधन नहीं हो सकता और हमें कुछ देर पहले जितने विविध अनुभव हुए, वे वाक़ई याद रखने और संजोने लायक़ थे।

मैंने अपने दल से आग्रह किया कि वे झट से गाड़ी से उतरें, क्योंकि गाड़ी रुकते ही उसमें आने वाले यात्रियों ने अपने सामान के साथ अव्यवस्था फैला दी थी। पर स्टेशन से आने वाले कोलाहल के बीच मेरे निर्देश कहीं खो से गए। हमने किसी तरह अपने सामान और ख़ुद को गाड़ी से उतारा, स्टेशन पर आते ही अहसास हुआ मानो हम किसी दूसरी ही दुनिया में आ गए हों - जो किसी भी भारतीय रेलवे स्टेशन के लिए एक आम दृश्य था। असंगत से सुनाई देने वाले स्वर और नज़ारे और हमारी विदेशी घ्राणेंद्रियों पर तरह-तरह की गंध का हमला।

मैं उस सुंदर और आकर्षक पुराने शहर में रहने की योजना बना चुका था, जो धूल से भरी गलियों और छोटे बाज़ारों व घरों के तहख़ाने से कम नहीं था। हालाँकि यह पर्यटकों के लिए नहीं बना था पर मेरे आध्यात्मिक दल के अठारह सदस्यों के लिए काफ़ी था, इसलिए मैंने तय किया स्टेशन से बाहर जा कर रिक्शा किया जाए, जो हमें होटल ले जा सके।

हमने अपने बड़े-बड़े टूरिस्ट बैग एक कोने पर लगाए और हम स्टेशन पर ऐसे लोगों की तरह लग रहे थे मानो लाव-लश्कर ले कर निकले हों। हम किसी तरह उस भूल-भुलैया के बीच स्थानीय यात्रियों के घुटने अपने सामान से कुचलते हुए

आगे बढ़े। अंत में हम किसी तरह पार्किंग स्टेशन पर पहुँचे जो एक गर्म, पसीने और उमस से भरे प्रसव से कम अनुभव नहीं था।

पार्किंग लॉट में बहुत सारे ऑटो रिक्शा क़तार में खड़े दिखे तो उस अस्त-व्यस्तता से थोड़ी राहत मिली, जो अभी हम अंदर देख कर आए थे। उन लोगों को अपने पास बुलाने की ज़रूरत नहीं पड़ी। कुछ ही पलों में उन्होंने हमें चारों ओर से घेर लिया मानो उस जगह कोई दुर्घटना हो गई हो और वे अपनी सेवाएँ दे रहे हों। कुछ उत्साही चालकों ने तो हमारा सामान ही लपक लिया और अपने वाहनों में रखने लगे।

कुछ ही मिनट के कोलाहल के बीच लेन-देन पर समझौता हुआ और चकराए हुए यात्री व उनका सामान धातु के उन तिपहिए पिंजरों पर सवार थे। हमें लोगों और वाहनों की भारी भीड़, इंसानों और जानवरों के बीच से इस तरह निकाला गया कि किसी भी इंसान का ईश्वर पर विश्वास और भी गहरा हो जाता। कुछ ही देर में हम अपने होटल के बाहर थे। मेरे घबराए हुए साथी ऑटो से उतरे और होटल के अंदर चल दिए, मैं वहीं रहा ताकि सारा सामान सही तरह से होटल में जा सके और उन चालकों का भुगतान किया जाए।

जब मैं आख़िरी रिक्शा चालक को पैसे देने लगा तो उसने दुगने किराए की माँग की। उसका कहना था कि उसके पास ढोने के लिए ज़्यादा सामान था। मैं जानता था कि वह सच नहीं था और वह ज़बरन ज़्यादा पैसे ऐंठने के लिए ऐसा कह रहा था। मैंने उसे कहा कि वह सही नहीं कह रहा था। वह झट से अपने वाहन से उतरा और अपनी सलेटी रंग की टी-शर्ट में मेरे सामने खड़ा हो गया। उसकी सुडौल बालों से भरी बाजुओं से पसीना टपक रहा था। उसने दुगने पैसों की माँग की।

मैं अचानक आपे से बाहर हो गया। मेरी सजगता से संकल्प शक्ति के अंतिम सूत्र भी अपनी पकड़ खो बैठे। मेरा प्रकाशमान वृत्त मन के क्रोधित क्षेत्र की ओर चला गया और इससे पहले कि मैं जान पाता कि यह क्या हो रहा था। मैंने पलट कर कहा, ''मैं एक रुपया भी फ़ालतू नहीं देने वाला।''

यह वाक्य उसकी सजगता को भी मन के उस हिस्से की ओर ले जाने के लिए बहुत था, जहाँ उस समय मैं था। एक ही झटके में वह भी गुस्से से भर कर चिल्लाया, ''अभी के अभी दो। सारे पैसे! मेरे साथ धोखा मत करो!'' उसके थूक के छींटों ने मेरे मुँह का अभिषेक कर दिया। छि:!

शायद उसे लग रहा था कि वह मुझसे कुछ अतिरिक्त पैसे झटकने के बाद घर वापस जा सकता था। कौन जाने। और मैं अपने उसूल की वजह से खीझा हुआ था। हमने पहले ही पैसे तय किए थे और अब वह ज़्यादा पैसों के लिए परेशान कर रहा था। वह भारत में अप्रैल का महीना था, अच्छी-ख़ासी गर्मी पड़ रही थी।

वह धूल, गर्मी और उमस से भरा दिन था और शायद हम दोनों ही मानसिक और शारीरिक तौर पर थके हुए थे। हम दोनों के लिए ही हालात सटीक थे कि हमारी प्रतिक्रिया बस के बाहर हो जाए – मानो हम दोनों ही विस्फोट के लिए तैयार थे।

मेरी पत्नी न्यू यॉर्क निवासी है, उसने दूर से ही सारे हालात देखे और बड़ी गरिमा से सब सँभालने के लिए आगे आ गई। सच कहूँ तो यह भी याद नहीं कि उसने क्या कहा और किया। बस इतना याद है कि उसने ड्राइवर को थोड़े पैसे और दिए और हम विपरीत दिशाओं में चल दिए।

उस रात जब होटल के कमरे में थोड़ा एकांत मिला तो मन मायूस सा हो गया। मैं पलंग के किनारे पर बैठा था। दोनों हाथ जाँघों पर टिके थे, अँगुलियाँ आपस में गुँथी थीं और पूरा शरीर टाँगों पर झुका था। मैं कमरे में बस एक चीज़ को घूर रहा था, जो ठोस और सर्द थी; कमरे का संगमरमर से बना फ़र्श। मैंने स्वयं से कहा, ''मैंने उसे खोया। मैंने अपनी सजगता को खोया।'' उस एक क्षण में मुझे याद आया, मेरे गुरु ने एक बार गुस्से को परिभाषित करते हुए कहा था कि यह अस्थायी पागलपन की अवस्था होती है।

''हद है, यह तो पूरी तरह से सच है।'' मैंने सोचा।

मैं थोड़ी देर पहले अपने मन के जिस हिस्से से लौटा था, उस जगह कोई तर्क नहीं था। जो भी चल रहा था, उसका कोई मनन नहीं था। उस जगह कोई अंतराल नहीं था। बस एक अनियंत्रित प्रतिक्रिया जो पूरी तरह से सहज थी।

जब मैं यह सब सोच रहा था तो ऐसा लगा कि बरसों-बरस जिस सजगता को अनुशासन से नियंत्रित किया था, उसका कोई मोल नहीं रह गया था। मेरे लिए असफलता नई बात नहीं है। असफलता मेरे लिए किसी मित्र की तरह रही है। मेरे मन में पछतावा हुआ कि मैं वाहन चालक के साथ उस तरह पेश क्यों आया। मैंने उससे जो भी कहा, मेरा अपनी सजगता पर बस क्यों नहीं रहा, मुझे यक़ीन था कि वह आदमी पहले भी पर्यटकों के साथ ऐसा बर्ताव करता आया होगा।

न्यू यॉर्क शहर में रहने के दौरान कभी किसी के साथ इस तरह बात करने या पेश आने की नौबत नहीं आई। शहर में हर तरह के हालात के बावजूद मेरा अपनी सजगता पर पूरा बस रहा। दुनिया के जिस भी हिस्से में गया, मेरी सजगता मेरे साथ हर क्षण रही। पर भारत आख़िरी मोर्चा था। जाने क्यों मैं अपनी सजगता खो बैठा और ऐसी प्रतिक्रिया दी जो मेरे बस में नहीं थी।

मुझे यह स्पष्ट हो गया था कि भारत अब मेरा प्रशिक्षण स्थल बनने वाला था। मैंने निष्कर्ष निकाला कि मुझे हर साल भारत आ कर अपनी परख़ करनी चाहिए। लक्ष्य यही हो कि अपना आपा खोए बिना, सजगता बनाए रखनी है। मैं तीन बार भारत लौटा और अपनी चुनौती पूरी करने में सफल रहा। तीसरी बार वापस जाते

समय एक बार भी ऐसा नहीं हुआ कि मेरा अपनी सजगता से नियंत्रण हटा हो। थोड़ी सी उपलब्धि का अहसास हुआ। पर मुझे यह भी पता था कि एक बार मिलने वाली जीत बहुत नहीं थी। अब आने वाली हर यात्रा में इसे दोहराना था। मैंने हर साल भारत आने का निश्चय किया और अपनी परख़ का यह काम किसी फ़ाइव स्टार होटल में रह कर नहीं हो सकता था। मैंने एक आध्यात्मिक रोमांच से भरपूर दल तैयार किया, जिसे भारत लाने का पूरा आयोजन मेरे हाथ था। उस थका देने वाले काम के बाद भी अपनी सजगता बनाए रखना ही मेरी चुनौती थी। मुझे अपनी ही सीमाओं को धकेलना था।

मैं गर्व से कह सकता हूँ कि भारत की आगामी यात्राओं में मैं पूरी तरह से सफल रहा। जब भी अपने मनपसंद और प्रिय स्थल पर आया, हमेशा अपनी सजगता को ले कर सावधानी रखी। अतियों के बीच भी कुंठाओं की गहराई का अनुभव पाने के बाद भी दिव्यता के लोक में प्रवेश सहज था, मैंने इस जगह से यही सीखा।

जीवन के आरंभिक वर्षों में और संन्यस्त जीवन के आरंभिक वर्षों के दौरान भी, मैं आपको बता नहीं सकता कि ऐसा कितनी बार हुआ कि मुझे किसी हालात या अनुभव के लिए अपनी प्रतिक्रिया देने पर खेद हुआ; मैं किसी के कुछ कहने या करने पर आहत होता और कुछ ऐसा कह देता, जो नहीं कहना चाहता था। फिर उस प्रतिक्रिया के बाद जीना कठिन लगता था : मैं यही सोचता रहता कि मेरी अनियंत्रित प्रतिक्रिया के बाद लोगों को कैसा लगा होगा या मुझे कैसा लग रहा था। वह बहुत ही असुविधाजनक और असुखद था और मैं इसे बदलना चाहता था। सजगता और मन की समझ ने ही मेरे जीवन की प्रतिक्रियाओं और प्रत्युत्तरों में बदलाव किए।

मरियम–वेबस्टर की परिभाषा के अनुसार, ''प्रतिक्रिया'' का अर्थ है, किसी परिस्थिति या उत्तेजक के लिए आपका प्रत्युत्तर। इसी बात को ध्यान में रखते हुए, मन और सजगता की समझ के साथ प्रतिक्रिया को परिभाषित करना होगा। जब मैं किसी ख़ास हालात में होता हूँ या मेरे साथ किसी ख़ास तरह से पेश आया जाता है तो मैं इस बात पर नियंत्रित नहीं रह पाता कि सजगता मन के किस हिस्से में जाएगी, नतीजतन मैं उस हालात या व्यक्ति के लिए अनियंत्रित प्रत्युत्तर देता हूँ और यही मेरी प्रतिक्रिया होती है।

कल्पना करें कि आप मेले में घूम रहे हैं, आपके हाथ में रिबन से बँधा हीलियम गैस से भरा गुब्बारा है। आपको अचानक एक बाज़ीगर दिखता है, जो चाकुओं की बाज़ीगरी दिखा रहा है। आप ज़ोर से हँसते हैं और रिबन हाथ से छूट जाता है। गुब्बारा उड़ने लगता है पर आप तुरंत उसे दोबारा पकड़ लेते हैं।

प्रतिक्रियाएँ भी इससे अलग नहीं होतीं। मान लेते हैं कि आपका दिन आराम से बीत रहा है, अचानक कुछ ऐसा होता है कि आपकी सजगता मन के गुस्से वाले

हिस्से की ओर चली जाती है। आप देख रहे हैं कि यह क्या हो रहा है, आपने जिस तरह लपक कर गुब्बारा पकड़ा था, ठीक उसी तरह आप अपनी सजगता को पकड़ कर वापस ले आते हैं। अगर आप ऐसा नहीं करते तो सजगता गुस्से वाले क्षेत्र में होगी और आप प्रतिक्रिया देंगे। यह मानसिक प्रतिक्रिया हो सकती है : आप मन में गुस्से से भरे विचार प्रकट कर सकते हैं। आप गुस्से में चिल्ला सकते हैं या फिर आप हिंसक तरीक़े से पेश आ सकते हैं।

किसी अंदरूनी या बाहरी स्रोत की वजह से सजगता का भटकना ही प्रतिक्रिया है, जिससे अनियंत्रित प्रत्युत्तर प्रकट होता है।

यह बाहरी स्रोत आपका माहौल और आसपास के लोग होंगे। आंतरिक स्रोत का उदाहरण अवचेतन में किसी अधूरे भावात्मक अनुभव के लिए सजगता का प्रतिक्रिया देना है। जैसे आपको बचपन का कोई दुखद प्रसंग याद हो, आपकी सजगता मन के उदासी वाले हिस्से में चली जाएगी, जिससे अनियंत्रित प्रतिक्रिया पैदा होगी और आप रोने लगेंगे।

मैंने आपको नकारात्मक प्रतिक्रिया के बारे में बताया, यह सकारात्मक भी हो सकती है। कई बार ऐसा भी होता है कि सकारात्मक प्रतिक्रियाओं पर भी खेद हो सकता है। कंपनी का कोई सीनियर सदस्य सालाना जलसे में कंपनी की सफलता का जश्न मना रहा है और इसी उत्साह में वह अपनी सजगता को भुला देता है। वह कंपनी की एक गोपनीय जानकारी सारी टीम के आगे प्रकट कर देता है, जो उसे नहीं बतानी चाहिए थी। फिर उसे अपनी प्रतिक्रिया पर खेद होता है। आपको अपनी उत्तेजना को उत्साह में बदल देना चाहिए। उत्साह की ऊर्जा नियंत्रित होगी, जबकि उत्तेजना आपकी सजगता को भटका सकती है।

अंततः मन में हमारी सजगता को निर्देशित करने की क्षमता ही बताती है कि हमारा अपनी प्रतिक्रिया पर कितना बस होगा और हम जीवन के अनुभवों के लिए कैसा प्रत्युत्तर दे सकते हैं। मैं अपनी सजगता को जितना बेहतर नियंत्रित कर सकता हूँ, मेरी प्रतिक्रिया उतनी ही बेहतर नियंत्रित होगी और मेरा अपनी मानसिक अवस्था पर उतना ही बस होगा।

वाणी का नियंत्रण

हम सबके लिए यही उपयुक्त होगा कि हम अपने मन और मुख के हाईवे पर ट्रैफ़िक लाइट लगा सकें। जो हमें यह मार्गदर्शन देती है कि हमें कब खुल कर बोलना है, कब बोलने से पहले सोचना है और कब बोलना ही नहीं। वाणी का संयम हमारी प्रतिक्रियाओं के प्रबंधन से गहरा संबंध रखता है।

यदि कोई अपनी वाणी पर संयम नहीं रखता तो इससे उसके बारे में बहुत कुछ पता चलता है। ऐसे लोगों का अवचेतन बहुत ही उलझा हुआ और भ्रमित होता है; उनमें स्पष्टता का अभाव पाया जाता है और इसके साथ ही वे मन में अपनी सजगता को नियंत्रित नहीं कर पाते। जब कोई व्यक्ति कहने के लिए मुख खोलता है तो आप उसके मन के भीतर देख सकते हैं। वह व्यक्ति जो बोल रहा है, आप उसके माध्यम से वह भी जान सकते हैं, जो वह नहीं बोल रहा।

कई लोग अपनी वाणी को नियंत्रित करने के लिए जूझते हैं और अक्सर उन्हें जटिल और भावात्मक रूप से उलझे हुए नतीजों का सामना करना पड़ता है, जिससे उन्हें अपनी कही बात का खेद होता है और वे सोचते हैं कि काश! उन्होंने वह बात नहीं कही होती। वाणी पर संयम नहीं रहता, उसकी एक वजह यह भी है कि हम अपनी प्रतिक्रिया को बस में नहीं रख पाते, जो इस बात का सूचक है कि हम यह नियंत्रित नहीं कर पा रहे कि हमारी सजगता मन के किस हिस्से में जाएगी।

उदाहरण के लिए, एक आयोजन में मेरे पास एक व्यक्ति आया और कहा कि मेरा दुशाला गंदा लग रहा था। उसके उन भावात्मक शब्दों में इतनी ताक़त थी कि मैं झट से अपने मन के उदासी वाले क्षेत्र में चला गया – क्या मुझे ऐसा होने देना चाहिए था? मेरी सजगता को नियंत्रित करने की योग्यता मुझे यह अनुमति देती थी कि मैं स्वयं चुनाव करूँ कि मेरी सजगता किस ओर जाएगी। अगर मैं उन शब्दों को सुनने के बाद, अपनी संकल्प शक्ति और एकाग्रता शक्ति के बल पर तय करता कि मेरी सजगता मन के उन्नत क्षेत्र की ओर जाएगी तो मेरा उत्तर भी उन्नत ही होता। मैंने उसके शब्दों में छिपे भाव की शक्ति को अनुमति दी कि वे मेरी सजगता को मन के गुस्से वाले क्षेत्र में ले जाएँ और मेरी प्रतिक्रिया मेरी इच्छा के अनुरूप नहीं रही।

अनियंत्रित वाणी का सबसे सामान्य कारण यही होता है कि लोग अपने आसपास की परिस्थिति और व्यक्तियों के लिए प्रतिक्रिया देते हैं। अगर आप सजगता को नियंत्रित कर सकें तो आप सबसे सटीक उत्तर दे सकते हैं या फिर आप कोई उत्तर ही नहीं दें। लोगों की प्रतिक्रिया और वाणी पर संयम नहीं करने की अयोग्यता ही लोगों को दिखा देती है कि सामने वाले व्यक्ति के मन में क्या चल रहा है।

यह बहुत ही महत्त्व रखता है कि आप वाणी पर नियंत्रण और अभिव्यक्ति की स्वतंत्रता के बीच भ्रमित नहीं हों। मैं ''वाणी के नियंत्रण'' को परिभाषित करते हुए कहना चाहूँगा कि कौन से शब्द कब कहने चाहिए, यह उनका विवेकपूर्ण चयन है। पूरी समझदारी से चुने गए शब्दों का मेल और उन्हें उचित समय पर बोलना ही इसका सार है। जब आप अपनी वाणी पर नियंत्रण रख सकते हैं, तो भी आप मुक्त हो कर बोल सकते हैं; अंतर केवल इतना होगा कि हमेशा इस बात पर नियंत्रण रख सकेंगे कि आप क्या कह रहे हैं और कब कह रहे हैं। इस तरह आप अपनी

वाणी के परिणाम को प्रभावित कर सकते हैं और इस तरह जीवन के प्रकटन भी आपके नियंत्रण में होंगे।

इस जगह आपके विचार के लिए कुछ प्रस्तुत किया जा रहा है – मैं इसकी गहराई में नहीं जाऊँगा। अगर आपका अपनी सजगता पर पूरा नियंत्रण नहीं है, जब कोई आपसे कुछ कहता है और उसके शब्दों में छिपे भावों में गुस्सा है या वह गुस्से की बारंबारता पर स्पंदित है तो उसके शब्द आपको मन की सजगता के उसी हिस्से में ले जाएँगे, जिस हिस्से से उसके शब्द आ रहे हैं। उसके भावात्मक शब्द आपकी सजगता को भी उसी भाव से भर देंगे (ऊर्जा रूपांतरित हो सकती है), वे आपको भी मन के उसी स्पंदित हिस्से में खींच ले जा सकते हैं। ठीक इसी तरह, संवेदनात्मक भावात्मक ऊर्जा से भरपूर प्रेमगीत आपको मन के उसी हिस्से में ले जा सकता है, जिसमें उस समय वह गायक है; जब आप इसे सुनेंगे, तो आप उन्हीं भावों को अनुभव करेंगे, जो गायक आपको अनुभव करवाना चाहता है।

भावों में सजगता पर बहुत गहरा प्रभाव होता है। भाव ऐसे शब्दों से भरे हैं जो मन की सजगता को एक हिस्से से दूसरे हिस्से में ले जाते हैं, जो उस भाव की बारंबारता पर स्पंदित होते हैं। अगर आप शब्दों के लिए प्रतिक्रिया नहीं दें, इसके लिए आपकी संकल्प शक्ति आपकी ओर आ रहे भावों की शक्ति से अधिक होनी चाहिए।

मैंने भारतीय रिक्शा चालक से जो शब्द कहे, वे गुस्से से भरे थे। मेरे शब्दों के भावों ने उसकी सजगता की ऊर्जा को बदला और वह भी मेरे भाव यानी गुस्से की बारंबारता पर स्पंदित होने लगा। फिर उसकी सजगता मन के गुस्से वाले हिस्से से काम करने लगी और उसके अनुसार ही प्रतिक्रिया देने लगी।

आप कैसे जान सकते हैं कि आप अपनी वाणी पर नियंत्रण में प्रगति कर रहे हैं? जब आप कुछ ऐसा कहते हैं तो उन जटिल भावात्मक नतीजों से उन्नत है तो आप प्रगति कर रहे हैं। और वाणी नियंत्रण के इस अभ्यास में प्रगति का अर्थ है कि आप मन की सजगता के नियंत्रण का भी अभ्यास कर रहे हैं।

10.2

मानसिक तर्क-वितर्क

लोग कई तरह के मानसिक तर्क-वितर्क के बीच अपना कितना समय और ऊर्जा नष्ट कर देते हैं, मन की शांति नहीं रह पाती। मानसिक रूप से होने वाली बहस - हम अक्सर दूसरों के साथ जिन मुद्दों पर सहमत नहीं होते, उनके लिए अपने मन में ही बहस करते रहते हैं, जो हमारे लिए विचलन की एक बड़ी वजह बनते हैं।

इस पाठ में आपको इन मानसिक बहसों का हल नहीं दिया जा रहा। आपको सिखाया जाएगा कि आप किस तरह मन की सजगता को नियंत्रित कर सकते हैं ताकि यह आपको लगातार चलने वाली इन मानसिक बहसों से परे रख सके।

अक्सर मानसिक तर्क-वितर्क कोई ऐसी ग़लतफ़हमी होता है, जो आपको किसी दूसरे के साथ हो सकती है। जब यह मसला हल नहीं होता तो यह आपके अवचेतन में बैठ जाता है और जब भी इसका सजगता से मेल होता है तो आप फिर से वही बहस करने लगते हैं। इस अधूरे अनुभव से जितना भाव जुड़ा होता है, इसमें आपको अपनी ओर खींचने की उतनी ही ताक़त होती है।

जब भी सजगता इसकी ओर जाती है यह आपको फिर से उसी अनुभव को पूर्ण या आंशिक तौर पर अनुभव करने को विवश कर देता है। और आप इसके लिए फिर से प्रतिक्रिया देने लगते हैं। आप फिर से उन सभी भावों को महसूस करते हैं और फिर वही प्रतिक्रिया आपके सामने आ जाती है।

जब आप प्रतिक्रिया देते हैं, तो आप अक्सर मानसिक बहस करने लगते हैं और आप जिससे नाराज़ होते हैं, उससे आप मन ही मन बहुत उलझते हैं। आप उन्हें अपने मन में कुछ कहते हैं और फिर कल्पना करते हैं कि वे आपकी बात सुन

कर क्या प्रतिक्रिया देंगे। अब आपने उस इंसान को फिर से नाराज़ कर दिया पर इस बार यह सब आपके मन में हो रहा है। वह आपके साथ और अधिक मौखिक हिंसा करता है – यह सब आपके दिमाग़ में चल रहा है। आपने उसकी ओर से स्वयं को जो भी कहा हो, आप उसे देख कर सदमे में आ जाते हैं। इस तरह यही हालात आपके दिमाग़ में बद से बदतर होते चले जाते हैं।

हर बीतते क्षण के साथ, इस मानसिक बहस के साथ आपकी उत्तेजना बढ़ने लगती है। पाँच ही मिनट के बाद आपको उस पर गुस्सा आने लगता है। आपका स्नायु तंत्र बुरी तरह से परेशान है। इसी उलझन के बीच आप अपनी सजगता को इस अधूरे भावात्मक अनुभव से उठा कर, अपने हाथ में लिए गए काम पर लगा देते हैं, जिसे आप मानसिक बहस चालू करने से पहले कर रहे थे।

अभी दस मिनट भी नहीं होते और आप फिर से दिमाग़ में बने युद्ध क्षेत्र में लड़ने वापस चले जाते हैं। शब्दों के वार चालू हो जाते हैं और आपका बेचारा मन, शरीर और स्नायु तंत्र आपके भावों के चक्रव्यूह में उलझ कर रह जाते हैं।

इस बात का अहसास होना बहुत महत्त्व रखता है कि इस मानसिक बहस की प्रक्रिया में, आप – मैं 'आप' शब्द पर बल देना चाहूँगा – आप ही दोनों पक्षों की ओर से दिमाग़ में तर्क-वितर्क कर रहे थे। वह गरमागरम बहस आपका अपना ही किया-धरा था।

अवचेतन मन के अधूरे भावात्मक अनुभव उन खदानों की तरह हैं, जो आपकी सजगता की प्रतीक्षा में हैं। उनसे निबटने का यही तरीक़ा होगा कि आप मसले को हल कर लें। हालाँकि कहना ही आसान है, अनुभव और भाव की गहराई पर निर्भर करेगा कि आप उससे कितना लगाव रखते हैं। जैसा कि मैंने पिछले पाठ में भी कहा, ऐसे मसलों को हल करने के कुछ तरीक़े होते हैं, जिनमें थेरेपी लेना भी शामिल है।

पर एक और चीज़ है, जो मानसिक तर्क-वितर्क में आपके काम आ सकती है और वह है कि आप मन की सजगता को नियंत्रित करना सीखें। जब आप सजगता को नियंत्रित करते हैं, तो आप यह चुन सकते हैं कि आप किसी अधूरे भावात्मक अनुभव को कब सुलझाना चाहते हैं। मैं आपको एक उदाहरण देता हूँ। सहकर्मी आपसे कुछ ऐसा कह देता है, जिससे आपको बुरा लगता है। आप अपने काम पर वापिस आते हैं और ई-मेल के जवाब भेजने लगते हैं।

कुछ ही मिनट बाद आपका अनुभव फिर से उसी अनुभव में चला जाता है, जिसने आपके मन को उदास किया था। जब सजगता उस ओर जाती है तो आप उस अनुभव को जीने लगते हैं। आप फिर से उसी भाव को जीते हुए उसके लिए अपनी प्रतिक्रिया देते हैं।

अब अगर आपका अपनी सजगता पर पूरा नियंत्रण है तो आप आसानी से अपनी सजगता को ई-मेल बॉक्स से अवचेतन की ओर जाने से रोक सकते हैं और उसे फिर से अपने काम में लगा सकते हैं।

ऐसा करने की योग्यता से हमें कुछ बातें पता चलती हैं :

1. हमें यह अच्छी तरह पता है कि सजगता और मन पूरी तरह से दो अलग चीज़ें हैं।
2. समस्या अवचेतन में बसती है, जो मन का एक हिस्सा है और हमारे पास चुनाव होता है कि हमें मन के उस हिस्से में जाना है या नहीं।
3. हम यह निष्कर्ष भी निकाल सकते हैं कि अगर हमारे पास पर्याप्त संकल्प शक्ति हो तो हम अपनी सजगता को मन के किसी भी हिस्से में निर्देशित कर सकते हैं, जिसमें हम जाना चाहते हैं और फिर एकाग्रता शक्ति का प्रयोग करते हुए सजगता को मन के उस हिस्से में बनाए रख सकते हैं, जिसमें हम रहना चाहते हैं।

यह जानने और इसे जीवन में लागू करने के बाद असीम स्वतंत्रता और मानसिक संतोष की प्राप्ति होती है।

अनेक व्यक्ति यह पढ़ने के बाद सोचेंगे कि मैं इस बात का समर्थन कर रहा हूँ कि आप इस तरह पेश आएँ मानो कोई समस्या है ही नहीं। समस्या तो निश्चित रूप से है और पहला चरण यही होगा कि आप इसके अस्तित्व को मान दें। मैं आपको यह सुझाव दे रहा हूँ कि आप इस बात का चुनाव करें कि आपकी अपनी सजगता को मन के उस हिस्से में कब ले कर जाएँगे, जहाँ वह समस्या है और कब आप उसका निराकरण करते हुए हल करेंगे।

यह एक शक्तिशाली चुनाव है और खेद से कहना पड़ता है कि अधिकतर लोगों के पास यह सुविधा नहीं होतीं परंतु यदि वे चाहें तो मन और सजगता की गहरी समझ विकसित कर सकते हैं और अपनी सजगता पर पर्याप्त नियंत्रण रख सकते हैं।

जब हमारे पास यह चुनाव होता है तो हम कह सकते हैं, ''मुझे पता है कि मेरे अवचेतन में यह एक अधूरा मुद्दा है पर मैं अभी अपनी सजगता को उस ओर नहीं जाने दे सकता/सकती। काम से दोपहर दो बजे फ्री होने के बाद, इस बारे में एकांत में बैठ कर सोचा जाएगा। इस दौरान, मैं अपनी संकल्प शक्ति का प्रयोग करते हुए मन की सजगता को उसी क्षेत्र में बनाए रखूँगा, जिसमें मैं इसे रखना चाहता हूँ। सजगता को बार-बार मन के समस्याग्रस्त क्षेत्र की ओर ले जाने से यह कहीं बेहतर है। वैसा करने से आप मानसिक और शारीरिक तौर पर क्लांत हो जाते हैं

और आपकी ऊर्जा व समय की हानि होती है। आपके मन, शरीर और स्नायु तंत्र पर इसका बहुत भारी नुक़सान होता है। कहना ना होगा कि आपके आसपास के लोग और आपके कामों का प्रदर्शन भी इससे गहराई से प्रभावित होता है।

कल्पना करें कि अगर आप अपनी सजगता को नियंत्रण में रख पाते तो आप स्वयं वह समय चुन सकते थे, जब उस समस्या का हल होना था। आपको अपने भीतर बसे उस अधूरे मुद्दे पर काम करना है और आप ही उसके लिए समय और स्थान सुनिश्चित करेंगे।

उस अधूरे मुद्दे पर काम करने के लिए समय और स्थान सुनिश्चित करें। जब तक वह समय नहीं हो, आपको अपनी संकल्प शक्ति और एकाग्रता के बल पर सजगता को मन के विशेष हिस्से पर लगाए रखना होगा, जिसमें आप काम करना चाहते हों। जब भी आपको लगे कि आपकी सजगता अवचेतन में भावात्मक रूप से प्रेरित मुद्दे की ओर जा रही है तो उसे बहुत ही प्यार और कोमलता से काम पर वापस ला सकते हैं। स्वयं से कहें, ''अभी इस विषय पर बात करने का समय नहीं हुआ।''

जैसा कि किसी से मिलने का समय तय करने के बाद होता है, आप मिलने के समय से पहले हर दस मिनट बाद जा कर यह नहीं देखते कि वह व्यक्ति आया या नहीं, इसी तरह आपको अपने उस अनसुलझे मुद्दे को संबोधित करने के समय से पहले, बार-बार अपनी सजगता को उस ओर ले जाने की आवश्यकता नहीं है। ऐसा करने से उदासी के सिवा कुछ हाथ नहीं आएगा।

यदि आप अपने अनसुलझे मुद्दे को निबटाने के लिए समय तय कर सकते हैं और अपनी संकल्प शक्ति के बल पर सजगता को मन के मनचाहे हिस्से में बनाए रख सकते हैं तो यह योग्यता आपको अपने मानसिक तर्क-वितर्क को दूर रखने के योग्य बना सकती है। जब भी मिलने का समय हो तो उस अपनी चुनी हुई जगह पर जाएँ, अपने अवचेतन में छिपे मुद्दे पर सजगता को केंद्रित करें और उसे हल करने की प्रक्रिया पर काम करें।

बहुत से लोग प्रतिदिन इसी मानसिक ऊहापोह के बीच उलझे रहते हैं और अपने रोज़मर्रा के काम भी सही तरह से नहीं कर पाते। उनकी सजगता बार-बार उन्हीं बातों की ओर जाती है, जिनका कोई समाधान नहीं हो सका। जब हमारे पास यह चुनाव होता है कि हम अपनी समस्याओं का निबटारा कब करेंगे तो हमें मन और सजगता को भी समझना होगा और अपनी संकल्प शक्ति व एकाग्रता शक्ति को भी समझना होगा ताकि हम मन में अपनी सजगता को नियंत्रित करना सीख सकें।

मानसिक तर्क-वितर्क से उबरने के लिए एक और बात याद रखें। आपको मेरे गुरुदेव की बात याद होगी, ''जिस जगह सजगता जाती है, ऊर्जा वहीं प्रवाहित होती

है।'' आइए, इसे मानसिक बहस के संदर्भ में देखें। जब भी आप अपनी सजगता को अपने अवचेतन में छिपे अनसुलझे भावात्मक अनुभव की ओर ले जाते हैं तो आप अपनी ऊर्जा को उस ओर प्रवाहित होने की अनुमति दे रहे हैं। यदि आपकी ऊर्जा उस ओर प्रवाहित हो रही है तो अब आप जानते हैं कि आप उस भावात्मक अनुभव को और भी सशक्त बना रहे हैं। आपके अवचेतन में उन अधूरे भावों को जो ढाँचा आश्रय दे रहा है, वह इस ऊर्जा से और अधिक शक्तिशाली होता चला जाता है, जिससे इसकी मज़बूती बढ़ती है।

इसके अतिरिक्त, यह भी हो सकता है कि आप अपने मन में भावात्मक रूप से परेशान करने वाले अन्य कई एकालापों के बल पर उस अनुभव की रूपरेखा ही बदल दें। इससे आपके मन में उस अनुभव के लिए और उलझन बढ़ेगी और किसी नतीजे या हल पर आना और मुश्किल होता चला जाएगा।

मन में सजगता को नियंत्रित रखने की योग्यता जितनी बेहतर होगी, आप स्वयं को उतना अधिक सशक्त पाएँगे कि आप स्वयं उस अनसुलझे मुद्दे को मन ही मन हल कर सकें। आप इस विषय में जितना बेहतर होंगे, आपको उतने ही कम मानसिक द्वंद्व का सामना करना होगा।

10.3

एक गेम चेंजर

इस पूरी किताब में, मैंने शिक्षाओं को इस तरह बताया है कि उन्हें कोई भी गंभीरता से लागू कर सकता है, जो एक केंद्रित जीवन जीने के लिए गंभीर हो। ये पाठ हमें सिखाते हैं कि ये शिक्षाएँ किस तरह खेल जगत में प्रयुक्त की जा सकती हैं, जिससे प्रदर्शन में सुधार हो ओर मानसिक सेहत से जुड़ी चुनौतियों को भी दूर किया जा सके। हमें इन शिक्षाओं को केवल उन्नत खिलाड़ियों तक सीमित रखने की आवश्यकता नहीं है। कोई भी बच्चा, बड़ा या वयस्क या खेल गतिविधियों से जुड़ा व्यक्ति इन्हें सीख कर अपने प्रदर्शन में सुधार कर सकता है और एक स्वस्थ मन पा सकता है।

इंग्लिश प्रीमियर लीग के सबसे अहम मैचों में से एक में हाफ़ टाइम हो चुका है, जो शायद दुनिया का सबसे ज़्यादा देखा और पसंद किया जाने वाला सॉकर लीग है। एक टीम ब्रेक के दौरान लॉकर रूम में जमा है। वे दो गोल से पीछे हैं और अगर वे टाइटल के फ़ाइनल में जाना चाहते हैं तो उन्हें हर हाल में जीतना होगा। इससे पहले कि टीम अगले खेल के लिए रवाना होती, कोच उन्हें आख़िरी संदेश देते हुए कहता है : ''गाइज़! हमें उस जगह पहुँच कर, पूरी तरह से फ़ोकस करना होगा।'' एक सहज और संज़ीदा सा आग्रह।

हालाँकि खेल जगत में फ़ोकस शब्द का आग्रह निरंतर सुनने में आता है पर कभी यह निर्देश नहीं दिए जाते कि इसे कैसे पूरा करना होगा। जैसा कि मैंने पहले एक अध्याय में बताया कि किसी को फ़ोकस करने के लिए कहना, उस इसके लिए प्रशिक्षित करने से बहुत अलग है। खेल या व्यवसाय में आप अपनी टीम को फ़ोकस करने के लिए कैसे कह सकते हैं, जबकि आपने स्वयं कभी उन्हें फ़ोकस करना नहीं सिखाया। उनमें से अधिकतर लोगों को कभी इस विषय में प्रशिक्षण या निर्देश नहीं

मिले। उन्हें ऐसा काम करने को कहा जा रहा है, जिसे करने के लिए उन्हें कभी प्रशिक्षित नहीं किया गया और ना ही वे इस विषय में अच्छे हैं।

दुनिया भर में, खेलों की टीमों पर लाखों डॉलर व्यय होते हैं। यह एक मल्टी-बिलियन डॉलर उद्योग है। बेहतरीन टीमों के खिलाड़ियों को सबसे अच्छी कोचिंग और प्रशिक्षण सुविधा दी जाती हैं और उन्हें प्रदर्शन में सुधार के लिए बेहतरीन संसाधन उपलब्ध करवाए जाते हैं। परंतु उनमें से अधिकतर को यही नहीं सिखाया जाता कि उनके मन कैसे काम करते हैं, वे फ़ोकस कैसे कर सकते हैं या वे उस संभ्रांत प्रतियोगिता के तनाव का प्रबंधन कैसे करें। मैं उच्चस्तरीय एथलीट्स के साथ काम करने के बाद निजी अनुभव के आधार पर कह सकता हूँ कि उन्हें जिस प्रकार का मानसिक प्रशिक्षण दिया जाता है, वह उन्हें मिलने वाले शारीरिक प्रशिक्षण के बराबर का नहीं होता और वह उनकी श्रेष्ठता के स्तर से कहीं नीचे होता है।

सॉकर वर्ल्ड कप का सेमीफ़ाइनल चल रहा है और खिलाड़ी एक निर्णायक पेनल्टी किक लेने को तैयार है। यदि वह स्कोर करता है तो टीम की जीत होगी। उसने हज़ारों बाद पेनल्टी किक्स का अभ्यास किया है। अवचेतन स्तर पर निःसंदेह उसके पास एक पहले से तैयार ढाँचा कि उसे यह काम सफलतापूर्वक कैसे पूरा करना है। वह गेंद को पेनल्टी स्पॉट पर रख कर, कुछ क़दम पीछे जाता है ताकि किक कर सके। स्टेडियम में अस्सी हज़ार लोग उसे देख रहे हैं और लाखों लोग अपने टी.वी. पर हैं। वे टी.वी. पर लाइव दिखाए जा रहे खेल पर केंद्रित हैं। सबने दम साधा हुआ है। कुछ लोग नाख़ून चबा रहे हैं। सबकी नज़रें उसी आदमी पर टिकी हैं। अब उस खिलाड़ी को अपने प्रशिक्षण की मदद लेनी होगी।

चाहे बहुत नहीं, पर उसके दिमाग़ में थोड़ी-बहुत जंग जारी है। क्या वह अपनी सजगता नियंत्रित कर सकता है? वह अपनी सजगता को अब से दस सेकेंड बाद आगे ले गया और मानसिक चित्रण किया कि वह किस तरह अपने दोस्तों के साथ मिलकर जीत का जश्न मना रहा है या फिर वह भविष्य में जा कर देखता है कि किक मिस होने के बाद वह सारे देश और टीम को निराश कर देगा? ठीक इसी समय उसकी सजगता मन के भयग्रस्त क्षेत्र में चली जाती है और उसके मन में सवाल आता है कि वह गेंद को उसी जगह रखने की योजना पर टिका रहे या उसे कोई और क़दम उठाना होगा। यह सब कुछ क्षणों में घटता है, हालाँकि उसे लगता है कि यह सब सोचते हुए अनंत काल बीत गए हों। रेफ़री सीटी बजा कर उसे किक करने का संकेत देता है। वह आगे बढ़ता है, ...और फिर आगे तो सब जानते ही हैं।

ऐसे उच्च-दबावयुक्त हालात के बीच किसी खिलाड़ी की अपनी सजगता को नियंत्रित करने की योग्यता या अयोग्यता ही उसकी सफलता या असफलता को सुनिश्चित करती है। एक अज्ञात यूएस नेवी सील की ओर से एक बहुत ही सुंदर कथन है, ''जब आप दबाव के अधीन होते हैं तो आप अवसर का लाभ नहीं

उठाते, आप अपनी प्रशिक्षण की तह तक जाते हैं।'' यह केवल खिलाड़ियों पर ही नहीं, बल्कि सब पर लागू होता है। अगर आपको कभी प्रशिक्षण नहीं दिया गया कि आप मन की सजगता को कैसे नियंत्रित कर सकते हैं तो आप कठिन हालात के बीच उसे पाने की कल्पना भी कैसे कर सकते हैं, जबकि उस समय आपको उसकी ही सख़्त आवश्यकता होती है?

अगर खिलाड़ी यह नहीं जानता कि उसका मन कैसे काम करता है तो वह सजगता को नियंत्रण में नहीं रख सकता। और अगर उसे कभी सिखाया नहीं किया गया कि किसी एक चीज़ पर फ़ोकस कैसे करना है तो वह उस पेनल्टी को लेने के लिए पूरी तरह से एकाग्र कैसे हो सकता है? कल्पना करें कि वही खिलाड़ी सॉकर के वर्ल्ड कप सेमीफ़ाइनल में खेल रहा है पर इस बार उसकी कल्पना ऐसे व्यक्ति के तौर पर करें, जिसे इस बात का प्रशिक्षण दिया गया है कि मन की सजगता को कैसे नियंत्रित कर सकते हैं। तब वह घटना कुछ और ही होती।

वह संभवत: अपने जीवन के सबसे महत्त्वपूर्ण खेल में, निर्णायक पेनल्टी किक लेने के लिए आगे बढ़ता है। चारों ओर सन्नाटा छाया है। अब उसे अपने प्रशिक्षण का कमाल दिखाना है। दिए गए काम पर संकल्प और एकाग्रता शक्ति ने उसकी सजगता को पूरी तरह से वश में किया हुआ है और वर्तमान क्षण में उपस्थित है। वह अपनी सजगता को अतीत या भविष्य में भटकने की अनुमति नहीं देता कि वह उस सफलता की कल्पना करने लगे, जो अभी मिली ही या नहीं किसी पुरानी असफलता पर सिर धुनने लगे। वह शांति से आगे की ओर आता है और गेंद को किक करता है और वह नेट के कोने से जा टकराती है। जब वह ऐसा होते हुए देखता है, तो उसकी सजगता से पकड़ छूटती है और घटना का एड्रेनालिन उसकी सजगता को मन के उत्साहित क्षेत्र में ले जाता है। वह और उसके लाखों प्रशंसक हर्षोल्लास के बीच उस गोल का जश्न मनाते हैं!

जो कि प्राय: सुनने में आता है, इसके विपरीत, जैसा कि मैंने पहले भी कहा – उसकी केंद्रित अवस्था, उसके आसपास के माहौल को बाधित नहीं कर रही। यह उसकी सजगता को पूरी तरह से उसमें डुबोए हुए है। मन और सजगता को फ़ोकस करने की समझ और योग्यता ही किसी व्यक्ति या टीम की प्रदर्शन क्षमता को प्रभावित करते हैं। यदि आप अपनी टीम या खिलाड़ियों को फ़ोकस करने को नहीं कहते तो इस बात से अंतर नहीं पड़ता पर अगर आप ऐसा कह रहे हैं तो आपको उन्हें ऐसा करने के लिए प्रशिक्षण देना चाहिए। और यह किताब आपको इसी विषय में मार्गदर्शन दे रही है।

परंतु यह सब केवल प्रदर्शन बढ़ाने से नहीं जुड़ा। उच्च-स्तरीय प्रदर्शन करने वाले और भी कई तरह से चुनौती का सामना करते हैं। मिसाल के लिए, मैदान के बाहर और अंदर प्रतिक्रियाओं को बस में रखना भी एक ज़रूरत है, जिसे पूरा

करना होता है। उनकी सजगता को नियंत्रित करने की क्षमता ही तय करती है कि वे विपक्ष की ओर से आने वाले मौखिक अपशब्दों या प्रशंसकों की ओर से मिलने वाले जातीय हमलों और मीडिया के वारों का सामना कैसे करेंगे, सोशल मीडिया से अपना बचाव कैसे करेंगे। अगर कोई एथलीट अपनी सजगता को बस में रख सकती है तो उसकी प्रतिक्रिया भी बस में रहेगी और इस तरह वह उस गर्त में गिरने से बच सकती है, जो उसके जीवन और खेल के हर हिस्से को प्रभावित कर सकता है।

बहुत से एथलीट अपने आसपास के लोगों और दुनिया से त्रस्त होने के बाद कोर्ट या मैदान में क़दम रखते हैं। उनमें से बहुत कम लोगों को प्रशिक्षण दिया गया है कि वे सहज भाव से अपनी मानसिक अवस्था का प्रबंधन कर सकें। लगातार और बार-बार आने वाले भावात्मक उतार-चढ़ाव उनके मन और स्नायु तंत्र को गहराई तक नुक़सान कर सकते हैं, जो उनके करियर से भी परे जा सकते हैं। उच्च स्तरीय प्रदर्शन करने वाले खिलाड़ियों के लिए मानसिक सेहत से जुड़ी चुनौतियाँ भी अधिक हो सकती हैं। खेल का उल्लास और जश्न उन्हें छिपाने में सहायक होता है, परंतु समस्याएँ बनी रहती हैं। ऐसी कई चुनौतियाँ हैं, जिन्हें इस पुस्तक की मदद से पूरी तरह से मिटाया जा सकता है।

10.4

वाणिज्य के मूल में

रवि एक फ़ॉर्चून कंपनी के लिए काम करता है। वह सीनियर लीडरशिप टीम में एक्ज़ीक्यूटिव है और कंपनी में एक महत्त्वपूर्ण भूमिका निभाता है। वह अपने काम में बेहतरीन है और यही वजह है कि वह अपने पद पर है। पर उसे किसी ने नहीं सिखाया कि हमारा मन कैसे काम करता है। उसके पास मन की सजगता नहीं है या हम इस बात को नियंत्रित कर सकते हैं कि हमारा मन किसके लिए सजग होगा। किसी ने उसे फ़ोकस करना नहीं सिखाया। बरसों-बरस हो गए, समय और ध्यान की माँग बढ़ने के साथ, उसका ध्यान उतना ही ज़्यादा भटकने लगा है।

आज रवि को किसी एक काम पर, एक बार में सजगता बनाने में परेशानी होती है, हालाँकि वह यह नहीं जान पा रहा कि उसे सारा दिन ही ऐसा अनुभव होता है। ध्यान पाने की यह माँग, जीवन में सभी दिशाओं से आ रही है? जिस वजह से उसकी सजगता केंद्रित नहीं हो पाती। वह अक्सर यही कहता है कि उसका ध्यान चारों ओर लगा है। यही वजह है कि उसे हमेशा थकान महसूस होती है, क्योंकि उसकी ऊर्जा हर जगह प्रवाहित हो रही है। वह विचलन का जितना अभ्यास करता है, उसमें उतना ही माहिर होता जा रहा है। और जीवन के इस मोड़ पर तो इसका विशेषज्ञ बन गया है

घर जाने पर अपने साथी या बच्चों पर कुछ सेकेंड से ज़्यादा ध्यान नहीं दे पाता। नतीजतन, वे उसकी ऊर्जा को महसूस नहीं कर पाते; इस तरह, वे उससे कटा हुआ महसूस करते हैं। वे उसे प्यार करते हैं, इसलिए सहन करते हैं और जल्दी ही यही घर का चलन बन गया। वह भी उनसे कटा हुआ महसूस करता है और उदास रहता है पर वह नहीं जानता कि इसका हल क्या है। उसे रात को नींद नहीं आती, क्योंकि पूरा ध्यान काम पर रहता है। फिर वह थक कर सो जाता है, जब सो कर उठता है तो इससे पहले कि कुछ सोच सके, कार्यस्थल का गहरा चुंबकीय

बल अपनी ओर खींच लेता है, जिसे उसने अपनी अधिकतर ऊर्जा दे रखी है। वह बिस्तर पर लेटे-लेटे फ़ोन उठाकर अपना काम करने लगता है।

सजगता इस तरह एक से दूसरे ई-मेल की ओर जाती है, फिर किसी मैसेज की ओर चली जाती है और इस तरह उसकी बेचैनी भी बढ़ने लगती है। उसे इस अवस्था तक आने में देर नहीं लगती। उसने मन के इस हिस्से में बहुत पहले ही मार्ग बना लिया है, सजगता आसानी से उसी ओर चल देती है।

रवि का जीवन अस्त-व्यस्त है, हालाँकि उसके सहकर्मियों और साथियों को पता लगना तो दूर रहा, वह ख़ुद भी इस बात को नहीं मानना चाहता। कई बार उसे लगता है कि सब छोड़ कर अपने परिवार को किसी ऐसी जगह ले कर चला जाए जिस जगह मन को शांति मिल सके। जबकि उसे यह नहीं पता कि यह एक झूठी अवधारणा है, वह जिस भी जगह जाएगा, बरसों से उसका साथ निभाने वाली मन की अवस्था भी उसके साथ ही होगी। यह कोई ऐसा साथी नहीं, जिसे अपनी मर्ज़ी से छोड़ सकें। रवि के लिए किसी भी समंदर के किनारे, जंगल के बीच या पहाड़ पर भी कोई शांति नहीं है। हालाँकि कभी-कभार किसी सेल्फ़ी में शांति की ज़रा सी झलक दिख जाती है, जिसे वह टाइमलाइन पर पोस्ट कर देता है, जिससे उसे और उसके जानने वालों को यह दिलासा मिल जाता है कि जीवन बहुत अच्छी तरह चल रहा है।

काम की बात पर वापस आते हैं, उसकी अनियंत्रित सजगता लगातार बेचैनी को बढ़ा रही है। वह दो सौ लोगों के दल का नेतृत्व करता है। वह उनके लिए तय किए गए प्रदर्शन और लक्ष्यों के लिए जवाबदेह महसूस करता है। उसकी सजगता बार-बार भविष्य की ओर भागती है और उसे यही लगता है कि ये लक्ष्य पूरे नहीं होंगे, उसे भारी असफलता का सामना करना होगा। फिर उसे चिंता होने लगती है और असफलता का भय उसके स्नायु पर भारी पड़ने लगता है। इन बातों का उसके शरीर पर कितना नकारात्मक असर हो रहा है, वह यह नहीं जानता।

मनुष्य का दिल और दिमाग़ किसी भी तरह की परेशानी, संकट और कष्ट सहन कर सकते हैं, इनमें बहुत लोच पाई जाती है। रवि भी इन सभी थपेड़ों के बावजूद अच्छी तरह जानता है कि वह हार नहीं मान सकता। उसके बच्चे प्राइवेट स्कूल में पढ़ते हैं, उनके कॉलेज का ख़र्च जुटाना है, घर की किस्त अदा करनी है और उस जीवनशैली को चलाए रखना है, जिसकी उसे और उसके परिवार को आदत हो गई है। रवि के जीवन की कहानी कोई नई नहीं है, बहुत सारे लोग उसकी तरह ही महसूस करते हैं।

कंपनियों और उद्यमियों को अहसास होना चाहिए कि हज़ारों समंदर भी प्यासे की प्यास नहीं बुझा सकते, अगर उनका कोई किनारा नहीं हो। यदि अंतहीन

विकास निरंकुश इच्छा और रचनात्मकता से पैदा होगा तो यह खड़ी चट्टान पर लगने वाली दौड़ से ज़्यादा नहीं है। इच्छा को निखार कर निर्देशित करना चाहिए और इस इच्छा को पूरी करने वाले इंसान की शारीरिक और मानसिक सेहत से इसकी क़ीमत अदा नहीं होनी चाहिए। कॉमर्स या वाणिज्य के मूल में लोग होते हैं और हमें दिल से उनकी परवाह करनी होगी। अगर ऐसा नहीं किया तो हमें मिटते देर नहीं लगेगी। आंकड़े बताते हैं कि दुनिया भर में कार्यस्थल पर मानसिक सेहत पर गंभीर नकारात्मक प्रभाव सामने आ रहे हैं।

अगर कंपनी इसे समझ लेती है तो इसके बाद सवाल पैदा होता है : हम अपने सदस्यों के लिए एक ख़ुशहाल और विकसित जीवन की प्रक्रिया कहाँ से शुरू कर सकते हैं? रवि और उसके जैसे लोगों के लिए क्या हल होना चाहिए, जो मानिसक और शारीरिक टूटन के मुहाने पर हैं? मेरा उत्तर यही है और हमेशा रहेगा कि हमें मन और उसकी सजगता को समझते हुए, फ़ोकस और विलपावर को सीख कर विकसित करना है। कहना ना होगा, कंपनी के स्तर पर और भी कई ज़रूरी काम होते हैं, परंतु व्यक्तिगत स्तर पर, आप अपनी टीम को सबसे प्रभावशाली उपहार यही दे सकते हैं कि वे अपनी सबसे बड़ी संपदा को जानें। वे पहचानें कि वे कैसे अपने मन के माध्यम से वास्तव में एक भरपूर और सार्थक जीवन जी सकते हैं।

जो उद्यमी अपनी टीम के मानसिक स्वास्थ्य और जीवन की गुणवत्ता की परवाह करते हैं, उसे समझते हैं : उनके लिए मैं यही कहना चाहूँगा कि उन्हें इस बात का प्रशिक्षण दिया जाए कि मन कैसे काम करता है। उन्हें मन और उसकी सजगता के बारे में सामान्य रूप से जानकारी दी जाए, जो मैंने इस पुस्तक में दी है। उन्हें अपने ही उदाहरण से सिखाएँ कि वे किस तरह संकल्प शक्ति और केंद्र को विकसित करने की कला सीख कर, उन्हें चिंता, भय, तनाव और उद्वेग को शांत करने में प्रयुक्त कर सकते हैं। उनके साथ इन शिक्षाओं को बाँटने की योग्यता रखें ताकि उन्हें उन लोगों के साथ और गहरे अनुभव हो सकें, जिन्हें वे चाहते हैं और इसके साथ ही इन अनुभवों में पूरी तरह से रम सकें, जिन्हें पाने के लिए उन्होंने इतनी मेहनत की है ताकि उन्हें और उनके परिवार को इसका लाभ हो सके। यही सबसे सादा और किफ़ायती साधन है, जो जीवन बदल देने वाले नतीजे ला सकता है।

आपकी टीम के लिए कितना सुंदर उपहार – आपको समझना है कि इस महानतम संपदा का प्रयोग करते हुए, इसका सबसे अधिक लाभ कैसे लेना है। मेरे गुरु ने जो यह उपहार दिया था हालाँकि वह तीन दशक बाद भी मेरे साथ था, जबकि अब मैं उनके आश्रम का संन्यासी नहीं हूँ। यह उपहार मेरे निरंतर लागू करने की प्रक्रिया के साथ फला-फूला और मुझे इस तरह पुरस्कृत किया, जिसकी मैं कल्पना तक नहीं कर सकता। मन की सजगता की मेरी समझ और केंद्रित करने की योग्यता के साथ, मैं अपने परिवार और दोस्तों के साथ पूरी तरह से मौजूद हो

सकता हूँ। उनके साथ अपने जीवन के प्रत्येक क्षण का आनंद ले सकता हूँ और उन अनुभवों का लाभ पा सकता हूँ, जो मैंने अपने लिए रचे हैं। हालाँकि मुझे जीवन में कई चुनौतियों का सामना करना पड़ा पर मेरे पास ऐसे कई साधन हैं, जिनके उचित उपयोग के बल पर मैं जानता हूँ कि उन चुनौतियों का सामना कैसे किया जा सकता है। अपने पर केंद्रित रहने और मनन करने की योग्यता के साथ मैंने ख़ुद को बेहतर तरीक़े से जाना और देखा कि मैं जीवन से क्या चाहता हूँ। मैंने अपना उद्देश्य पा लिया है। मैंने अपनी प्राथमिकताओं को सुनिश्चित कर लिया है। मैं अपनी ऊर्जा को उस ओर निर्देशित कर सकता हूँ। मैं अपनी संकल्प शक्ति के बल पर आशा का दामन थामे रखता हूँ। मैं अपने लक्ष्यों को प्रकट कर सकता हूँ। हर दिन अपने-आप में भरपूर है। एक भी क्षण व्यर्थ नहीं है - यदि मैं प्रत्येक क्षण में उपस्थित रहता हूँ तो वह व्यर्थ हो भी कैसे सकता है और मैं जानता हूँ कि मुझे उनमें से हर क्षण के साथ क्या करना है। क्या आप यह उपहार उन लोगों को नहीं देना चाहेंगे, जिन्होंने आपकी कंपनी के कुछ रचने, उसे बनाए रखने और सफल करने के लिए अपना जीवन समर्पित कर दिया है?

जी हाँ, आप उन्हें अन्य कौशल सिखा सकते हैं। आप उन्हें बेहतर संप्रेषण सिखा सकते हैं। बेहतर तरीक़े से साँस लेना सिखा सकते हैं। बेहतर डाइट लेना सिखा सकते हैं। उन्हें कसरत करना सिखा सकते हैं। उन्हें बेहतर मानसिक आदतों का अभ्यास करना सिखा सकते हैं। परंतु क्या आपको अहसास है कि उन्हें इन सभी कौशलों में से मन का कौशल सीखना है और यही असली सार है। वह उनके जीवन का सार है। यदि वे यह नहीं समझते कि उनका मन कैसे काम करता है और उन्हें मन की पूरी शक्ति को निखारने और संवारने का प्रशिक्षण नहीं दिया गया तो आप उनसे यह अपेक्षा कैसे कर सकते हैं कि वे उसे पूरी तरह से सीख कर उन कौशलों को अपना लेंगे, जो आप उन्हें सिखा रहे हैं।

कोई नई चीज़ सीखना मुश्किल होता है, जब आप उस चीज़ को सीखने वाले साधन को नहीं समझते। अगर कोई व्यक्ति पढ़ना नहीं जानता तो दुनिया की सारी पुस्तकें कोई मायने नहीं रखतीं। पहले उसे पढ़ना सिखाना होगा ताकि वह उन्हें पढ़ सके। इसी तरह, हमें मन से शुरुआत करनी होगी।

अगर आप उन्हें सबसे बड़ा उपहार देना चाहें तो इस प्रक्रिया का पालन करें। यह ध्यान दें कि वे सही मायनों में इन शिक्षाओं को जानें कि वे लंबे समय तक बने रहने वाले वहनीय परिवर्तन के लिए इन शिक्षाओं को कैसे लागू कर सकते हैं। केवल तभी आप अपनी टीम को यह दिखा सकेंगे कि आप उनकी सच्चे अर्थों में परवाह करते हैं।

10.5

व्यवसाय में एकाग्रता

दुनिया भर की कंपनियाँ अपने कर्मचारियों के लिए, जो प्रशिक्षण देने में करोड़ों डॉलर व्यय करती हैं, उनमें से शायद सबसे महत्त्वपूर्ण निवेश वही होगा, जब वे अपनी टीमों को मन की सजगता की समझ और फ़ोकस करने की कला का प्रशिक्षण दे सकेंगी। जैसा कि मैंने पहले भी कहा, अगर आपकी टीम फ़ोकस कर सकती है, तो उनके पास ध्यान देने का कौशल है और वे ऐसे कौशल भी सीख सकते हैं, जो आप उन्हें सिखाना चाहते हैं। अगर उनका ध्यान भटका, तो उनके लिए आपकी बात सुनना मुश्किल होगा, इससे कोई अंतर नहीं पड़ेगा कि आप असल में उन्हें सिखाना क्या चाह रहे हैं। अगर आप फ़ोकस नहीं कर सकते, तो आप लंबे समय तक एकाग्र होकर यह कैसे जान सकते हैं कि कोई आपसे कह क्या रहा है? चीज़ों को ग़लत क्रम में नहीं रखें।

मैं इस अध्याय में आपको यह नहीं बताने जा रहा कि आपको कार्यस्थल पर ध्यान कैसे एकाग्र करना है, क्योंकि यह किताब आपको पहले ही जरूरी प्रशिक्षण दे चुकी है कि आपको अपना ध्यान कैसे एकाग्र करना चाहिए। यह प्रशिक्षण हर जगह लागू होता है। अगर आप पूछें, ''हम कार्यस्थल पर बेहतर तरीक़े से एकाग्रता का अभ्यास कैसे कर सकते हैं?'' तब शायद आप वह सीखने में असफल रहे हैं, जो मैंने आपको पिछले अध्यायों में सिखाया है और मैं आपको फिर से किताब पढ़ने की सलाह दूँगा। आपको काम के दौरान एकाग्र होने के लिए अलग तरह से प्रशिक्षण लेने की ज़रूरत नहीं है। आपको यह सीखना है कि एकाग्र कैसे होते हैं। जब आप एक बार ऐसा करना सीख लेंगे, तो आप इसे कहीं भी लागू कर सकते हैं।

इस अध्याय का उद्देश्य यही है कि कंपनियों को यह समझाया जा सके कि उन्हें अपने कर्मचारी प्रशिक्षण में मन की समझ और फ़ोकस करने की कला को सबसे महत्त्वपूर्ण क्यों मानना चाहिए।

एक मल्टी-मिलियन-डॉलर कंपनी की संस्थापक अपनी लीडरशिप-टीम के साथ अपनी मीटिंग पूरी कर रही है। वे लोग अपनी सबसे बड़ी पिच पर काम करने वाले हैं, जो शायद उनके लिए सबसे बड़ा ग्राहक ला सकती है। अगर वे उस ग्राहक को अपने साथ बोर्ड पर ला सके तो उनकी कंपनी का रुख़ ही बदल जाएगा और संस्थापक और उसकी टीम ये बात अच्छी तरह जानते हैं। ज्यों ही वह अपनी लीडरशिप टीम के साथ मीटिंग पूरी करती है। वह उठ कर आगे की ओर झुकती है, अपने दोनों हाथ बलूत से बनी सुंदर मेज़ पर टिकाती है, जो उस मीटिंग हॉल की शोभा है, जहाँ उसकी टीम के सबसे भरोसेमंद साथी जमा हैं। फिर वह कहती है, ''हमें इस पिच पर काम करने के लिए आने वाले दो दिन में सही मायनों में फ़ोकस करना होगा।'' एक सहज और जायज़ आग्रह।

मैं पहले भी कई बार यह बात दोहरा चुका हूँ पर व्यवसायों के संदर्भ में इसे फिर से कहना चाहूँगा। खेल कोच की तरह आपकी कंपनी के कई शीर्षस्थ अधिकारी भी बार-बार अपनी टीम को फ़ोकस करने को कहते हैं पर वे उन्हें कभी नहीं सिखाते कि फ़ोकस कैसे करना है। उन्हें एचआर विभाग में प्रशिक्षण दिया गया है, इसलिए वे उस विभाग में काम कर रहे हैं तो फिर, अनेक शीर्षस्थ अधिकारी यह क्यों नहीं देखते कि जिस तरह एचआर का व्यक्ति कोडिंग नहीं कर सकता, उसी तरह जिस इंसान ने फ़ोकस होने की कला नहीं सीखी, वह एकाग्र होने के लिए केंद्रित नहीं हो सकता?

कॉर्पोरेट दुनिया में, जहाँ उत्पादकता और योग्यता को इतना मान और महत्त्व दिया जाता है, अधिकतर कंपनियाँ उस बुनियादी बात को समझने से चूक जाती हैं, जो उन पर सबसे अधिक प्रभाव डाल सकती है – एकाग्रता की कला सीखना और उसका अभ्यास करना। मैं यह विश्वास करना चाहूँगा कि वे अपनी टीमों को फ़ोकस करना इसलिए नहीं सिखातीं, क्योंकि उन्हें नहीं पता कि आने वाली बाधाओं के लिए क्या क़ीमत चुकानी पड़ सकती है और फ़ोकस एक ऐसा हुनर है, जिसे सीख कर अभ्यास में उतारना पड़ता है। ज़्यादातर लोग यही मानते हैं कि हम आसानी से ऐसे ही फ़ोकस कर सकते हैं और अगर किसी को ऐसा करने के लिए कहें तो यह जादुई तरीक़े से संभव हो जाएगा। ऐसा नहीं होता। हालाँकि फ़ोकस करने की कला सीखना ही काफ़ी नहीं होता। आपको अपनी संकल्प शक्ति को विकसित करना भी सीखना होगा और इसके अलावा सजगता और मन का ज्ञान होना भी ज़रूरी है।

आपने फ़ोकस करना नहीं सीखा या आप नहीं जानते कि आपको किस बात पर केंद्रित होना है तो आपका ध्यान भटका हुआ है। मेरा मानना है कि अधिकतर कंपनियों को पता होता है कि वे अपने कर्मचारियों को किन बातों पर केंद्रित देखना चाहती हैं। बस उन्हें फ़ोकस करने की कला सिखाना ही खोई हुई कड़ी है।

थकान और रुकावट

अगर किसी को न्यू यॉर्क शहर से सैन फ्रांसिस्को तक कार चला कर डलास, और फिर शिकागो और उसके आगे मिआमी जाना हो तो इसमें बहुत गैस लगेगी। अगर कार एक ही जगह रहेगी तो इसकी गैस व्यय नहीं होगी। इसी मिसाल के हिसाब से आप सजगता को कार और ऊर्जा को गैस के रूप में ले सकते हैं। अगर सजगता को मन के अलग पाँच हिस्सों में जाना हो, तो किसी एक जगह रहने की तुलना में इसकी ऊर्जा की खपत कहीं ज़्यादा होगी।

एक केंद्रित सजगता, बाधित सजगता की तुलना में कहीं ज़्यादा ऊर्जा की खपत करती है।

एक अन्यमनस्क या भटका हुआ मन ऊर्जा की बहुत सारी मात्रा खपा देता है। जब ऊर्जा के स्तर घटते हैं तो उत्पादकता के स्तर में भी कमी आती है। इंटरनेट पर रोज़ सुरक्षा, उत्पादकता, सक्षमता आदि अन्य कारकों पर थकान के असर से जुड़े आंकड़े देखने को मिलते हैं। थकान के कई कारण होते हैं पर अन्यमनस्कता को प्राय: इसके कारणों में नहीं गिना जाता। पर आप देख सकते हैं कि जब मन में सजगता नियंत्रित नहीं होती तो हर ओर ऊर्जा लगती है और ऐसी जगहों पर लगती है, जो उसके लिए अनावश्यक हैं। और जब ऊर्जा का स्तर घटता है, तो इसके नतीजे भी सही नहीं होते।

एकाग्रता से दक्षता उपजती है

एक सुबह, मैं किसी परियोजना पर काम कर रहा था, मुझे काम से जुड़े एक मुद्दे के सिलसिले में अपने गुरु से मिलना था। मैं उनके ऑफ़िस में पहुँचा। मैंने देखा कि ऑफ़िस का दरवाज़ा खुला था और वे अपनी कुर्सी पर बैठे, लैपटॉप पर व्यस्त थे। मैंने दरवाज़ा खटखटा कर पूछा, "गुरुदेव, क्या आपसे बात कर सकता हूँ?"

उन्होंने उत्तर दिया, "आओ, आकर बैठो। मैं एक मिनट में बात करता हूँ।"

उन्होंने लैपटॉप पर अपने हाथ का काम पूरा किया और लैपटॉप डिस्प्ले नीचे कर दिया, जो इस बात का संकेत था कि उनका काम पूरा हो गया है, फिर वे मेरी ओर मुड़े और पूरे मनोयोग से मेरी बात सुनी। उन्होंने पूछा, "मैं तुम्हारी क्या मदद कर सकता हूँ?"

मैंने अपना प्रश्न पूछा और उन्होंने उत्तर दिया। मैंने उनके उत्तर का स्पष्टीकरण चाहा, उन्होंने स्पष्टीकरण दिया। मैंने उनकी मदद के लिए धन्यवाद दिया, उठा और बाहर आ गया। वह बातचीत क़रीब दो मिनट की रही होगी। यह अपने-आप में पूरी तरह से सक्षम थी, क्योंकि उन्होंने अपने संन्यासियों को एकाग्रता की कला

में प्रशिक्षित किया था। हमारी सजगता हमेशा विषय पर केंद्रित रहती है, इसलिए सजगता के भटकने से समय और ऊर्जा की हानि नहीं होती थी। मैं आपको बता नहीं सकता कि जब हर इंसान एकाग्र होने की कला सीख लेगा तो मीटिंग्स पहले से कितनी ज़्यादा सक्षम और प्रभावशाली होंगी।

काम से जुड़ी कितनी बातचीत लगातार चलती ही रहती हैं, क्योंकि लोग इतने केंद्रित नहीं होते कि वे विषय पर बने रहें या सामने वाले की बात ध्यान से सुनें?

जब लोग फ़ोकस नहीं कर पाते, तो संप्रेषण की स्पष्टता और सूचना के हस्तांतरण में कमी आती है। आपने कितनी बार किसी ऐसे इंसान से बात की है, जो आपसे बातचीत के दौरान अपने फ़ोन या लैपटॉप पर मग्न था? वे आपकी बात सुनते हुए सिर हिलाते रहते हैं ताकि आपको लगे कि आप पर ध्यान दिया जा रहा है पर अब इस किताब में मल्टीटास्किंग के बारे में पढ़ने के बाद जानते हैं कि उनका ध्यान किस ओर है। चाहे उस इंसान को कितना भी क्यों ना लगे कि वह आपकी बात सुन रहा है, असल में ऐसा नहीं हो रहा होता।

इसी तरह बहुत सारी ऊर्जा और समय नष्ट हो जाते हैं, इसके साथ जो वित्तीय लागत आती है, उसका सही अनुमान लगाना भी कठिन होगा। महत्त्वपूर्ण सूचना के बहुत सारे अंश संप्रेषित नहीं होते, अवसर चूक जाते हैं, कमियों को उपेक्षित कर दिया जाता है, क्योंकि लोग फ़ोकस करना नहीं जानते।

हम इसके बारे में क्या कर सकते हैं? हमने पिछले अध्यायों में इसके बारे में बात की है। अगर आपको लगे कि परियोजना दल के किसी सदस्य का ध्यान भटक रहा है, तो उसके ध्यान को विषय पर वापस लेकर आएँ और फिर उसे मौजूदा विषय पर केंद्रित कर दें। आप जिस व्यक्ति से बात कर रहे हैं, उससे यह कहने में संकोच महसूस नहीं करें कि आप अपनी बात पर उसका पूरा ध्यान चाहते हैं। उन्हें बताएँ कि अगर उन्होंने ऐसा किया तो किए जाने वाले काम पर इसका कितना गहरा असर हो सकता है।

एकाग्रता से क्षमता और उत्पादकता पैदा होती है।

मीटिंग के दौरान आने वाली रुकावटें

अगर मीटिंग में किसी विषय पर टिके नहीं रहें तो इसकी भारी क़ीमत चुकानी पड़ सकती है। मैंने बहुत सारी मीटिंगों में भाग लिया है और मेरे लिए यह देखना बहुत ही रोचक होता है कि ऐसी बैठकों में लोगों की सजगता किस ओर जाती है। यह एक केंद्र के साथ आरंभ होती है पर जिस तरह पार्क में किसी कुत्ते का ध्यान पत्तों की हल्की सरसराहट से झट से दूसरी दिशा में चला जाता है, यहाँ भी ऐसा ही होता है।

मुझे एक बार ऐसा ही अनुभव हुआ था। एक कंपनी की मालिक चाहती थी कि मैं उनकी सीनियर प्रबंधन टीम के लिए रिट्रीट आयोजित करूँ, उसने मुझे अपने पास मीटिंग के लिए बुलवाया। सीनियर टीम के कुछ और सदस्य भी शामिल थे और हमारी मीटिंग चालू हुई। बातचीत के दौरान तारीख़ के बारे में पूछा गया। मुझसे पूछा गया कि क्या मेरे लिए फ़रवरी महीने का अंत सही रहेगा।

मैंने कहा, ''माफ़ करें, तब तो संभव नहीं है। मैं उस दौरान सिडनी, ऑस्ट्रेलिया में होऊँगा।''

टीम के एक सीनियर सदस्य ने मेरी बात सुनते ही उमंग से भर कर कहा, ''ओह, मुझे सिडनी बेहद पसंद है। दुनिया में मेरे पसंदीदा शहरों में से एक, डार्लिंग हार्बर के बाहर बने रेस्त्राँ में बैठ कर कितना अच्छा लगता है, हाथ में ऑस्ट्रेलियाई वाइन का गिलास ... और ऑपेरा हाउस को देखना। सच, कितनी सुंदर जगह है। आप सिडनी किसलिए जा रहे हैं?''

मुझे अहसास हुआ कि तब मेरे पास एक चुनाव था। मैं उसके साथ ऑस्ट्रेलिया के किस्से को आगे बढ़ा सकता था या उसका ध्यान हमारे विषय पर वापस ला सकता था। अगर मैंने यह नहीं देखा होता कि उसका ध्यान अपने विषय से भटक चुका था तो हम सिडनी के बारे में ही बातें करने लगते।

मैंने सोचा कि उसके ध्यान को वापस काम पर लाना होगा, इसलिए मैंने कहा, ''हाँ, बेहद ख़ूबसूरत है। मैं एक टॉक के लिए जा रहा हूँ। क्या आप लोगों के लिए मार्च का दूसरा सप्ताह सही रहेगा?'' मैं आपसे यह नहीं कह रहा कि हमें दोस्ताना तरीक़े से दूसरे विषयों पर बात नहीं करनी चाहिए। दरअसल, यह विवेक होना चाहिए कि वह समय कौन सी बात करने के लिए है। उचित समय ही सब कुछ है।

अन्यथा लंबे समय तक मीटिंग इसी तरह चलती रहेगी। विषय सामने होंगे पर पूरे नहीं हो सकेंगे यानी कोई नतीजा हाथ नहीं आएगा – यह जानकारी के अभाव में नहीं होगा, बल्कि विषय पर बने रहने और उसे दूसरे छोर तक नहीं देख पाने की वजह से होगा। इसका मतलब है कि सबको दोबारा खींच कर उसी बात पर वापस लाना होगा ताकि कोई नतीजा पाया जा सके जबकि पहले उस नतीजे को पाने में इतना समय और ऊर्जा न लगते, जब सभी पूरी तरह से बात पर ध्यान दे रहे थे।

जब हमारा ध्यान भटक कर, दिमाग़ के एक हिस्से से हट जाता है तो हम दिमाग़ के उस हिस्से से मिलने वाली अंतर्दृष्टि को पाने का अवसर खो देते हैं। अगर मैं हज़ार पन्नों की क़िताब हाथ में लेकर उससे हवा करने लगूँ तो उससे मुझे कोई ज्ञान नहीं मिलेगा। पर अगर मैं उसे खोल कर एक पन्ने पर ध्यान लगाता हूँ तो मैं आसानी से उसके बारे में जानकारी ले सकता हूँ। अगर आप बार-बार अपने ध्यान को इस तरह भटकाते रहेंगे तो आप किसी भी एक जगह पर इतनी देर तक नहीं रह सकेंगे कि आपको उससे जुड़ी जानकारी मिल सके।

मीटिंग के दौरान किसी विषय पर बात करने के लिए एकाग्रता के साथ प्रयास करना होगा और जब भी किसी सदस्य का ध्यान भटकता है तो वह प्रयास निरर्थक हो जाता है। गति भी नहीं रहती। यदि हम चाहते हैं कि सभी अपने दिमाग़ के हिस्से की सजगता में वापस लौटें, जहाँ आप सब ध्यान भटकने से पहले थे तो इसके लिए आपको बहुत सी ऊर्जा और प्रयत्न का निवेश करना होगा, हो सकता है कि ऐसा करना आसान नहीं हो। सारा दल विचार की जिस गाड़ी पर सवार था, वह अपनी पटरी से उतर चुकी है।

हम लोगों को मीटिंग के दौरान विषयांतर करने का जितना अवसर देंगे, हम उन्हें ध्यान भटकाने की कला में उतना ही माहिर कर रहे हैं। तब यह प्रशिक्षण सारा दिन कार्यस्थल पर और फिर घर में भी जारी रहता है। यदि हम अपने दल को विषय पर रहने का प्रशिक्षण दे रहे हैं तो यह जान लें कि हम उन्हें एकाग्रता की कला का प्रशिक्षण दे रहे हैं। जब भी आपका ध्यान भटके तो उसे बड़ी कोमलता और सहजता से वापस लाना है। अगर किसी दूसरे का ध्यान भटका है तो उसकी बात सुनें और फिर उसे उसके विषय पर वापस ले आएँ, जैसे मैंने सिडनी के उत्साह से भरे प्रसंग के दौरान किया।

मैं जब भी किसी मीटिंग में लोगों का ध्यान दूसरी ओर भटकते देखता हूँ तो बड़ी कोमलता और स्नेह से उनकी सजगता को विषय पर वापस ले आता हूँ। मैं यह कैसे कर पाता हूँ? मैं विषय केंद्रित रहता हूँ। यदि मैं केंद्रित रहूँ तो मेरे लिए यह देखना आसान होता है कि मैं ध्यान से भटक रहा हूँ। यदि ऐसा होता है तो मैं उनसे कहता हूँ, ''रुकावट के लिए माफ़ी चाहूँगा, पर मैं उसी विषय में बात करना चाहूँगा, जिसके लिए हम जमा हुए हैं, इसके बारे में निर्णय लेना बहुत ज़रूरी है।''

आप किसी भी मीटिंग को सफल बनाने के सभी साधनों और रणनीतियों से लैस हो सकते हैं पर जब तक आप केंद्रित नहीं होते, तब तक किसी मीटिंग के सक्षम और उत्पादक होने की संभावना बहुत कम है। मैं आपको इस जगह यह बताने नहीं आया कि आप अच्छी मीटिंग कैसे कर सकते हैं, मैं आपको बताना चाहूँगा कि केंद्रित करने की योग्यता किस तरह हमारी मीटिंग्स के नतीजों को प्रभावित कर सकती है। लोग काम से जुड़ी मीटिंगों के काफ़ी समय देते हैं और अगर सभी को केंद्रित रहने की कला आती होगी, तो लगाए जाने वाले समय में कमी होगी और नतीजे भी संशोधित होंगे।

बाधाएँ

मैं एक बार एक फ़ैशन कंपनी को अपना परामर्श दे रहा था और उनकी प्रमुख डिज़ाइनर ने मेरे साथ एक अनुभव बाँटा। वह अपने ब्रांड के फ़ॉल कलेक्शन के लिए

जैकेट का डिज़ाइन तैयार कर रही थी, तभी एक सहकर्मी ने अंदर आ कर पूछा, ''क्या तुम्हें पता है कि उन्होंने फ़ोटोकॉपी पेपर कहाँ रखा है?''

ध्यान में खलल आते ही उसकी सजगता दिमाग़ के डिज़ाइन करने वाले हिस्से से हट गई, जहाँ वह केंद्रित थी। उस समय उसकी सहज रचनात्मकता की दिशा बदल गई। अपने सहकर्मी की ओर कुर्सी घुमा कर उसने अपनी मन की आंतरिक अवस्था से बाहर आने में कुछ क्षण का समय लिया और फिर बोली,

''उन्होंने कागज़ को उधर दराज में रखा है।''

''धन्यवाद।'' उसका सहकर्मी बोल कर चला गया।

वह अपने स्केच की ओर मुड़ी और उसे अहसास हुआ कि अब उसकी सजगता दिमाग़ के उस हिस्से में नहीं थी, जहाँ पहले रचनात्मकता फल-फूल रही थी। उसने माना कि स्वयं को दोबारा उसी अवस्था में वापस ले जाने के लिए जितनी कोशिश करनी पड़ी, उससे वह खीझ गई थी। मेरा मानना है कि यह अनुभव कंपनी के लिए काफ़ी भारी पड़ा होगा। आप अनुमान लगा सकते हैं कि दुनिया भर की कंपनियों में कितनी बार इस तरह के अनुभव होते होंगे?

ऐसा लगभग सभी कंपनियों में इतनी बार होता है कि आप कल्पना भी नहीं कर सकते। ये रुकावटें आपसी मेल-मुलाक़ात के अलावा डिजीटल रूप में भी सामने आती हैं, जैसे मैसेज, कॉल्स, चैट रूम या डायरेक्ट मैसेजिंग वगैरह। हर बार ध्यान भटकता है तो इसकी तन्मयता भंग होती है और इसे उन नई चीज़ पर ध्यान देना पड़ता है, जो इसका ध्यानाकर्षण चाह रही है। जब वह काम पूरा हो जाता है तो सजगता को फिर से जबरन काम पर वहीं लाना पड़ता है, जहाँ वह उस रुकावट के आने से पहले था। यह ध्यान के भटकने और फिर से वापस लाने की प्रक्रिया समय और ऊर्जा की बहुत हानि करती है। काम की क़ीमती निरंतरता टूटती है। बेहतर परख़, समाधान और रचनात्मकता की संभावना कहीं खो जाती है।

रुकावटें एक तरह से ध्यान भंग का ही एक रूप हैं। अधिकतर कंपनियों में कोशिश की जाती है कि इस तरह की बाधाओं को कर्मचारियों से दूर रखा जाए। शांत माहौल और कक्ष बनाने से मदद तो मिलती है, परंतु यह अस्थायी समाधान है, इसे हल नहीं मान सकते। हल तो यही होगा कि लोगों को अपने काम पर केंद्रित रहना सिखाया जाए। अगर उन्हें केंद्रित होना आता होगा और वे यह काम अच्छी तरह कर सकेंगे तो कंपनियों को यह मेहनत नहीं करनी होगी कि उन्हें सामने आने वाली रुकावटों से कैसे बचाना है। इस क़िताब का बहुत सारा हिस्सा, कुछ महीनों तक, हर रोज़ सुबह एस्टोरिया के न्यू यॉर्क सिटी बैगल ऐंड कॉफ़ी हाउस में बैठ कर लिखा गया। मैं अपने लिए एक कॉफ़ी लेता और एक कोने में बैठ कर लिखता। उस जगह हमेशा शोर होता था। कमाल की कॉफ़ी और बैगल्स (ब्रेड रोल) लोगों

को अपनी ओर खींचते थे। पर मुझे उस शोर, संगीत और भीड़ से कोई फ़र्क़ नहीं पड़ता था। मेरी सजगता अपने काम पर बनी रहती। मैं केवल इतना बताना चाहता हूँ कि यदि हम चाहें तो ऐसे उपाय करने में अपने समय, वित्त और ऊर्जा का निवेश कर सकते हैं, जिनसे कर्मचारियों के सामने आने वाली रुकावटों को कम किया जा सके या हम उन्हें यह सिखा सकते हैं कि वे अपने काम पर केंद्रित कैसे रहें।

अक्सर लोगों को यह भी पता नहीं होता कि दूसरा व्यक्ति क्या कर रहा है, उससे भी रुकावट पैदा होती है। मेरा बचपन ऑस्ट्रेलिया में बीता और मुझे समंदर के किनारे समय बिताना बेहद भाता है, मैं देखता था कि लोगों को समंदर के जल स्तर के बारे में बताने के लिए झंडों का इस्तेमाल किया जाता था। लाल झंडे का मतलब था कि तैरना मना है, पीले झंडे का मतलब था कि सावधानी बरतें। संभावित ख़तरा – ये संदेश स्पष्ट रूप से अपनी बात कहते थे। मैं इस विषय में गहराई तक जाने के बजाए बताना चाहूँगा कि मैं पिछले अनेक वर्षों से कई कंपनियों को प्रोत्साहित करता आया हूँ कि वे आपस में मिलकर संकेतों का ऐसा सिस्टम तैयार करें, जिससे हर व्यक्ति बिना कुछ कहे, अपने सहकर्मियों को अपनी एकाग्रता के स्तर की जानकारी दे सके। मिसाल के लिए, – 'हाई : कृपया बाधा नहीं दें'; 'मॉडरेट – केवल ज़रूरी काम'। और इसी तरह।

अगर हम अपनी टीमों को प्रशिक्षण दे सकें कि वे एक-दूसरे के काम में रुकावट नहीं दें तो हम उन्हें अप्रत्यक्ष तौर पर मदद कर रहे हैं कि वे लंबे समय के लिए एकाग्रता का अभ्यास करें, इस तरह उनकी केंद्रित रहने की योग्यता में सुधार होगा।

एक फ़ोकस पॉलिसी अपनाएँ

जो कंपनियाँ इस किताब की शिक्षाओं को अपनाना चाहती हैं, पहले उनके शीर्षस्थ अधिकारियों को इन्हें अपनाना होगा। किसी भी कंपनी में फ़ोकस ऊपर से नीचे की ओर चलता है। कंपनियों के अधिकारियों को इसमें विश्वास होना चाहिए और फिर वे इसे जीवन में उतार कर, सबके लिए मिसाल बन सकते हैं। यही पहला चरण है। दूसरा चरण यह होगा कि अपनी बात टीम को समझाई जाए। शीर्ष प्रबंधन को पूरी तरह से इस बात को स्वीकार करना होगा, क्योंकि यह उनकी सफलता के लिए मायने रखती है।

जब यह लक्ष्य पूरा हो जाए, तो मैं सलाह दूँगा कि इन शिक्षाओं को छोटे दलों में लागू किया जाए। मिसाल के लिए, अगर मार्केटिंग दल के दस लोग मिल कर ऐसा करना चाहें तो वे कुछ ऐसा कर सकते हैं :

1. इस किताब को एक ही समय पर पढ़ें।
2. पूरा दल हर अध्याय की समीक्षा करे और प्रत्येक उसमें से अहम बिंदुओं को लिखे। पूरे दल में इन बिंदुओं पर चर्चा हो और यह देखें कि दल में उन बिंदुओं को दैनिक रूप से कैसे लागू कर सकते हैं।
3. एक-दूसरे के साथ संप्रेषण में उचित शब्दावली के प्रयोग का वादा करें।
4. एक औसत कामकाजी दिन में बार-बार होने वाली घटनाओं की जाँच करें, जिनके बल पर प्रत्येक सदस्य अपनी संकल्प शक्ति और एकाग्रता की शक्तियों का अभ्यास कर सकता है। मीटिंग जैसी सामूहिक गतिविधियाँ सबसे उचित अवसर हैं। दयालुता और कोमलता से एक-दूसरे को जवाबदेह ठहराएँ।
5. अपने कामकाजी दिन में उन बार-बार होने वाली घटनाओं को पहचानें, जिन्हें संकल्प शक्ति और एकाग्रता बढ़ाने के लिए प्रयुक्त कर सकते हैं। इसके लिए मीटिंग आदि अच्छे अवसर हो सकते हैं। एक-दूसरे को दयालुता और कोमलता से जवाबदेह ठहराएँ।
6. आत्म-मूल्यांकन के साथ प्रगति की जाँच करें। हमेशा याद रखें, ''द पावर ऑफ़ स्मॉल''। अपने माइलस्टोन्स का जश्न मनाना नहीं भूलें।
7. एक-दूसरे की कामकाजी जीवन के बाहर भी सहायता करें। पूरे जीवन में फ़ोकस का अभ्यास शामिल करना होगा।

एक केंद्रित मन से होने वाले लाभ

हमें यह भूलना नहीं चाहिए : जब आप अपने दल को इस किताब के कुछ ख़ास सिद्धांतों को जीवन में उतारने का प्रशिक्षण दे रहे हैं तो आप उन्हें केवल केंद्रित रहना ही नहीं सिखा रहे, आप उन्हें सिखा रहे हैं :

- वे अपनी सजगता को अपने वश में कैसे कर सकते हैं।
- वे अपनी ऊर्जा के प्रवाह को कैसे नियंत्रित कर सकते हैं और इस तरह यह दिखा सकते हैं कि उनके जीवन और काम से जुड़ी परियोजनाओं में क्या चल रहा है।
- वे अपने हर काम में सकंल्पशक्ति के विकास के लिए तीन सिद्धांतों को कैसे लागू कर सकते हैं।
- हर तरह के जुड़ाव में पूरी तरह से उपस्थित कैसे रह सकते हैं।

- अपनी सजगता को निखारते हुए चिंता, भय और उदासी का प्रबंधन कैसे कर सकते हैं।
- प्रतिक्रियाओं और प्रत्युत्तरों का प्रबंधन कैसे कर सकते हैं।

मेरा लक्ष्य यही है कि कंपनियाँ अपने प्रशिक्षण कार्यक्रम के साथ इस किताब में दिए गए सिद्धांतों और नियमों को अपनाएँ; इस तरह वे ना केवल बेहतर कार्यकारी प्रदर्शन को प्रोत्साहित करेंगी, बल्कि इन शिक्षाओं के माध्यम से अपने दलों को सशक्त करते हुए मानसिक स्वास्थ्य के साधन दे सकेंगी। इस तरह वे और अधिक सार्थक जीवन जीने की क्षमता विकसित कर सकेंगे। यह लाभ यहीं नहीं रुकता। जिस व्यक्ति का स्वरूप सकारात्मक रूप से बदलेगा, वह इन शिक्षाओं और साधनों के माध्यम से प्रियजन के जीवन को भी सशक्त कर सकेगा और उनका जीवन भी बदल जाएगा।

वह प्रसंग याद करें, जो मैंने आपको पहले बताया था कि गुरुदेव ने कैसे टिश्यू को बीच से उठाया और उसे उठाते हुए कहा था, ''आप सब ऊर्जात्मक रूप से उन सबसे जुड़े हो, जो आपके जीवन में हैं। जब आप स्वयं को ऊपर उठाते हो, तो वे भी आपके साथ उठते हैं।'' आप दिमाग़, केंद्र और संकल्प शक्ति की समझ के साथ अपनी कंपनी को बनाने वाले लोगों को सशक्त बनाने और ऊपर उठाने के सजग चुनाव के साथ उन सभी लोगों को सकारात्मक रूप से प्रभावित करने का चुनाव कर रहे हैं, जो आपके लिए मायने रखते हैं। आप उन्हें ऐसा जीवन रचने में मदद कर रहे हैं, जिसमें उनकी प्रसन्नता उनके जीवन का उपोत्पाद होगी।

निष्कर्ष

सत्ताइस वर्ष पूर्व, मेरे गुरु ने मेरे साथ मन की आंतरिक कार्यविधि के लिए गहरी अंतर्दृष्टि और विवेक बाँटा था। समय की कसौटी पर खरी ये तकनीकें उस आध्यात्मिक परंपरा के संन्यासियों द्वारा दो सहस्राब्दियों से भी अधिक समय से चली आ रही हैं, जिससे वे और मैं संबंध रखते हैं।

जिन्होंने इन शिक्षाओं की गहराई को समझा हो – इनमें छिपी सादगी, इनकी व्यावहारिकता और अस्तित्व की गहरी अवस्था को सामने ला पाने की योग्यता को जाना हो और अगर वे इसे समझ कर अपने जीवन में उतारते हैं – तो वे ऐसे लोग हैं, जिनके जीवन फिर पहले जैसे नहीं रहते। मैं भी उन लोगों में से एक हूँ। मैं उन लोगों में से हूँ, जिनके जीवन रूपांतरित हुए और इन शिक्षाओं से गहराई से प्रभावित हुए। मैं इन्हें आपके साथ नहीं बाँटू, यह कैसे हो सकता था?

यह पुस्तक परिश्रम का फल रही है। मैंने इसे आपके लिए लिखा ताकि आप भी उन शिक्षाओं का अनुभव पा सकें, जिन्होंने मेरे और कई दूसरे व्यक्तियों के जीवन को बदला। ये शिक्षाएँ भले ही कितनी गहरी हों, परंतु यदि इन्हें समझने के बाद निरंतर अपने जीवन में नहीं उतारा जाए, तो ये निरर्थक हैं। यह उत्तरदायित्व आप और केवल आप पर ही है। आप चाहें तो उस रास्ते पर चल सकते हैं, जो आपने पढ़ा और सीखा या फिर आप उस राह पर चल सकते हैं, जहाँ आप इन शिक्षाओं को जीवन में लागू करते हैं और इनसे होने वाले रूपांतरण का अनुभव पाते हैं। यह चुनाव आपका है।

आप पूछ सकते हैं, "अब इसके बाद क्या करना है?" तो आपको इन शिक्षाओं को समझने की कोशिश करनी है। इन्हें बार-बार पढ़ें। इन्हें अपने अस्तित्व की हर कोशिका का हिस्सा बनने दें। इन्हें अपने जीवन के हर पहलू में ले आएँ। और इससे भी ज़्यादा महत्त्व रखता है कि आप इनका अभ्यास करें। आपने मन को साधने की कला इसलिए सीखी, क्योंकि उससे आपके जीवन में जो बदलाव आएगा, आपको उससे प्यार है।

जब आप इन शिक्षाओं को जीवन में उतारना सीखें, तो अपने लिए समझ, धैर्य और करुणा से भरा रवैया अपनाएँ। स्वयं को याद दिलाएँ कि आप अपने पर काम कर रहे हैं, आप निर्माणाधीन हैं। हो सकता है कि कुछ हिस्सों में आपको अव्यवस्था दिखे पर जब तक आप उन पर धीरे-धीरे, परंतु निश्चित तौर पर काम कर रहे हैं, तब तक सब ठीक-ठाक है।

आपको सबसे बड़े उपहार का आशीर्वाद मिला है – यह जीवन! इस किताब में दी गई सामग्री आपको वास्तव में एक सच्चे और अद्‌भुत जीवन को जीने में सहायक हो सकती है। मन की सजगता की समझ और सजगता को एक दिशा में निर्देशित करने की योग्यता उन महान उपहारों में से हैं, जो आप स्वयं को दे सकते हैं। यह मन के अनेक रोगों का रामबाण इलाज है, जो कभी कहा नहीं गया। यह आपके जीवन के लक्ष्यों को प्रकट करने की अनिवार्य सामग्री है, जिसकी सहायता से आप एक सार्थक जीवन जी सकते हैं। इसके साथ ही आपको आनांद, प्रसन्नता और संतों का उपहार भी प्राप्त होगा, परंतु इसका सबसे बड़ा परिणाम यही हो सकता है, ''आप स्वयं को जानेंगे।''

मैं अपने गुरुदेव के एक कथन के साथ आपसे विदा लेता हूँ : ''पूरे आत्मविश्वास से आगे बढ़ें।''

आभार

आभार और प्रशंसा एक श्रेष्ठ जीवन के गुण हैं। वे ऐसा जादू हैं, जिसके
माध्यम से घृणा, मानसिक ठेस और उदासी को दूर कर सकते हैं,
ऐसी दवा जो मन की अवस्थाओं को आरोग्य प्रदान करते हुए आत्म-
विश्वास, आत्म-सम्मान और सुरक्षा में वृद्धि करती है।

–गुरुदेव

संसार में ऐसा कुछ नहीं, जो किसी एक मनुष्य ने उत्पादित किया हो। यह सदा सामूहिक प्रयास होता है और एक किताब तैयार करने में तो सचमुच बहुत से लोगों की आवश्यकता होती है। यह किताब उन सब लोगों के कारण संभव हो सकी, जिन्होंने मुझ पर भरोसा रखा और इस प्रक्रिया में अपना सहयोग दिया।

गुरुदेव, योगस्वामी तथा उनकी परंपरा के अन्य गुरु : आपके बेशर्त प्रेम, विवेक तथा मार्गदर्शन के लिए आभार, जो आपने पिछली पाँच पीढ़ियों से मेरे और मेरे परिवार पर बरसाया।

मेरी साहित्यिक एजेंट, एलिस मार्टल : यह सब मेरे काम में तुम्हारे विश्वास के साथ आरंभ हुआ। इसे संभव करने के लिए धन्यवाद। ऐनी गॉटलिब को विशेष धन्यवाद।

जेम्स लैंडिस, मिशेल लूज़नकिर्चन, रॉबर्ट वान देर पुट्टन और रेगी थॉमस : मैं आपका विशेष रूप से अनुगृहीत हूँ। आपने मेरे और गुरुदेव के काम पर भरोसा बनाए रखा।

साधक हरनंदीनाथ और साधक तेजदेवांत : मेरे गुरुभाई बनने के लिए आभार। आपका मेरे प्रति प्रेम और विश्वास कई जीवनकालों तक फैला है।

मेरी अद्भुत टीम (मर्लिन, येमी, डेविड, इचो, एलेक्स और गॉर्गी) : जिन दिनों मैं काम में मग्न था, उन दिनों तुम सबने मुझ पर पूरा भरोसा बनाए रखा। तुम सबका कृतज्ञ हूँ।

माँ के असीम प्रेम और सहयोग के लिए आभार। आप ही मुझे यहाँ तक लाईं और आज मैं आपके ही स्नेह के बल पर चल रहा हूँ।

मेरी बेटी, मीनाक्षी : तुम्हारे प्रेम के लिए धन्यवाद, उस गहरे प्रेम के लिए धन्यवाद, जो तुम प्रतिदिन मुझे देती हो। ''रहस्य में छिपे सत्य'' भाग पर काम करते हुए, तुम ही प्रेरणा के रूप में सामने आईं और मन व उसकी सजगता से जुड़े प्रश्नों के माध्यम से मेरी सहायता की।

मेरी पत्नी और सबसे अच्छी दोस्त, ततियाना; तुम्हारे अद्भुत प्रेम और धैर्य के लिए धन्यवाद, तुम सदा ही मेरी समर्थक रही। यह किताब तुम्हारे लगातार मिलने वाले सहयोग और प्रोत्साहन के बिना पूरी नहीं हो सकती थी। मैं वास्तव में धन्य हूँ कि तुम मेरे जीवन में हो।

लेखक परिचय

दंडपाणि एक हिंदू पंडित, उद्यमी और भूतपूर्व संन्यासी हैं। वे एक विख्यात अंतर्राष्ट्रीय वक्ता भी हैं। वे आनंद और उद्देश्य से भरपूर जीवन जीने के लिए केंद्रित रहने और मनुष्य के मन से अधिकतम लाभ पाने की योग्यता सिखाने वाले अग्रणी विशेषज्ञ हैं। उन्होंने विश्व विख्यात व्यक्तियों जैसे हिलेरी क्लिंटन, पूर्व यू.एन. महासचिव बान की-मून और भूतपूर्व फ्रांसीसी राष्ट्रपति फ्रांस्वा ओलांद के साथ मंच साझा किया है। वे और उनकी पत्नी, इन दिनों कोस्टा रिका में तैंतीस एकड़ भूमि पर आध्यात्मिक आवास और बगीचे तैयार करवा रहे हैं ताकि मानवता और प्रकृति के बीच के संबंध को सकारात्मक तरीक़े से बदलते हुए आत्म-रूपांतरण के अभियान को और भी प्रेरित कर सकें।

अनुवादक परिचय

रचना भोला 'यामिनी,' पिछले 26 वर्षों से मौलिक लेखन व अनुवाद के क्षेत्र में कार्यरत हैं।

मौलिक लेखन में जीवनी साहित्य व अन्य विविध विषयों पर अनेक पुस्तकें प्रकाशित हैं, जिनमें रूहानी इश्क़ की इबादत में रचे गए लव नोट्स *मन के मंजीरे* उल्लेखनीय हैं।

वे अनुवाद के क्षेत्र में राष्ट्रीय तथा अंतरराष्ट्रीय ख्यातिनमा लेखकों की लगभग 230 से अधिक कृतियों का अंग्रेज़ी से हिंदी में अनुवाद कर चुकी हैं।

उनके लिए उनका लेखन कार्य पैशन से प्रोफ़ेशन और मेडिटेशन तक जाने की एक अद्भुत यात्रा रहा है, जिसे वे अनवरत जारी रखना चाहती हैं। लेखन व पठन-पाठन के अतिरिक्त वे पर्यटन, संगीत की विविध विधाओं, विश्वस्तरीय सिनेमा व लोक परंपराओं के अध्ययन में विशेष रुचि रखती हैं।

संपर्क : rachnabhola25@gmail.com